La novia perfecta

Karen Hamilton

La novia perfecta

Traducción de
Isabel Murillo

Papel certificado por el Forest Stewardship Council®

Título original: *The Perfect Girlfriend*

Primera edición: abril de 2019

© 2019, Karen Fickling
© 2019, Penguin Random House Grupo Editorial, S. A. U.
Travessera de Gràcia, 47-49. 08021 Barcelona
© 2019, Isabel Murillo, por la traducción

Printed in Spain – Impreso en España

ISBN: 978-84-9129-319-4
Depósito legal: B-5252-2019

Impreso en Rodesa
Villatuerta (Navarra)

SL93194

Penguin
Random House
Grupo Editorial

Para A., A., O. y E.

Prólogo

Julio de 2000

Bajo la vista y veo dos pares de pies colgando. Mis zapatos son unas sandalias blancas y amarillas adornadas con margaritas. Los suyos están sucios de barro, se cierran con tiras de velcro y llevan un dibujito de un camión del ejército en cada lado. Sus calcetines son disparejos; soy incapaz de encontrar dos iguales. Uno granate y el otro negro. Y le aprietan demasiado. En las pantorrillas, justo por encima del elástico, se aprecia ya sobre la piel un círculo de pequeñas marcas. Da patadas contra la pared. «Pum, pum, pum». El sonido rebota en las cuatro paredes. Abajo, esos insectos llamados «patinadores» se deslizan por un agua sucia y estancada que sé que esconde la imagen de un delfín de tonos plateados y azules, el gemelo del que sí es visible en las losetas del suelo de la zona menos profunda. El lodo acaricia la pendiente, que se inicia justo al lado de la superficie del agua.

El sol quema; el rojo le tiñe las mejillas y le emborrona la punta de la nariz. Tendría que llevar una gorra. Todo el mundo sabe que los niños tienen que llevar gorra o embadurnarse con una buena crema de protección solar, pero esta mañana he sido incapaz de encontrar ni una cosa ni la otra cuando ha llegado el momento de «¡Salir!» a toda prisa. Tenemos comida suficiente para el pícnic, eso sí; lo he preparado todo a primera hora de la mañana. La barra de pan que he cortado a rebanadas desiguales estaba un poco seca y, para compensar, las he untado con una cantidad generosa de queso. Tenemos también patatas fritas, así que, cuando aliso la bolsa de plástico para colocarla a modo de mantel sobre el suelo de hormigón, separo los triángulos de pan y pongo algunas patatas fritas dentro para luego volver a juntarlos.

Pero me equivoco.

Rompe a llorar.

—¡No quiero patatas fritas en el bocadillo!

—Tendrías que habérmelo dicho.

Los gritos vibran en mis oídos. Se me revuelve el estómago. Tiro de él por los brazos para apartarlo del borde. Recojo rápidamente las patatas fritas y las guardo de nuevo en el paquete. Pero me equivoco de nuevo, porque han quedado adheridos fragmentos apenas visibles de queso. Me siento delante de él con las piernas cruzadas.

—¡Ten, come uvas!

Deja de llorar y me mira. Tiene los ojos hinchados y en los extremos brillan lágrimas aún por derramar.

A nuestra madre no le gusta que coma uvas si no están como mínimo partidas por la mitad, por si acaso se ahoga, pero no he pensado en coger un cuchillo. Podría partirlas de un mordisco, aunque no me gusta el sabor dulce antes del bocadillo. Además, nuestra madre no sabe ni la mitad de sus travesuras y, de todas formas, comer unas cuantas uvas se sitúa en un lugar muy pero que muy bajo en la lista de peligros potenciales de los que lo he salvado.

—Ten, come —repito con una voz más serena de lo que en realidad me siento—. Son de las negras. De las que más te gustan.

Voy cogiéndolas entre el índice y el pulgar y tiro de ellas para soltarlas de la ramita y dárselas.

Las toma con ambas manos y empieza a comerlas de una en una. Mastica con fuerza y el zumo le resbala por la barbilla.

Sensación de alivio. Cuanto mayor se hace, más complicado es sosegarlo. Se pone enseguida tozudo y exigente.

Le doy un mordisco al bocadillo y las patatas fritas se hunden en la miga. Una brisa, delicada —casi como si supiera que no es bienvenida en un día tan fantástico—, me acaricia brazos y piernas y luego se desvanece. Calma.

—¡Más!

—Por favor.

Me mira malhumorado.

Mientras separo más uvas, me pregunto qué estará haciendo mi vecina. Tiene once años, casi uno más que yo. ¿Estará comiendo helado? ¿Enterrando los pies en la arena? Hoy me había invitado a ir con su familia a la playa, pero tengo una responsabilidad en forma de niño de cuatro años, así que la respuesta ha sido no.

Aspiro el potente aroma a lavanda. Las abejas zumban por las cercanías. No muy lejos, se pone en marcha un cortacésped. Me giro por si acaso es el jardinero jefe, el que siempre me sonríe y me dice que soy muy guapa. Me protejo los ojos con la mano y fuerzo la vista. Solo alcanzo a ver la figura de un hombre con mono de trabajo, pero la cara queda oculta por un sombrero de pescador de tela vaquera.

—¡Tengo sed!

—No hay agua, tendrás que beber esto.

Abro una lata de refresco de limón. No le dejan beber cosas con gas ni con mucho azúcar. Le imponen tantas reglas que a veces no sé si reír o llorar, si alegrarme de que nuestra madre se tome tantas molestias o enfadarme. Eso me pasa a menudo, lo de no saber cómo sentirme en determinadas situaciones.

Esboza una mueca cuando las burbujas de limonada le estallan en la boca. Debe de tener sed de verdad, puesto que no ha protestado. Está gracioso cuando se le arruga la carita y, durante unos segundos, siento cariño por él. Pero entonces suelta la lata. Cae de lado y empieza a rodar hacia el borde soltando todo el líquido. El impacto contra el agua es tan leve que apenas lo oigo. Nos inclinamos los dos a mirar.

—Las ranas o los peces se beberán lo que quede —digo despreocupadamente.

Extiendo los brazos para acercarlo hacia mí.

Pero sus brazos son fuertes y el empujón que recibo es violento.

—¡No! ¡Quiero la lata!

No soporto ni imaginármelo. No aguanto ni pensar en los gritos; me perforan los oídos y solo quiero dejar de oírlos o ponerme también a gritar.

—Pues ve a buscar un palo largo —digo.

Se levanta y echa a correr hacia donde está la lavanda, en dirección a los robles.

Lo último que grito es:

—¡Necesitarás uno extralargo!

Vuelvo a dejar los pies colgando por el borde, me tumbo de espaldas, cierro los ojos y disfruto de unos segundos de paz. Noto el calor del suelo de hormigón en los muslos, atravesando la falda de algodón, mientras la parte superior de mi cuerpo permanece en contacto con la hierba. Percibo un cosquilleo en la nuca. Oigo que el cortacésped se aleja. La pereza se apodera de mí, aspiro hondo el aire del verano y me imagino que lo que noto debajo de mí es la arena, no el hormigón y la hierba.

La realidad va y viene. Me parece oír algo que salpica en el agua, como una gaviota que se abalanza tras haber visto un pez.

Luego, nada.

Me incorporo de golpe, mareada y desorientada. Miro a mi alrededor, miro hacia abajo.

Corro, trepo, agarro, tiro.

Pero es inútil, porque Will no está. No está porque está terriblemente inmóvil. En algún lugar, en lo más profundo, un pedazo de mí se separa antes de desconectar por completo.

Desde entonces, mi mente se supera a sí misma transportándome a lugares seguros cuando más lo necesito.

1

Presente

Me pinto los labios de color fucsia para rematar la transformación. Las mejores ideas destacan siempre con brillantez por su evidencia... una vez se te han ocurrido, claro. El reflejo que veo en el espejo salpicado de agua es de alguien con una gruesa capa de maquillaje y cabello castaño, aunque tiene mis ojos. La corbata de poliéster me roza la piel, y, a pesar de que llevar uniforme se me hace extraño, el traje pantalón almidonado y con hombreras estilo años ochenta me permite metamorfosearme en la empleada anónima de una compañía aérea. Luzco una expresión neutra y profesional, serena y controlada. Un nuevo año, un nuevo yo.

Amy, cuyo reflejo aparece junto al mío, arruga la nariz.

—El pestazo de estos lavabos me recuerda el colegio.

Respondo arrugando también la nariz.

—Y el papel higiénico barato y el sonido constante del goteo del agua tampoco es que ayuden mucho.

Nos quedamos un par de segundos calladas, aguzando el oído.

Amy mira el reloj.

—Tendríamos que ir tirando, no se trata de causar mala impresión.

La sigo y salimos al pasillo. Se ha recogido su melena de color cobrizo en un moño tan perfecto que no parece real. Lleva un perfume floral y sutil. El mío es demasiado fuerte y su aroma mareante lleva toda la mañana irritándome la nariz. Cuando nos mezclamos con las otras dieciocho alumnas que están entrando ya en el aula, Brian, uno de los instructores, levanta la mano, con la palma hacia fuera.

—¡Ejem!

Se hace el silencio. Me pregunto si alguien más se sentirá como yo, reprimiendo las ganas de gritar, porque, de verdad lo digo, ¿tan duro puede llegar a ser este trabajo? Mi intención es simplemente presentarme en mi puesto, despegar, endosar a la gente una bandeja de comida, recogerla con rapidez y todo hecho. Confío en que los pasajeros sean capaces de entretenerse solitos con las amenidades del avión una vez hayan comido y bebido. Cuando hayamos aterrizado, imagino que dispondré de tiempo de sobra para gandulear en la piscina del hotel o explorar los mercados locales.

Caigo en la cuenta de que Brian sigue hablando. Me obligo a escuchar.

—No es necesario que os sentéis, puesto que vamos a ir ahora mismo al área de simulación para examinar el equipo de entrenamiento.

Salimos sin prisas del aula al pasillo, donde nos agrupa la compinche de Brian, Dawn. La seguimos hacia la planta baja, cruzamos la recepción. Dawn introduce una contraseña en un panel y accedemos a una pequeña sala. Las paredes están llenas de perchas, de las cuales cuelgan montañas de monos de trabajo, a todas luces sucios.

—Ahora, escuchadme todas, por favor. Poneos uno de estos monos encima del uniforme. Dejad los zapatos en las rejillas de abajo y cubríos los pies con esos protectores blancos.

Me quedo paralizada. Todo el mundo, excepto yo, empieza a descolgar monos de la percha y a buscar la talla adecuada. No puedo hacerlo. Están asquerosos. Es como si no los hubieran lavado desde… nunca.

—¿Juliette? ¿Algún problema? —pregunta Brian, con una cara de preocupación exagerada.

—No, no. Ningún problema.

Sonrío.

Brian se gira hacia el resto de las alumnas.

—Y ahora, señoritas, las que llevéis falda, aseguraos de que las piernas os queden bien cubiertas. El velcro de esos equipos puede causar auténticos estragos en las medias.

Mierda. Tendré que hacerlo. Introduzco los brazos antes de ponerme la parte inferior. No sé por qué me he tomado la molestia de llevar el traje a la tintorería. Con ese mono que me queda tan grande estoy ridícula y, para rematar, ese material elástico presionándome los tobillos. Lo único que me falta es una máscara y parecería que voy a investigar la escena de un crimen. Incluso Amy tiene un aspecto menos inmaculado de lo habitual.

—Será divertido —le digo en voz baja.

Amy está radiante.

—Me muero de ganas de empezar las clases prácticas. Llevo desde pequeña soñando con esto.

—¿En serio?

¿A quién se le ocurre soñar desde pequeña con ser camarera, por mucho que sea camarera de avión? Yo, de niña, tenía planes. Planes como Dios manda.

—Es para hoy, Juliette —dice Brian, que está sujetando la puerta.

Me está poniendo muy nerviosa, pero aún me toca aguantarlo cinco semanas más. Lo sigo hacia el hangar gigantesco donde se guardan partes de diversos aviones, algunas a nivel de suelo, otras en plataformas elevadas a las que se tiene que acceder mediante escaleras. Alcanzamos a las demás, que caminan pegadas a la pared del edificio. De pronto, se abre la puerta de un avión y varias personas con mono saltan para deslizarse por el tobogán. Un miembro de la tripulación, uniformado, grita para hacerse oír por encima del sonido agudo de una alarma:

—¡Saltad! ¡Saltad!

Pasamos rápidamente hasta que Dawn y Brian se detienen junto a una masa quemada de color gris plateado, que recuerda un castillo hinchable infantil.

—Y ahora, antes de subir a la rampa de evacuación, os hablaré del equipo de supervivencia. A partir de ahora, cuando hablemos de un aterrizaje en el agua nos referiremos a él como «amerizaje»…

La voz de Dawn se desvanece en cuanto desconecto. Conozco las estadísticas. Que lo llamen como les apetezca, pero las probabilidades de supervivencia después de un accidente aéreo en el mar no son buenas.

A las cinco en punto nos sueltan al mundo real a través de la verja de seguridad: la carretera de circunvalación del aeropuerto. El rugido de los aviones que vuelan bajo y el tráfico de la hora punta me desorientan por un instante. Aspiro la atmósfera fría y vigorizante. El aliento forma vaho cuando suelto el aire. El grupo se divide entre las que van al aparcamiento y el resto, que nos dirigimos hacia Hatton Cross. Oigo solo por encima la conversación excitada de mis compañeras. El grupo vuelve a dividirse: las que cogen autobuses se marchan antes y el resto, Amy incluida, entramos en la estación de metro. Camino al lado de ella en dirección al andén.

—¿Hoy no vas hacia el oeste? —pregunta—. Pensaba que el tren que va a Reading salía de Heathrow.

Dudo.

—Voy a ver a una amiga. En Richmond.

—Tienes más energía que yo. Estoy tan agotada que creo que no podría salir esta noche. Y quiero repasar los apuntes, además.

—Es viernes —digo.

—Ya. Pero quiero hacer resúmenes ahora que aún lo tengo fresco —dice Amy.

—Estupendo. Ya sé al lado de quién tengo que sentarme cuando lleguen los exámenes.

Sonrío.

Amy ríe.

Finjo seguirle la corriente y luego miro por la ventanilla. La luz interior nos refleja en la oscuridad exterior.

Amy baja en Boston Manor. Le digo adiós con la mano y la veo dirigirse hacia la escalera de salida, alta y orgullosa en su uniforme.

Después del transbordo en Hammersmith, soy la única persona uniformada entre la multitud de pasajeros. Bajo en Richmond, cruzo la calle y me envuelvo bien con el abrigo.

La correa de la bolsa me presiona el hombro derecho. Pongo rumbo hacia la familiaridad del callejón, los tacones resuenan al ritmo de pasos decididos. Evito una botella rota que hay en el suelo y me dirijo hacia los alrededores del Green. Me detengo delante de una mansión de época y me apoyo en la verja para quitarme los tacones y calzarme las bailarinas. Me subo la capucha del abrigo y dejo que me cubra hasta la frente antes de enfilar el camino de acceso. Introduzco la llave en la cerradura de la puerta comunitaria. Entro y presto atención a cualquier posible sonido.

Silencio.

Subo por la escalera hasta la tercera y última planta y accedo al apartamento 3B. Una vez dentro, me quedo quieta y aspiro el acogedor aroma de hogar.

Confío en el resplandor de la pecera en vez de encender cualquier luz. Me dejo caer en el sofá y saco la ropa de la bolsa. Me desvisto, doblo con cuidado el uniforme y me pongo unos vaqueros negros y un jersey. Utilizando la linterna del teléfono móvil, me dirijo descalza a la cocina y abro la nevera. Está casi vacía, como es habitual, con la excepción de la cerveza, unos pimientos rojos y un envase individual de macarrones con queso. Sonrío.

Vuelvo al salón y me arriesgo a encender una lámpara. Saco de la bolsa una foto y la coloco en la repisa de la chimenea. En un mundo perfecto, estaría enmarcada, pero me gusta tenerla así para poder mirarla siempre que me apetezca. En la imagen, sonrío feliz al lado de Nate, el hombre con quien me voy a casar. Me coloco el uniforme doblado sobre el brazo izquierdo y entro en el dormitorio. A continuación, dejo encima de la cama el pantalón, la blusa y la chaqueta y me inclino sobre ella para enterrar la cara en su almohada.

Aspiro hondo antes de levantar la cabeza y proyectar la luz hacia la habitación. No ha cambiado nada desde la última vez que estuve aquí. Bien.

Cuando abro la puerta corredera de espejo del armario, un reflejo de mi linterna me da directamente en los ojos. Parpadeo para readaptar la visión. El segundo uniforme de piloto de Nate, sus chaquetas, camisas y pantalones, todo perfectamente colgado, aunque no tan perfectamente como lo colgaría yo. Separo las prendas con cuidado, dejando unos tres centímetros entre una y otra. Dejo un hueco para colgar mi uniforme al lado del suyo. Tal y como tendría que ser. Retrocedo unos pasos para admirar mi trabajo. La luz captura el emblema dorado de su gorra. Cierro la puerta.

Mi última parada es siempre el cuarto de baño. Repaso el armario del botiquín. Ha estado resfriado recientemente; el inhalador de mentol y el jarabe para la tos son nuevos.

Vuelvo al salón y cojo una manzana del frutero. Presiono la frente contra la ventana y la como a pequeños mordiscos mientras miro la calle. No se ve a nadie. La hora punta ha pasado y seguramente la mayoría de la gente ya está en casa, cómoda y a gusto. No como yo. Yo estoy en la periferia de mi vida.

Esperando. Eso es lo que hago, esperar y esperar. Y pensar...

Sé muchas cosas sobre Nate: que le encanta esquiar y que siempre huele a fresco, que el aroma a jabón cítrico se aferra a su piel. Sé que quiere ser ascendido a capitán antes de los treinta y cinco.

Conozco su historia de principio a fin: las vacaciones que pasaba de niño en Marbella, Niza, Verbier y Whistler;

las clases de tenis, de equitación y de críquet; la falta de apro- bación por parte de su padre cuando decidió hacer realidad su sueño de convertirse en piloto en vez de seguir sus pasos como banquero de inversión.

Su hermana pequeña lo admira, aunque yo no soy de su agrado.

Por las fotos que publica en las redes sociales, veo que le convendría un corte de pelo: sus rizos rubios le rozan ca- si el cuello de la camisa.

Pero lo que sé, por encima de todo, es que en el fondo sigue albergando sentimientos hacia mí. Nate ha sido sim- plemente víctima de un ataque de temor temporal al com- promiso. A pesar de que en su momento fue demoledor, ahora lo entiendo todo un poco mejor. De modo que cuando llegue la hora de revelarle que ahora yo también trabajo en su compañía aérea, cuando valore todo lo que he llegado a hacer con el único objetivo de *salvarnos,* todo volverá a su debido lugar.

Pero, hasta entonces, tendré que tener paciencia. Es di- fícil, no obstante. Siempre que veo una imagen reciente de él, me paso días sin apenas poder comer.

La alarma del teléfono me recuerda que es hora de irse. He tenido que entrenarme para hacerlo, porque de lo que me he dado cuenta es de que puedes salir airosa de una situa- ción una vez. Luego dos veces. Y entonces, sin darte cuenta de ello, empiezas a correr más riesgos. El tiempo pasa vo- lando y hay poco margen de error. Miro a ver si el vuelo de Nate desde Chicago ha aterrizado. Efectivamente, lo ha hecho, y con cinco minutos de antelación. Corro a coger la bolsa y revuelvo en su interior. Envuelvo el corazón de la manzana en un pañuelo de papel y saco un paquete de minimadalenas de chocolate. Las favoritas de Nate. Es una costumbre que me resulta imposible romper, la de incorporar sus preferencias a mi lista de la compra. Abro la puerta del congelador y la luz blanca ilumina la pared. Meto el paquete en el fondo, detrás de la carne que sé que nunca descongelará y de los guisantes que jamás se tomará la molestia de preparar. Me encantaría dejarlas en algún lugar más evidente, como al lado de la cafetera, pero no puedo, de modo que tendré que conformarme con esto. Cuando las encuentre, espero que dedique unos instantes a pensar en mí. Mis listas de la compra siempre estaban repletas de cosas que a él le gustaban. Nunca me olvidaba de nada.

Vuelvo sobre mis pasos hasta el dormitorio y saco rápidamente el uniforme de las perchas donde lo he colgado, que emiten un sonido metálico al chocar contra el fondo del armario. Vuelvo al salón y retiro a regañadientes la foto para guardarla de nuevo en la bolsa. Me calzo las bailarinas y apago la lamparita. Los peces multicolores me miran cuando finalizan sus largos. Uno en particular me observa con la boca abierta. Es feo. Nate lo llamaba Arcoíris. Siempre lo odié.

Trago saliva. No quiero irme. Este lugar es como un banco de arenas movedizas, me absorbe hacia su interior.

Cojo la bolsa y me marcho, cerrando la puerta con cuidado a mis espaldas y emprendiendo el camino hacia la estación para coger el tren que me llevará a un piso de Reading que parece una caja de zapatos, un sello de correos, una casa de muñecas. No puedo llamarlo hogar porque estar allí es como aguardar turno en la sala de embarque de la vida. Esperando, siempre esperando, hasta que la puerta de acceso a la vida que me corresponde vuelva a abrirse.

2

Estoy tumbada en la cama y me desperezo. Por suerte, es fin de semana. A pesar de que la compañía aérea funciona las veinticuatro horas, la formación está estructurada como una semana laboral normal. Esta noche tengo pensado asistir a un acto de recogida de fondos organizado por una fundación benéfica infantil que tendrá lugar en un lujoso hotel de Bournemouth. Es una subasta, sin asiento reservado y con bufé de marisco, y me apetece asistir aun sin tener invitación formal. Como he descubierto hace tiempo en actos similares, ese detalle da igual; mientras me vista para la ocasión y, por supuesto, no llame innecesariamente la atención hacia mi persona, la gente rara vez cuestiona mi presencia y, en estos asuntos benéficos, parece lógico que cuantos más asistentes, mejor.

Me levanto, me ducho, me visto y pongo en marcha la cafetera. Me encanta el sonido y el aroma del café cuando lo mueles. Si cierro los ojos, aunque sea solo un par de segundos al día, me imagino que estoy en casa. Son las pequeñas cosas que me ayudan a seguir adelante. Saboreo mi expreso y su amargura me acaricia la lengua. Entre bocado y bocado, le voy echando un vistazo a la tableta. Me desplazo por la pantalla. Bella, la organizadora del acto de esta noche, tiene publicado un montón de fotos de actos anteriores. Ella aparece en la mayoría, sonriendo, sin un solo pelo con mechas fuera de lugar y con joyas, normalmente oro o zafiros, de aspecto caro aunque no ostentoso. Impecable, como siempre. Bella es sensacional recaudando dinero para buenas causas, aparentando ser una buena samaritana de carne y hueso sin siquiera ensuciarse las manos. Organizar una fiesta y pulular por allí bebiendo *champagne* es algo que está al alcance de cualquiera; aunque si de verdad quisieras hacer el bien, pienso, beberías vino barato y trabajarías como voluntaria en algo que fuese impopular. Pero la mejor cualidad de Bella es brillar de forma fantástica en este tipo de actividades.

Vibra el teléfono. Un mensaje.

> Mi compañera de piso ha decidido montar una fiesta esta noche. Ya sabes, si no puedes con ellos... :) ¿Te apetece? Invitaré a más gente del curso. Besos, Amy

No sé qué hacer. Cuantas más amistades haga en la compañía, mejor me irá todo. Y necesito amistades. Apenas me queda nadie de mi antigua vida —aparte de aquellos con quienes sigo en contacto a través de las redes sociales y de un puñado de marginados de mis tiempos como extra de películas—, gracias a haberlo dejado todo en suspenso por Nate Goldsmith. Estar cerca de Bella es como levantarse una costra. Pero... cuanto más cerca estoy de su mundo, más creo que se me contagiarán su suerte y su fortuna. Miro el teléfono, indecisa, y escucho el agua de lluvia que desciende por las cañerías del otro lado de la ventana.

Quince días después de que Nate me lanzara su bomba, y mientras yo hacía las maletas, me dijo:

—Te he pagado seis meses de alquiler de un apartamento fenomenal en Reading. Como regalo. Te llevaré incluso en coche un día si quieres y te ayudaré a arreglar todo lo necesario para que puedas instalarte.

—¿Por qué Reading?

—Viví allí una temporada cuando estaba estudiando y es un lugar fantástico para empezar de cero. Está lleno de vida.

—¿En serio?

Y no cambió de idea, lo cual, teniendo en cuenta lo justo que podía andar de dinero, era una dolorosa señal de las ganas que tenía de despacharme. Al menos, había conseguido que dejara de darme la tabarra con lo de volver a casa de la loca de mi madre. El piso era básico, limpio y contenía todos los elementos esenciales para llevar una vida sosa y funcional. Eché un rápido vistazo al salón, en el que ambos estábamos inmersos en un silencio rígido e incómodo. Creo que estaba esperando a que le diera las gracias.

—Adiós, Elizabeth.

¡Elizabeth, encima eso, por el amor de Dios! ¿Dónde se habían quedado *Lily, pequeña, cariño, amor*? Me estampó un beso en la frente y se marchó, cerrando con cuidado la puerta a sus espaldas. Retumbó el silencio. Miré por la ventana, hirviendo por dentro con una rabia y una sensación de humillación renovadas, y, a través de una mancha difusa de gotas de lluvia, vi desaparecer las luces traseras de su coche. Le quería, pero había sido incapaz de impedirle que cometiera el mayor error de su vida. Nate era mío. Y allí sentada —desinflándome mentalmente en aquel sofá de respaldo duro—, nació mi Plan de Acción. Elisabeth/Lily empezó a retraerse en el interior de su capullo para permanecer un tiempo en espera y emerger transformada en Juliette —mi segundo nombre—, completando, de este modo, su metamorfosis en mariposa social.

Hum… Bueno, ¿y ahora qué? ¿Amy? ¿Bella? ¿Bella? ¿Amy? Pito, pito, colorito… Palpo a ciegas debajo de la mesita para localizar el bolso, cojo la cartera y saco una moneda. La lanzo al aire. Cara Bella, cruz Amy. La moneda gira sobre la mesa y se detiene mostrando la cruz. Bella ha perdido la apuesta, por una vez. Respondo el mensaje de Amy: Iré encantada. Besos.

Me manda la dirección. El único problema es que ahora me queda el resto del día sin nada que hacer. Dado que he decidido asistir a una pequeña fiesta casera ya no tengo que entretenerme tanto arreglándome. El día está tan gris que parece casi de noche. Recorro de un lado a otro la minúscula sala. En el exterior, las luces de los coches iluminan una lluvia que no cesa. Tendría que aprender a conducir. Así podría ir a Richmond ahora mismo. Podría sentarme enfrente de casa de Nate. Y él ni siquiera se enteraría de que estoy allí. Sería muy reconfortante tenerlo cerca. Me ducho, me pongo unos vaqueros y un jersey negro, cojo las zapatillas deportivas y un abrigo, y echo a andar a buen ritmo hacia la estación.

Al final resulta que la lluvia es una bendición. ¿Quién habría pensado, después de tantos veranos pasados por agua, que me parecería un lujo poder pasearme por tiendas y callejones bajo el anonimato que te brinda una capucha? La Madre Naturaleza está de mi lado. Es un día triste de enero y la gente camina distraída, con la cabeza gacha, los hombros caídos, los paraguas abiertos. Esquivando el agua que levantan las ruedas de los coches. Nadie se fija en mí.

Las luces del salón de casa de Nate están encendidas. Seguramente estará viendo la última serie o película de Netflix. Le echo de menos. Me arrepiento, y no por primera vez, de mi conducta y mi capitulación. Estoy a punto de sufrir un momento de debilidad cuando la necesidad de cruzar la calle y aporrear su puerta amenaza con superarme. Pero tengo que jugar siguiendo las reglas, pues, de lo contrario, no conseguiré que me valore. La segunda vez, las cosas se harán como yo diga.

El piso de Amy está encima de una peluquería. Y menos mal, porque si tuviera vecinos abajo a estas alturas ya habrían llamado a la policía. La música dance ibicenca suena a todo trapo. Pulso el timbre, pero enseguida me doy cuenta de que la puerta está abierta. Subo y entro en el piso. Amy está riendo, con la cabeza echada hacia atrás y una botella de cerveza en la mano. Me quedo quieta un instante. En cuanto me ve, se acerca y me saluda con un beso en cada mejilla.

—¡Pasa! Me alegro mucho de que hayas venido. Te presento a mi compañera de piso, Hannah. —Señala a una chica que está en el otro extremo de la estancia—. Y ya conoces a alguno de los demás... Oliver, Gabrielle...

Los nombres de los amigos de Amy se registran a duras penas en mi cerebro: Lucy, Ben, Michelle... Acepto una botella de cerveza, aunque no soporto beber a morro. Bebo a sorbos y mantengo una charla informal y educada con Oliver, lo cual resulta complicado, puesto que es una de las personas más calladas del curso. Amy, que parece decidida a desmelenarse esta noche, acude a mi rescate. Bailamos. Amy no para de ligar con uno y con otro. La velada es agradable. La había juzgado equivocadamente. No pensé que pudiera serme de gran utilidad, pero he decidido conservar la amistad y conocerla mejor. Vivo el momento. Río mucho. Sin fingir. No me había divertido tanto desde…, la verdad es que no me acuerdo. Pero debió de ser con Nate. Claro.

Hace casi siete meses, Nate apareció en un capítulo de mi vida como si fuera la escena de una novela romántica. Cuando aparté la mirada de la pantalla del ordenador de la recepción del hotel, manteniendo mi sonrisa profesional imperturbable, tuve que esforzarme por no lanzar un grito. El hombre que tenía delante parecía haber absorbido lo mejor de la vida y expulsado cualquier cosa desagradable o triste. Por debajo de su gorra asomaban unos rizos rubios y su piel resplandecía con un leve bronceado. Detrás de él llegaba el resto de la tripulación uniformada. Las pisadas resonaban en el suelo de mármol.

—Creo que hay unas reservas de última hora para nosotros. Tenemos que pasar la noche aquí después de que un problema con los motores nos haya obligado a volver a Heathrow.

Hasta aquel momento, el suceso más destacado en los ocho meses que llevaba trabajando en Airport Inn había sido un famoso de segunda fila que se había metido en una habitación con dos mujeres, ninguna de las cuales era su esposa.

—¿Trabajas esta noche? —preguntó Nate cuando le entregué la tarjeta de su habitación. (Había dejado su reserva para el final).

—Acabo a las ocho —respondí, notando que un hormigueo dormido de anticipación empezaba a despertarse.

—¿Te apetecería enseñarnos los mejores bares de la zona?

—Por supuesto.

Aquella noche fui también huésped del hotel. Era inevitable. Desde el momento en que nuestras miradas se cruzaron, me propuse deslumbrarlo.

Seis semanas más tarde, me instalé en el piso de Nate...

—¿Juliette?

—Perdona, Amy, estaba a miles de kilómetros de aquí.

—¿Quieres acostarte aquí en el sofá?

Miro a mi alrededor y me sorprende ver que queda poquísima gente. Ni me he dado cuenta de que todo el mundo empezaba a despedirse; recuerdo entonces que Oliver se ha ofrecido a acompañarme y que yo no tenía ganas aún de marcharme. Amy será un buen contacto social. Saco el teléfono del bolso.

—Tranquila, gracias. Pero tengo que volver a casa.

Durante el trayecto en taxi, miro en Twitter las fotos del acto que ha ido colgando Bella. Otro éxito de la bella Bella, a tenor de lo elogioso de los comentarios. Las luces de la autopista se amortiguan y la destacan a ella. Está fantástica, como una reina de hielo. Perlas —buenas, no me cabe la menor duda— en el cuello. El cabello rubio elegantemente recogido. Aparece sonriente en todas las imágenes, rodeada por lo mejorcito de la ciudad. Acaricio con la punta del dedo su imagen en la pantalla, deseando poder borrarla con la facilidad con la que se elimina una fotografía.

Una vez en casa, empiezo a deambular de un lado a otro.

Reflexiono y me tranquilizo diciéndome que hoy he tomado una buena decisión evitando a Bella. Tampoco es que tuviera pensado abordarla en esta ocasión; la idea era observar, simplemente. La práctica es lo que lleva a la perfección. Cuando decida que es el momento adecuado para enfrentarme a Bella, lo tendré todo planificado, hasta el último detalle.

La venganza es un plato que se sirve frío, y el mío estará congelado.

3

Las cinco semanas restantes de curso me mantienen distraída. A pesar de que sigo controlando a Bella a través de las redes sociales y de que visito el piso de Nate al menos una vez por semana cuando él no está, paso mucho tiempo con Amy. Le gusta que estudiemos juntas. No es que la idea me entusiasme, pero eso significa que soy de su agrado y que confía en mí. Su compañera de piso, Hannah, trabaja en otra compañía aérea y hace viajes de larga distancia, y Amy es de ese tipo de persona que no se siente a gusto cuando está sola. Es la sexta de siete hermanos.

Finalmente, después de infinitas bajadas por toboganes, de ejercicios con máscaras de oxígeno, de entrar en salas llenas de humo para combatir supuestos incendios, de resucitar muñecos, de esposarnos los unos a los otros, de cubrir a compañeros con vendajes, de cantidades ridículas de juegos de rol, de visitas al hangar de los aviones, de aprender a colocar una maleta en el compartimento de almacenaje superior sin romperte la espalda y, lo peor de todo, de escuchar a Brian y a Dawn repitiéndose una y otra vez…, después de todo eso, llega por fin nuestro Día de las Alas. Y parece llegar en el momento oportuno, puesto que los indicios de la primavera empiezan a asomar por todas partes: narcisos, abrigos más ligeros, días un poco más largos, nuevos comienzos…

Le estrechamos la mano a un directivo que por lo visto es «muy importante», según palabras de Brian, y le damos las gracias cuando nos entrega una insignia dorada que parece una baratija. Nos la colocamos en la chaqueta, justo encima de la plaquita con el nombre, y sonreímos. Y sonreímos otro poco más mientras nos hacen las fotografías. No estoy solo avanzando hacia la siguiente fase de mi Plan de Acción, sino que además voy a librarme de una vez por todas de Brian. El martes que viene vuelo a Bombay. A todos los participantes del curso nos han asignado un vuelo de larga distancia para complementar nuestra formación a bordo. Amy volará a Dallas. Después, en un pub de la zona con una iluminación demasiado potente y moqueta estampada oscura, sin duda para disimular manchas de todo tipo, celebramos el final del curso con copas de *prosecco*.

—¡Salud! —dice Amy.

Hacemos chocar las copas.

—¡Salud! —repito.

Amy bebe un buen trago.

—Estoy nerviosa solo de pensar en el primer viaje, ¿tú no?

—No.

Me mira sorprendida.

Me siento segura porque he mirado la agenda de Nate y he visto que tiene que volar a Nairobi el lunes. Nuestros caminos profesionales no se cruzan, por el momento. A pesar de que Nate ha dejado de ser mi amigo en las redes sociales, ha dejado de seguirme y ha dejado todo lo que tenga que ver conmigo, no ha cambiado sus contraseñas. Debo decir, para hacerle justicia, que Nate no sabe que yo las sé. Y, por lo tanto, esta es de momento mi única alternativa para mantenerme al corriente de todo. Las redes sociales se han convertido en una herramienta esencial para mí. Amy sabe cuatro cosas sobre «Nick»; aunque desconoce su auténtica identidad y su profesión, sabe simplemente que hemos roto la relación. Amy es la confidente perfecta: se muestra lo bastante cáustica con respecto a «Nick» como para darme su apoyo, pero no tanto como para sentirme obligada a saltar en defensa de Nate. Me he visto obligada a compartir cosas. Pero la amistad funciona así: compartes secretos.

Suena el teléfono. Es algo tan excepcional que casi vierto el contenido de la copa. «Tía Barbara». El nombre ilumina la pantalla. La conversación es breve. Al final, no iré a Bombay el martes.

Mi madre ha muerto.

La casa de mi infancia está en el sur, justo en las afueras de Dorchester, un pueblo pequeño. Mucha gente me dice: «Oh, Dorset, me encanta Dorset, es precioso», y luego mencionan el mar. Pero Sweet Pea Cottage está en medio de la nada y la costa no se ve por ningún lado. Por los alrededores hay alguna que otra granja y, en las raras ocasiones en que pienso en mi antiguo hogar, visualizo el roble que hay en el centro del pueblo rodeado de casas construidas con piedra oscura y tejado de paja. Los caminos señalizados que serpentean entre las colinas son tremendamente populares entre senderistas y paseantes de perros.

Mi padre se presenta al funeral, lo que me proporciona una pequeña distracción. Mientras suenan los Beatles con *In My Life,* estudio al anciano sentado al otro lado del pasillo y lo caso con mis recuerdos de infancia. Tenía yo diez años cuando se marchó por última vez. Fumaba en pipa; recuerdo más el olor que a él. Se me forma un nudo doloroso en la garganta cuando la imagen de un Santa Claus burdamente disfrazado se planta en la vanguardia de mis pensamientos. La gorra roja rematada con blanco era incapaz de domar su pelo castaño y rizado. Trago saliva.

Es el segundo funeral al que asisto en mi vida y no acabo de verle el sentido a esta masiva exhibición pública de tristeza. Si alguien se ha ido, se ha ido. Al principio me he quedado sorprendida al ver la cantidad de gente que ha congregado, pero rápidamente me he dado cuenta de que han venido por Barbara. La gente parece sincera en sus muestras de cariño hacia ella. Mientras espera que dé inicio la ceremonia, susurra fragmentos de la historia de la iglesia a los del banco de delante; su voz, a pesar del dolor, resuena con orgullo. La escucho por encima, pues es preferible a la espera silenciosa, sin objetivo alguno.

—… es originaria del siglo XIII, ¿sabéis? Acumula cientos de años de ceremonias. ¡Imaginaos! Cuantísima gente. En 1838, un párroco especialmente estricto decidió poner fin a la costumbre de regalar pan, pasteles de carne y cerveza el 6 de enero, que era cuando se celebraba antiguamente el día de Navidad…

Una señal de silencio indica que la ceremonia está a punto de empezar.

—… estamos aquí reunidos para celebrar la vida de Amelia…

Me levanto. Cojo un cantoral. Me siento. Mi madre se pondría furiosa. Algún día acabará volviendo y persiguiendo a Barbara por haber celebrado su funeral en una iglesia. Pero Barbara ha dicho que, como Amelia siempre se había salido con la suya, ahora le tocaba a ella tomar las decisiones. Noto sus hombros temblar a mi lado. Tiene el pelo rubio canoso y lo lleva pulcramente recogido en un moño. Va de negro de la cabeza a los pies, una uniformidad rota tan solo por una cadena de plata con una cruz. Yo también voy de negro, pero simplemente porque es el color dominante en mi guardarropa. Le doy unos golpecitos cariñosos en el brazo, pero retiro rápidamente la mano por si acaso se le ocurre cogérmela.

El cura deja de hablar. Se ha acabado.

Sigo a Barbara hacia la puerta y me coloco a su lado para saludar y agradecer las palabras de condolencia de los asistentes. De vez en cuando, me acuerdo de llevarme a los ojos un pañuelo de papel; el nudo que tengo en la garganta, de todos modos, es sincero. No pienso sucumbir a la amenaza de las lágrimas, porque, si me permito llorar, no creo que sea capaz de mantener la compostura. A mi alrededor flotan frases inconexas.

Enfoco la imagen de mi padre.

—¿Por qué has venido? —le pregunto.

—Hablamos en casa de Barbara.

Mientras comemos unos sándwiches de huevo y berros —de pan blanco, con la corteza recortada—, acompañados por una taza de té cargado, mi padre y yo nos ponemos al día de los recuerdos que conservamos el uno del otro. Exhibe todos los sellos distintivos del envejecimiento: una combinación de cabello blanco, gafas, arrugas y barriga rematada por una tos realmente agresiva. Lleva el aroma a humo de pipa adherido a la ropa.

—Amelia siempre dijo que desapareciste —digo—. Que no te tomaste ni la molestia de seguir en contacto.

—Bueno, sí, pero cuando me enteré me pareció que lo correcto era… venir aquí… y verte.

—Un poco tarde. En los noventa ya había teléfonos. Incluso Amelia tenía teléfono.

—Volví a casarme.

No sé qué decir al enterarme de eso. En las tarjetas de cumpleaños, su único intento de contacto, siempre escribía lo mismo: «Para Lily, mi querida flor».

—Elizabeth Juliette Magnolia —sonríe al repetir el chiste, tan pasado de moda.

Siempre dijo que, de haber sido por él, me habría llamado Imogen, pero que mi madre había insistido mucho. Mientras la gente en los ochenta y los noventa llevaba permanentes, hombreras y abrazaba el consumismo, mi madre decidió quedarse en los sesenta y los setenta. Flores. Los Beatles. Fiestas. Drogas. Alcohol. Diversión, diversión, diversión. Mi padre era camionero de larga distancia y la «excusa» de mi madre era que no se sentía cómoda siendo la única adulta de la casa. Aludía al miedo a asesinos y ladrones que supuestamente formaban cola delante de casa en el instante en que él se iba a trabajar.

Mi padre señala el reloj.

—Tengo que irme. Para llegar a tiempo al tren. Dejemos de ser perfectos desconocidos. Ahora incluso tengo correo electrónico. Te escribiré. A lo mejor podrías venir algún día a visitarme.

—A lo mejor.

Aunque me parece poco probable.

—Pienso en ella y en él, ya sabes...

—Adiós —digo.

Se queda dudando. Durante un instante espantoso pienso que intentará abrazarme, pero no lo hace.

—Adiós, Lily, mi querida flor.

Vuelvo a un salón lleno de desconocidos. Amy se ha ofrecido a acompañarme, pero cambiar las viejas costumbres es complicado; nunca me he sentido cómoda mezclando familia y amigos.

—Espero que te quedes por aquí unos días —dice Barbara—. Tienes que ayudar a arreglar la casa.

No añade que es lo mínimo que podría hacer. Sorprendentemente, mi madre ha dejado testamento. Con su retorcida lógica, es probable que pensara que de este modo podría reparar daños pasados. Ahora soy la orgullosa y única propietaria de Sweet Pea Cottage.

—Dormiré allí esta noche.

—¿Sola?

—Sola.

—Hasta luego, Babs. Los sándwiches estaban buenísimos —dice un hombre alto y delgado que se apoya en un bastón.

—Hasta luego. Y cuídate —dice otra mujer, tocándole brevemente el brazo a mi tía antes de recoger su abrigo.

Todo el mundo va desfilando. La cocina ha quedado impoluta gracias a los numerosos ofrecimientos de ayuda. A todos les gusta tener algo que hacer cuando la alternativa es hablar de frivolidades con gente que apenas conoces, y encima sobre una persona muerta a la que incluso conocías menos.

—¿Estás segura? —pregunta Barbara cuando ve que cojo el bolso y me dispongo a emprender el breve recorrido hasta Sweet Pea Cottage.

Agito de un lado a otro una pequeña linterna, la que en el trabajo nos recomendaron que nos compráramos para utilizar en el módulo de descanso de la tripulación.

—Por supuesto. Nos vemos mañana.

Mis reservas de simpatía se han agotado y tengo ansias de soledad. Además, estoy con el estado de ánimo ideal para enfrentarme a fantasmas.

Mis pisadas resuenan en la calle y luego en el camino. Saco del bolso mis viejas llaves, cojo aire y abro la cerradura. La puerta de madera cruje. Siempre ha crujido, pero ahora que la casa está en silencio se nota más.

Los primeros años estuvieron llenos de gente. Estaban allí, simplemente, pasando el rato, riendo. Recuerdo muchas risas. Estridentes, borrachas, alegres. Es lo que más recuerdo. Y los «debates». A mi madre se le había metido en la cabeza que el problema del mundo era que la gente había dejado de decir lo que pensaba.

«Tony Blair sí lo dice», dijo un día uno.

«Y la princesa Diana —intervino otra—. Y mirad lo que provocó su muerte. Liberó a mucha gente para que pudiera expresar libremente sus emociones».

Cuanto más alcohol inundaba su cerebro, más acalorados se volvían los debates, que estaban siempre acompañados por un fondo de música ecléctica. Aprendí a hacerme invisible. Nada como un niño para fastidiar la diversión. Pero con mi hermano de dos años era distinto. Cuando hablaba sobre él, mi madre utilizaba adjetivos como «mono», «gracioso» o «adorable», mientras que los que me destinaba a mí eran «callada», «malhumorada» y «poco cariñosa».

Durante los últimos años que pasé en casa, cuando la riada constante de visitas se detuvo, mi madre se quedaba dormida por las tardes. La tele o la radio sonaban a todo volumen, a veces incluso simultáneamente. Yo bajaba el sonido, le quitaba los zapatos y la tapaba con una manta. Me encargaba de acostar a Will y después me sentaba en un sillón y leía o me inventaba historias y comedias.

Se oye el tictac de un reloj. Siempre he odiado ese sonido, incluso antes de «el Incidente», como acabó conociéndolo después todo el mundo. William Florian Jasmin, de cuatro años de edad, me sonríe desde la repisa de la chimenea. Se habría llamado Nicholas si mi padre se hubiese salido con la suya. Seis años menor que yo, tenía un talento innato para cautivar a la gente. Aunque todo eso ahora es irrelevante, información muerta.

Me acerco al armario de las bebidas, un mueble de madera brillante. Hay una botella de ginebra entre otros tipos de alcohol. Sorprendentemente, está casi llena. Abro la nevera, sin saber muy bien qué encontraré dentro. Entre diversas comidas preparadas, unas cuantas cebollas y tres manzanas arrugadas, hay seis latas de tónica. Ni limones ni limas. En el congelador, varias bandejas de hielo. Después de prepararme la bebida favorita de mi madre, subo a la planta de arriba. Brinco sorprendida por el sonido que produce un cubito de hielo al chocar contra el vaso cuando empujo la puerta; aspiro el frío y la humedad del interior.

Entro. Las tablas de madera del suelo crujen en los lugares habituales. Abro una de las puertas del armario y me recibe el perfume característico de mi madre. Opium. Odio los perfumes que hablan a gritos de camuflaje, que ocultan olores como los del alcohol y el abandono. Me estremezco con el recuerdo y miro detrás de mí, casi esperándome ver a Amelia subiendo las escaleras con sus bebidas dispuestas en una bandeja cubierta con un mantelito de encaje, en un intento de darle cierto aspecto de respetabilidad a su adicción. Huelo a humo, aunque hace años que nadie ha fumado en la casa.

Vuelvo a lo que quería hacer y empiezo a sacar perchas con vestidos. Me fijo en uno con un estampado de rosas antes de probármelo encima de mí. Me miro al espejo; no me queda bien. Era su favorito. Se lo ponía todos los veranos, en los viejos tiempos, cuando la bebida aún no la había absorbido por completo. Por las mañanas, antes del vino de la hora de comer, a veces nos llevaba a Will y a mí al bosque e iba diciéndonos los nombres de las flores que encontrábamos por el camino. Recuerdo las prímulas, las campanillas y las dedaleras.

Por el camino, había una mujer que tenía los dedos verdosos y un jardín que Amelia adoraba, sobre todo en primavera. La mujer murió poco después del Incidente. Los nuevos propietarios de la casita se empeñaron en renovarlo todo y con los años acabaron destruyendo aquella belleza. Aunque, por entonces, Amelia ya no se daba cuenta de nada ni le importaba.

Abro los cajones del armario, que tienen la parte frontal decorada con un motivo de flores. Ropa interior. Medias. Jerséis mohosos. Un libro de jardinería. En el interior descubro dos margaritas prensadas. Apuro la copa antes de bajar a buscar unas bolsas de basura y rellenármela.

Abro el último cajón. Pesa menos de lo que cabía esperar y sale disparado, tumbándome en el suelo. Está vacío, con la excepción de un sobre amarillento cerrado con celo. Lo rasgo para abrirlo. Y es entonces cuando todo se precipita sobre mí, cuando los recuerdos reprimidos se arremolinan como el agua que cae por un aliviadero. Y me derriba.

Corro al cuarto de baño y vomito. Abro el grifo del agua fría y me mojo la cara. Evito mirar mi reflejo en el espejo. Tengo que irme.

Salgo y llamo a un taxi para que me lleve a la estación. Espero al final del camino, junto a la valla de madera. Cuando se acerca el taxi, la luz de los focos ilumina los setos descuidados y la hiedra asfixiante que siempre ha amenazado con engullir la casa. Tengo que mantenerme fuerte y no caer presa de las garras del pasado. Escondida en la oscuridad del asiento de atrás, y mientras el taxista escucha un partido de fútbol que transmiten por la radio, me repito mis mantras para mis adentros.

«Cíñete al plan, cíñete al plan».

«Si fallas al planificar, el plan también fallará».

Mientras no me desvíe de mi camino, nada podrá hacerme daño nunca más.

4

ajo del autobús en Heathrow. Se abren las puertas automáticas que dan acceso al Centro de Informes de la tripulación. Destellos de verde y azul corren de un lado a otro, nuestros colores corporativos. En la cantina, y mientras pido un café doble, veo una mesa vacía en un rincón. Por encima de mi cabeza, los monitores actualizan constantemente la seductora lista de destinos. Roma. Nairobi. Atenas. Fijo la mirada en Los Ángeles, mi primer destino como miembro de pleno derecho de la tripulación. Quiero alejarme de Sweet Pea Cottage, de Dorset y del pasado. Tengo la cabeza llena a rebosar de pensamientos.

«Tripulación destino LAX, sala nueve», anuncian las pantallas.

Me levanto, recojo mis pertenencias y me dirijo a la sala donde se celebrará la reunión informativa previa al vuelo. Me toca trabajar en la parte trasera del avión.

El vuelo sería mucho más fácil si no hubiera tantos pasajeros. Entrar en la cabina de clase turista no es muy distinto a como me imagino que debe de ser salir a un escenario, puesto que percibo la mirada de cientos de ojos e intuyo una silenciosa sensación de anticipación. Suelto el freno del carrito y lo empujo. Las botellas traquetean. Cuando me detengo en la parte del pasillo que me corresponde —fila treinta y seis—, casi puedo escuchar a los pasajeros recalculando mentalmente el orden en que serán servidos, y es como si me inyectaran una dosis de poder.

Sonrío.

—¿Lasaña o pollo al curry? ¿Vino blanco o tinto?

En primera clase viaja un conocido chef que al parecer está compartiendo trucos de cocina con la tripulación y otros pasajeros. Estoy medio tentada a ir y sumarme a ellos; a lo mejor podría pasarme alguna receta nueva con la que impresionar a Nate. Pero estoy liada preparando el servicio de té de la tarde. Y antes de que se me presente otra oportunidad, iniciamos el descenso.

Después del aterrizaje, la gente hace planes en el autobús de la tripulación.

—¿A alguien le apetece apuntarse a un tour por las casas de los famosos? —pregunta uno.

No se me ocurre nada peor que pagar para ver de refilón estilos de vida inalcanzables. Decido sumarme al grupo de cinco que sugiere ir mañana por la mañana a disfrutar de un *brunch* junto al mar. Tenemos ocho horas de diferencia con respecto al Reino Unido, de modo que seguro que me apetecerá mucho más que un café. No he mencionado a nadie que era mi primer vuelo, simplemente que soy bastante nueva y que no había estado nunca en Los Ángeles. He oído rumores sobre «novatadas» —detesto la palabra y las imágenes que sugiere—, como la de informar al recién llegado de que tiene que llevarse del avión una bolsa de hielo y transportarla hasta una habitación donde se celebra una fiesta o que tiene que cargar con la maleta del capitán hasta su habitación.

Venice Beach.

Estoy aquí, y es un lugar que me resulta tan familiar, tan parecido a lo que se ve en las películas, que me entran deseos de pellizcarme. No puedo creer que esté aquí, viviendo el estilo de vida de Nate. Pienso en todas esas ocasiones en que yo me quedaba en nuestra casa, esperándolo, mientras él daba vueltas por el mundo, pasándoselo en grande. Qué ridícula era. Contemplo la playa. Detrás de las altas palmeras la gente hace ejercicio despreocupadamente en los distintos aparatos gimnásticos instalados al aire libre. Me llama la atención la caseta de un socorrista. Recuerdo haber visto un par de veces *Los vigilantes de la playa* en casa de Babs y que me había encantado.

Paseo por el Boardwalk con mis nuevos mejores amigos temporales —mis compañeros de trabajo—, deteniéndome en puestos de mercadillo llenos a rebosar de gafas de sol, camisetas, minerales y suvenires, mientras esquivo a gente guapa y delgada que corre, patina y anda de un lado a otro en monopatín. Un artista quiere dibujarme un retrato, pero rechazo la oferta con una sonrisa. Me siento casi relajada.

Decidimos disfrutar del *brunch* en un restaurante con terraza exterior. Pido una tortilla de clara de huevo y un agua con gas.

—¿No te apetece un Buck's Fizz? —pregunta Alan, el sobrecargo de la tripulación—. Puedes beber alcohol siempre y cuando sea doce horas antes del vuelo.

—Bebo poco —replico—. No estoy tan agobiada como para eso.

Todo el mundo estalla en carcajadas.

—¿Qué pasa? —digo—. Es verdad.

Miro a mi alrededor y veo caras sabias.

—No creo que de aquí a un tiempo sigas diciendo que bebes poco —dice Alan, dando dos tragos de su copa aflautada—. Te doy seis meses. Como máximo.

Que rían y piensen todo lo que les venga en gana. Desconecto.

Mientras camino a diez mil metros por encima del Atlántico en el vuelo de regreso a casa, lo único que me ayuda a seguir soportando las infinitas demandas de los pasajeros es saber que lo que estoy haciendo es un medio para alcanzar un fin. Paso un momento de incomodidad cuando Alan me pide a través del interfono que vaya a ver a un pasajero francés que viaja en primera clase y que tiene algún problema.

—¿Y no habla inglés ese pasajero? —pregunto.

—Pasajera. No se encuentra muy bien. Por eso te necesitamos.

Recorro el pasillo lo más lentamente posible, deseando que alguien se desmaye y se caiga al suelo o me formule un montón de preguntas complicadas. La cuestión es que en el formulario de admisión exageré mis conocimientos de francés. Tengo, a duras penas, el nivel de francés del colegio. Pero me la jugué y superé por los pelos el breve examen oral empollando unas semanas antes un audiolibro de autoaprendizaje y fingiendo que tenía un resfriado espantoso el día de la prueba. Cuando salí del aula de exámenes me sentí tan aliviada que ni siquiera se me ocurrió pensar en el largo plazo. Lo veía como otro obstáculo superado, no como un posible problema en el futuro.

Sonrío cuando me presentan a *madame* Chauvin, una señora mayor, que, expectante, me sonríe también desde su asiento y se arranca en un prolongado discurso.

—Tranquilo, ya me apaño —le digo a Alan, que sigue servilmente a mi lado.

Se encoge de hombros y se marcha hacia la cocina.

Aprendí una frase de memoria en francés, y la utilizo:

—*Je ne parle pas très bien...* No hablo muy bien francés. ¿Podría hablar un poco más despacio, por favor?

La mujer frunce el ceño, pero vuelve a sonreír enseguida y me habla más lentamente.

Me pongo en cuclillas junto al asiento con la esperanza de que nadie me oiga. Capto las palabras *bagages* y *Paris*. Pienso.

Sin dejar de sonreír, digo:

—*Pas de problème.* —Mi voz apenas supera el susurro; le ofrezco un *café au lait*.

La mujer abre la boca, pero le doy unas palmaditas en el brazo y digo en francés:

—De nada.

Me incorporo y me marcho. Antes de volver a la cabina de clase turista, pido a la tripulación que está en la zona de cocinas que le prepare a la mujer un café con tres galletas, a poder ser de chocolate.

Alan, que está apoyado en el mostrador mirando su iPad, levanta la cabeza y me mira a través de sus gafas.

—¿Qué quería *madame* Chauvin?

—Está preocupada porque teme que su equipaje no llegue a tiempo para la conexión de su vuelo hacia París.

—Oh. ¿Eso es todo?

—Bueno, me ha dicho también que echa de menos a sus nietos y que tiene muchas ganas de verlos. Se ve que ha estado ausente mucho tiempo, visitando a otros familiares. Tengo que volver a mi puesto. Aún no he acabado con el papeleo del carrito del bar.

Recorro apresuradamente el pasillo de *business* y luego el de primera clase hasta alcanzar la sensación de seguridad que me proporciona la parte posterior del avión. El mar de caras de clase turista es un alivio, pero no me relajo del todo hasta que aterrizamos. Cada vez que suena el interfono, el corazón me da un brinco por si acaso vuelven a llamar a «la especialista en francés».

Después de aterrizar, voy a casa un momento para dejar la bolsa, ducharme y cambiarme antes de coger el tren rumbo a Dorchester. Le envío un mensaje a Babs para pedirle que venga a recogerme y luego cierro los ojos y me adormilo en el tren. Cuando llego, está esperándome en la estación con su Mini rojo.

—Creo que voy a vender la casa —le digo cuando pasamos por delante—. Pero habrá que encontrar a alguien que le guste todo este rollo de *Hansel y Gretel,* las hadas, las flores, las setas venenosas y ese estilo de bosque feliz.

—Estoy completamente de acuerdo, cariño.

Me esperaba un listado de objeciones, una detrás de otra, como los aviones que esperan en fila a que los controladores les den pista. Mi madre heredó la casa de mis abuelos, que murieron antes de que yo cumpliera un año. Por aquel entonces, Barbara estaba casada con Ernie y vivían felices en una casa independiente moderna donde «todo funcionaba».

—Llevaba años insistiéndole en que la vendiera, pero siempre se negó con vehemencia. Esa casa es para una familia, y en cuanto al terreno...

—... una selva, por lo que vi por la ventana.

A Amelia le encantaba comprar semillas de flores distintas, mezclarlas en un cuenco grande y luego plantarse en el jardín para lanzarlas al cielo a puñados y ver cómo caían al suelo de forma aleatoria. Naturalmente, algunas acababan creciendo y formaban estallidos de color entre las malas hierbas y el césped, hasta que morían estranguladas o abandonaban su lucha después de largos periodos de clima caluroso sin agua.

—Aquí era imposible que se curara, sola, rodeada de recuerdos —dice Babs en voz baja, casi para sus adentros.

—Me tenía a mí —digo.

No hago mención de la sucesión de hombres inadecuados que hubo después de que mi padre se fuera.

—Yo cuidé de ti —dice rápidamente Babs—. Te preparaba sopa y pastel de manzana. Y sabías que tenías la puerta de mi casa abierta para todo lo que necesitaras.

A veces, me faltan palabras. Sopa y pastel de manzana de mierda. Tarjetas de cumpleaños de mi padre. Mi familia es como los Walton. Amelia renunció a su responsabilidad maternal cuando me concedieron una beca para estudiar arte dramático en una escuela con régimen de internado, una institución que se enorgullecía de sus «valores». En el comedor, esculpida en madera, estaba la famosa frase en latín que hace referencia a la luz y la verdad, *Lux et veritas.* Cuando no llevaba el uniforme, mi ropa pasada de moda y mis pijamas infantiles con motivos de Disney garantizaban más si cabe mi alejamiento de la abeja reina y sus amigas, de sus pijamas de seda y sus jerséis, sus pantalones y sus zapatos de marca.

Llegamos a casa de Barbara. Aparca delante del garaje, que no ha vuelto a utilizar desde que Ernie murió de repente de un infarto, hace ya siete años. A él le encantaba esconderse allí para escuchar Radio Four y tallar aquellos baúles de madera que luego vendía en mercadillos. Babs introduce la llave en la cerradura de la puerta blanca de PVC y entramos en la casa. Subo la bolsa a la habitación de invitados.

—¿Me ayudarás a limpiar un poco la casa? —digo cuando vuelvo a bajar—. Quiero que vengan a verla unos cuantos agentes inmobiliarios. A lo mejor, una vez esté vendida, empezaré a creer que es posible dejar atrás parte del pasado.

—Sí, por supuesto, Lily.

—Ahora me hago llamar Juliette.

No pasa nada por que lo sepa.

—Oh. Entendido. Me parece bien, siempre y cuando no pretendas que me acuerde siempre de llamarte así.

—Tomemos un café y luego vamos allá —digo—. Quiero sacármelo de encima lo antes posible.

El frío del invierno empieza a debilitarse ahora que el final de marzo es inminente. Las flores del cerezo cubren las ramas de los árboles del pueblo y puñados de crocos se abren paso entre la hierba. Era la época del año favorita de Amelia. No la mía, porque me parece un recordatorio insolente de que el tiempo va pasando. Sin Nate. Empezamos a salir en julio del año pasado y mi intención es reconducir la situación antes del aniversario. Acelero el paso, armada con una sensación renovada de determinación, y empujo la verja que da acceso a Sweet Pea Cottage.

Lo primero que hago es subir a la habitación de mi madre y recoger la foto que tiré al suelo la otra noche; una imagen de su precioso Will, conmigo y con Kim, la que era entonces mi mejor amiga y que vivía en la casa más próxima. Me obligo a mirarla durante unos segundos y luego la rompo en diminutos pedazos. Es una de sus últimas fotos. Lo sé porque el elefantito azul que tiene en la mano se lo regaló Babs justo la semana antes de que muriera, y por eso Amelia debía de tenerla escondida. No quiero recordatorios. La familia de Kim la apartó de mí poco después del Incidente y me quedé con la única compañía de los niños de la pequeña escuela del pueblo, que tampoco sabían qué decirme o que simplemente me trataban como si estuviera contaminada.

Me quedo quieta.

En silencio.

Cierro los ojos.

Siento casi el sol sobre la piel, igual que *aquel* día. Apenas soplaba la brisa. Rara vez hago esto. Rara vez vuelvo allí, y tampoco hay ninguna necesidad de hacerlo ahora, pero el deseo abrumador de automutilarme mentalmente me reta a hacerlo. Solo una vez más. Mi respiración se acelera al recordar aquella sensación de amargada despreocupación. De pereza. Hasta que me incorporé de golpe. Mareada, noté un hilillo de baba cayéndome por la comisura de la boca. Me lo sequé percibiendo un silencio que se imponía por encima del sonido incesante de las abejas.

Fue entonces cuando terminó, o empezó. Nunca estoy del todo segura al respecto.

Me estremezco, abro los ojos, bajo corriendo y empiezo a remover cosas en la cocina. Arranco varias bolsas de basura de un rollo y le paso unas cuantas a Babs.

—Ten. Si quieres alguna cosa, quédatela. Todo lo demás, lo entregaré a la beneficencia o lo tiraré.

Me lleva dos días. Acabo teniendo que quedarme en casa de Barbara, pero el trabajo está hecho.

Antes de marcharme de Dorchester, hago copias de las llaves. Las dejo en varias inmobiliarias y me dispongo a coger el tren y regresar a la caja de zapatos.

Mi vida vuelve a mí poco a poco. En cuanto haya vendido la casa, tendré dinero. Últimamente, todo ha sido más similar a la tortuga que a la liebre, pero todo el mundo sabe quién sale vencedora al final.

Por primera vez desde que me instalé aquí, duermo toda la noche seguida.

En mi penúltimo día libre, me levanto temprano y voy a casa de Nate. Veo que está, por desgracia, pero necesito mi dosis. Paso por delante del teatro y de un banco, luego cruzo la calle. Miro el edificio, que alberga cinco apartamentos más. Queda un poco apartado de la zona principal del Green, en una callejuela. La finca está rodeada, tanto por delante como por detrás, por jardines comunitarios bien cuidados. Paso por delante varias veces, completando un circuito por la zona más despejada. Espero hasta que Nate sale a correr hacia las nueve, como es su costumbre, antes de recompensarse con un café en su cafetería favorita. La climatología vuelve a estar de mi parte. A pesar de que los nubarrones oscuros parecen a punto de estallar y aún no ha caído ni una gota, el tiempo justifica que me cubra la cabeza con la capucha.

Desde mi punto de observación, cerca de la entrada de la cafetería, veo a través del cristal que Nate ha pedido un cruasán. Lo cual es excepcional. Un rayo de esperanza; este tipo de comida emocional podría indicar soledad. Saco el teléfono del bolsillo y miro la pantalla. Nate se toma su tiempo con el café y aprovecha la prensa gratuita que siempre hay en el local. Cuando levanto la vista del teléfono, el miedo se apodera de mí. Nate va directo hacia la puerta. Bajo la cabeza, me alejo de allí y, conteniendo la respiración, me meto en la entrada de la primera tienda que encuentro. Pasa por delante. El corazón me late con violencia. Aspiro hondo.

Echo a andar en dirección contraria, hacia el río, y llamo a Amy. Necesito algo con que distraerme.

—¿Te apetece tomar unas tapas por Richmond esta noche? —sugiero—. Conozco un sitio barato y animado.

No hay peligro de tropezarse con Nate, pues sé que vuela a Boston.

Amy accede.

—Pero pasa antes por mi casa a tomar una copa.

El restaurante de tapas era uno de nuestros favoritos. Alejandro, el director del local, al que le encantan los chismorreos, informará a Nate de lo feliz que se me ve si le menciono, un par de veces, lo relajada que estoy ahora con un nuevo novio inventado. Nate tendría que sentir alguna punzada de celos. Querer lo que no puedes tener forma parte de la naturaleza humana, eso lo sé muy bien, y me apuesto lo que sea a que Nate entra en mi página de Facebook de vez en cuando, por curiosidad, a pesar de que le guste dar la impresión de que ya no le importo. Le irá bien verme por ahí con una nueva amiga. Y si no entra, tal vez *alguien* verá alguna cosa y me mencionará con un comentario positivo. He tenido que abrirme dos cuentas de Facebook —Elizabeth y Juliette— y tengo que ir con mucho cuidado con lo que publico en cada página, para no delatarme si un día estoy en Melbourne y al siguiente en Singapur.

Regreso a la estación, miro de reojo el inconfundible reloj cuadrado —no es ni siquiera mediodía— y vuelvo a casa para pasar la tarde. Podría utilizar productivamente el tiempo antes de salir para ir a casa de Amy, así que enciendo el portátil y me pongo a trabajar. Después de buscar algunas inmobiliarias, miro a ver qué se trae Bella entre manos. Otro acto benéfico. Esta vez algo relacionado con el acoso. Siento una oleada de rabia. No tiene derecho, no tiene ningún derecho.

Ins-mierda-pira, es-mierda-pira. Inspira. Espira. Inspira. Espira.

«La paciencia es una virtud».

«Cíñete al plan».

Ocupo mi mente con la búsqueda de una autoescuela y finalmente reservo unas clases.

Cojo el autobús hacia Heathrow para cambiar de escenario, luego otro hacia Brentford, aunque me suponga un recorrido más largo. Da igual, puesto que dispongo de tiempo de sobra a pesar de haber tenido una jornada ocupada. Cada viaje en avión genera entre dos y cinco días de descanso, dependiendo del destino; días de «tiempo en la base», lo que se conoce también como días TAB. El autobús se para y se pone de nuevo en marcha, serpentea por Hounslow, luego se reincorpora a la A-4 y pasamos por delante de hileras de casas ligeramente apartadas de la carretera principal. Incluso con el sonido que emite el motor del autobús, soy consciente del continuo flujo de chirriantes aviones que culminan su descenso. Miro por la ventana y, a pesar de que es de día, veo las aeronaves que se aproximan con el parpadeo de las luces anticolisión, y su tren de aterrizaje; los grandes neumáticos negros que asoman por debajo de las panzas metálicas.

Bajo en Brentford High Street, delante de los juzgados, aunque desde allí me queda todavía un paseo de tres cuartos de hora hasta casa de Amy. Paso por delante de edificios altos con fachadas de vidrio y por debajo de los deprimentes pilares grises que sustentan el puente de la M-4. La última etapa de mi trayecto me lleva por una calle ancha y residencial.

Cuando pulso el timbre de Amy, estoy sudando.

Abre la puerta envuelta en un albornoz de color melocotón.

—¡Perdona! Voy un poco retrasada. Sírvete tú misma lo que quieras de la nevera —grita por encima del hombro cuando desaparece detrás de la puerta de su cuarto—. No tardo nada.

No me tomo esa molestia. En lugar de ello, me siento en el sofá a esperar. Tarda siglos. Aburrida, abro el cajón de la mesita de centro. Está lleno de porquería. No puedo evitar caer en la tentación de arreglarlo, de agrupar bolígrafos de todo tipo y de recoger un paquete de caramelos para la tos en estado de desintegración que tiene que ir directo a la basura. Hay un llavero de Homer Simpson, un estallido de azul celeste y amarillo, con dos llaves. ¿Un duplicado de las llaves del piso? Las cojo y las meto en el bolso. Nunca se sabe cuándo pueden acabar siendo de alguna utilidad.

—Supongo que te acordarás de Jack, del día de la fiesta, ¿no? —dice Amy cuando por fin nos ponemos en marcha. No espera a que responda para continuar—. Espero que no te moleste. Estaba sin planes para esta noche y le he dicho que se apuntara con nosotras.

Sonrío.

—Estupendo. Cuantos más seamos, más nos divertiremos.

Pues claro que me molesta, joder.

En cuanto entramos en el restaurante, mi estado de humor empeora. Ni rastro del agradable Alejandro y se intuye su ausencia, que hacen evidente detalles como la falta de un cactus medio muerto en lo alto de la repisa y de aquellos manteles de papel decorados con sombreros mexicanos mal dibujados. El local tiene un aspecto… elegante. Me entero de que lo ha vendido, de que se ha ido. Es como una pequeña puñalada por la espalda. Yo era una clienta fiel.

Una camarera nos acompaña hasta una mesa dispuesta para cuatro. Veo la parte posterior de la cabeza de un hombre; se gira y sonríe.

—Hola, Jack —digo con una gran sonrisa—. ¿Para quién es esta silla vacía? —dejo caer en tono despreocupado mientras tomo asiento delante de Amy.

—Para mi colega, Chris —responde Jack con una sonrisa.

Noto un hormigueo de ansiedad en el pecho cuando veo que todo se desbarata. No me apetece una cita doble ni salir con otros hombres, no tiene sentido. Tengo a Nate. Cierro con fuerza los puños debajo de la mesa y me obligo a continuación a coger la carta y estudiarla.

Justo cuando iba a sugerir que mejor no comer nada e ir directamente a algún bar, aparece Chris. Es grande en todos los sentidos: alto, ruidoso y con barriga cervecera. A pesar de que sonrío y me muestro agradable, las horas siguientes son como una carrera de resistencia. Me siento atrapada. Odio estar aquí, dejarme arrastrar por la inercia de una vida inadecuada, con la gente inadecuada. No he soportado la pesadilla de la montaña rusa de cuando tenía veinte años para ahora experimentar una puñalada de vacío tan brutal como esta. Mis creencias me dan derecho a una recompensa cósmica como… la satisfacción o la estabilidad. Mi lugar está en casa, con Nate. Todos los momentos que pasamos separados son una pérdida de tiempo, porque el resultado es evidente: *estaremos* juntos. Estar con Nate fue como empezar un viaje en tren de vuelta a casa, que me echaran a mitad del recorrido, una noche de invierno, y acabara recibiendo instrucciones para llegar a mi destino mediante una serie de autobuses de enlace.

Lo quiero todo: quiero a Nate, la calurosa aceptación de su familia, el estilo de vida confortable y unos hijos que acabarán siendo futbolista —a Will le encantaba dar patadas al balón— y actriz. Me encargaré personalmente de los niños. No me fío de que nadie los cuide debidamente. Quiero ser de esas personas que los demás se quedan mirando

—en un restaurante, por ejemplo, o incluso cuando lleve a los niños a jugar al parque—, que los demás aspiran a ser. Quiero que los demás se imaginen que soy una de esas personas «íntegras» y que se imaginen mi casa perfectamente ordenada, con dibujos de los niños pegados con imanes a la nevera de diseño, en una cocina donde mi marido abre una botella de vino frío y caro mientras yo remuevo el *risotto*.

Cerca de medianoche, están todos borrachos y ríen de cosas que no son en absoluto graciosas. Si Jack vuelve a enseñarme otro vídeo de YouTube donde se ve a un hombre volando con una moto para acabar cayendo sobre un montón de heno convenientemente colocado, gritaré. Y cuando empiece a hacerlo, creo que no podré parar.

Ahora estamos atrapados en una cola larguísima que espera junto a una parada de taxis vacía. El olor a kebab procedente de un establecimiento de comida rápida puede conmigo. No lo soporto ni un segundo más. Se apodera de mí una sensación casi infantil de desafío.

—Tengo una idea —digo—. Un amigo mío vive cerca de aquí y no está. Pero me deja utilizar su casa de vez en cuando. Le gusta que me encargue de cuidarle unos peces que tiene y de echarle un vistazo a todo. Podríamos ir allí a echar una cabezadita.

—¿Estás segura? —dice Amy—. ¿Y si…?

—¡Vamos! No soporto esta cola ni un segundo más. Podemos tomar una copa calentitos y llamaré a un taxi desde allí.

Amy sigue dudando.

—Seguidme —digo, y echo a andar por la calle hacia el Green—. Tendréis que subir sin hacer ruido, hay vecinos que trabajan en turnos de noche. Pero, una vez estemos en el piso, no pasa nada.

Los dejo pasar a todos y me siento superior, como si estuviera tomando aún más el mando de la situación. Examino rápidamente el salón. Limpio. No hay manuales relacionados con el trabajo, no hay correo, no hay nada excesivamente personal. Tanto Nate como yo somos ordenados. No creo que los polos opuestos se atraigan, estoy segura de que eso es un mito. Bajo las persianas e insisto en que todos tomemos un licor de café. Nate no se dará cuenta si baja el nivel de la botella, odia ese licor. Jack se sienta en el sofá junto a Amy. Al lado de Chris, que está sentado en el otro sofá, en el lugar de Nate, queda un espacio libre. Le está bien empleado a Nate que otro hombre, por inapropiado que sea, ocupe su lugar.

Los peces están dando vueltas. Si los peces pudieran hablar... Por primera vez les doy de comer y esparzo una capa de esa especie de confeti maloliente por la superficie. Arcoíris abre la boca y la cierra para quedarse mirándome.

—Enseguida vuelvo —digo—. Voy un momento al baño y luego llamaré al taxi.

Me ignoran. Ríen a carcajadas por otro vídeo de YouTube que están viendo en el teléfono de Jack.

Examino la mesa de despacho que Nate tiene en la habitación de invitados. No hay prácticamente nada, como es habitual, excepto una taza con varios bolígrafos de hotel. Suele llevarse con él el papeleo, pero no puedo resistir la tentación de mirar los cajones. Con el teléfono atrapado entre el oído y el hombro, marco el número de una empresa de taxis.

Suena.

Responde una voz masculina.

—¿Diga?

Clavo la mirada en un sobre de color crema y aspecto caro. ¿Será una invitación? ¿A qué? ¿De quién? Extraigo con cuidado una tarjeta, aunque el sobre ya ha sido previamente abierto con el cortapapeles de Nate.

—¿Hola? ¿Taxis Bob? —Me obligo a seguir hablando—. Oh, hola, sí, llamaba para pedir un taxi, por favor…

Cuelgo y me dejo caer en la cama mientras leo las palabras que se vuelven borrosas delante de mis ojos.

5

Siempre que decido enfrentarme a Bella, bien sea *online*, de lejos o en fotos, me preparo de antemano. Me rodeo mentalmente de una barrera protectora. Lo que estoy mirando carecería de importancia para cualquiera, pero para mí es otro revés. Otro recordatorio doloroso de que *ella* está llevando el tipo de vida que yo deseo.

Es una invitación a casa de Bella para celebrar el treinta cumpleaños de un amigo. Y no es el hecho de que su amigo sea un famoso —eso me da igual—, lo que me molesta es esa descarada *exclusividad*. Me encantaría que me invitaran y moverme en los mismos círculos sociales que Nate. Yo también conocía a Bella, en su día.

—¿Juliette?

Amy está en la puerta, observándome con el entrecejo fruncido, perpleja a pesar de su mirada vidriosa.

—Lo siento, me he distraído. Le he enviado un mensaje a mi amigo para decirle que estábamos aquí y me ha pedido que le buscara una cosa.

Devuelvo la tarjeta al cajón, apago la luz y vuelvo con ella al salón.

—¿Más licor de café? —pregunto, esbozando una sonrisa de anfitriona—. El telefonista de los taxis ha dicho que estaban liadísimos. El taxi tardará más o menos una hora.

Seguir presente es un auténtico esfuerzo. Sonrío, hago gestos de asentimiento e intento sumarme a la conversación lo mejor que puedo. Cuando el taxista llama al cabo de cuarenta y cinco minutos para avisar de que ya está abajo, me apetece dar saltos de alivio.

—He pedido dos taxis —digo, mintiendo—. Ya cogeré yo el otro para volver a casa. Quiero quedarme y limpiar esto un poco —añado al ver que Amy abre la boca como si se dispusiera a protestar.

Es cierto, tengo que comprobar que todo queda correctamente. No puedo dejar rastro; Nate es muy meticuloso. Verifico que el vuelo de Boston va en el horario previsto antes de sentirme lo bastante segura con respecto a mi decisión de quedarme aquí a pasar la noche. No veo por qué no podría. Vuelvo a la habitación de invitados para mirar de nuevo la tarjeta de invitación.

«Me encantaría que pudieras sumarte a nosotros para celebrar…».

La decisión de Amelia de solicitar una beca para un internado, en vez de dejarme proseguir mis estudios en el instituto más cercano, coincidió claramente con el despertar de mis hormonas adolescentes. Amelia me ayudó a prepararme, por mucho que me resultara evidente discutir monólogos contrapuestos y representar una serie de improvisaciones. La

Casa Madre asignó a Bella, jefa de estudios del curso, la responsabilidad de cuidar de mí y enseñarme los entresijos del colegio. Lo cual, a decir verdad, hizo. Al principio. Bella era elegante, inteligente, ingeniosa, delgada y guapa. Bajo la protección de Bella, me sentía a salvo de quienes miraban con desdén mi ropa sosa y excesivamente ceñida, incapaz de disimular mi gordura infantil.

La mayoría de las integrantes del «círculo interno» eran alumnas que volvían a casa el fin de semana. La familia de Bella vivía en una zona muy exclusiva de Bournemouth. Yo me mostraba muy vaga cuando hablaba sobre lo cerca que estaba mi casa. «En el campo», solía responder si me preguntaban, cuando en realidad estaba solo a treinta y dos minutos en coche de allí (lo sabía porque había cronometrado al taxista cuando me llevó el primer día). Los fines de semana se hacían interminables. Me metía en la biblioteca y escapaba mentalmente de allí hojeando las revistas que nos estaban permitidas —*Vogue* y *Tatler*—, imaginándome futuras invitaciones a fiestas, gracias a las cuales aparecería también en las fotos de las últimas páginas.

En clase de arte dramático, los papeles que le daban a Bella eran siempre el equivalente al de la Virgen María en la obra de Navidad de la escuela primaria, y los papeles de sus amigas íntimas —Stephanie y Lucy—, comparables en estatus a los Reyes Magos. A mí, a pesar de la beca, me tocaban siempre los papeles secundarios —lo que vendría a ser un pastor o un asno—, así como papeles adicionales lejos del escenario, como el de guionista o directora de escena. Intentaba restarle importancia, pero me dolía, porque quería disfrutar también de una merecida oportunidad de poder brillar, que todo el mundo me aplaudiera, poder elevar mi popularidad.

«Esto es porque su familia está forrada. Hacen donaciones muy generosas al colegio. Las demás no tendremos jamás sus papeles», me dijo una vez Claire, otra becaria muy discreta y que destacaba en la mayoría de los deportes, un día que Bella consiguió otro de los papeles deseados por todas.

Claire me gustaba bastante, pero no podía entablar amistad con ella porque intuía que Bella —a pesar de que de cara al exterior hacía una excepción conmigo— no aprobaba, en términos generales, que las alumnas becadas tuvieran «carta blanca» mientras que las integrantes de su círculo tenían padres que habían trabajado muy duro para conseguir su riqueza. Me moría de vergüenza solo de pensar que Bella pudiera saber de dónde venía yo. Por las noches, descargaba todos mis sentimientos de desubicación escribiendo mi diario a la luz de una linterna, cuidando de ser siempre cautelosa en cuanto a detalles concretos.

Las cosas duelen más si se reconocen debidamente.

Bostezo; son las tres de la mañana. En el exterior, brilla la luna llena.

Voy al baño, me limpio el maquillaje con jabón y agua templada y me lavo los dientes con el cepillo eléctrico de Nate (tiene uno que funciona con pilas y que se lleva al trabajo).

Me instalo en su lado de la cama y caigo dormida.

Cuando me despierto, experimento unos fugaces y preciosos segundos durante los cuales creo que todo es como era antes. Estoy en nuestra cama, feliz y satisfecha mientras Nate prepara el desayuno o ha salido a correr. Pero, como siempre, la aplastante realidad acaba cayendo sobre mí y esa felicidad, flotante e intangible, se esfuma.

Miro el teléfono; es mediodía. Me preparo un café y miro en el congelador. Las madalenas siguen allí, de modo que las adelanto un poco.

Me suena el móvil. Una inmobiliaria.

—Tengo noticias fantásticas, señorita Price —dice una joven voz masculina—. Tenemos ya una oferta casi al precio de salida. Sin obstáculos de por medio, están ahora en un piso de alquiler.

La venta me proporcionará, en breve, más dinero del que pueda haber tenido en toda mi vida. El dinero del sentimiento de culpa de Amelia. Lo cual significa que podré elegir dónde vivir, que ya no tendré que permanecer exiliada en Reading. Miro pisos en Richmond, pero están por las nubes. Siendo realista, sé que solo puedo permitirme un pequeño apartamento. Guardo en favoritos algunas posibilidades.

Entro en Facebook. Amy no dice nada. Un amigo de ascendencia italiana de mis tiempos de extra de cine, Michele Bianchi, ha conseguido un pequeño papel de auxiliar de veterinaria en una serie de televisión. Escribo: «¡Felicidades!». Nunca nadie se dirige a él solo por su nombre de pila; todo el mundo lo conoce como Michele Bianchi. Solíamos comer juntos, ver cómo trabajaban los actores de verdad. Si me lo hubiera propuesto, me habría gustado formarme como actriz. Me apetecía la idea de llevar una doble vida; una como yo misma y otra como un personaje de ficción. Pero, como dejé la escuela a la primera oportunidad que se me presentó, acabé pasando de un trabajo a otro: florista, camarera de sala, auxiliar administrativa, vendedora…, y eso solo recordando unos pocos. Y lo mismo aplicaría a los lugares donde he vivido. Alquilé diversas habitaciones, pero siempre acabé regresando a Dorset al cabo de unos meses porque odio vivir con desconocidos. Pensándolo bien, mi vida ha seguido un patrón similar también con los hombres y con las amistades. Siempre que conozco gente, acabo llevándome una decepción. Pero tengo fe en Nate. Con él, todo está bien. No hay otra forma de describirlo.

Miro su página de Facebook; en Boston ha ido al gimnasio.

Bella ha tuiteado que esta mañana probará una clase de bikram yoga.

Fisgoneo un poco, como es habitual. No hago daño a nadie con ello, e incluso cuando vivía aquí siempre había cosas que resultaba útil copiar o quedarse. Porque en la vida nunca se sabe, no se sabe jamás. No veo nada que destaque como nuevo o excepcional, de modo que lavo y seco la taza, la dejo otra vez en el soporte de madera donde están todas colocadas y luego compruebo por tercera vez que todo siga en orden. Me fijo en la puerta de la nevera; hay partes más opacas entre las escasas fotos y anuncios. Antes brillaba con luminosidad. Nate me compraba imanes o tazas en todos los países que visitaba. Suvenires de turista, porque sabía que esas cosas me encantan, que no las encuentro horteras. Decía que lo hacía para que así yo supiera que pensaba en mí cuando no estaba. Lo guardo todo embalado; no volveré a utilizar nada de eso hasta que pueda volver a colocarlo en su casa original.

Echo un último vistazo a mi antigua y futura casa y luego me obligo a marcharme, a coger el tren que me llevará a la caja de zapatos. En cuanto llego, marco el número de la peluquería de Bella para pedir cita. Bella sigue viviendo en Bournemouth, cerca de casa de su familia, y no queda tan lejos. Me instalo en el sofá y estudio para el examen teórico del carnet de conducir. Nate no va a reconocer a la futura esposa, segura de sí misma e independiente, que ha dejado escapar.

No tendrá ni una posibilidad.

Me levanto temprano para realizar un breve viaje de ida y vuelta a Fráncfort.

Cuando estoy de vuelta, me cambio en los lavabos del aeropuerto, dejo el uniforme en la tintorería y cojo el tren para ir a Bournemouth.

—¿Qué te apetece que hagamos hoy? —me pregunta la peluquera favorita de Bella, la sonriente Natasha.

Reflexiono unos instantes. Tenía la idea de teñirme de rubia, como Bella, pero, pensándolo bien, Amy se ve segurísima de sí misma con su cabello cobrizo. Transmite la combinación perfecta de confianza y, con todo y con eso, sigue siendo disciplinada cuando es necesario. Tal vez podría aprender algo bueno imitándola.

—Me gustaría experimentar —respondo—. Estaba pensando en hacerme algo un poco más drástico…

Mientras degusto un café, estudio la carta de colores y selecciono el tono más similar al de Amy que encuentro y a continuación me relajo y hojeo una revista. Mientras Natasha me corta el pelo —«Solo las puntas», insisto (no quiero *exactamente* el mismo estilo que lleva Amy)—, charlamos sobre los pasajeros más complicados que me he encontrado, en un intento de que ella se abra y hable sobre sus clientas más difíciles. Estoy segura de que Bella es una de ellas. No puedo imaginármela tratando a nadie con respeto. Pero Natasha no muerde el anzuelo. Dejo una propina generosa para asegurarme de que la próxima vez esté más habladora. Voy caminando hasta la estación; la brisa marina me agita el pelo y me llevo una sorpresa cada vez que veo de refilón un mechón de color cobrizo.

Cuando me acerco al andén, mi mirada se fija en un nombre de la lista de destinos. El del pueblo donde estaba mi internado. No tengo ningún motivo para volver ahí, pero siento un impulso, aunque sepa de sobra que el colegio se ha reconvertido en una residencia de ancianos. Sin tiempo para convencerme a mí misma de lo contrario, compro un billete y subo al tren. Pero he cometido un error al no comprobar los horarios y tardo cerca de una hora en llegar al Dorset profundo. Desde la estación hasta el camino de acceso al edificio hay una excursión de casi un kilómetro. Un cartel dorado revela el nuevo nombre del establecimiento, bajo el que puede leerse «Os cuidamos». Espero que cuiden más a los ancianos de lo que cuidaron a las adolescentes que estudiaron aquí. Sigo andando y enfilo la carretera asfaltada que lleva hasta el pueblo, una ruta que antaño conocía de memoria.

El quiosco del pueblo sigue ahí. Durante el descanso de la tarde, entre las cuatro y las cuatro y veinticinco, teníamos permiso para enfrentarnos al recorrido de tres minutos y aprovisionarnos de comida basura. Empujo la puerta. No recuerdo al dependiente, de modo que no tengo ni idea de si el hombre que está detrás del anticuado mostrador es el que solía atenderme, pero sospecho que sí.

—Veo que el antiguo colegio ha cambiado de propietario —digo, fingiendo mirar las revistas del expositor.

El hombre mueve la cabeza en sentido afirmativo.

—Estuve estudiando aquí de adolescente.

—¿Ah, sí? Erais muchísimas.

No menciona a los chicos del pueblo que se plantaban en la acera de enfrente y se reían de nosotras. Teníamos instrucciones de ignorarlos, pero su actitud era comprensible. Cualquier infracción de la normativa relativa al uniforme significaba un castigo inmediato de quince días, razón por la cual cuando no llevábamos sombreros de paja en verano lucíamos capa en invierno —no abrigo, como las estudiantes normales—, lo que nos convertía en objeto de broma, como si fuéramos adolescentes de un culto religioso estricto o de otra época.

Elijo dos revistas de vestidos de novia. Mientras pago, veo las bolsas de papel marrón. Recuerdo que solía llenar la mía con el máximo de chucherías posible; un intento descarado de sobornar a las demás para que pasasen más tiempo en mi compañía. Me despido y me marcho en dirección a la residencia. No tengo ni idea de qué esperar de todo esto, pero ya que estoy aquí no puede hacerme ningún daño.

Me aproximo al edificio de época victoriana y veo enseguida que la recepción sigue donde estaba, aunque la entrada principal es más ancha. Unas puertas dobles se abren hacia el exterior y sustituyen la vieja puerta de madera blanca que siempre crujía. En el lateral, hay una rampa metálica para las sillas de ruedas. Las hojas de los árboles revolotean por el suelo, atrapadas en minitorbellinos. Los coches son nuevos; el viejo Rover de la directora y el VW Polo de la profesora de arte dramático han desaparecido. Desde el lugar donde estoy situada, se veía una puerta negra a mi izquierda. Ahora hay un muro de ladrillo. Durante la pausa de la mañana, la puerta negra se abría y las delegadas nos entregaban los paquetes y el correo que pudiera llegar de casa: tarjetas de cumpleaños, tarjetas de San Valentín, o postales y cartas de familiares mayores que no se habían adaptado aún al correo electrónico.

Respiro hondo y entro en mi antiguo colegio. El espacio es completamente distinto, pero el olor a institución sigue allí. Es un shock; espero verla u oír sus inconfundibles pasos. Paralizada, recuerdo una cosa: a Bella diciéndome una noche que no podía sentarme a su lado en la mesa del comedor porque le había reservado el sitio a Stephanie. Tardé unos minutos humillantes en encontrar una plaza libre en el comedor, que estaba abarrotado. Incorporo el detalle a la lista de desprecios que guardo en mi cabeza.

Me concentro en el entorno actual. Las ventanas con cristales policromados siguen presentes en las altas paredes y la enorme chimenea continúa en su lugar. Clavada en la pared veo una placa de madera. Mis ojos se saltan el latín y se posan en la traducción: «La fortuna sonríe a los audaces». Mientras intento descifrar qué relevancia tiene este lema en una residencia de ancianos, mis pensamientos se ven interrumpidos de repente.

—¿En qué puedo ayudarla?

Es una voz femenina.

Me giro y sonrío a una recepcionista que lleva una recargada blusa de color azul pavo real y unas gafas para leer colgadas al cuello. Tiene aspecto de *cuidar* a los demás.

—Lo siento —digo—. Estuve estudiando aquí. Resulta extraño volver.

—¿Cuánto hace de eso?

—Me marché de aquí hará unos diez años. Me preguntaba… si podría dar una vuelta.

—Me temo que no. No es posible sin haber concertado previamente una cita. Si no tiene aquí ningún familiar, lo siento, pero no.

—¿Y por los terrenos? ¿Puedo pasearme? ¿Sigue aún ese arroyo allí al fondo?

—Sí, sigue allí, pero tendré que preguntar si puede —dice cogiendo el teléfono de recepción—. Aunque no veo por qué no.

El arroyo es poco profundo. En mis recuerdos, era más hondo. A pesar de que la orilla está cubierta con mucha vegetación, es posible acceder aún a través del viejo sendero. Me pregunto si alguien paseará hoy en día por aquí. No creo que los residentes tengan necesidad de escabullirse para fumar un pitillo o realizar algún tipo de actividad clandestina.

Era mi escondite. Me descalzaba y metía los pies en el agua.

Creían que por instinto me mantendría alejada del agua después de lo de Will. En lugar de ello, me resultaba reconfortante.

Los sauces llorones siguen rozando el agua y una brisa gélida ondula la superficie. Me siento sobre las piedras irregulares, me giro y miro el edificio principal.

La última vez que me senté aquí fue cuando se celebró el baile de verano de la graduación.

Hace diez años.

Estaban invitados estudiantes de quinto y de sexto de otras escuelas del condado, chicas y también chicos. Rápidamente corrieron rumores de que unos estudiantes de sexto, que habían compartido la cantidad que se les permitía de alcohol, habían echado algo al ponche de frutas. Bebí sorbitos del mío aunque sabía a jarabe para la tos, pero en el fondo no quería acabar comportándome como una imbécil, como le sucedía siempre a mi madre, riendo como una tonta y diciendo vulgaridades. Estrenaba un vestido rojo que me había comprado con el dinero que Babs me había mandado. Pero a pesar de lucir un aspecto exterior distinto, por dentro seguía siendo yo. Cansada de sentirme insignificante, de pasar el rato sentada en una silla al lado de Claire, decidí salir a hurtadillas del edificio principal aprovechando un momento en que los profesores que nos vigilaban estaban despistados y correr prado abajo hasta llegar a mi escondite. Me ardía la garganta y tenía calor. Me quité los zapatos de tacón y sumergí los pies en el agua. El gris oscuro de la noche se volvió más sólido a medida que la temperatura bajó ligeramente. Me sentía casi feliz; pronto me libraría para siempre de un lugar que aborrecía. Una brisa suave me acariciaba las extremidades y me hacía sentir anónima, a salvo y protegida. Me senté en la orilla y envolví las rodillas con los brazos.

Fue oscureciendo y decidí volver a la habitación para cobijarme bajo la colcha, pero un sonido de piedrecitas y de pasos me alertó de la presencia de alguien más. Me incorporé rápidamente, dispuesta a defenderme, pero, para mi asombro, vi que era un chico de sexto, uno de los chicos «guais» que formaba parte del grupillo que se había congregado alrededor de Bella, Stephanie y su banda.

Solo.

Me pregunté por un instante si me habría seguido, pero sus ojos tenían la mirada perdida y vi que se quedaba perplejo al encontrar a alguien más por allí. Se había quitado la corbata negra y llevaba desabrochados dos botones de la camisa. Sujetaba un vaso con la mano derecha. Volví a sentarme y él se sentó a mi lado. Dejó entonces la copa en el suelo y aplastó la tierra un poco para crear una superficie lo suficientemente plana para sostenerla.

—Hola —dijo, y encendió un cigarrillo. La llama de la cerilla le iluminó la cara. Se quitó los zapatos y los calcetines con la mano que le quedaba libre e introdujo los pies en el agua—. ¡Está fría!

Reí.

La punta ambarina del cigarrillo brillaba. Me lo ofreció.

No quería decir que no, así que lo acepté y aspiré lo más flojito que pude. Me entró mareo. Me esforcé por encontrar algo que decir, algo que le hiciera reír o querer quedarse allí, conmigo, puesto que empezaba a apoderarse de mí una leve esperanza. A lo mejor la velada acababa convirtiéndose en algo capaz de cambiarlo todo.

—¿Has estado en muchos bailes o fiestas? —espeté, maldiciendo por dentro haber pronunciado unas palabras tan torpes e ingenuas.

—En tres, en lo que llevamos de temporada.

No se me ocurrió cómo replicar, por mucho que él me hiciera sentir como alguien con quien merecía la pena hablar; que no era fea. Ni gorda. Se me hizo un vacío en el estómago. Deseé haber ido hasta allí con mi copa.

—¿Puedo beber un traguito?

—Claro que sí.

Levantó la copa y acercó el borde a mis labios.

Bebí un sorbito, luego otro, más largo. Tenía mejor sabor que antes. Negué con la cabeza cuando me ofreció otro trago.

—¿Y tú?

—Ya he bebido bastante. ¿Qué haces aquí sola?

Dudé unos instantes.

—Me apetecía descansar un rato. Estar con la misma gente día sí día también acaba cansando un poco.

Rio.

—¡A mí me lo vas a decir! Al menos tu colegio es lo bastante grande como para tener escondites como este. Y hay muchas más estudiantes que en el mío.

Aplastó el cigarrillo contra el suelo y me sorprendió la cantidad de luz que desprendían las chispas. Cobré entonces consciencia de que la llegada de la oscuridad se había acelerado. Nos quedamos sin decir nada. Se oía levemente la corriente de agua y, mucho más lejos, el ruido sordo de la música, aunque costaba identificar el tema. Me chocó lo surrealista del momento, era como estar temporalmente alejada de mi vida real.

No sé quién de los dos se inclinó primero hacia delante, pero nuestros labios se rozaron y nos besamos. Sabía a alcohol y tabaco.

—Hueles muy bien —dijo cuando nos separamos.

Debía de ser por la laca, puesto que no podía permitirme perfume y no había querido correr el riesgo de robarle un poco a Bella. Me incliné de nuevo hacia delante, pero esta vez para beber otro sorbito y dejar la copa en el suelo. Volvimos a besarnos. Y luego nos tumbamos. Notaba el terreno, piedras y musgo bajo la espalda, y pensé unos instantes en el vestido. Pero entonces él me besó con más pasión y me olvidé de todo. Ya nada me importaba. El tiempo empezaba aquí. Recuerdo que pensé que era eso. Que él era mi billete hacia la vida de verdad y que a partir de aquel día mi vida comenzaría de cero. Todo volvería a estar bien.

Sucumbí a mis sentimientos. Me sentí protegida. Me sentí bien.

Cuando se terminó, fue como si el momento se desdibujara, como una sombra que se desintegra en un sueño.

—¿Tienes algún pitillo? —me preguntó—. Era el último.

—No —respondí, deseando con desesperación haber tenido uno.

Sin que nos diese tiempo a decir mucho más, oí que se subía el pantalón y se abrochaba el cinturón. Se calzó los zapatos. Intenté recomponerme, tenía flojera en las piernas.

—¿Vuelves? —dijo.

—Sí. En un rato.

Me pareció más adecuado que decir: «No te vayas, por favor».

—De acuerdo. Hasta luego.

Me levanté e intenté abrazarlo. Él me dio un achuchón rápido y un besito en los labios. Deseaba decirle que le amaba, pero intuí que era demasiado pronto. Así que dejé que se fuera. Oí sus pisadas enfilando la cuesta. Alejándose de mí. Palpé el suelo en busca de la bebida, pero la copa se había volcado y estaba vacía. Intenté encontrarle sentido a todo lo sucedido; me pregunté si acababa de convertirme en adulta aun teniendo todavía quince años. Me llevé la punta de los dedos a los labios, allí donde había estampado su beso final. Y me concentré en el sonido de la música y por fin conseguí averiguar la canción: *Switch*, de Will Smith.

Cuando caí presa del frío y el malestar, volví al ala de las habitaciones y me lavé. Sangre, semen, barro. Me obligué a sumarme de nuevo a la fiesta. Él también había vuelto e ingenuamente asumí que se acercaría, que anunciaría que éramos novios y que mi popularidad social subiría como la espuma de inmediato, aunque fuese solo temporalmente. Pero él estaba bromeando con Bella. Ella reía en respuesta a alguna ocurrencia de él. Poco después, vi que rodeaba con el brazo a Stephanie.

Durante el poco rato que se prolongó la velada, lo observé de reojo mientras me obligaba a escuchar por encima las cosas que me contaba Claire, e hice varios viajes a los baños, confiando en que se acercara a mí. Me odiaba por no tener las agallas suficientes para abordarlo, porque tenía todo el derecho del mundo a hacerlo. Culpé a Bella de mi falta de confianza. Y sigo culpándola de ello. De haber sido una persona más agradable, una amiga, me habría acoplado con toda naturalidad a aquella reunión social. Pero Bella me daba miedo. Temía que me hiciera quedar como una tonta delante de él.

En dos ocasiones me dio la impresión de que me miraba. Pero fueron instantes tan fugaces que no conseguí capturarle la mirada. Miré el reloj, una y otra vez, torturándome porque los autocares tenían previsto marcharse a las doce menos cuarto. A las once empecé a estar desesperada. Rebajé mis esperanzas a una breve promesa de que me llamaría o me enviaría algún correo. Hacia las once y cuarto ya me había autoconvencido de que lo que sucedía es que estaba cortado. Pero no había miradas furtivas, ni el más mínimo indicio de que hubiera pasado algo entre nosotros. No me miró en ningún momento. Empecé a sospechar que me lo había imaginado todo —aunque era imposible— y la rabia y el odio se apoderaron de mí, junto con una amarga determinación.

Me juré a mí misma que nunca jamás nadie volvería a tratarme así. Que nunca jamás permitiría que me ignorasen.

Pero, con todo y con eso, no estaba dispuesta a renunciar a mis esperanzas. Durante las últimas semanas que quedaban de curso, estuve comprobando mi correo electrónico cada vez que entraba en la biblioteca, y esperando que se abriera la puerta negra durante las pausas de las clases y apareciera una tarjeta romántica o un regalito, cualquier cosa, lo que fuera. Por las tardes, cada vez que sonaba el teléfono que estaba al lado de la sala comunitaria, deseaba que fuera para mí. Porque aquello, entremezclado con mis anhelos y mis esperanzas, habría marcado además una diferencia; habría hecho más soportable el otro resultado espantoso de aquella noche. Incluso hoy en día me encojo de miedo cuando oigo ciertas palabras y me pillan desprevenida, cuando oigo aquello que me llamaron cuando mi error pasó a ser conocido por todos.

Me levanto, con optimismo renovado y más confianza en mí misma. Ha estado bien volver aquí, recordar la promesa que me hice hace ya una década, que no es otra que saber que me merezco que los demás me traten con respeto.

Y muy en especial los hombres.

En el tren, tengo tiempo de sobra para reflexionar sobre todo.

«Nate no tenía ningún derecho a dejarme tirada en Reading como si yo no valiera nada».

«Sin duda alguna me hizo creer que teníamos futuro, que me amaba tanto como yo lo amaba a él».

«Tendría que haberme quedado embarazada. Me permití el lujo de disfrutar de un periodo de luna de miel y lo he pagado caro, pero no pienso claudicar».

«Lo recuperaré y haré todo lo que esté a mi alcance para garantizar que nuestras vidas queden unidas mediante vínculos indestructibles».

He leído en muchísimos libros de autoayuda que el pasado no tiene vuelta atrás, que solo el futuro alberga esperanzas de cambio. De modo que necesito llenar el tiempo libre que me quede entre mis próximos viajes a Bahréin, Washington, Lusaka y Barbados con pasos única y exclusivamente positivos, como dedicar horas a las clases de conducir en cuanto tenga oportunidad. Y a buscar piso. Generalmente, me siento mucho mejor cuando me concentro en algo.

Hojeo las revistas que he comprado en la tienda del pueblo. Una de las modelos se parece mucho a Bella. Recortaré la fotografía cuando llegue a casa y la incorporaré a mi colección de recortes, que es una obra de arte, un amasijo de centenares de imágenes de Bella y de Nate: caras, brazos, piernas, modelitos, cuerpos…

«En lo bueno y en lo malo. En la riqueza y en la pobreza. En la salud y en la enfermedad. Hasta que la muerte nos separe».

En vez de mis mantras, repito mentalmente estas palabras y fantaseo sobre mi futuro con Nate para mantenerme ocupada durante el viaje de regreso a mi vida temporal.

6

Mi vuelo a Barbados sufre un retraso una vez hemos embarcado. Dos horas, por el momento. Al principio, conservo la paciencia ante las quejas, pero al cabo de poco rato empiezo a tener que esforzarme por contener la frustración. Hay un problema con una de las puertas de la bodega. Los ingenieros están tratando de solucionarlo. Eso es todo. Intento, educadamente, explicar que no tendría sentido despegar en estas condiciones, dejar que las valiosas maletas de los pasajeros cayeran en pleno vuelo y llovieran sobre Londres. El trato con los clientes del hotel era más fácil. No estaban atrapados en la habitación, encerrados en el edificio sin nada más que hacer que exigir sin cesar mi atención.

—Disculpe.

Me giro en redondo dispuesta a rechazar otra pregunta, pero entonces me doy cuenta de que la voz pertenece a una niña que no tendrá más de nueve o diez años. El asiento contiguo está vacío.

Me agacho para estar a su nivel.

—¿Sí?

—¿Funcionará bien el avión? Es que viajo sola.

—Sí, funcionará bien. Es solo un problema menor con una puerta que se ha atrancado y que se soluciona fácilmente. ¿Cómo es que viajas sola?

—Voy a visitar a mi mamá. Vivo con la abuela porque mi mamá tiene un novio nuevo. Pero ahora dice que puedo ir y pasar las vacaciones con ella.

Una familiar oleada de rabia me sacude tan salvajemente que estoy a punto de perder el equilibrio. Me apoyo en el brazo del asiento y me incorporo.

—¿Sabes qué? No me está permitido llevarte a la cabina de los pilotos durante el vuelo, pero después de aterrizar, mientras todo el mundo esté desembarcando, te dejaré entrar, si te apetece.

La niña asiente.

—Y durante el vuelo, si tienes miedo, ven a hablar conmigo. —Le señalo mi placa de identificación—. Pregunta por Juliette.

—Vale. —Se gira hacia la ventana—. Gracias.

Busco a la azafata responsable de cuidar del bienestar de la niña durante el vuelo y le informo de que ya me ocuparé yo.

Finalmente, nos apartamos de la base. Un grupo de gente que viaja por vacaciones empieza a aplaudir. Casi me sumo a ellos.

Barbados.

Calor. Sol. Arena. Relax.

Según el personal de la recepción del hotel, esta época del año —finales de abril— es un momento estupendo para visitar el lugar. Hay nueve horas de sol al día y la temporada de huracanes queda lejos. La primera mañana, bajo con el resto de la gente a la piscina y me recuesto en una tumbona para disfrutar de una margarita floja de alcohol. Me invade una rara sensación de calma. Cierro los ojos y dejo que el calor se filtre en mis huesos.

Nate está en Shanghái. Me pregunto qué estará haciendo y me levanto, cojo el teléfono y busco un lugar en la sombra bajo un árbol.

Navego.

Sigo temiendo que Nate cambie sus contraseñas. Cuando lo haga, me llevaré un buen cabreo. Pero, por el momento, sigo controlándolo, para mi gran satisfacción. No me siento mal por ello. En el amor y en la guerra todo está permitido. Además, Nate no tuvo en cuenta mis sentimientos cuando me pidió que me fuera de su casa.

Aquella noche le había preparado un curry especial y fue entonces —hace siete meses— cuando empecé a vivir instantes en que tenía la sensación de que estaba cayendo físicamente. Recuerdo que, en un momento dado, tuve que agarrarme a la encimera de la cocina, como si aquello hubiera podido salvarme. La fuerza de los sentimientos que me ocultaba enterrados emergió al primer plano de mi consciencia y amenazó con superarme. Y una única cosa destacaba entre mi caos mental: lo había malinterpretado todo. Había pensado que nuestro futuro era una conclusión inevitable, que simplemente íbamos saltando de una piedra a otra en el orden correcto: amantes que viven juntos, propuesta de matrimonio, compromiso, boda, etc.

Estaba en la cocina cuando oí que se cerraba la puerta de entrada. Corrí a recibirlo, pero no me devolvió el abrazo.

—No es que no sienta nada por ti, sino que no creo que en este momento pueda darte lo que esperas tú de una relación. Necesito espacio —dijo después de anunciar que lo nuestro se había acabado.

Lo miré a los ojos.

—Tendrás que decirme algo mucho mejor que eso de «No eres tú, soy yo...».

—Mira, enfrentémonos a la realidad. Incluso tú estarás de acuerdo en que todo esto ha sido muy precipitado. En que tú..., yo..., deberíamos habérnoslo tomado con más tranquilidad.

Intenté respirar. Pensar. Notaba que la velada que había planificado con tanto esmero se estaba quedando en nada y que mi cerebro no lo había asimilado aún. Necesitaba recomponer la situación, enderezarla. Examiné con la mirada la zona del comedor, que se abría detrás de él. Todos los toques femeninos eran míos. Las estanterías estaban llenas de elementos decorativos de buen gusto y de jarrones. Fotografías, posavasos, cubertería, vajilla, copas de vino, un frutero... *Cosas.* Los cojines del salón. Y una alfombra, de intensos tonos otoñales. *Yo* había transformado aquella casa en un hogar.

Le di la espalda, dejé la cuchara de madera con la que estaba removiendo —había pasado la tarde entera siguiendo la receta *al pie de la letra,* por el amor de Dios— y me desanudé el delantal para dejar a la vista mi vestido nuevo, corto y ceñido. Serena por fuera y revuelta por dentro, me volví de nuevo hacia él.

—Estás cansado y con *jet lag.* Exhausto, incluso, pobrecito. Pasarse el día volando de este a oeste ida y vuelta no puede ser sano. Te serviré una copa mientras hablamos y solucionamos el tema.

Mi espíritu generoso me sorprendió incluso a mí, dadas las circunstancias.

—Lo que acabo de decir iba en serio. —Nate subió la voz varios grados y no hizo el más mínimo intento de aceptar la botella de cerveza perfectamente helada que estaba intentando pasarle—. Lily, Elizabeth…, esto no funciona. Al menos para mí. Todo es demasiado intenso. Quiero…, no, de verdad te lo digo…, necesito espacio.

Se pasó las manos por el pelo. Sus ojos me miraban fijamente, como si realmente pensara que yo iba a mostrarme de acuerdo con él.

—¿Hay otra mujer?

—No. No, no hay nadie más. Te lo prometo.

Volví a darle la espalda. No me fiaba de lo que pudiera decirle y vertí la cerveza en su curry. El sonido de la cascada de líquido me provocó una satisfacción momentánea. Incorporé más chilis cortaditos, incluyendo dos pimientos Bonney enteros. Removí con rabia.

Los pensamientos se me acumulaban.

Podía negarme a marcharme de allí. De ninguna manera —¡de ninguna manera!— iba a volver a casa de mi madre. Richmond se había convertido en mi hogar. La ansiedad se anudaba en mi interior, me golpeaba las entrañas y evocaba aquella conocida sensación de injusticia. Aquello no era justo. Yo había sido la novia perfecta. No podía hacerme esto. Mis sueños empezaban a volverse inalcanzables y ansiaba aferrarme a ellos. Pero, en medio de todo aquello, se produjo un momento de cruda claridad. Si lo que estaba sucediendo tenía que ver con otra mujer, si Nate me estaba mintiendo, esa mujer ya podía echarse a temblar, a temblar de miedo.

Porque sabía que, si averiguaba que otra mujer era la causa de que mis sueños se hubieran roto, no tendría ningún remilgo para destrozárselos a ella.

La rabia no sirve de nada. Al menos mientras siga aquí, en el paraíso.

Se pone el sol. *Caribbean Queen,* de Billy Ocean, suena por los altavoces situados a ambos lados de la cabaña de paja. Preparan cócteles, las bebidas corren de un lado a otro. Aspiro el olor a mar y crema solar.

Risas. Felicidad. Diversión.

Esto es lo que quería hacer con Nate.

Viajar.

Necesito un rato de soledad, así que vuelvo a la tumbona, guardo el teléfono en la cesta y me quito las gafas de sol. Me sumerjo en el agua caliente de la piscina y floto como una estrella de mar. El agua amortigua los sonidos. Me encanta la sensación de aislamiento y amodorramiento, de estar sola y alejada del mundo distorsionado.

Una de las escasas cosas buenas de los años en el internado fue que me vi obligada a aprender a nadar.

Tres semanas después de que Nate y yo rompiéramos, me tropecé casualmente con una pareja con la que habíamos charlado un par de veces en el pub.

Se quedaron sorprendidos cuando les conté la decisión que había tomado Nate.

—Pero si se os veía la mar de felices —dijo la chica—. Estabais haciendo planes para ir de vacaciones, ¿verdad?

—Sí. A Bali.

Había pasado horas navegando por internet, eligiendo el lugar perfecto. Masajes en pareja, paseos románticos, playas aisladas... Yoga y meditación. Habría sido la oportunidad ideal para que Nate explorara «el significado de la vida» que ahora parece andar buscando. Su burbuja de miedo al compromiso se habría esfumado en quince días.

—Lo siento muchísimo —dijo la chica—. Tiene que estar loco por dejarte escapar. Nos reímos mucho con vosotros dos. Pensaba que te adoraba.

Me encogí de hombros.

—Tengo que respetar sus sentimientos. No puedo hacer otra cosa.

Pero fue un consuelo saber que no era la única que estaba ciega.

Y no estaba ciega del todo, en realidad no, porque él no se comportaba como si se hubiera desenamorado completamente de mí. Antes de irme de casa, hicimos el amor una vez más.

Salgo de la piscina, sintiéndome refrescada. Me peino y me tumbo para secarme antes de subir a cambiarme para la cena.

Cojo el teléfono y publico varias fotos de la piscina en la página de Facebook de Juliette.

Echo un vistazo a los turnos de Nate, que acaban de salir publicados. El mes que viene coincidiremos los dos en Nueva York el mismo día, aunque en vuelos distintos, por suerte. De todos modos, tendré que estar vigilante.

Bella guarda silencio por el momento, lo que me lleva a preguntarme qué tendrá entre manos. Rara vez descansa en su autopromoción.

Amy está pasándoselo bomba en Nairobi. Ella y el resto de la tripulación han ido dos días de safari.

Al día siguiente, en el vuelo de vuelta a casa, durante el despegue y el ascenso, contemplo el azul resplandeciente que se extiende por encima de la alfombra de nubes. Tengo ganas de Nate. Ya no falta tanto, ahora que puedo demostrarle lo bien que he cumplido el trato y le he dado espacio.

«Tripulación, acuda a sus puestos».

El anuncio suena a todo volumen por el sistema de megafonía y acaba con mis fantasías. Es la señal de emergencia que nos avisa para que estemos preparados para algo fuera de lo común. Hoy no estoy de humor ni para a) morir, ni para b) evacuar por los toboganes a un montón de pasajeros desobedientes y presas del pánico. Observo la cabina. Los pasajeros han intuido que algo va mal y se han quitado los auriculares. Algunos miran con expectación hacia donde estoy sentada. Mi compañera, situada en la puerta que está delante de mí, me mira también. Está blanca. Suena el interfono y los colores de emergencia destellan en el panel superior. Es la sobrecargo.

—Sospechamos que se ha incendiado un motor del lado derecho y vamos a volver a Bridgetown. El capitán me ha indicado que la operación nos llevará unos treinta minutos, para así poder liberar combustible. A pesar de que ha apagado el motor por precaución, y pensando en otras posibles complicaciones, tenemos que preparar a los pasajeros para una posible evacuación durante el aterrizaje. ¿Alguna pregunta?

Silencio.

—Bien, empezando por la puerta uno, repetid vuestras instrucciones…

Cuando devuelvo mi interfono a su sitio, Anya, mi compañera de la puerta cuatro, rompe a llorar y a temblar de miedo.

—Acabo de volver de mi baja de maternidad —solloza—. No quiero morir.

—Pues en ese caso, no lo hagas. Serénate. Has sido entrenada para hacer lo que se tiene que hacer. Contrólate mentalmente y, cuando estés preparada, sal ahí y haz tu trabajo. Así, el tiempo se te pasará más rápido. Prepárate para abrir tu puerta en cuanto aterricemos y, si es necesario, sálvate tú antes que a nadie. No te preocupes por los demás. —De pronto, me pasa por la cabeza un pensamiento mórbido, el de que yo también podría resultar herida, de modo que añado—: A menos que sea yo quien necesite ayuda.

Me mira, se seca los ojos y se dirige a paso ligero hacia su puesto en la cabina de pasajeros. Ambas parecemos policías de tráfico cuando el anuncio de emergencia pregrabado empieza a sonar por megafonía e iniciamos la tarea de entrenar y dar explicaciones a los pasajeros. Me obligo a concentrarme en mi trabajo para no dejarme arrastrar por ningún tipo de pánico. Sé lo que debo hacer y tengo además la ventaja de estar sentada al lado de una puerta. Me sorprende gratamente que, en general y por una vez, la gente mantenga la calma y esté dispuesta a escuchar. Practicamos la posición de apoyo —con los cinturones abrochados, inclinados hacia delante y las manos por encima de la cabeza— y todo el mundo señala la salida que le queda más próxima. Por fin, las interminables y repetitivas maniobras de los cursos de formación y de prácticas cobran algún sentido. Aseguro la cabina retirando bolsas y objetos. Reviso por segunda vez los frenos de los recipientes y los carritos de la zona de cocinas.

«Tripulación de cabina, ocupe sus puestos para el aterrizaje».

Me abrocho el cinturón. Veo que Anya mueve los labios, como si estuviera rezando.

Me gustaría que Nate estuviese pilotando. Es demasiado egoísta como para morir. El avión se balancea hacia uno y otro lado. Debe de haber viento. Me recuerda una atracción de feria a la que me llevaron un día mi madre y uno de sus novios. Recuerdo la emoción, la sensación mareante de la montaña rusa, y que quería volver a subir pero que no lo hicimos.

Superamos el manto de nubes. Se ve el suelo. Llega el anuncio para la tripulación: «Trescientos metros».

A lo lejos aparece el mar azul, y también casas con piscinas de color azul celeste entre fragmentos de terreno marrón verdoso.

El aullido de los motores se intensifica.

En la cabina, veo que hay pasajeros cogidos de la mano. Llora un niño.

En la cocina reina un silencio que solo rompe el traqueteo de las cafeteras en el interior de su soporte metálico.

«Treinta metros».

—Posición de apoyo, posición de apoyo —grito, adoptando también la postura y protegiéndome la cabeza con las manos, por si acaso.

—Posición de apoyo, posición de apoyo —grita Anya con una fuerza que no imaginaba que pudiera tener.

Noto la tensión del arnés en el torso. El suelo se acerca a recibirnos y veo de refilón la pista en el momento en que entramos en contacto con el asfalto con un ruido ensordecedor. El avión empieza a reducir la velocidad. La presión del arnés se alivia con la desaceleración. La aeronave da un giro brusco antes de detenerse en seco.

Estamos a salvo. El drama ha terminado.

Hasta que… el bramido de las alarmas de evacuación sacude la sensación de calma. Las luces rojas de emergencia destellan en todos los paneles.

Humo. Huelo a humo.

Me desabrocho rápidamente las correas del arnés, tiro de la puerta para abrirla y me aparto un poco para no ser empujada por la estampida. El tobogán gris se despliega durante unos segundos y comienza a inflarse. El aire caliente del exterior es una bomba, un contraste espeluznante con la temperatura del aire acondicionado.

—Salgan por aquí y salten —grito—. No se paren.

Como guiada por un piloto automático, empujo a un hombre que duda demasiado tiempo. Baja gritando. En un abrir y cerrar de ojos, la cabina está vacía.

No hay indicios de ningún incendio y ya no huelo a humo, pero no pienso quedarme aquí ni un segundo más. He hecho mi trabajo. Cojo mis bolsas. Sé que en teoría no debería hacerlo, pero si vamos a tener que quedarnos aquí un tiempo no pienso permitir que mis cosas se quemen o se pierdan. Me alegro de haberme dejado puestos los zapatos planos que utilizo en la cabina; apuesto lo que quieras a que el asfalto de la pista estará ardiendo. Cuando me deslizo, la fricción de la falda de poliéster con las medias me quema los muslos.

Completar todo el papeleo, pasar las entrevistas, hacer las declaraciones pertinentes y rechazar asistencia psicológica nos lleva cuarenta y ocho horas. Cada vez que pienso que mi papel en el no-drama se ha acabado, aparece alguien en la piscina con una libreta o una tableta y me formula preguntas que ya he respondido.

Me animo recordándome que, mientras siga aquí —trabajándome el bronceado y espiando a mi enemiga y a mi amado—, estoy ganándome grandes cantidades de horas extras.

Nos colocan para regresar a Heathrow dos días más tarde, entendiendo con ello que viajamos como pasajeros, no como tripulación. Veo dos películas recién estrenadas, una comedia y una de terror.

Después de aterrizar, me siento inquieta. Se acerca la festividad del Primero de Mayo y me quedaré atrapada en casa porque tengo cuatro días de guardia. Lo cual significa que puedo ser avisada con solo dos horas de antelación si se necesita tripulación en caso de baja por enfermedad o problemas con los vuelos. Babs se ha marchado a Lake District con unas amigas del tenis. No me apetece volver a mi casa claustrofóbica. Nate está en el apartamento, de modo que no puedo instalarme allí.

Pero… tengo la llave de casa de Amy.

Tengo controlados sus turnos y por eso sé que sigue en Kenia y que Hannah se ha ido a Nueva Zelanda tres semanas para visitar a la familia. Podría ir a su piso. Si riego un par de plantas, tampoco habré obrado tan mal. Haría algo útil. Lo que pasa es que no sé si tienen plantas.

En vez de dirigirme a la estación de autobuses, voy hacia el metro. Me siento satisfecha conmigo misma, una sensación que se entremezcla con el mareo constante que acompaña el *jet lag.* Arrastro la maleta y la bolsa con ruedecillas hacia el metro. El equipaje traquetea sobre las grietas del pavimento.

Me apeo en la estación más próxima a casa de Amy y el sol cae a plomo sobre mí. El verano ya no queda muy lejos. Me siento optimista y pienso que se acerca el momento perfecto de darle a Nate la noticia de que vuelvo a estar presente en su vida.

7

Está sonando el teléfono. Al principio no soy consciente de ello porque hace poco que he cambiado el tono de llamada y, en consecuencia, el corazón no me da un brinco con la vana esperanza de que pueda ser Nate, como sucede cada vez que lo oigo sonar. No reconozco el número. Estoy en la cama de Amy. Brevemente desorientada. La luz de un sol débil se obliga a traspasar el rectángulo de la cortina.

Respondo.

—¿Diga?

—¿Elizabeth? —dice una voz animada.

—¿Quién llama?

Siempre me cuesta mucho recordar quién es la gente y qué relación tengo con ella. Necesito un café. Me levanto de la cama, sin soltar el teléfono, y me acerco a la cocina.

—Soy Lorraine —continúa la voz—, tu nueva directora de equipo. Nos gustaría invitarte a una charla sobre tu viaje a Barbados.

—Hola, Lorraine. Para el trabajo utilizo mi segundo nombre, Juliette. Consta así en el sistema. Se lo he comentado a todos los departamentos, pero mi nombre sigue apareciendo como Elizabeth. ¿Podrías cambiarlo, por favor? Se presta a muchas confusiones.

Enchufo el hervidor.

—Me temo que es una cuestión de la administración central. Te daré su dirección de correo electrónico.

—No te molestes, gracias. Ya les he escrito al menos diez veces. Y en cuanto a lo de la charla, me parece estupendo, pero no creo que pueda ayudaros más de lo que ya lo he hecho. Lo siento.

Me apetece que cuelgue. Tengo muchas cosas en las que pensar. Necesito plantearme seriamente y fijar el momento ideal para abordar a Nate. Tengo que conservar mi amistad con Amy, mantener actualizadas mis cuentas en las redes sociales y Babs quiere que vaya a visitarla. Además de todo esto, tengo que incorporar con calzador a mi agenda las clases de conducir y la búsqueda de piso. Mi vida está llena y es agotadora, y empiezo a entender perfectamente esos debates sobre el equilibrio entre vida personal y trabajo que dan en la radio. Vierto agua sobre los gránulos de café. No me gusta mucho el café instantáneo, pero la necesidad obliga.

—¿Elizabeth? Uy, perdón, ¿Juliette? Insisto en que queremos tener una reunión contigo cuando te vaya bien, cuanto antes mejor. ¿A las cuatro de la tarde hoy o mañana a las once de la mañana? Se te pagará el tiempo que destines a ello y te merecerá la pena. —Baja la voz—. No quiero revelar muchas cosas por teléfono, pero te prometo que saldrás encantada.

Lo dudo, pero cuanto más pronto me quite de encima este rollo del trabajo, antes podré volver a mi vida real.

—Pues hoy a las cuatro —me oigo decir.

Me voy con el café a la habitación de Amy y me tumbo otra vez en la cama. Los sonidos del exterior no me resultan familiares. El camión de la basura pasa a una hora distinta a la que pasa por mi casa. Estoy desorientada. Me siento cansada y cierro los ojos. No es solo por el trabajo, es por todo. Me siento como una actriz en el plató, a la espera de poder terminar mis escenas. De vez en cuando, me ha pasado por la cabeza claudicar, seguir adelante. Pero no sé cómo hacerlo. Cuando te pasa a ti, todo es distinto. ¿Cómo conseguir algo tan sencillo como olvidar? La única salida que le veo a todo esto es la acción. Además, amo a Nate de verdad. Y lo que quiero no es tan espantoso: unos cuantos amigos, un trabajo para ir tirando. Y después una vida adecuada de persona adulta, rematada con una vejez confortable, preferiblemente sin sufrir los abusos de una residencia de ancianos que huela a comedor escolar. No es pedir demasiado.

Me lo debo.

Me levanto, me ducho y me cambio. Tendré que dejar la maleta en las estanterías de equipajes del Centro de Informes antes de acudir a esa reunión misteriosa, ya que no puedo dejarla aquí. De pronto, se me pasa fugazmente una idea por la cabeza: a lo mejor quieren promocionarme para ser miembro de la tripulación de vuelos de servicios especiales, como los que llevan al primer ministro a las reuniones de paz o a los famosos a una isla exclusiva. La idea me levanta el estado de ánimo.

Antes de irme, no puedo evitar arreglar el armario de la colada. Doblo pulcramente las toallas y las clasifico por colores. Eso es lo bueno de tener compañeros de piso, que piensan que lo ha hecho el otro, a pesar de ser a mí a quien tendrían que darle las gracias. Caigo en la tentación de explorar el piso, sin más objetivo que entender mejor quién es *Amy* y qué es lo que le motiva. Se la ve muy a gusto en su propia piel, muy segura de sí misma. Me gustaría ser más de ese estilo y no ir siempre con el corazón en la mano.

Los dormitorios son el lugar donde encontrar secretos, y el de Amy no es una excepción. A los ladrones les debe de encantar la falta de imaginación que exhibe en general la gente. El tercer cajón del armario guarda una pequeña colección de juguetes sexuales, modelitos atrevidos y varias pelucas, pero lo que me sorprende más es el contenido del cajón de la mesita de noche. Antidepresivos. ¿Quién se lo habría imaginado? El descubrimiento me lleva a sentirme ligeramente traicionada. Pensándolo bien, no es *normal* estar siempre feliz. ¿Y si los probara? Saco seis pastillas, las envuelvo en un pañuelo de papel y las guardo en el bolso.

Voy al salón y pongo un CD, flojito, y luego otro. Todo me recuerda a Nate. Todas las letras podrían estar escritas para nosotros y nuestro amor, como si los cantantes hubieran experimentado justo el mismo dolor que yo estoy padeciendo. Convertimos nuestra vida en un caos. El tiempo que pasamos separados, cuando todo podría ser tan distinto, no tiene ningún sentido. Selecciono una última canción y canto a coro con el estribillo.

Trago un par de pastillas de Amy antes de obligarme a irme de allí. El transporte público es agotador; decido aumentar el número de clases de conducir. He leído que, como media, el examen se supera después de cuarenta y cinco horas de clases y veintidós prácticas. Mi intención es sacármelo mucho antes.

En el Centro de Informes, me hacen pasar por una serie de salas que no había visto nunca, hasta que llegamos a la última. Hay tres personas sentadas detrás de una mesa, de cara a mí. Dos hombres y una mujer, Lorraine. ¿Gente buena o mala? En una pantalla grande se proyectan imágenes del lugar del no-accidente. El avión parece un insecto blanco con patas grises.

—Siéntate, por favor. —Lorraine me sonríe—. Gracias por venir. Te hemos invitado porque queríamos darte las gracias en persona. Hemos recibido numerosos mensajes de elogio de los pasajeros a los que atendiste durante el reciente incidente. Me gustaría dedicar un momento a leer una muestra de las palabras que han utilizado para describirte: «Serena. Profesional. Tranquila. Equilibrada. Reconfortante. Valiente. Una garantía para la compañía. Capaz. Una heroína».

Deja de leer. Todos se quedan mirándome.

—Caramba —digo, y empiezo a sentir miedo.

—De modo que, además de un premio a la excelencia, nos gustaría también darte la bienvenida como nuestra embajadora de seguridad. Se trata de un papel nuevo, de vital importancia, que te exigirá un elevado grado de visibilidad entre la comunidad de la compañía. Es un logro asombroso para alguien que lleva tan poco tiempo volando. Buen trabajo. Como resultado de todo ello, recibirás muchos beneficios y…

No soporto seguir escuchando. Quiero taparme los oídos. Qué desastre. Todas esas historias se promocionan sin cesar en la revista interna. En portada, aparecen siempre fotografías de sonrientes miembros de la tripulación, sin un solo pelo fuera de lugar. Mierda. El hombre de la derecha coge una cámara gigantesca con un objetivo larguísimo. Me cubro la cara con la mano.

—¡No! Por favor. Todo esto es muy amable y extremadamente halagador, pero todo el mundo sabe que no fui yo quien consiguió hacer aterrizar con éxito el avión, ¿verdad? ¿No ha habido una confusión? Yo hice mi trabajo, hice aquello para lo que he sido perfectamente entrenada por la compañía. Y por mucho que no se me ocurra nada mejor que ser embajadora de seguridad, me veo obligada a insistir en que no soy la persona adecuada para ese trabajo. Hay muchísimos miembros de la tripulación más conscientes de los temas de seguridad que yo y...

Me interrumpo, porque noto que me siento más desapegada y desconectada de lo habitual. Me pregunto si tendrá que ver con las pastillas de Amy.

Lorraine sonríe.

—Para, Juliette. Tal vez te hemos abrumado con estos comentarios. ¿Por qué no vuelves a casa y lo consultas con la almohada? Te llamaré mañana.

Mierda. Es como si todo hubiera conspirado para consumir elementos tan valiosos como mi tiempo y mi energía justo en el momento en que necesito dedicar todos mis esfuerzos a cosas más importantes, como perfilar mi encuentro con Nate.

De camino a casa, me permito fantasear un poco. *Podría* funcionar. Cuando volvamos a estar juntos, él podría posar conmigo, como una pareja de famosos en la revista *¡Hola!*.

«Nathan y Elizabeth en su apartamento de Richmond. Nathan y Elizabeth en primera clase».

No, no estoy tan segura...

Es demasiado pronto para revelar mi jugada y es imposible que Nate no me reconociera si mi foto aparece por todos los rincones del Centro de Informes, a pesar de mi cambio de nombre y de color de pelo. Nate quería *espacio*. Si reaparezco demasiado pronto en su vida, corro el riesgo de que huela a que hay gato encerrado. Llamaré mañana a Lorraine y me inventaré un par de fobias. Miedo a hablar en público, cosas así. Le recordaré que Anya le dio la mano a una anciana cuando bajaron juntas por el tobogán de evacuación. Eso les encantará.

Ya en casa, trabajo en mi Plan de Acción. Reservo más clases intensivas de conducir y empiezo a programar visitas a pisos.

Sin que me dé cuenta, ya es medianoche. Me obligo a meterme en la cama. Necesito energía para mañana, pero no puedo dormir porque pienso en una cosa que me he olvidado preguntar.

Llamo a Lorraine en cuanto llega a la oficina.

—*Si* accedo a ser embajadora de seguridad, ¿cuándo sería efectivo?

—Estamos pensando en poner en marcha este nuevo papel a partir de agosto o septiembre. Aún no tengo la fecha exacta, pero probablemente tendrías un curso de formación a finales de verano.

—En este caso, me encantaría aceptar la oferta, muchas gracias.

Llego a la estación de tren de Bournemouth y me dirijo al gimnasio de Bella. Tengo una cita con la directora, Stephanie Quentin.

Doy mi nombre a la recepcionista y me indica que me siente en un sofá, donde espero, vigilando la entrada por si acaso llega Bella. Personas anónimas, cargadas con bolsas de gimnasio, botellas de agua o raquetas de tenis empujan los tornos de acceso.

—¿Elizabeth?

Me levanto cuando Stephanie, la segunda de Bella, aparece caminando hacia mí. Sus andares siguen resultándome familiares.

—¿Stephanie? ¡Vaya sorpresa! Jamás me habría imaginado verte trabajando en un gimnasio. Que no pasa nada, eh… —añado rápidamente, lo cual es bastante magnánimo por mi parte, teniendo en cuenta los insultos que me soltó en su día.

Sonríe, pero sus ojos delatan que he dado en el blanco. La verdad es que me llevé una auténtica *sorpresa* cuando, ahondando en el mundo de Bella, apareció de repente el nombre de Stephanie como la directora de su gimnasio. Iba claramente en camino de ser abogada, como su madre.

—Es una larga historia —dice—. ¿Quieres pasar al despacho?

Señala una sala visible a través de las paredes de cristal.

La sigo y tomo asiento delante de ella. Hay varias fotografías de un niño que, así a primera vista, debe de tener unos ocho años. Esa debe de ser su «larga historia».

—¿Te apetece un té, un café? —dice pasándome una tablilla con un cuestionario.

—Un café solo, por favor. Ya he cumplimentado el formulario a través de la web y he explicado que aún no estoy decidida del todo sobre si quiero apuntarme y, de hacerlo, sobre qué tipo de inscripción sería la más adecuada para mí.

Pone cara de comprensiva.

—Sí, pero necesitamos que cumplimentes también este. Enseguida vuelvo. Voy a buscarte el café.

Stephanie se marcha.

Inspiro. Y espiro.

Consciente de que soy plenamente visible a través del cristal, miro con discreción a mi alrededor, pero no encuentro nada más de interés. No hay fotos de las amigas del colegio —aunque sería improbable, claro—, pero, si las hubiera, serían sin duda alguna de ella y Bella, Lucy y Gemma.

Las cuatro magníficas.

En las vacaciones de invierno, la familia de Bella le daba permiso para llevar a dos amigas a la casa de su tía en Whistler. Stephanie era siempre una de ellas, y Lucy y Gemma tenían que turnarse. Yo mentía y decía que también iba a esquiar, pero «a Francia».

El formulario se desdibuja. No consigo recordar la dirección falsa que di. Aunque carece de importancia, me recuerdo, porque Stephanie ha perdido todo su poder.

El primer trimestre que pasé en el internado fue soportable. Sabía cuál era mi lugar, y lo aceptaba a regañadientes. Pero deseaba desesperadamente ser amiga de verdad de Bella. En el fondo estaba segura de que nunca me permitiría acceder a su círculo más íntimo y que tendría que conformarme con quedarme fuera.

Todas las chicas venían del mismo contexto familiar, *sabían* decir y hacer lo correcto, *sabían* que tenían el potencial necesario para hacerlo bien sin ningún esfuerzo. Esquiaban, hablaban un buen francés y cocinaban suflés.

Yo intenté adaptarme —hacer y decir lo correcto—, pero cuanto más me equivocaba, peor se ponía la cosa. Cuando estaba con ellas, me volvía torpe y se me trababa la lengua. Por las noches, cuando me metía en la cama, me hacía la dormida y escuchaba sus conversaciones sobre chicos, maquillaje, moda, música y profesores que les gustaban y no les gustaban, intentando encontrar la manera de sumarme al grupo.

Y, viendo que no me funcionaba, empecé a pensar en otras alternativas.

—Aquí tienes tu café —dice Stephanie, dejando una taza en la mesa—. Bien, veamos…

—¿Cuánto tiempo llevas trabajando aquí? —pregunto, inclinándome hacia delante y bebiendo un sorbito.

—Varios años. Si rellenas el formulario, te comentaré algunas cosas y luego pediré que te enseñen las instalaciones.

—¿No puedes tú? Estaría muy bien poder ponernos al corriente de todo.

—Bueno…

—*Eres* la directora —digo con una sonrisa.

—Tendrá que ser rápido, me temo. Tengo otra cita… —levanta la vista hacia el reloj de la pared— en nada.

—Gracias.

Después de cumplimentar y firmar el formulario, me acompaña hacia la sala principal del gimnasio y voy haciendo educados gestos de asentimiento mientras me muestra el modernísimo equipamiento, me explica las distintas actividades dirigidas y me menciona la posibilidad de tener entrenador personal y clases de iniciación. La sigo para bajar la escalera y ver la piscina. Podría empujarla. Sería un golpe violento, pero la caída no sería muy grande. Observo la lente oscura y redonda de la cámara de seguridad.

—¿Sigues en contacto con Bella o alguna de las otras?

—Sí.

Sus zapatos de tacón resuenan en la escalera de madera. Mis zapatillas deportivas avanzan en silencio.

—¿Y qué tal está Bella?

Se detiene y se gira, como si intentara calibrar mi reacción.

—Bien.

Me encojo de hombros.

—Simplemente me lo preguntaba. Hace mucho tiempo.

—Está a punto de anunciar su compromiso.

Me agarro a la barandilla.

—¿Con quién?

—Con un rico asesor financiero, Miles.

Lo he visto etiquetado en algunos actos. Tiene pinta de aburrido.

Saco el teléfono del bolso y miro la pantalla.

—Mierda. Tengo que irme. Ya pensaré a qué tipo de actividad me apunto si al final vengo. Seguimos en contacto.

—Sí.

Sonríe y se dispone a subir las escaleras.

—¿Me das tu número de móvil? —digo parándome delante de su despacho.

—Siempre puedes localizarme llamando a recepción —replica—. Si lo necesitas.

—¿Y Facebook? —Busco—. Sí, aquí te tengo. Te acabo de enviar una solicitud de amistad.

Me quedo inmóvil. No le queda más remedio que sacar el teléfono y aceptarme. Veo que le tiemblan un poco las manos.

—Estupendo. Ha sido un placer, Stephanie. Ha sido maravilloso verte de nuevo.

Salgo y no vuelvo la vista atrás.

El viaje de vuelta a casa pasa volando mientras estudio su página de Facebook.

Gracias a Stephanie, puedo obtener más información sobre el mundo de Bella. Se me acaba de abrir otra ventana de oportunidades.

Amo Internet. Es mi amiga.

8

Sabía que Nate estaría solo en casa. Había publicado su intención de quedarse y ver el final de una serie sobre un asesino múltiple. Y, efectivamente, su Jaguar negro está estacionado en el lugar habitual. Camino arriba y abajo. En una ocasión tuvimos una conversación sobre qué papel elegiríamos en una película antigua o histórica de tener la oportunidad de hacerlo. Él eligió el de Máximo Decimo Meridio, el papel de Rusell Crowe en *Gladiator;* yo, la Helen de Gwyneth Paltrow en *Dos vidas en un instante.*

«Definitivamente, sería la que se corta el pelo y lo deja plantado —le dije, disfrutando de esa sensación de confianza que da el amor—. De ninguna manera permitiría que no se me tratase como es debido».

Una vez oí a alguien que decía que siempre acabamos comiéndonos nuestras palabras. Espero, sinceramente, que no sea cierto. No quiero que mis creencias se conviertan en una profecía autocumplida.

Nate no ha bajado aún las persianas, de modo que espero, solo un poco más, con la esperanza de verlo aunque sea de refilón y un instante. Llevo casi una semana sin verlo por haberme tenido que pasar dos días encerrada en la caja de zapatos, de guardia, hasta que al final me llamaron para un vuelo con destino a Kingston con las dos horas mínimas de antelación. Mi paciencia se ve recompensada cuando el gris de una atípica tarde de mayo comienza a intensificarse. La silueta duda, y estoy segura de que está mirando hacia donde estoy yo. Me giro y me alejo lentamente, aunque noto que me flaquean las piernas y también ese habitual vacío que me llena el pecho.

Que Nate naciera en una posición privilegiada no lo convierte totalmente en culpable de que lo dé todo por hecho. Nate no sabe lo que es no tener. Quiere una cosa, y la tiene. Igual que Bella y su gente. El dinero los protege de los problemas de la vida. Intento otorgarle a Nate el beneficio de la duda, de verdad que lo intento. Pero hay veces, como ahora, en las que lo aporrearía de frustración por hacernos perder el tiempo a los dos de esta manera. Me paro y apoyo la espalda contra la fría pared de ladrillo.

Inspiro.

Espiro.

«La paciencia es una virtud».

«Cíñete al plan».

Mis hombros se relajan.

Sigo andando.

De vuelta a casa, le envío un mensaje a Amy preguntándole si la semana próxima, cuando nuestros días libres coincidan, le apetecería venir a Reading. Últimamente, nuestras agendas se solapan y hace semanas que no tengo oportunidad de verla. Tengo la sensación de que podríamos salir una noche y pasárnoslo bien. Y posiblemente, a través de ella, podría seguir con mis planes de empezar a ampliar mi red de amistades.

Me responde que sí con otro mensaje.

Reservo mesa para el miércoles que viene en un restaurante de comida fusión asiática a orillas del río Kennet.

Antes de que llegue Amy, me esmero en limpiar mi casa. Retiro el tablón donde cuelgo mis recortes y lo guardo en un lugar seguro, en lo alto del armario del dormitorio. Escondo también lo que compré en mi último viaje: dos muñecos de vudú, un hombre y una mujer. Cuando abro la puerta para recibirla, se queda mirándome.

—¿Qué te has hecho en el pelo?

Me he acostumbrado tanto que lo había olvidado.

—¿Te gusta? Sé que es algo similar al tuyo.

—Te queda bien…, pero parecemos un poco Tweedledum y Tweedledee.

Mierda. He hecho cabrear a mi única amiga. Y, pensándolo bien, el color caoba es más bien una baliza para llamar la atención que un camuflaje.

—Es un tinte de esos que se va con los lavados. Estaba experimentando. —Le cojo el bolso y lo dejo en el sofá—. Vámonos.

Pedimos *champagne* para celebrar nuestros primeros tres meses como azafatas.

—Es como un sueño hecho realidad —dice Amy—. Cada vez que aterrizo en un lugar distinto, cada vez que entro en un hotel de cuatro o cinco estrellas, no puedo creer que eso sea mi vida.

—Tendríamos que solicitar un viaje al mismo destino. Es la única manera de poder trabajar juntas.

—Sí, me parece buena idea. —Hace una pausa—. ¿Sabes? Durante mi ausencia, me ha pasado una cosa muy rara —añade.

—Justo ahora iba a preguntarte qué tal el safari. Me han contado que se tiene un poco la sensación de que eres alguien famoso con todas esas serpientes, esos bichos y esos restaurantes estrambóticos donde te sirven carnes exóticas.

—Me pareció todo bastante seguro. Sí, había sitios donde te servían cocodrilo. Pero no, no me refería a durante mi estancia en Nairobi, sino a cuando llegué a casa.

—Oh.

—Sí. Bueno, el caso es que Hannah sigue fuera, pero fue como si…, como si alguien hubiera estado en casa. Parecía todo más arreglado.

Me echo a reír.

—Pues eso está bien, ¿no?

—Sí, quizás. No puedo decir por qué. Es evidente que no nos han robado, porque un ladrón habría…

—Robado —digo, para rematar su frase.

Reímos las dos.

Pincho un trozo de calamar, pero está muy gomoso. Me decido por las aceitunas cubiertas con *wasabi* y jengibre, y voy dejando los huesos pulcramente en el plato.

—Lo que me llamó la atención fue un CD. Cuando encendí el equipo de música, estaba en modo repetición. En una canción de lo más cursi.

—Es culpa tuya por tener un equipo de música tan pasado de moda —digo, esbozando una mueca y sonriendo a continuación.

Me devuelve la sonrisa.

—Sí. Tal vez, sí.

—No le des importancia. Estas cosas siempre acaban teniendo una explicación lógica. Confía en lo que te digo, lo sé muy bien. ¿Qué tal Jack?

—Últimamente no veo mucho a Jack. El tema se ha desinflado.

—Lo siento. —Contengo una sonrisa—. ¿Qué pasó?

—Pues que no había cancelado su perfil en esa aplicación de citas. Resulta que seguía abierto a otras alternativas. Pero me mantengo ocupada. La semana que viene tengo una comida con amigos del colegio y la verdad es que me apetece verlos.

—¿Qué día? A lo mejor podría acompañarte.

Se mueve inquieta en su asiento y murmura una excusa vaga diciendo que no es ella la que lo organiza.

Capto la indirecta, pero me pico.

Noto que Amy tiene los ojos vidriosos después de la segunda copa de *champagne*. No me extraña. Las pastillas que esconde advierten que no se deben mezclar con alcohol. Resulta raro eso de saber algo de alguien y que esa persona no sepa que lo sabes. Es como si, si esa persona te mirara fijamente a los ojos, pudiera llegar a adivinarlo.

A menudo me hago preguntas sobre ese tipo de cosas.

—Podríamos ir a una discoteca —sugiero, para espabilarla.

Cuando salimos del restaurante para coger nuestro Uber, riendo y con los brazos entrelazados, me gustaría expresar en voz alta lo útil que resulta tener un amigo, pero me reprimo. Se lo dije una vez a alguien y se me quedó mirando como si fuera un bicho raro.

Confío en que Amy siga siendo como es y no haga nada que complique nuestra amistad.

En cuanto Amy se va al día siguiente, llamo para pedir hora a la peluquera de Bella y cambiarme el color de pelo a rubio.

Por desgracia, la peluquera está de vacaciones.

Decido hacer el cambio durante mi próximo viaje de trabajo —a Miami—, pasado mañana.

El vuelo a Miami dura casi nueve horas. Las distintas cabinas están llenas a rebosar de gente que va de vacaciones, que iniciará allí un crucero o visitará Disney World. Apenas me siento en todo el viaje y nos quedamos sin zumo, sin vino y sin lotes de actividades infantiles.

Cuando llevamos tres horas de vuelo, marco el número del capitán para pedirle que se ponga en contacto con los médicos de la compañía porque llevamos a bordo a una mujer embarazada de seis meses que se queja de fuertes dolores en el vientre. Me pide que me acerque a la cabina para hablar personalmente con el personal sanitario. Me pongo los auriculares y escucho. La voz —un médico que está ubicado en Arizona— me formula un montón de preguntas y finalmente me aconseja darle a la mujer unas pastillas para la digestión.

Funcionan. Al cabo de media hora, el dolor ha desaparecido, la mujer se calma y deja de dar por sentado que su primer hijo va a nacer en el aire.

Y yo también respiro aliviada.

Después de aterrizar, hay más retrasos porque el aeropuerto está lleno a rebosar. Incluso en la salida de la tripulación tenemos dos compañías aéreas más delante. Cuando hemos pasado el control de inmigración y recogido el equipaje, nos sentamos en el autobús y noto las piernas doloridas.

En la recepción del hotel, el capitán nos invita a todos a una fiesta en su habitación de aquí a una hora. Decido asistir. Es todavía pronto en Miami y si me quedo en el cuarto caeré dormida.

Le pregunto a la recepcionista sobre alguna peluquería cercana y me pide hora.

Subo en ascensor a mi habitación, deshago la maleta y me ducho.

Cuando llego a la habitación 342, veo que han puesto una maleta apoyada en la puerta para mantenerla abierta. Hay ya cuatro personas, sentadas en la cama o apiñadas en el pequeño sofá. Jim, el capitán, está sentado en la mesa de despacho con una lata de cerveza.

—Hola. Pasa —dice.

—Hola.

Me siento en la cama de los demás y, de pronto, estoy incómoda.

Todos han venido con sus bolsas llenas de cosas que han comprado: vino, cerveza o combinados.

—¿Algo de beber? —dice el capitán, pasándome una cerveza.

—Gracias —replico, tirando de la anilla para abrirla.

Está caliente y no me apetece, pero no tengo por qué quedarme mucho rato y pienso que es mejor adaptarme al grupo mientras esté aquí.

Una hora más tarde, la habitación está abarrotada con prácticamente toda la tripulación. Un auxiliar de vuelo, Rick, que trabaja en clase turista en el pasillo adyacente al mío, está sentado al lado de una chica que trabaja en clase *business*. La chica ríe con todo lo que él dice y me está poniendo nerviosa, a pesar de que no sé exactamente por qué.

Pero entonces caigo en la cuenta de que es porque me recuerda un poco a mí, a mi forma de admirar todas y cada una de las palabras que pronunciaba Nate. Me pregunto qué estará haciendo Nate en este momento, si estará en una fiesta, similar a esta, en México.

Decido irme a dormir, por mucho que el sol de última hora de la tarde siga brillando en el exterior.

A la mañana siguiente, mi cabello tarda casi tres horas en quedarse rubio, pero estoy satisfecha con el resultado.

Vuelvo al hotel caminando, paseando junto a la playa, pasando junto a las palmeras y los edificios rosas, amarillo limón y azul empolvado de la zona Art Deco, y por delante del Park Central Hotel, donde, según un folleto que he visto en mi habitación, solía hospedarse Clark Gable.

De vuelta a mi insulso cuarto —todos los interiores de hotel empiezan a parecerme muy similares—, me preparo para el vuelo de regreso: plancho la blusa, saco lustre a los zapatos y guardo apretujados en el neceser los jaboncitos del hotel.

El vuelo de vuelta va tan lleno como el de ida. No hay ni un asiento libre y el avión está repleto de pasajeros que acaban de llegar de crucero y que están acostumbrados a estándares de servicio elevados y a varios platos al día —además de los tentempiés—, y que se ven reducidos ahora a una bandeja con un desayuno caliente, un panecillo duro como una piedra y una macedonia de frutas.

Durante el descanso de una hora que tenemos todos los miembros de la tripulación, me queda claro que después de la fiesta de anoche algo pasó entre Rick y la chica que reía tanto. No se marchan a las literas, sino que se quedan sentados abajo, a mi lado. Ella está intentando entablar conversación con él, pero Rick, dolorosa y evidentemente, solo quiere leer el periódico.

Sé lo que la chica está intentando hacer. Reconozco las señales, porque basta haberlo vivido para saberlo.

Ella es igual a como yo *era* entonces. Mandy quiere algo más después de la noche que han pasado juntos. Está desesperada por recibir alguna señal de esperanza: un gesto que demuestre algo, por pequeño que sea, aunque tan solo se trate de una falsa promesa de seguir en contacto.

Le lanzo a Rick una mirada desagradable.

No reacciona.

A la mañana siguiente, y a pesar de que tengo el cuerpo dolorido, me obligo a salir de la cama para ir a clase de conducir.

Antes de empezar a volar, jamás pensé que esto podría llegar a ser un trabajo tan físico, además de todo el esfuerzo que conlleva levantar y transportar maletas, contenedores y suministros. A menudo me descubro moratones en los muslos y en los brazos, resultado de los golpes que me dan sin querer los pasajeros que llevan demasiado equipaje o los que me producen los objetos que caen en la cocina cuando atravesamos turbulencias inesperadas.

Llego tarde, y salgo corriendo y subo al coche de cinco puertas del profesor de la autoescuela antes de pasar al ritual de comprobar los espejos retrovisores y ajustar la posición del asiento del conductor. Es muy quisquilloso con detalles como esos.

Satisfecho con mis progresos, me da fecha para los exámenes, primero el teórico y luego el práctico.

Además de estudiar, paso el resto de mis tres días de TAB viendo algunas casas en Richmond. Bueno, digo casas, pero en realidad son pisos diminutos, más pequeños aún que la caja de zapatos. Pero no me imagino vivir en ningún otro lugar cuando me vaya de Reading.

Richmond es mi hogar. Y además, cuando Nate y yo volvamos a estar juntos, será una inversión.

Presento una oferta por el más pequeño, y también el más próximo a casa de Nate, puesto que mi abogado me ha dicho que no tardaré mucho en recibir el dinero por la venta de Sweet Pea Cottage.

Mientras me preparo para mi próximo viaje de trabajo, voy cantando *New York, New York*. Lo miro una vez más: el vuelo de Nate ya ha despegado. Por una vez, ponemos rumbo hacia el mismo destino.

El vuelo solo va lleno en sus dos terceras partes, pero estoy ocupada con los pedidos de la tienda libre de impuestos. Recorro el avión entero varias veces para ir a buscar en los distintos carritos (hay dos en cada cocina) los productos que me piden.

Los productos de más valor se guardan en un contenedor más pequeño cerca de la cabina de primera clase. Después de pasar cerca de veinte minutos examinando una pulsera, y luego un reloj, el pasajero en cuestión decide que no acaban de convencerle. La mísera comisión que ganamos con las ventas no vale los dolores de cabeza que dan.

Cuando nos anuncian el inicio del descenso hacia Nueva York, mi corazón se empieza a acelerar, lo cual es ridículo, puesto que Nate debe de haber aterrizado hace horas.

Cuando el autobús de la tripulación emerge de un túnel, el paisaje de la ciudad que se despliega ante mí es emocionante. He mirado un mapa que había en la revista de a bordo y me he familiarizado con la sencilla disposición de las calles. Mientras el tráfico va avanzando y deteniéndose, miro por la ventana. Veo el gentío que, como hormiguitas, pasa apresuradamente por delante de carteles que anuncian porciones de pizza a un dólar y bufetes libres de comida china. Autobuses rojos con la parte superior descubierta, bastante similares a los de Londres, se entremezclan con los taxis amarillos y las chirriantes ambulancias, todas con sus sirenas. Porteros uniformados montan guardia pacientemente delante de bloques de apartamentos con puertas de cristal. Poco después de pasar por delante de Bloomingdale's, el autobús se detiene justo enfrente de un hotel situado en un edificio estrecho entre otros dos rascacielos.

Es una lástima que, estando tanto Nate como yo aquí, no podamos ir a explorar juntos la ciudad.

Hago el registro en recepción, sin dejar de vigilar la zona en todo momento, y pido que me permitan ver un listado de la tripulación que se hospeda allí. Nate está en la planta veintisiete.

Entro en mi habitación de la quinta planta y, mientras espero a que me suban la maleta, observo por la ventana el bloque de oficinas que hay enfrente. Introduzco el código wifi del hotel en el teléfono. Nate no ha publicado nada sobre lo que pretende hacer aquí. Apuesto a que saldrá a correr temprano mañana por la mañana. Hasta entonces, estoy libre.

Echo un vistazo al blog de Bella. Me dan náuseas. A pesar de que estaba preparada —gracias a Stephanie—, a pesar de que sabía que algún día acabaría llegando, el corazón me sigue dando un vuelco. Y me llena de envidia. Bella y Miles han anunciado su compromiso. Miro la página de Facebook de Stephanie. Me viene a la cabeza «el gato de Cheshire». El anillo de Bella es un diamante que parece un pedrusco montado en platino.

«Felicidades, Bella y Miles».

«Una noticia maravillosa».

«Qué felicidad».

«La pareja perfecta».

Bla, bla, bla y más mierda parecida.

El último comentario es de Nate: «Os deseo toda la felicidad del mundo, y bienvenido a la familia, Miles. ¡Espero que sepas lo que se te viene encima! Es broma. Besos».

Fui con cuidado, con mucho cuidado, para asegurarme de que Nate y yo no tuviéramos ninguna relación con su familia mientras estuvimos juntos. No fue difícil, teniendo en cuenta que él siempre estaba en el extranjero y que yo siempre procuré mantenerlo ocupado durante sus días libres. No podía correr el riesgo de que Bella empezara a mentir sobre mí y le comiera la cabeza a Nate. Bella adora a su hermano mayor y lo protege. La única manera de ser presentada de nuevo oficialmente a Bella es como un hecho consumado, como esposa y cuñada legal. Me encantaría haberla derrotado en el camino al altar, haberla obligado a asistir a *mi* boda, forzarla a poner buena cara y a darse cuenta de que no le quedaría otra elección que ser agradable conmigo a partir de aquel momento.

Salgo a dar un paseo. Camino manzana tras manzana, pero todo me hace pensar en bodas: joyerías, grandes almacenes, hoteles, tiendas de vestidos de novia e, incluso, una limusina blanca.

Me veo obligada a inventarme interminables maneras de mantenerme ocupada. Bebo café. Espero y espero, joder.

De vuelta en la habitación, me veo incapaz de hacer nada y de dormir. Cambio constantemente de canal, pero no puedo concentrarme, de modo que acabo mirando promociones de productos que se prolongan más de media hora. Una mujer sonriente con el pelo canoso peinado con un estilo voluminoso de los años cincuenta hace una demostración de un sofisticado cortador de verduras. Las ofertas especiales destellan en la pantalla de vez en cuando. Fijo la vista. A lo mejor podría serme útil para cuando vuelva a estar en casa de Nate. Le gusta cómo cocino. Y yo siempre he odiado el olor a cebolla que se te queda en los dedos, por mucho que te laves las manos una y otra vez.

El *jet lag* empieza a jugarme malas pasadas.

A las seis de la mañana, bajo a recepción equipada para ir a correr. Me instalo en un sofá de un rincón y me escondo detrás de un ejemplar del *New York Post*. Mis ojos se fijan en un artículo que leo una y otra vez. El corazón me da un brinco cada vez que oigo el sonido que avisa de la llegada del ascensor. Veo bastantes miembros de la tripulación arriba y abajo, lo cual no es de extrañar, teniendo en cuenta que en casa ya es última hora de la mañana.

¿Y si me he equivocado?

A lo mejor Nate ha ido al gimnasio. Lo que es evidente es que no se quedará todo el día encerrado en el hotel, de modo que me dispongo a esperar el tiempo que sea.

La siete y diez, joder. Suena de nuevo el ascensor. Sé, como si pudiera intuirlo, antes incluso de que se abran las puertas, que esta vez será él. El corazón me late con fuerza. Contengo la respiración. ¡Lo es! Nate vestido para ir a correr, con una botella de agua en la mano y los auriculares en la cabeza. Sale por las puertas correderas y gira a la derecha.

Me cubro con la capucha y le sigo. Las condiciones son perfectas. Hay un montón de gente que va a trabajar, pero no tanta como para ser un obstáculo.

Una manzana, dos manzanas.

Pasamos por delante de tiendas de alimentación donde anuncian café, *bagels* y dónuts. Se oyen cláxones constantemente. Cuando llego a un cruce, me espero hasta que el semáforo de peatones está a punto de ponerse en rojo.

Nate acelera.

Incremento el ritmo.

Al otro lado de la calle veo carruajes tirados por caballos. Detrás de las ruedas y las toldillas de los carruajes veo un espacio abierto y verde.

Central Park.

Me vuelvo más atrevida, tanto que estoy apenas a dos pasos de Nate. Se detiene en la entrada para poner en marcha el cronómetro del reloj. Me quedo atrás y me asfixia el olor a excrementos de caballo. Los turistas empiezan ya a pulular por las aceras. Un cartel colgado en una verja anuncia las ceremonias del Día de los Caídos, el último lunes de mayo, de aquí a pocos días.

Nate echa a andar a paso ligero.

Yo también.

Los rascacielos nos miran. Nate abandona la calle principal a la primera oportunidad que se le presenta y sigue por los senderos —como los demás corredores—, lo cual me viene de maravilla. Las sombras de los árboles cargados de flores forman zonas de césped salpicadas de pétalos y sombras. La respiración se me acelera. Mi plan tiene un punto flaco: no estoy tan en forma como él. Confío en que no haya decidido correr mucho rato, puesto que sé de sobra que el parque es enorme. Huelo el aroma de las lilas. Cruzamos por encima de un puente y quedamos envueltos por azaleas en flor.

A Amelia le habría encantado Central Park, me habría explicado los nombres de todas las plantas y todas las flores. Will también se habría sentido feliz. Nos habríamos descalzado y habríamos corrido por la hierba.

Tengo sed y calor.

Nate se para de repente. Tiene la espalda de la camiseta sudada. Se inclina hacia abajo, con las manos sobre los muslos, y bebe un buen trago de agua. Me entran deseos de correr y cogerle la botella.

Intento respirar sin hacer mucho ruido. Nate sigue quieto.

El sol calienta engañosamente por ser tan temprano. He sido una ingenua al imaginar que haría tan fresco como en casa. Veo que Nate se dirige hacia un banco. Mierda, quedará de cara a mí.

Sigo corriendo hasta situarme detrás de él. Me apoyo contra un árbol e intento recuperar el ritmo de la respiración.

Nate sigue sentado, como si estuviera contemplando el paisaje, aunque lo más probable es que simplemente esté descansando un poco. Se ha cortado el pelo. No sé si le queda muy bien, me parece demasiado corto.

La cabeza me da vueltas y me siento mareada. Noto la corteza áspera y fría del árbol pegada a la piel. Estoy a escasos metros de Nate. Hago un par de fotos con el teléfono. ¿Por qué no me acerco? ¿A qué estoy esperando? Hace siete meses que se terminó. Le he dado ese espacio sin sentido que decía que necesitaba.

Espacio. Odio esa palabra.

Hacia el final, aparecía en prácticamente todas sus frases. Tal vez debería olvidar mi Plan de Acción y aprovechar el momento. Tal vez el destino sea lo que nos ha traído hasta aquí, juntos, lejos de las distracciones de casa.

¡A la mierda todo! Voy a hacerlo. Voy a vivir peligrosamente.

Doy un paso al frente. ¡No! Mis mantras se abren paso.

«Cíñete al plan».

«Corrige el plan».

Mi corazón se acelera y empieza a cobrar forma un punzante dolor de cabeza. Necesito agua. Doy otro paso al frente.

Inspiro.

Espiro.

No sé por qué, pero me siento empujada a hacerlo, como la polilla que se siente atraída hacia la llama.

Dudo.

Cuando doy un paso más, veo en el suelo una rama caída. Es corta aunque bastante gruesa, del tamaño aproximado de un bate de béisbol. Respiro hondo. Nate parece muy relajado. En su día podía acercarme a él y abrazarlo siempre que me apeteciera. Ahora no tengo permiso para hacerlo.

Son las reglas.

No se me ha dado la más mínima oportunidad de opinar sobre el tema.

Nate se gira hacia un lado y sube la pierna izquierda al banco antes de inclinarse por la cintura y realizar un estiramiento. Debe de tener fastidiados los músculos de la pantorrilla, como le sucede de vez en cuando.

Me agacho como si estuviera cogiendo alguna cosa del suelo, aunque lo único que hay ahí es la rama. Gano tiempo atándome bien las zapatillas. Y entre tanto, me sacude una oleada de amargura y de rabia. Esta situación es ridícula; yo también tengo mis derechos. Cojo con fuerza la rama con la mano derecha y me incorporo con ella pegada a la pierna.

Veo que Nate se levanta también, que extiende los brazos y entrelaza los dedos para hacer otro estiramiento. Doy un paso hacia él. Deja caer los brazos hacia los costados. Inspiro hondo.

Mira el reloj y se aleja de mí. Me quedo quieta y suelto la rama. Al caer, me golpea el tobillo. Lo veo trazar la curva del sendero y se pierde de vista.

9

Debo de estar loca. ¿En qué estaría yo pensando? No he seguido mis propias reglas.

«Cíñete al plan, cíñete al plan».

«Si fallas al planificar, el plan también fallará».

Estoy paralizada. He estado viendo a Nate en territorio desconocido. He traspasado mis límites. Nate se ha ido, gracias a Dios. Jamás tengo que volver a bajar la guardia de esta manera.

Nunca jamás.

—¿Se encuentra bien, señora?

Levanto la vista. Un anciano, vestido con traje, está mirándome.

Me incorporo.

—Sí, gracias. Ya estoy bien. He salido a correr sin agua. Una estupidez.

—Si sigue por allí, encontrará una pequeña tienda. —Señala hacia el frente—. Estamos ya a sesenta y cuatro grados.

Hago la conversión. Unos dieciocho grados Celsius.

—Gracias.

Me pongo en marcha hacia la dirección que acaban de sugerirme y localizo un quiosco móvil. Además de agua, me compro un café y un *pretzel* que tiene una pinta excelente.

—Disculpe, ¿por dónde se sale del parque? —pregunto cuando me cobran.

Estoy totalmente desorientada. Me siento en la hierba y me bebo el agua del tirón.

El *pretzel* está salado y seco; se me adhiere a la garganta. De camino hacia la salida, tiro a una papelera lo que queda de la pasta que originalmente tenía forma de herradura.

Cuando avisto por fin el hotel, experimento la misma sensación de alivio que cuando las ruedas del avión conectan con la pista. Deslizo la tarjeta por la cerradura de la puerta, me dejo caer en la cama y me regaño mentalmente.

He estado a punto de pifiarla.

Estaba tan cerca del premio que... Pero tengo que seguir fiel a mi calendario, porque en julio hará casi diez meses que rompimos.

Casi un año.

De ese modo le habré demostrado que le he concedido espacio suficiente para que se encuentre a sí mismo, o para que haya decidido lo que piensa que debe hacer. Duele pensar en la posibilidad de que se acueste con otras mujeres, claro que duele, pero ninguna aparece en su página de Facebook durante mucho tiempo, de modo que alejo ese tipo de pensamientos e intento verle el lado positivo. No me dejó por ninguna mujer en concreto. Cuando nos encontremos de nuevo, estará preparado para sentar la cabeza.

Necesito trabajar en mantras nuevos, y repetírmelos más a menudo.

«En caso de duda, no lo hagas».

«La paciencia es una virtud».

«Cíñete al plan».

A pesar de que no me duele en absoluto la cabeza, me tomo dos analgésicos fuertes y me bebo varios vasos de agua seguidos.

Fuera cual fuese el motivo, no puedo dejarme ir de nuevo.

Estoy cansada y nerviosa.

Han retrasado el embarque de la tripulación del avión con destino a Heathrow por culpa del retraso del vuelo interno. Cuando por fin nos dan permiso para embarcar, tenemos que abrirnos paso entre el personal de limpieza y sus Hoovers, que bloquean los pasillos, y apenas nos queda tiempo para llevar a cabo todas las comprobaciones de seguridad y ninguno para preparar el material de las cocinas.

En pleno vuelo, dos pasajeros se encuentran mal y necesitan oxígeno, y hay, además, demasiados niños que no callan. Las peticiones se hacen interminables y hay numerosas quejas porque resulta que el sistema de entretenimiento del vuelo no funciona correctamente.

A lo mejor, al final, no duro mucho en este empleo.

Durante el descanso en la litera, sueño con Will. Es pequeño, tendrá unos dieciocho meses de edad, y camina tambaleándose. William nada como una criatura acuática. Amelia está escondida por las sombras del jardín, recogiendo flores. Intenta darme instrucciones desde lejos, pero sus palabras llegan hasta mí amortiguadas, como si ella estuviera debajo del agua. Cuando logro entender lo que me dice, cuando capto que la situación es *permanente,* ya es demasiado tarde.

Me siento y busco a tientas la linterna. Bebo traguitos de agua. En los primeros asientos de clase turista viaja un niño que lleva un pelele azul. Me ha recordado el que tenía él.

Sigo inquieta durante lo que queda de vuelo. No me encuentro bien. Cuando se acerca el aterrizaje y me instalo en mi asiento, estoy a punto de soltarle a mi compañera toda la historia de Will. Nada me lo impide, y sucede constantemente. He tardado un tiempo en acostumbrarme a ello. Los miembros de la tripulación comparten cosas de su vida con los demás, vierten todo tipo de retazos personales de información, como si creyeran que son secretos de confesión, que al soltarlos en el cielo están seguros.

Pero no lo hago, por supuesto. No tendría ningún sentido.

Hablo en cambio sobre «Nick» y sobre cómo supe, desde el momento en que lo conocí, que ningún otro hombre podía compararse con él. Mira lo que le pasó a Elizabeth Taylor cada vez que intentó vivir sin Richard Burton. He leído que su romance quedó descrito como el «amor mortal que nunca murió». La vida no tenía sentido si estaban el uno sin el otro.

Nate me hace sentir completa, a pesar de sus fallos, y por eso sé que es amor.

El encaprichamiento me cegaría. Pero el amor verdadero implica aceptación.

Paso mi primer día libre sola en el piso. Me relajo mirando las fotografías del anuncio del compromiso entre Bella y

Miles. Celebrarán una fiesta el mes que viene. Imprimo las fotos que le hice a Nate en Nueva York y las incorporo a mi tablero. No son de buena calidad, la verdad es que no, pero necesito que todo sea lo más reciente posible, puesto que nuestras vidas tienen que estar entrelazadas y actualizadas, aunque sea entre bambalinas.

Miro el tablero; algo no está bien. Miro y miro hasta que averiguo qué es.

La cara de felicidad de Bella no pertenece a mi espacio personal. Cojo unas tijeras y empiezo a recortar hasta que su cabeza desaparece o se desfigura en todas las imágenes en las que aparece sonriendo. Las únicas que conservo intactas son aquellas en las que no se la ve satisfecha consigo misma.

Suelto aire. Me siento mejor.

Saco los dos muñecos de vudú de la caja de zapatos que guardo encima del armario. La chica tiene agujas clavadas en la cabeza y el chico solo una, en el pecho. Quiero que el corazón de Nate siga endurecido, hasta que vuelva a enamorarse de mí. Cuando en el transcurso de uno de mis viajes al Caribe vi los muñecos en un mercadillo, mi compañera se echó a reír al ver que los compraba.

—Vaya muñecos más espeluznantes para una turista —dijo—. ¿Qué demonios quieres hacer con ellos?

—Una broma —respondí.

Odio ir a comprar con gente. El problema que le encuentro a los compañeros de trabajo es que en su mayoría no son independientes, que se pegan a mí en la reunión previa al vuelo para averiguar qué planes tengo para cuando lleguemos a destino, y luego se suman a ellos.

En mi segundo día libre del TAB, supero el examen teórico de conducir. Ahora ya solo me queda el práctico y habré alcanzado una nueva libertad. Cuando termino, voy a visitar un par de tiendas de coches y decido que me compraré un elegante descapotable de color gris. Espero que en el maletero quepa una maleta pequeña.

Después tengo dos días libres hasta mi siguiente viaje, esta vez a Bangkok. Me mantengo alejada de Nate. Mi conducta en Nueva York me sigue asustando. Para no fastidiarlo todo, necesito centrarme de nuevo y asegurarme de ser lo bastante fuerte antes de volver a acercarme a él.

Amy está de viaje a Australia, así que no puedo recurrir a ella. Mis perfiles de Facebook, tanto el de Juliette como el de Elizabeth, están actualizados, con los comentarios adecuados y las fotos correspondientes.

Llamo por teléfono a Babs.

—¿Te apetece que vaya a verte?

—Por supuesto, cariño. Has elegido el momento perfecto. Acabo de preparar un pastel de carne y cerveza.

Preparo una bolsa pequeña y pongo rumbo a la estación.

No le he comentado a Babs a qué hora llegaría, de modo que al llegar cojo un autobús que pasa por delante de Sweet Pea Cottage. En el letrero de «En venta» han añadido la frase «Reservado».

Espero sentir alguna cosa, alguna emoción, pero nada.

Babs abre la puerta un segundo después de que yo haya llamado al timbre. Lleva un delantal con cerecitas. Tiene la cara llena de harina. Imagino que Barbara tiene el aspecto que debería tener una madre.

—Es fantástico que hayas venido —dice—. Tengo la cena lista.

Mientras comemos el pastel —le retiro el hojaldre—
acompañado con patatas nuevas y judías verdes, Babs me
pone al corriente de los chismorreos del pueblo: dos divor-
cios, un fallecimiento y un robo.

Yo la actualizo sobre mis clases de conducir.

—Una noticia maravillosa. Ahora podrás venir a verme
más a menudo.

Muevo la cabeza en un gesto afirmativo.

Silencio.

El sonido dominante en la cocina pasa a ser el del cho-
que metálico de la cubertería, lo que significa que Babs está
armándose de valor para comunicarme una mala noticia o
pedirme alguna cosa.

Espero.

—¿Te viene bien hacer una visita mañana? ¿Para ir a ver
a William?

Me levanto y lleno los vasos con agua del grifo.

—Pronto será su cumpleaños y... —insiste Babs.

—No, lo siento, no quiero ir.

—Me gustaría tener compañía. Podríamos, además, depositar unas flores en la lápida de Amelia.

—A los muertos les da igual tener flores en la tumba o
no tenerlas.

—Yo iré. Siempre voy.

—Él no está aquí. Y ella tampoco.

Babs carraspea.

Creo saber qué vendrá a continuación y no me apetece
oírlo.

—¿Qué ponen en la tele esta noche? —digo. Me levanto y empiezo a recoger la mesa—. Mira a ver mientras yo
friego los platos.

Abro el grifo del agua caliente y presiono el bote de lavavajillas de limón para echar una buena cantidad y me
quedo mirando cómo se forma la espuma. Babs selecciona
un culebrón; oigo la sintonía de la serie procedente del salón. Esa serie la veíamos ya en la sala común del internado,
apiñadas en los sofás y los cojines del suelo, en pijama y
camisón.

Me siento a su lado, en el sofá, diez minutos más tarde.
De no saber que Babs suele ver esa serie, habría dado por
sentado que la había elegido a propósito. Porque el episodio
de esta noche contiene una escena en un cementerio en la que
un personaje «pasa página».

Me marcho temprano al día siguiente, prometiéndole sin cesar que volveré pronto a visitarla.

En el tren, suena el teléfono. El abogado. La venta de
la casa está cerrada.

Soy rica.

Me imagino que enviarán a un vendedor novato a la
casa para que cambie el cartel y en vez de «Reservado» se
lea «Vendido».

Fastidiada, descubro que el piso de Richmond al que le
había echado el ojo ya no está publicado, lo que significa que
tendré que volver a iniciar mis labores de búsqueda. Pero así
me mantendré ocupada hasta que tenga que volver al trabajo.

Mientras sobrevuelo Europa y luego Asia, suspendida sobre
tierra de nadie rumbo a Bangkok, me encuentro sentada encima de un contenedor metálico, que está helado, en la zona

de cocinas, escuchado a una compañera, Nancy, que habla y habla sin parar. Me ha enseñado fotografías de su gato, de su caballo, de sus ahijados...; me ha revelado todos los secretos de una operación a la que se sometió hace cuatro años, y me ha contado que su exmarido se aficionó al travestismo.

—Pero no fue por eso por lo que nos separamos...

—Oh —digo—. ¿Te apetece un café?

Me levanto. Pongo un filtro en la cafetera y la enchufo, deseando que aparezca algún pasajero y se desmaye o haga cualquier cosa que me entretenga un rato.

—Sí, tomaré un café. El caso es que, como te digo, no fue lo del travestismo lo que...

—Vuelvo en un par de minutos, Nancy. Me toca hacer los controles de seguridad.

Normalmente, no me tomaría esa molestia, pero esta noche recorro la cabina oscura y reviso los lavabos en busca de mensajes sospechosos e indicios de bombas y me aseguro de que todos los pasajeros se encuentren bien y no hagan nada que se salga de lo normal. Todo está tranquilo. No hay parejas intentando ir juntas al baño para sumarse al afamado Mile High Club; y tampoco es que me importe si sucede. Simplemente finjo que no me entero.

Cuando regreso a la cocina, Nancy ya ha atrapado a otro miembro de la tripulación, Kevin, que, por lo que da a entender su expresión vidriosa, desearía no haber abandonado el santuario de la primera clase.

—... fue porque era un egoísta. Egoísta *de verdad*. Llegaba yo a casa de un viaje, agotada, después de pasarme la noche entera atendiendo a centenares de pasajeros, y él no había levantado ni un dedo. No había hecho la compra, no...

Cruzo una mirada con Kevin y sonrío.

—Solo venía a buscar servilletas —dice—. He dejado la cabina de primera clase sin nadie. Tengo que volver allí pitando.

Kevin era contable, pero un ardiente deseo de viajar le llevó a cambiar de rumbo profesional poco después de cumplir los cuarenta. Parece un tipo divertido. Todo el mundo se ha reído con él en la reunión previa al vuelo, cuando ha contado la anécdota de una vez que perdió el autobús de la tripulación porque su vuelo anterior era de los que estacionaban en el centro del aeropuerto y acabó extraviándose en el laberinto de pasillos que hay en el sótano de la terminal. Kevin me guiña el ojo antes de desaparecer a través de las gruesas cortinas que protegen la zona de cocinas. A lo mejor quedo con él. Hasta el momento parece inteligente y entretenido.

Suena el timbre con la llamada de un pasajero. ¡Aleluya!

Recorro el pasillo, entre la masa de pasajeros dormidos enterrados bajo sus mantas, evitando pies y zapatos que sobresalen, hasta que llego al asiento 43A, encima del cual destella la luz blanca de llamada.

—¿Podrías traerme una taza de té, por favor, cariño? —me pide una anciana, que enciende simultáneamente su luz de lectura.

—Por supuesto.

Examino la oscuridad en busca de otras posibles luces. Mi vida ha quedado reducida a esto: a buscar gente a la que servir para no tener que escuchar más rollos.

En la cocina, mientras vierto sobre la bolsita de té un poco de agua hirviendo del grifo del agua caliente, Nancy reanuda la charla.

—¿Algún plan para Bangkok?

Reflexiono mi respuesta. ¿Qué es lo que seguro que no haría Nancy? No lo tengo muy claro. Mejor jugar una carta segura y responder de forma vaga.

—La verdad es que no. Me gusta dejarme llevar y no cerrar planes por adelantado. Nunca sé cómo me encontraré ni cómo voy a dormir.

Vierto leche en el té, cojo unos sobrecitos de azúcar, los pongo en una bandeja y vuelvo a la cabina.

En el instante en que estoy de vuelta, Nancy abre la boca.

—Yo pienso ir a visitar el Gran Palacio con la copiloto, Katie. Vivimos en el mismo pueblo, y cuando descubrimos que coincidíamos en este viaje decidimos que había llegado el momento de disfrutar de un poco de cultura y hacer algo diferente a lo típico de ir de compras al mercado.

—Me alegro.

—Si quieres venir con nosotras, serás bienvenida.

—Gracias, muy amable, pero ya veré.

—Probablemente sea lo mejor. Katie está de lo más enamorada en este momento. Está en esa fase inicial en la que no puede evitar incluir el nombre de su novio en cualquier conversación, se hable de lo que se hable. No se lo echo en cara, por supuesto que no. Llevaba ya un tiempo sola, nunca ha tenido mucha suerte con los hombres, la verdad. Pero, entre tú y yo, apuesto lo que quieras a que mientras estemos en el templo se pasará el rato con «Nate esto» y «Nate lo otro».

—¿Nate? No es un nombre muy habitual —digo, y me sorprende lo normal y despreocupada que suena mi voz a pesar de que por dentro es como si me hubiesen apuñalado.

—¿No es muy habitual? La verdad es que ni lo había pensado. Supongo que será un diminutivo de Nathan o algo por el estilo.

—¿Y cómo se apellida?

El corazón me late tal vez a demasiada velocidad.

—Ni idea. Bueno, es hora de ir a despertar a los demás. Es nuestro turno de descansar en la litera.

Preparo unas cuantas toallas calientes y varios vasos de zumo. Lo dejo todo en una bandeja. Me tiemblan un poco las manos. Me encamino hacia la cola del avión, esquivando otra vez extremidades y basura tirada por el suelo. Lo más peligroso son siempre las revistas; he visto a personal volando por los aires al tropezar con ellas. Utilizo mi llave para abrir la puerta que da acceso a las literas de la tripulación y la cierro a mis espaldas —no es raro que algún que otro pasajero se meta por aquí si consigue entrar—; pongo las luces en penumbra y me sujeto a la barandilla con una mano mientras, portando la bandeja en la otra, subo por la escalerilla.

—Buenos días a todos —digo.

Hay quien se levanta de golpe, recoge sus pertenencias y va hacia los baños.

Otros se sientan, visiblemente cansados y desorientados, deseando claramente poder estar en casa, en su propia cama.

Quince minutos más tarde, estoy tumbada en una de las literas de arriba, con un chándal de color gris y dando vueltas en el interior del saco de dormir. El cinturón de seguridad se desliza hacia mis caderas cuando, por culpa de las turbulencias, giro como un trapo en una lavadora. Me siento como si estuviera en un universo paralelo, inexistente.

Una cosa tengo clara: al final, iré con Nancy y Katie a visitar el Gran Palacio.

10

Pasada una hora renuncio a mi descanso de tres horas y veinte minutos. No soporto ni un instante más seguir tumbada aquí, atrapada. Voy a ver si consigo sonsacarle alguna cosa a la tal Katie. Necesito verla con mis propios ojos para hacer una valoración.

Me retoco el maquillaje en el cuarto de baño y me siento mareada. Al principio del vuelo, mi aspecto era presentable. Pero ahora tengo el estómago revuelto. Sabía que Nate no dejaría de salir con mujeres, evidentemente. No soy una ingenua. Pero que tenga un nombre, estar en el aire con alguien que es una rival en potencia, es una situación horrorosa.

Me acerco a la parte delantera del avión y subo a la cabina de clase *business*. El miembro de la tripulación que se ocupa en este momento de esta zona —un hombre mayor— se encuentra en la pequeña cocina que hay por encima de la cabina, preparando las bandejas del desayuno.

—Hola. Voy a entrar un momento en la cabina de pilotos —digo—. ¿Quieres que les pregunte si necesitan alguna cosa?

Mira el reloj.

—Sí, adelante. Les toca visita.

Conozco el horario de las visitas estipuladas a la cabina de pilotaje, razón por la cual me he desplazado justo en este momento. Cojo el interfono y tecleo el código de acceso. El corazón me late con fuerza al pensar en la posibilidad de que sea la voz de Katie la que responda a mi llamada, pero no es así. Responde una voz masculina.

—Hola. Al habla Mike.

—Hola, soy Juliette, de la cabina posterior. Estaba por arriba y simplemente quería preguntaros si necesitáis alguna cosa.

—Espera un momento.

Se oye un sonido apagado de voces.

—Sí, dos cafés, por favor. Uno cortado y uno solo, sin azúcar. Y si quedara algún bocadillo de la tripulación, también estaría muy bien, gracias.

—Entendido.

Preparo los cafés. ¿Cuál será el de Katie? Cojo una bandeja de bocadillos del carrito de la tripulación. Llamo de nuevo para anunciar mi llegada.

Recorro el pasillo y espero delante de la puerta de acceso a la cabina. El capitán la abre y, en cuanto entro, la cierra con firmeza a mis espaldas. Las luces blancas, verdes y azules del cuadro de instrumentos tiemblan en la penumbra del recinto cerrado. El asiento del copiloto lo ocupa un hombre. No Katie. La puerta de la zona de literas de la cabina del piloto está cerrada; debe de estar durmiendo.

—¿Hay alguien descansando? —pregunto.

—Sí.

Mierda.

El capitán me coge la bandeja. Retiro los cafés y los coloco en el espacio que hay detrás de cada asiento.

—Venía a preguntar si podría sentarme aquí durante el aterrizaje —digo—. Soy relativamente nueva y…

—Lo siento pero no, estamos en un sector de formación. James —señala al copiloto— se está preparando para un puesto de mando, de promoción a capitán, de modo que me temo que tendré que decirte que no.

James se gira y hace un gesto, disculpándose.

—Oh.

—Espero que pronto tengas una nueva oportunidad, puesto que en otras condiciones te diría que sí.

—Gracias.

—Gracias a ti por el café. —Mira por la mirilla mientras James comprueba las cámaras del circuito cerrado de televisión—. Despejado.

Me abre la puerta y salgo, desinflada pero no derrotada.

En el viaje hacia el hotel, me siento detrás de Katie y escucho una conversación entre ella y el otro copiloto.

Lleva el cabello trenzado y recogido en un moño; no me gusta nada.

A Will le encantaba cuando me peinaba con trenzas. Bueno, más bien le gustaba tirar de ellas.

Tiene un aspecto insulso.

La conversación no es interesante; hablan de ciclismo. No me imagino a Nate en bicicleta. Un casco de esos de bicicleta no le quedaría nada bien.

Pero nada bien.

Como sucede con la mayoría de miembros de la tripulación, Katie tiene un aspecto totalmente distinto cuando a la mañana siguiente nos reunimos en recepción. Somos solo Nancy, Katie, un chico que se llama Ajay y yo.

Katie tiene el pelo largo, pelirrojo y rizado y un montón de pecas. Parece simpática y competente a la vez, de ese tipo de personas a quien, si te pierdes, le preguntarías por dónde ir. Parece un poco chicazo, con sus antebrazos musculosos y sus anodinos pantalones beis de algodón, como si estuviera esforzándose por ser uno más dentro del mundo de los pilotos masculinos. Sin embargo, cuando sonríe, su cara entera se vuelve atractiva.

De entrada, no he entendido muy bien qué podría haberle visto Nate. Pero supongo que será por ese aspecto tan íntegro que tiene, tan de «vecinita agradable».

En el autocar turístico que hemos contratado, vuelvo a estudiarla bien. Está mirando por la ventana, con la boca entreabierta. Llevamos siglos atascados en el tráfico, pero soy incapaz de entablar ninguna conversación útil con ella, puesto que nuestra apasionada guía habla por los codos por el micrófono desde la parte delantera del vehículo.

Desconecto.

Sé que Nate me ama porque me lo dijo.

Cuando yo le dije que lo amaba, él me contestó: «Sí, yo también te quiero». De no haber sido así, se habría quedado callado.

Tengo que reconocer que, al principio, se mostró reacio a que me instalara tan pronto en su casa. Pero le dije que, a pesar de que lleváramos poco tiempo saliendo, tal vez estaba destinado a que fuera así.

Habían puesto en venta el piso donde yo estaba viviendo de alquiler. Eso *era* cierto, por mucho que el dueño dijera que podría haberme quedado allí otros tres meses. Pero no tenía sentido ponerme a buscar otro piso. Era una mentira piadosa minúscula para beneficio de ambos.

Me planteé por aquel entonces la posibilidad de trabajar en la aerolínea, pero quería ser la novia perfecta. Quería estar *allí* para Nate, quería estar en casa cuando él volviera de sus viajes.

Solos los dos.

Las palabras que me vienen a la cabeza cuando veo el palacio son *verde* y *oro*. Contemplo los deslumbrantes edificios, los tejados a distintos niveles y los inmaculados jardines.

Hace calor. Según la guía, estamos casi en temporada de lluvias. Me he puesto manga larga para respetar el código de vestimenta de este lugar sagrado.

—Es muy romántico, ¿no os parece? —comento a los demás.

Asienten, pero no me responden, puesto que, por desgracia, son de ese tipo de gente que siente un interés genuino por la arquitectura. Escuchan con atención a la guía mientras vamos de un lado a otro como un rebaño. Me caen hilillos de sudor por la espalda. A mi entender, se puede disfrutar de las cosas a mayor velocidad. No hay ninguna necesidad de ir andando por ahí a paso de tortuga para que los lugares se te queden grabados en la memoria. Para eso ya están las cámaras.

Y seguimos, caminando y escuchando. Cuando llegamos al templo del Buda Esmeralda, todo son exclamaciones cuando nos plantamos delante de un buda de jade cuyos ropajes dorados cambia el rey con la llegada de cada nueva estación.

Finalmente, nos llevan a un concurrido restaurante para comer. Por suerte, hay aire acondicionado. No soportaré una tarde más de esto. Lo único que quiero es que Katie mencione a Nate y entonces ya encontraré una excusa para marcharme y regresar a la paz y la tranquilidad del hotel. Me dejo caer en una silla a su lado. Y copio lo que ella pide: una Coca-Cola Light y un *pad thai*.

—¿Qué os ha parecido el palacio? —pregunto.

—Es tan… increíble —responde Nancy.

—Asombroso —dice Katie, bebiendo un trago de refresco.

Ajay se limita a mover la cabeza en un gesto afirmativo; está mirando una guía.

—Como dije antes, creo que ese lugar es realmente romántico —digo.

Katie no muerde el anzuelo. Voy a tener que ser menos sutil.

Llega la comida, humeante. Ojalá hubiera pedido algo frío, no podré con ello. Cojo los palillos y me hago con una gambita. Le doy un mordisquito. El aroma a citronela me revuelve el estómago. Era el olor dominante en la cocina la terrible noche que Nate rompió conmigo.

—Pues… —digo, girándome hacia Katie—. Dice Nancy que vivís en el mismo pueblo. ¿Por dónde cae?

—Justo en las afueras de Peterborough —contesta, nombrando un lugar del que nunca he oído hablar.

—Oh, entonces hay un buen trecho en coche, ¿no? —replico, ladeando la cabeza para hacerme la interesada.

—Sí. Pero me gusta. Aprovecho para escuchar música o audiolibros. Me ayuda a relajarme después de una noche larga.

No he visto ninguna prueba que me indique que duerme en casa de Nate. Y, por lo que sé, él tampoco ha estado en su casa. A Nate no le gusta ir muy lejos en sus días libres. A lo mejor Nancy lo entendió mal o estaba exagerando. Katie no ha dicho «Nate esto» o «Nate lo otro» ni una sola vez. Podría tratarse de un romance pasajero, que ya haya terminado.

Cojo un poco de fideos.

Katie bosteza y se tapa rápidamente la boca con la mano.

—El programa de la tarde es apasionante —dice Ajay—. En la guía dice que nos espera una auténtica sorpresa y que…

—Sí, ya me imagino… —no puedo evitar decir.

Los tres se quedan mirándome.

Me arde la boca cuando un chile surte efecto, me quema la garganta y me calienta la cara.

—Lo siento. Pero creo que ya he tenido suficientes templos por hoy. Voy a pedir un taxi para volver al hotel. ¿Quedaréis esta noche para cenar y tomar algo?

—Quédate —dice Nancy—. Si no te quedas, te arrepentirás.

—De hecho, creo que coincido con Juliette —dice Katie—. Si tengo que aguantar hasta la noche, necesito echar una siesta.

De pronto, me cae simpática.

Dejamos a Nancy y Ajay y la guía nos pide un taxi. Le ofrecemos una propina generosa, puesto que parece molesta por nuestro deseo de abandonar el tour antes de que termine.

El viaje de regreso es más rápido que el de ida y el taxista no para de hablar. Tiene ganas de charlar sobre fútbol.

Katie parece entender del tema, de modo que dejo que hable. A lo mejor esta noche, después de unas cuantas copas, desvela alguna cosa más, aunque sospecho que Nate se ha cansado enseguida de ella.

Es mediodía en casa, pero anochece en Bangkok cuando varios miembros de la tripulación —incluyendo Kevin, de primera clase, y Katie— nos reunimos en un bar situado en la azotea de un edificio. Nancy está tan cansada que ha decidido no venir. Las luces iluminan los rascacielos cercanos.

Bebo cerveza local servida en copa. Me refresca la garganta, puesto que el calor y la humedad siguen siendo asfixiantes.

—¿Vamos a alguna discoteca? —sugiere alguien.

Estudio la reacción de Katie.

—Me parece bien —dice.

—Estupendo —añado.

Katie se gira hacia mí.

—¿No quieres cambiarte primero?

Bajo la vista hacia mis vaqueros negros.

—¿Por qué?

—Hace un calor mortal, aunque sea de noche. ¿Recuerdas el calor que hacía antes, cuando hemos estado paseando por ahí?

Katie gira sobre sí misma. El vestido rojo con lunares blancos ondea también en círculo y las pulseras tintinean. El tatuaje de una mariposa ensucia su tobillo derecho.

Una oleada de alivio. Nate considera que los tatuajes son chabacanos. Lo más probable es que Katie no sea más que una herramienta, un juguete, para distraerse.

No me molesto en cambiarme. Subimos a un tuk tuk que oscila violentamente mientras el conductor serpentea entre el intenso tráfico. Me agarro a la barra metálica lateral y aspiro los gases de los coches. Del espejo retrovisor cuelga una guirnalda de flores rosas que se balancea al ritmo de las bruscas maniobras. Llegamos a un antiguo almacén reconvertido que transmite la impresión de estar correcto según los estándares sanitarios y de seguridad; de todos modos, los cables eléctricos zigzaguean por encima de nuestras cabezas y las tarimas de madera del suelo no parecen estables. Un imitador de Elvis está masacrando *Always on My Mind*. El pequeño micrófono pita a intervalos regulares.

—Me encantaría estar en casa con mi novio —le digo a Katie mientras buscamos un poco de espacio en la barra.

—Y a mí —dice ella—. Aunque la verdad es que mi novio tampoco está en casa en estos momentos. También es piloto.

Me flaquean las piernas.

El camarero vuelca su atención en nosotras. Pedimos cervezas.

Recuerdo que debo seguir respirando.

Volvemos con los demás, que se han apiñado alrededor de una mesa alta metálica. Charlamos sobre trabajo durante lo que me parece una eternidad.

—¿Y no tienes ninguna foto de tu novio? —le digo a Katie con el tono más despreocupado del que soy capaz.

—Tengo un montón. Me encanta aburrir a la gente hablándole de Nate.

Casi siento lástima por Katie, casi, pero no es culpa mía que Nate sea un engreído. Y un débil en cuanto a las mujeres que se arrojan a sus brazos.

—Ten, mira… —Katie sonríe—. Aquí estábamos en Río y…

La imagen de Nate me sonríe desde su teléfono.

Paralizada, escucho un monólogo petulante de palabras que son como puñaladas y que se prolonga durante un minuto antes de que decida buscar una excusa para ausentarme. En el exterior del local, repito mis mantras, una y otra vez. Me cuesta respirar. La música suena a todo trapo desde todas direcciones. Grupos de gente se entremezclan con taxis y motocicletas. Los puestos callejeros chirrían bajo el peso de falsos productos de marca, camisetas, zapatos, bolsos… Los neones anuncian bebidas, masajes y pastillas para dormir. Un carrito desprende un hedor insoportable a cebolla frita.

Saco el teléfono del bolsillo trasero del pantalón y entro en internet. La tripulación de Nate está aprovechando su tiempo de descanso para hacer un safari por el Kruger National Park. Ha publicado fotografías donde se ve una pradera con hierba crecida y seca interrumpida por árboles puntiagudos con escaso follaje bajo el título «¿Alguien ve dónde está el león?». Ya ves, él disfrutando de la vida salvaje mientras yo me enfrento a una nueva traición al otro lado del mundo.

Respira hondo. Ins-mierda-pira, es-mierda-pira.

Un tufillo a alcantarilla me devuelve temporalmente a la realidad de mi entorno.

¿«Pastillas para dormir»? La frase captura de nuevo mi atención. A lo mejor podría comprar unas cuantas. Y pasar lo que me queda de tiempo aquí sumida en un relajado olvido. Podrían funcionar como apaño. Una solución temporal.

—¿Cuánto vale un frasco de veinte? —le pregunto a la farmacéutica que atiende detrás del mostrador.

—¿Por qué no lo compra de cuarenta? —responde—. Salen más baratas.

Da igual. De perdidos al río. Las guardo en el bolso y sigo mirando un rato más los puestos. Veo un pequeño buda de madera. Lo compro también; podría traerme suerte.

Me obligo a entrar de nuevo en el local. La silla de Katie está vacía. Sigo las señales que indican los baños. La encuentro frente al espejo, intentando recogerse el pelo en una cola de caballo. Desde la puerta huelo su perfume mareante.

«No lo toleraré ni un momento más», grita mi mente en silencio.

Me acerco a ella, intentando evitar las zonas húmedas de las baldosas del suelo, hasta que me planto a su lado. Sonrío al espejo. Ella me devuelve la sonrisa, aunque su expresión es de cierta perplejidad.

—Creo que he reconocido a Nate en esa fotografía que me has enseñado. Su cara me resulta muy familiar —digo—. Llevo desde entonces dándole vueltas, pero estoy segura de que es él.

—Oh. ¿Has volado con él?

—No.

—¿De qué lo conoces, entonces?

—No lo conozco. Pero entre él y una amiga mía pasó algo. No sé exactamente qué, pero, fuera lo que fuese, la dejó conmocionada. Me dijo que no podía contárselo a nadie.

—En este caso, no puede tratarse de Nate. Es un auténtico caballero.

—Tal vez.

Bajo la vista y remuevo el contenido del bolso a modo de distracción, pero no sin antes captar una fugaz expresión pasajera de preocupación en su rostro. Saco el rímel. Cuando levanto la vista, Katie se encamina hacia la puerta.

—Enseguida voy —digo.

Si responde, no la oigo. La puerta se cierra de un portazo. Me aplico el rímel lentamente, fastidiada por su actitud desdeñosa. No es que le haya contado una trola: Nate tiene un lado oscuro. Guardo el rímel en el bolso y, al caer, emite un sonido metálico al chocar contra el frasco de somníferos.

Y es entonces cuando se me ocurre la idea.

Entro en un cubículo del baño y saco el frasco con cápsulas azules del bolso. La dosis indicada es de una cada doce horas. Hum… ¿Cuál sería la cantidad más adecuada? ¿Dos? ¿Tres? ¿Cuatro? Desenrosco el tapón y cojo tres cápsulas. Las guardo en el bolsillo de los vaqueros. Enrosco de nuevo el tapón y exploro el interior del bolso en busca del pequeño sobre que contiene la tarjeta para entrar en la habitación. Dejo la tarjeta suelta en el bolso. Con cuidado, separo las cápsulas y vierto el polvillo en el sobre. Tiro las cápsulas vacías al inodoro y abandono el silencio relativo de los baños para adentrarme en el ruido y el caos del exterior.

11

El imitador de Elvis ha alterado un poco su atuendo para convertirse en Tom Jones. Los mismos pantalones de cuero, camisa distinta. Empieza a cantar *Sex Bomb* y hace girar en el aire una cazadora de cuero como si fuera el lazo de un vaquero.

Pido varias cervezas. Cojo una, la bajo por debajo de la altura de la barra y vierto el contenido del sobre en la botella.

—¿Podría darme unas copas, por favor? —le pido al camarero.

El hombre mueve la cabeza en un gesto de interrogación.

—Copas, por favor. Y… —Miro hacia la barra— de eso también. —Señalo unos paquetitos de cacahuetes con chile picante—. Cinco, por favor.

Me pasa cinco copas calientes, recién salidas del lavavajillas, y luego una pequeña bandeja negra.

Me acerco adonde están Katie y los demás antes de vaciar una cerveza en la copa que planto delante de ella. Tengo que hacerlo; no puedo agitar la botella.

—Siento mucho lo que te he dicho antes —digo, pasándole la cerveza—. Acéptala como una ofrenda de paz. A veces soy una bocazas. Seguro que he cometido un error.

Veo que Katie duda, pero acaba cogiendo la copa y la levanta como para brindar.

Abro los cacahuetes y dispongo en la mesa las bolsitas.

—Servíos vosotros mismos —digo a todo el mundo, aunque refiriéndome, por supuesto, a Katie.

El punto flaco que presenta potencialmente mi plan es que el polvo de las cápsulas tenga un sabor fuerte. Confío en que los cacahuetes lo camuflen. Tom Jones se desgañita con el estribillo de *Delilah* y algunos de nuestro grupo, Katie incluida, lo acompañan, riendo.

Sonrío y finjo estar divirtiéndome. Confío en que se caiga del taburete. Pero se la ve tan despierta que temo que necesitaré otra mano amiga, de modo que me acerco a la barra de nuevo para pedir unos chupitos de ron local.

—¡Adelante! —grito—. El último que acabe paga la siguiente ronda.

La mayoría, Katie incluida —uf—, se apunta al reto.

—Esta noche vas a por todas —dice una—. ¿Te ha tocado la lotería?

Río educadamente, como si de verdad hubiera dicho algo gracioso.

—Uno, dos, tres —dice el grupo a coro.

Casi vomito.

—¡Dios, está asqueroso! —grito.

—¿Qué es? —pregunta Kevin, cuando enfoco la vista. Estoy llorando.

—Ron. Pero ya no quiero más.

—Se te sube rápido, veo —dice Kevin, sonriendo.

Tiene unos ojos castaños muy bonitos que combinan a la perfección con su piel oscura y su agradable sonrisa.

Le devuelvo la sonrisa antes de mirar de reojo a Katie. Por fin la veo un poco colocada.

—Creo que volveré pronto al hotel —le digo a Kevin. Señalo a Katie—. Y me parece que ella podría volver conmigo.

—Vuelvo contigo. No tenía intención de salir esta noche hasta muy tarde.

Me acerco a Katie.

—Kevin y yo volvemos al hotel. ¿Te apetece venir con nosotros? Se te ve cansada.

—¿Cansada? —Me mira, confusa—. No, no, estoy bien. Id, id. Ya volveré con los otros más tarde.

—Creo que deberías venir. —Me vuelvo hacia Kevin—. ¿No te parece?

Kevin se encoge de hombros.

—Que la señora decida —dice.

Tiro de él hacia mí.

—Me parece que está un poco trompa.

—Pues a mí me parece que está bien.

Katie se desliza por el taburete para bajar y se apoya en la mesa para mantener el equilibrio. Se le cae el bolso. Intenta recoger el contenido: un cepillo, unas pastillas mentoladas y un lápiz de labios.

Kevin corre a ayudarla. Ayuda a Katie a enderezarse.

Le lanzo una mirada, como queriéndole decir: «Ya te lo decía yo».

Salimos y paramos un taxi. Un taxi de verdad. Un tuk tuk se sacudiría demasiado y acabaría despertándola. Durante el trayecto, Katie apoya la cabeza en la ventanilla, parpadea y acaba cerrando los ojos.

Paramos delante del hotel y un portero abre la puerta trasera del taxi.

—Ayúdame a subirla a su habitación —le digo a Kevin—. Creo que con una buena noche de sueño se le pasará.

—Estoy bien —murmura Katie, pero no se queja cuando él la rodea con el brazo para ayudarla.

—¿Qué habitación tienes? —pregunta Kevin.

—Hum…, diecisiete… seis… dos. —Bosteza y frunce el entrecejo, como si quisiera concentrarse—. Uno. Siete. Seis. Dos.

Cuando llegamos a su planta, camina prácticamente sonámbula. Le descuelgo el bolso del hombro y busco la llave. Abro la puerta y Kevin la acompaña hasta la cama. Le quito los zapatos. Kevin y yo nos quedamos mirándola como padres preocupados.

—¿Crees que estará bien? —digo.

—Sí. Supongo que se le pasará durmiendo la mona.

—Pongámosla en posición lateral de seguridad, por si acaso.

—¿Tú crees?

—Sí. Tendrás que ayudarme.

Kevin la coge por el torso. Yo le sujeto las piernas y la ponemos de costado, colocando los brazos en la posición adecuada. Ronca ligeramente. Como una dama.

—Vámonos —dice Kevin.

Bajo la intensidad de las luces y guardo la llave en mi bolsillo. Se cierra la puerta.

Esperamos el ascensor.

—¿Te apetece una última copa? —pregunta Kevin.

—Gracias, pero estoy agotada, lo siento.

—Me parece bien.

Llega el ascensor. En otro momento y en otro lugar, tal vez. Este es otro de los problemas que me causa Nate. Kevin es agradable y, la verdad, ¿por qué solo puede divertirse Nate? Pero, por desgracia, soy mujer de un solo hombre. Y estoy demasiado ocupada. Tengo cosas que hacer.

Su habitación está en la planta justo encima de la mía, de modo que baja primero.

—Buenas noches —decimos a la vez.

Se cierra la puerta del ascensor. Se abren de nuevo al llegar a mi planta, pero me quedo quieta y espero a que vuelvan a cerrarse. Pulso el botón para subir a la planta diecisiete. Cuando se abren las puertas, compruebo que no haya nadie por el pasillo. No se ven cámaras de seguridad. Saco del bolsillo la llave de la habitación de Katie. Se ilumina la lucecita verde de la cerradura. Entro.

Ya no ronca, pero la respiración es fuerte. El cabello le cubre la cara. Se lo retiro con cuidado. Me siento en el sillón y la miro. ¿La mirará Nate mientras está dormida? Yo miraba a Nate constantemente. Se le veía tan vulnerable, tan tranquilo; cualquier rastro de preocupación o de enfado desaparecía cuando estaba dormido. Deseaba poder entrar en su cabeza. Deseaba saber qué pensaba, siempre.

Decía que sus pensamientos eran escasos e intangibles. Mentira. Pensaba lo suficiente como para elaborar un plan para librarse de mí.

Como si yo no fuera nada.

Me levanto y le cojo el teléfono, por mucho que sepa de sobra que mirar los mensajes que pueda tener de él será como levantar heridas, pero está protegido con contraseña. Inspecciono el bolso; no hay rastro de su pasaporte. Abro la puerta corredera del armario y veo que la caja fuerte está cerrada.

Vuelvo a revisar el bolso y encuentro en la cartera un carnet de conducir. Pero, incluso tecleando en el teléfono —y en la caja fuerte— distintas variantes de su fecha de nacimiento, sigo sin conseguir ningún resultado.

Inspecciono el cuarto de baño y estudio sus productos. Utiliza un champú para combatir el encrespamiento. Seguro que Nate no lo sabe, ¿verdad? Que su cabello natural es encrespado. Voy a por la maleta. Contiene principalmente ropa. Luego la bolsa de mano para el vuelo. Manuales. Una novela de suspense. Un libro de viajes. Lo reconozco. Se lo compré yo a Nate. *Quinientos lugares que hay que visitar antes de morir.*

¡Se lo ha regalado o me ha copiado el libro! ¿Cómo se atreve?

Lo hojeo. Este hombre no tiene imaginación, ni una pizca. Su regalo por defecto era una caja de bombones. Seguro que se le pasó la fecha de cumpleaños de Katie, o la fecha que fuera, y decidió regalarle algo mío. A menos… que ella lo cogiera de la estantería de su casa. Me quedo mirándola, tan tranquila y en paz, sin nada que le preocupe. Cojo el libro y un bolígrafo.

En la última página, escribo una dedicatoria tardía: «Para mi querido Nate. Tuya para siempre. Muero de ganas de explorar el mundo contigo. Besos, E.».

En el mejor de los casos, Nate debió de limitarse a hojear el libro por encima. Seguro que no se daría ni cuenta de que yo podía haberle escrito alguna cosa.

Le está bien empleado.

Devuelvo el libro a su lugar. Espero que, si se tropieza con mis palabras, le dé un momentáneo ataque de celos por tener que enfrentarse a esta prueba del pasado romántico de Nate. Remuevo otra vez el bolso y apunto en mi teléfono su dirección y otra información que me pueda resultar relevante. Por el momento no puedo hacer nada más, de modo que dejo la llave en la mesita de noche y me marcho.

De vuelta en mi habitación, navego por internet en busca de ideas. Necesito acceder mejor al mundo interior de Nate. Descubro una aplicación que puede realizar un seguimiento de todos sus mensajes y su actividad. El sueño del amante despechado. Estoy segura de que la persona que la ideó estaría en una situación similar a la mía, puesto que la necesidad aguza el ingenio. Se anuncia como una herramienta antirrobo, o para aquellos que quieren controlar a sus hijos adolescentes o a sus padres mayores. Hay una advertencia de que está estrictamente prohibido instalar la aplicación en un teléfono que no sea de tu propiedad, pero la ignoro.

Lo único que necesito es poder acceder al teléfono de Nate. Al parecer, la inmensa mayoría de gente que ha instalado la aplicación sin el permiso del propietario lo ha hecho mientras la persona en cuestión estaba durmiendo o en la ducha. Para ello, tendría que entrar en el piso de Nate estando él en casa, a media noche, o esconderme en el piso hasta que él decida ir a la ducha.

Ninguna de esas opciones es ideal.

Katie baja a esperar el autobús de la tripulación fresca como una lechuga. No menciona nada de anoche y yo tampoco digo nada; ni Kevin, por lo que sé. Lo más probable es que se sienta incómoda, que dé por sentado que no aguanta nada con la bebida.

Esas cápsulas me harán más servicio de lo que imaginé de entrada.

Durante todo el camino de vuelta a casa no paro de pensar en cosas, de afinar mentalmente mi Plan de Acción.

Cuando aterrizamos en Heathrow, tengo ya en mente el plan perfecto.

Cuando Nate sale a correr nunca coge el teléfono. Lo considera como el único rato en que puede permanecer desconectado del mundo. Basta con acercarme a su casa, esperar a que salga a correr, entrar e instalar la aplicación antes de que regrese.

Muy sencillo.

En mi primer día libre tengo dos horas intensivas de clase de conducir para prepararme para el examen práctico. Me concentro en lo posible en dominar los elementos esenciales, pero resulta frustrante no poder controlar a los demás conductores, que adelantan o me dejan atrás en los semáforos.

A la mañana siguiente, temprano, cojo el tren para poder estar a la hora cuando Nate abandone su edificio. Ahora que el verano es inminente, me siento más expuesta. La luz no es amiga mía. Me preocupa un poco que si se asoma a la ventana pueda detectar mi presencia. Necesito un camuflaje mejor.

Me siento en un banco. Las palomas picotean en los fragmentos de tierra que hay a mis pies. Las espanto para que se larguen.

Espero y espero, pero no aparece. A cada minuto, ruge un avión.

Tengo ganas de darle patadas a un árbol para descargar la frustración. *Sé* que está en casa. Apuesto lo que quieras a que está con Katie. Cuando yo estaba con él siempre salía a correr.

Recorro la calle principal. Después paseo a orillas del río por si acaso lo veo por allí, pero ni rastro.

¿Y si ha ido a Peterborough? Es poco probable, pero ¿cómo me habría enterado si lo hubiera hecho?

Ese es el problema. Por eso necesito acceder a su teléfono.

Desinflada, emprendo el camino de vuelta a casa.

Nate tiene aún dos días libres más, lo que significa que no me queda más remedio que acercarme a su casa cada mañana y esperar.

La perseverancia siempre compensa. Nunca, jamás, falla.

Al día siguiente, Nate sale a correr. Lo observo desde detrás de un árbol, fingiendo que estoy atándome las zapatillas. Me encantaría poder saludarlo con alegría por ser tan cumplidor; Nate no tiene ni idea de la cantidad de trabajo en equipo que está haciendo falta para nuestro reencuentro.

Miro el teléfono. Dispongo de unos cuarenta minutos, siempre y cuando Nate sea fiel a su rutina. Las condiciones climatológicas son favorables; soleado pero sin excesivo calor. Sin vacilar un instante, me encamino a paso ligero hacia su piso, como si tuviera todo el derecho del mundo a entrar en él. Me subo la capucha cuando me aproximo a la puerta del edificio y me pongo las gafas de sol. No conozco a los vecinos *tan* bien, y correr riesgos innecesarios no tiene sentido. Subo por la escalera y entro, lo más silenciosamente posible.

Me paro y espero.

No se oye nada.

Me acerco con sigilo al dormitorio y al cuarto de baño. No hay nadie. Me animo ante la ausencia de Katie o de cualquier otro equivalente femenino. Me dirijo a la cocina. El teléfono de Nate está encima de la mesa, junto a una taza con el logotipo «I ♥ NY». A mí me compró otra igual. Me la llevo a la boca. No está caliente, pero tampoco está fría, de modo que sé que es la taza que ha utilizado Nate esta mañana. Me produce una sensación de intimidad gratificante. Pero no puedo caer en distracciones. Tecleo la contraseña de Nate.

«Contraseña incorrecta».

¡No me jodas!

Vuelvo a teclearla. Funciona. Uf. Debo concentrarme y prestar más atención. La aplicación empieza a descargarse. Cuando va por la mitad, se detiene. Casi como mi corazón. La pantalla se queda colgada. Apago el teléfono presionando la tecla correspondiente durante unos segundos y espero a que se reinicie. En el segundo intento, se descarga por completo. Toco la pantalla, escondo el icono y dejo el teléfono donde estaba. Tendré que crear una cuenta especial para poder controlar los datos, pero eso debo hacerlo desde casa. Dispongo de un periodo de prueba gratuito de cuarenta y ocho horas para ver si funciona.

Echo un vistazo rápido por la ventana. Ni rastro de Nate.

Sin poder evitarlo, inspecciono el piso.

La bolsa rectangular con asas doradas de la compañía está abierta. Miro el interior. Papeles del trabajo, manuales, planes de vuelo, mapas… Un aburrimiento. La maleta está cerrada. La abro; está vacía. Veo la cartera al lado. La abro. Recibos. Tiques de restaurantes, hoteles y bares. Los estudio con atención. Vino blanco, vaya. Un Sea Breeze. Un Cosmopolitan. Bebidas femeninas. Y todas en un bar elegante de Ciudad del Cabo, Bar on the Rocks. A lo mejor Katie tendría que empezar a preocuparse. Veo el pasaporte y la tarjeta de identificación de la compañía en la mesita de noche junto a un montón de monedas extranjeras. Hojeo el pasaporte. Lo he hecho muchas veces; cuando estábamos juntos absorbía cualquier tipo de información relacionada con él. Saco el teléfono y hago fotos para actualizar mi colección. Nate es una de las pocas personas que conozco que tiene un pasaporte decente.

Abro el armario. Nada femenino, lo mismo en el cuarto de baño. Miro el teléfono. Mierda. Ya han pasado treinta y cinco minutos. Saco de mi mochila una botella de su tinto favorito y la dejo rápidamente en el botellero, porque pronto será su cumpleaños. Me dirijo a continuación hacia la puerta y saludo a los peces cuando paso por delante de ellos. Arcoíris debe de bullir de silenciosa indignación.

Cuando empiezo a bajar la escalera, oigo que se cierra la puerta de entrada del edificio.

Espero.

Oigo pasos subiendo. Luego voces.

—¿Todo bien, colega?

—Sí, gracias. ¿Y tú?

Hostia.

La voz de Nate. Un encuentro educado con un vecino.

—Bien, gracias. La rodilla ha estado fastidiándome un poco…

No tengo donde esconderme. Pienso. Subo corriendo hasta la tercera planta y pulso el botón del ascensor. Lo oigo traquetear y cobrar vida. Es viejísimo. Espero que no se averíe. Sucedió una vez, cuando estaba viviendo con Nate. El responsable de mantenimiento que lo reparó dijo que, por mucho que los propietarios hubieran votado que querían seguir reparándolo, tarde o temprano habría que cambiarlo. Se encienden las luces. Primera planta. Segunda planta.

Las voces se interrumpen.

Pasos.

Mierda, mierda, mierda.

Se abren las puertas del ascensor. Entro y pulso la letra B. Las puertas se estremecen y se cierran. Mientras el ascensor baja, contengo la respiración hasta que se detiene. Me subo la capucha y me pongo las gafas de sol. Saco un pie y miro a mi alrededor.

Nadie.

Me dirijo a la puerta de entrada, recorro a paso ligero el camino de acceso y me alejo del edificio sin volver la vista atrás.

Ya en casa, llega la euforia.

¡Lo he conseguido!

Tengo acceso total y completo al universo de Nate. Es como el mejor *reality* de la historia. Lo analizo todo hasta quedar satisfecha, aunque acceder a la información es un poco más lento de lo que me imaginaba.

Puedo ver incluso su historial de navegación. Ha invitado a Katie a la fiesta de compromiso de Bella y Miles que se celebrará el mes que viene, el último sábado de junio, en un hotel de cinco estrellas situado cerca del New Forest. Sé que le fue imposible acudir a la fiesta de treinta cumpleaños del famoso amigo de Bella —no aparecía ni una sola foto—, pero es evidente que Bella ha elegido para su compromiso una fecha que se adapte a la agenda de su adorado hermano.

Me preparo un café y lo disfruto, reflexionando. Miro mi tablón en busca de inspiración. Entro en internet y tecleo palabras genéricas como *venganza* y *pareja infiel*. Ignoro las publicaciones ridículas que hablan de asesinatos, vallas publicitarias y ventas de las pertenencias del infiel. Pero, como siempre, internet me demuestra la fidelidad y la lealtad del verdadero amigo y me ofrece múltiples soluciones. Mi cerebro regresa continuamente a la misma expresión: «la trampa de la miel», es decir, utilizar un cebo femenino. Me pasan por la cabeza ideas relacionadas, pero las rechazo por ser demasiado arriesgadas. Pero, con todo y con eso, creo haber encontrado una solución tangible y a mi alcance si reflexiono las cosas concienzudamente y el tiempo suficiente.

En cierto sentido, es como tener un equivalente a las gangas del dos por uno. Si consigo dar el giro adecuado a los acontecimientos, espero poder además tener un impacto negativo sobre la noche de celebración de Bella. Nate no es de los que saben disimular sus sentimientos cuando están de mal humor.

Contemplo de nuevo mi tablero. Las fotos están divididas en pasado, presente y futuro. Un Nate más joven me mira sonriente. Va en pantalón corto y camiseta y se le ve feliz. Bella tenía una fotografía de su familia en la mesita de noche. Incluso entonces, Nate ya tenía esa mirada de complicidad, una confianza en sí mismo que era incapaz de ocultar.

Las fotografías que tengo del pasado de Bella son recortes de los álbumes del colegio, puesto que aparecía en ellos en abundancia, bien fuera por las representaciones teatrales, las clases de cocina o por sus logros académicos o deportivos. A pesar de destacar en equitación, hockey y tenis, su mejor deporte era la natación. Se quedó horrorizada cuando descubrió mi secreto: yo no sabía nadar.

«¡Pero si pensaba que *todo el mundo* aprendía a nadar de pequeño!», dijo, con aquel tono de voz burlón que cada vez utilizaba con mayor frecuencia para dirigirse a mí.

Tenía que llegar a natación un cuarto de hora antes que las demás, para que me diesen un rato de clase extra, y durante la clase normal me veía obligada a permanecer en la parte menos profunda, como un niño pequeño. Un día, cuando salí de aquellos apestosos y húmedos vestuarios, encontré la piscina desierta, excepto Bella, que no tenía ningún miedo a romper las reglas, ya que, naturalmente, no iban con ella. Me senté en un banco, a la espera de que llegara la señorita Gibbons, pero iban pasando los minutos y la profesora no aparecía.

Bella me vio.

«Ven, te vigilaré», dijo, indicándome con señas que me lanzara a la piscina.

Me habría gustado decirle que no, pero yo nunca le decía que no a Bella. Así que, a regañadientes, bajé por la escalerilla y me metí en el agua por la parte menos profunda de la piscina. Me estremecí. Los recuerdos se desplegaron lentamente al principio. Luego a mayor velocidad, hasta que entraron en colisión. Decidí que tenía que ser más valiente y, animada por Bella, nadar hacia la parte profunda. El agua me entraba por la nariz y me escocia en la garganta. Cuando levantaba la cabeza, veía a Bella. Entonces, vi un destello de su bañador azul marino antes de que nuestras piernas se entrelazaran y desapareciéramos ambas bajo el agua.

Me obligué a abrir los ojos y, por suerte, atisbé la imagen difusa de la pared de la piscina. Extendí el brazo y me agarré a ella con todas mis fuerzas.

Noté que tiraban de mí hacia arriba. Era la señorita Gibbons. Sentada en el borde de la piscina, temblando, tosí tanto que pensé que iba a vomitar. Apenas podía oír la voz de la señorita Gibbons regañándome y dándole las gracias a Bella.

A pesar de no tener pruebas, sospeché enseguida que Bella había leído mi diario y quería darme un susto. Lo había encontrado un día bocarriba en el fondo del cajón de mi mesa, cuando yo siempre lo ponía bocabajo. Mi sentido de culpabilidad respecto a lo sucedido con Will había quedado al descubierto y era terrible que mis propias palabras —«Fue culpa mía»— se hubiesen malinterpretado. Bella debía de haber llegado a la conclusión de que yo era una *asesina*.

Cada vez era más duro ignorar el hecho de que Bella era un elemento desagradable, que se había cansado de mí igual que mucha gente se cansa de una mascota. Un comentario malicioso por aquí, una mirada de desdén por allá. Me encontraba con los cajones revueltos, con que mi desodorante o mi dentífrico desaparecían. Yo disimulaba, como si no pasara nada; me esforzaba por mantener la compostura y confiaba en que ella y sus amigas acabaran hartándose. Pero entonces tuve que enfrentarme al hecho de que mi lealtad se había puesto seriamente en duda. Y por ello no sé a quién odiaba más, si a Bella o a mí misma.

Aquella noche, arranqué algunas páginas de mi diario y las rompí en mil pedazos. Partes antiguas en las que detallaba mis fantasías de cara al futuro, la frustración con mi madre y la dificultad de tener que cuidar de un hermano pequeño pesado. Y lo que le pasó a Will. El estrés, el miedo que me inspiraba el peor error que había cometido en mi vida, mis malditas palabras leídas por Bella y por las demás, me quemaban como ácido en el estómago de forma casi continua.

Y eso no fue, ni mucho menos, lo peor que hizo Bella.

Si quiero que Bella pague por todo lo que hizo en el pasado, necesito concentrarme. Mes tras mes, pequeña acción tras pequeña acción, voy acercándome a ese objetivo.

Y lo mismo podría decirse de mi futuro con Nate. Razón por la cual tiene todo el sentido del mundo que Katie vaya. Voy descartando ideas, hasta que se me ocurre algo que *podría* funcionar, porque Nate se hospedará en el hotel New Forest en la víspera de la fiesta de Bella para verse con antiguos compañeros de estudios.

Mientras me ocupo de poner al día mi Plan de Acción, me inunda una sensación de calma.

A veces, ahora que he puesto cierta distancia con respecto a la situación, me pregunto por qué insisto con Nate. La conclusión a la que siempre llego es que, si no hubiese visto lo que hay bajo la superficie —el hombre capaz de ser bondadoso, divertido, tierno y cariñoso—, todo habría sido mucho más difícil. Pero amo a Nate. Y he aceptado que no se puede luchar contra el destino. Y, al encontrarme en una situación temporal de impotencia, la «trampa de la miel» me parece una solución viable para facilitar la salida de Katie, puesto que le obligará a experimentar en primera persona la debilidad y la vanidad de Nate. Y, simultáneamente, servirá para darle a Nate una valiosa lección de lo que es sentirse rechazado.

12

El día del cumpleaños de Nate —el 15 de junio—, después de ocho horas más de clases de conducir intensivas, supero el examen de circulación. Puedo ir por fin a recoger mi coche. Un regalo para mí, viendo que no puedo comprarle a Nate un regalo como Dios manda. Salgo del concesionario con la capota bajada y luciendo unas gafas de sol a lo Sophia Loren.

Veinte minutos más tarde, ya me he perdido; la pantalla parlante del mapa se ha quedado negra. Entro en un garaje y le pregunto al mecánico cómo reiniciar el sistema de navegación. Antes de marcharme de allí, llamo a Amy.

—Hola, ¿te apetece venir a dar una vuelta en mi coche nuevo?

Duda.

—Lo siento, pero no puedo. Viene mi madre a verme y...

—¿Más tarde, entonces?

—No sé seguro si podré.

Cuelgo, con cierto malestar. Amy no parecía ella, era como si estuviese con alguien. Me gusta Amy, de verdad, pero a veces es un poco egoísta. De esas personas que, si les preguntas qué tal están, te lo explican con exceso de detalle. Llamo a la inmobiliaria y pregunto si podría visitar los pisos que me han seleccionado un poco antes de la hora que teníamos prevista. Tecleo «Richmond» en el sistema de navegación y me pongo en marcha.

Enseguida descubro que el mayor inconveniente de tener coche es que hay que aparcarlo. Doy vueltas, atrapada entre autobuses y motos, hasta que al final consigo estacionar en las afueras de Richmond. Le envío un mensaje a Amy recordándole que me llame si cambia de idea.

No me responde.

En cuanto entro —acompañada por el vendedor de la inmobiliaria, que va trajeado de azul marino— en un apartamento moderno de una sola habitación, *sé* que será la casa perfecta. Ya la siento como si fuese mía. Desde la ventana del dormitorio se ve la puerta del edificio de Nate. Con la ayuda de unos prismáticos, podré observar sus idas y venidas, lo cual puede resultarme útil, incluso cuando volvamos a estar juntos.

Jamás volveré a confiar en nadie. La confianza es un lujo.

De vuelta a casa, mientras espero que la tetera rompa a hervir, llamo para hacer una oferta por el piso. Y luego me pongo a trabajar en mis planes y vuelvo a teclear en Google «trampa de la miel». Basta con que envíe una fotografía de Nate —eso no es complicado— y dé los datos de mi tarjeta de crédito y la hora y la dirección donde estará Nate. La pregunta más complicada es la relativa al tipo de mujer que le va a Nate. Me gustaría decir que yo. Pero la verdad es que no lo sé. Yo tengo el pelo castaño —aunque ahora lo lleve rubio— y soy de altura media. Estuve mirando fotografías de antiguas novias de Nate, pero cuanto más lo pienso más me parece que no le va un tipo concreto. Les diré a los de la agencia que tiene que ser una mujer discreta y con clase, sin tatuajes visibles.

Cuando estábamos juntos, nunca le pregunté a Nate sobre su pasado. No era necesario, había estado controlándolo durante años. Y, además, gran parte de mi historia estaba adornada (aparte de mi lugar de procedencia, mi colegio y el hecho de que nunca había llegado a hacer carrera como actriz). Quería una excusa para mis sucesivos cambios de puesto de trabajo.

En una ocasión me preguntó hasta qué punto conocía bien a Bella.

Le respondí: «Todo el mundo conocía a Bella, pero yo nunca tuve mucho que ver con ella». Y luego cambié de tema. No podía contarle la verdad: que yo era una persona solitaria, que vagaba sin rumbo, que me lo había jugado todo a una sola carta: la de él.

Tampoco podía reconocer que no tenía prácticamente ninguna amiga. Por eso Amy es tan importante. Cualquier chica necesita una amiga íntima, y ella siempre me hará quedar bien.

Nate aprobará sin duda mi amistad con ella. Y Amy será la prueba de que no soy una marginada social.

El día antes de *la* fiesta, llamo al departamento de programación de vuelos, puesto que no puedo estar en dos continentes al mismo tiempo.

—¿Número de empleado?

—959840. Llamo porque estoy enferma y no podré volar esta noche a Perth.

Oigo cómo teclean los datos.

—¿Es una enfermedad relacionada con el trabajo? ¿Necesitas alguna cosa de tu supervisor?

—No, gracias. Llamaré cuando me encuentre mejor —digo, poniendo voz de «enferma».

Sonriendo, doy por terminada la llamada.

Me encanta el anonimato de mi trabajo. En otros puestos, cuando me había hecho pasar por enferma, había tenido que hacer gala de falsa preocupación porque a mis compañeros de trabajo les enfadaba tener que cubrir mi puesto.

En la fiesta de mañana se esperan trescientos invitados. Una cifra perfecta. Será una fiesta temática basada en James Bond. Katie lucirá un vestido azul de seda, como el de la agente doble Miss Taro en *Agente 007 contra el Dr. No.* Tendrá que incorporarle una peluca oscura. Nate irá de James Bond. Menos mal que no ha elegido un personaje interesante, como Jaws. El disfraz de Bella es un secreto; como si a alguien fuera a importarle, la verdad. En el colegio siempre hacía lo mismo, tanto en las fiestas como en las obras de teatro. Hago una búsqueda en Google de «chicas Bond» y enseguida imagino de qué personaje se disfrazará, de aquel al que todo el mundo describe como la chica Bond «más reverenciada». Yo he elegido un vestido sencillo y elegante similar al que llevaba una agente de la KGB en *La espía que me amó.* No puedo ir en mallas; necesito mezclarme entre el gentío con un atuendo de elegancia sutil.

Miro los mensajes de Nate. Adoro esta aplicación espía, excepto cuando empieza a comportarse de forma caprichosa; es como tener poderes paranormales. Tal y como estaba planeado, Nate se alojará en el hotel esta noche.

Como yo.

El hotel rural está situado en una parcela de varias hectáreas de extensión que incluye un laberinto, un lago y un campo de golf. El camino de acceso está flanqueado por añejos robles. Ralentizo el coche para evitar los baches y pienso que el escenario me recuerda el colegio. Cuando la vieja mansión aparece ante mis ojos, siento una leve oleada de náuseas. Detrás de la casa, entre las nubes, asoma la débil luz del sol de la tarde. La recepción está tranquila. Será seguramente la calma que antecede a la tormenta, puesto que imagino que la mayoría de invitados llegará mañana. Me registro, rechazo el ofrecimiento de ayuda con las maletas y subo a pie, considerando que siempre es más seguro eso que correr el riesgo de quedarse atrapada en el ascensor.

La habitación es sórdida y la decoración floral resulta anticuada de un modo deprimente. Encima de las almohadas descansan unas bolsitas delicadamente empalagosas, atadas con una cursilona cinta de color malva, que contienen un popurrí de lavanda. Abro una ventana, pero no consigo separarla más de un palmo. Aspiro aire fresco a través de ese hueco y busco en el bolso hasta dar con mi perfume, con el que rocío generosamente el cuarto. Arrojo por la abertura de la ventana los «saquitos para dormir» de lavanda y los veo desaparecer, engullidos por un arbusto. Los recuerdos inquietantes que me evoca ese olor son demasiado para mí.

Llamo a la agencia que me ayudará a tender la trampa de la miel.

—¿Se encuentra ya en el lugar la mujer que va a poner a prueba a mi novio? —pregunto, recordando que tengo que hablar como una novia desesperada e insegura, cosa que me trae sin cuidado.

—Sí, pero no se preocupe, por favor. La mayoría de los hombres son fieles a su pareja. Normalmente llegamos a la conclusión de que no hay nada de que preocuparse.

—¿De verdad? —digo, pensando que sería una lástima.

Me tumbo en la cama.

El teléfono de Nate permanece en silencio. No hay mensajes, no hay movimiento en redes sociales, nada. Evidentemente, está preocupado.

Inspiro. Espiro.

Pienso que no tendría que haber venido esta noche. Tendría que haber esperado hasta mañana. Estoy atrapada en esta habitación mientras me imagino el tipo de escena romántica que debe de estar desarrollándose abajo. Me planteo mis distintas alternativas: *podría* ir al bar, pero no creo que esté tan concurrido como para poder camuflarme bien. Podría también pedir algo al servicio de habitaciones, o intentar ver una película. Pero ninguna de esas opciones me parece atractiva.

Necesito salir.

Camino hacia el aparcamiento y percibo que el anochecer es inminente. Pulso el mando a distancia para abrir el coche y tomo asiento en el puesto del conductor. Dirijo el vehículo hacia la salida, sin una idea clara de hacia dónde quiero ir.

Circulo por carreteras estrechas, flanqueadas por secuoyas gigantes y rododendros que han perdido ya la flor y cuyas hojas se comban. Paso por delante de varias casitas de campo viejas con vallas para el ganado antes de que la carretera comience a serpentear por un páramo despejado cubierto con brezo y empiecen a aparecer con frecuencia indicaciones que alertan a los motoristas para que tengan «Cuidado con los ponis» y traten de «Aminorar la velocidad». En los bordes de la carretera se ven grupos de dos o tres caballos paciendo bajo las copas de los robles. De entrada, tenía la intención de conducir al menos un par de horas para, de este modo, tener la mente ocupada en alguna cosa, pero al cabo de pocos minutos me veo obligada a poner las luces largas. En vez de ampliar el espacio, la oscuridad encoge el bosque y me siento aislada, a merced de amenazas invisibles.

Vuelvo al aparcamiento del hotel. Apago el motor y permanezco sentada, contemplando las luces del edificio. Llega un taxi y una pareja aparece en la entrada y baja la escalera. Un hombre obeso vestido de esmoquin sale a fumar un cigarrillo.

No me muevo. No me fío de mí.

Una mujer baja las escaleras del hotel y entra en otro taxi que está a la espera. Me enderezo en mi asiento. La veo solo de refilón, pero es curvilínea, con melena rubia ondulada, y lleva tacones altos. *Tiene* que ser la mujer de la agencia, porque no veo si no por qué tendría que marcharse sola a estas horas, yendo tan arreglada.

Con un nuevo objetivo en mente, pongo el coche en marcha y sigo al taxi por el camino de acceso. Gira a la derecha. Asegurándome de no acercarme en exceso en ningún momento, conduzco sin perder de vista el vehículo. Como sospechaba, sigue la leve cuesta del camino hacia la estación. Aparco en el pequeño estacionamiento, al lado de un cuatro por cuatro. Levanto la vista y veo que el taxista está leyendo un aparato electrónico o una tableta; la pantalla le ilumina la cara.

Salgo del coche, satisfecha por haber tenido la idea de calzarme con zapatillas deportivas, y me dirijo a la entrada de ladrillo rojo. La mujer está sola en el andén. Miro el panel de información; en siete minutos pasa un tren con destino a Londres. La mujer se apoya en un pilar, alejada de la línea amarilla que limita el andén, y teclea alguna cosa en su teléfono. Me siento en un banco metálico y miro a mi alrededor. Hay poco que ver: una máquina de *vending*, un puesto de socorro y, claro está, las cámaras de vigilancia. Necesito saber si ha disfrutado con la compañía de Nate. Pienso que podría llamar a la agencia, pero ya es muy tarde. Y, aun en el caso de que me cogieran el teléfono, sospecho que se desharían de mí prometiéndome un «informe completo muy pronto».

Me acerco a la mujer. Se sorprende un poco al verme llegar.

—Disculpe, ¿sabes cuánto tiempo se tarda en llegar en tren a Waterloo? —Es lo mejor que se me ocurre.

—Casi dos horas.

—Oh. Qué fastidio. Pensaba haber cogido el tren antes.

—Yo también. —Sonríe—. Pues estás de suerte. El que vendrá es el último tren de la noche.

Tiene los ojos castaños y grandes, muy maquillados, y lleva brillo de labios. Me imagino a Nate sintiéndose atraído hacia ella y percibo en mi interior una conocida puñalada de envidia.

—¿Has estado en algún sitio bonito? Yo he ido a visitar a mi tía.

Nos interrumpe un anuncio por megafonía: «Por vía número uno hará su entrada el tren con destino a…». Se ven a lo lejos las luces blancas, aproximándose.

—Encantada de conocerte —dice, dejando claro que no quiere seguir charlando conmigo hasta Londres.

—Igualmente —digo.

Las vías vibran cuando el tren se acerca.

En algún nivel mental, *comprendo* que no es culpa de la mujer que Nate se haya sentido seducido por ella. Pero en este momento, para mí, representa a *todas* las demás mujeres. Todas las Katies, todas las mujeres del pasado y todas las del futuro. Intento respirar hondo para tranquilizarme, pero noto los pulmones tensos y la garganta cerrada. Soy incapaz de encontrar un rincón seguro en mi cabeza. Cuando el tren está a punto de arrancar, doy un paso al frente. A mis espaldas, se abre en ese momento la puerta de la sala de espera. El conductor del coche junto al que he aparcado aparece en el andén, a mi lado.

Veo algunas cabezas dentro del tren, leyendo, mirando pantallas, dormitando. Me pregunto por un breve instante si haría bien en subir y volver aquí mañana, pero tampoco tendría ningún sentido. Ya he perdido toda una tarde. La mujer pulsa el botón para abrir la puerta y sube al tren. Veo que elige un asiento junto a la ventana. A mi lado, el hombre da la bienvenida a un señor mayor y le coge la maleta para guiarlo, cogiéndolo por el brazo, hacia la salida.

Cuando el tren arranca, capto la expresión de perplejidad de la presunta protagonista de la trampa de la miel cuando me ve clavada en el andén, mirándola fijamente. Sigo inmóvil unos instantes, como si no supiera hacia dónde ir, hasta que acepto el hecho de que lo mejor que puedo hacer es volver a mi solitaria habitación de hotel y dormir.

A la mañana siguiente, permanezco tumbada en la cama, mirando el techo. Suena el teléfono.

—¿Juliette? ¿Juliette Price?

—Sí, soy yo.

—Soy Stacy. De la agencia.

Me siento.

—¿Sí?

—¿Dijo que quería un informe verbal además de por correo electrónico?

—Sí, así es.

—Me temo que tenemos noticias difíciles que comunicarle. ¿Tiene usted algún amigo o alguien dispuesto a escucharla y a quien poder recurrir?

Una oleada de esperanza y emoción.

—Sí, tranquila. Cuénteme, por favor.

—Bien, como bien sabe, nuestras empleadas no seducen deliberadamente a nadie ni…

—Sí, sí, sí, lo sé. Cuénteme. ¿Qué hizo Nate?

—Le pidió datos de contacto. El número de teléfono, para ser más concretos. No es que se lo ofreciera ella. Fue él quien se lo pidió.

—¿Y algo más?

—No.

—Y, según su experiencia, ¿esto qué significa?

—Que tiene que vigilarlo.

—¿Cómo se llama ella?

—Miranda.

—¿Es rubia?

—Sí, pero no le recomendaría que profundizara en eso como información relevante. Nuestro informe le llegará muy pronto.

—Entendido. Gracias.

Salto de la cama con un nuevo objetivo.

Abandono el hotel y conduzco hasta el primer pueblo para sentarme en una cafetería y planear la mejor forma de hacerle llegar la información a Katie.

A última hora de la tarde, me paso el vestido por la cabeza, me maquillo concienzudamente y me pongo la peluca. Compré hace poco unas lentillas azules en los Estados Unidos, pero ponérselas es un coñazo. Parpadeo y cierro los ojos hasta lograrlo; las gafas serían un disfraz demasiado evidente. Me repaso el rímel.

Ahora tengo los ojos azules y una melena ondulada de color castaño oscuro. Sonrío a mi imagen reflejada en el espejo.

Lista.

Espero hasta que la fiesta lleva cerca de una hora en marcha para bajar elegantemente la escalera, con la cabeza bien alta, y hacer mi entrada en el salón de baile, como si tuviera todo el derecho del mundo a estar allí.

Porque lo tengo.

Acepto la copa de *champagne* que me ofrece un camarero y me adentro en la muchedumbre. Examino rápidamente la escena. A pesar de que de momento no reconozco a nadie, me siento excesivamente expuesta. Encuentro un rincón y apuro la copa. Las paredes están decoradas con fotografías enmarcadas de la historia de amor de Bella y Miles: esquiando en Whistler, a bordo de un yate en Mónaco, de una góndola en Venecia... Cojo un canapé de la bandeja que me ofrece una camarera; así tengo algo que hacer. Mordisqueo el blini con salmón, pero el sabor es demasiado intenso. Me entran náuseas.

Estas se intensifican en el instante en que localizo a Bella. Está en el extremo opuesto del salón. He acertado en mi predicción: Honey Rider, de *Agente 007 contra el Dr. No*, con un biquini blanco. Parece recién salida de un plató cinematográfico. Bella está impresionante, la verdad.

Me giro hacia la mujer mayor que tengo a mi lado. Está mirando a Bella.

—¿Es usted amiga de Bella o de Miles? —le pregunto.

—De ninguno de los dos —responde—. Mi marido trabaja con Miles y...

Sonrío y asiento, pero noto que me tiemblan las piernas. Un destello pelirrojo. Katie. Se acerca a la barra, sola. No veo a Nate. Pero tiene que estar por aquí.

Me disculpo y me desplazo para alejarme lo máximo posible de Bella. Un hombre me pisa el pie. Ignoro el dolor y continúo. La banda ocupa su puesto en el pequeño escenario y la pista de baile se llena en un momento. Después de dos canciones, se hace el silencio y la intensidad de las luces se atenúa. Bella sube al escenario y un foco se dirige hacia ella. Observo. Hace señas a alguien. El Hombre Vudú, de *Vive y deja morir*, sube al escenario. Lo reconozco enseguida: Miles.

Y entonces se me hace un nudo en el estómago cuando veo a Nate apoyado en una pared, con una copa de vino tinto en la mano, perdido en sus pensamientos. Katie acude a su lado. No se los ve felices, pero tampoco infelices. Katie le coge la copa y la deja en una mesa. Lo arrastra hacia la pista. Los veo alejarse mientras yo permanezco clavada donde estoy.

Me acerco finalmente a la pista y me sumo a un grupo. Espejos, luces, oscuridad… Cuando empieza a sonar una versión animada de *The Man with the Golden Gun*, la gente corre a protegerse en la seguridad de la zona lateral de la pista, todo el mundo excepto Bella, que se contonea y gira en una exhibición claramente coreografiada. Al final, cuando todos los demás la aplauden y la vitorean, pienso que me gustaría gritar. ¿Acaso no calan a Bella? Si esta fuera mi fiesta, sería de buen gusto y discreta. No montaría este espectáculo. De pronto, me flaquean las piernas porque veo que Bella señala hacia donde estoy yo y tengo la espantosa visión de Bella tirando de mí hacia el centro de la pista de baile para revelar mi identidad. Pero su intención iba dirigida a una chica que está algo por delante de donde yo estoy. Chillan, se abrazan y se dan besos.

No me había dado cuenta de que he estado conteniendo la respiración todo el rato hasta que suelto el aire.

La velada no está siendo ningún éxito. Bella está bailando. Igual que Nate y Katie. Qué pérdida de tiempo. Me marcho, pero no sin antes sacar mi regalo del bolso y dejarlo en la montaña que se ha acumulado en una mesa que hay en un rincón. Mi regalo, sin etiqueta, es un libro sobre cómo recuperar una relación que se desintegra.

Estoy harta de parejas felices.

13

Espero cuarenta y ocho horas antes de enviar una carta anónima, aunque detallada, exponiéndole a Katie mis «sospechas» y firmándola como «Alguien que te desea lo mejor». En una ocasión, oí esta expresión en un programa de la tele y el receptor del mensaje se puso como una fiera.

Eufórica gracias a mi intromisión, pongo la radio a todo volumen mientras me preparo un salteado de gambas. Pero, como suele ser el caso, cocino demasiada cantidad y ver comida suficiente para dos me lleva a decaer de nuevo. Echo de menos cocinar para Nate, que siempre valoraba muchísimo un buen plato casero después de tanta comida de hotel y de avión. Bajo la música mientras picoteo con pocas ganas delante del ordenador, navegando, buscando, publicando…

En el futuro, si la familia de Nate investiga mi historial, quiero que vea que soy una ciudadana destacada. La gente ve lo que quiere ver. En mi caso, verán la esposa perfecta para su querido hijo y una nuera bondadosa y atenta. Estoy lejos de ser de las que solo saben hacer una cosa bien. Mi currículo, variado y de mi propia invención, me convierte en la candidata perfecta para el puesto. Cocino, coso y creo. Seré la anfitriona cada Navidad, Nochevieja y Pascua, todas. Quiero que Bella tema cualquier festividad que se aproxime —del mismo modo que ella me hacía temer cada nuevo trimestre—, porque, sutilmente, entre bambalinas, iré hundiéndola y distanciándola de la familia.

Leo un mensaje de correo de mi supervisora. Me incorporaré a mi puesto en el equipo promocionado de la compañía en septiembre, lo que significa que tengo que reencontrarme con Nate más temprano que tarde. Mi principal ventaja es el elemento sorpresa, un factor que no puedo poner en peligro.

Abro mi aplicación espía. Hasta el momento, Katie permanece en silencio. Nate tiene un vuelo a Las Vegas dentro de tres semanas. Podría ser la oportunidad perfecta para apañármelas y meterme en su vuelo. Las Vegas no es un destino popular: aviones llenos hasta los topes de tíos y tías solos y que no paran de beber. Miro las peticiones de intercambio. Mierda. No veo que nadie haya pedido un intercambio para ese vuelo. Seguiré echándole un vistazo durante toda la semana que viene antes de subir mi solicitud. En un mundo ideal, prefiero no dejar ningún rastro *online* que pueda dar a entender que no estamos en el mismo vuelo por pura casualidad.

Ya no tengo más cosas que hacer, de modo que pongo la tele y miro un partido de tenis del torneo de Wimbledon. Así tendré algo de que charlar con Barbara, pues me la imagino ahora mismo delante de la pantalla, con un Pimm's en una mano y un cuenco de fresas con nata al lado. Es su ritual anual. Pero me cuesta concentrarme, pues miro continuamente los posibles mensajes de Katie a Nate o viceversa, hasta que la aplicación espía se cuelga y no consigo ponerla de nuevo en marcha. Es un fastidio, como si mis poderes telepáticos dejaran de funcionar. Necesito ser más cautelosa, ya que he leído que puede acabar agotando la batería del teléfono de Nate y, si eso ocurre con demasiada frecuencia, podría intentar solventar el problema o cambiar de teléfono.

Vuelve a funcionar al cabo de unas horas, probablemente después de que Nate haya reiniciado el teléfono. Me obligo a mirar solo cada dos horas. Descubro que ha contratado a una señora para que le vaya a limpiar dos veces por semana, lo cual, sospecho, es buena noticia; en caso de que algún día yo cometa un error, tal vez podría echarle la culpa a su empleada.

La otra buena noticia es que, un par de días después, cuando es hora de partir a mi siguiente viaje con destino a Delhi, ha habido muy poco contacto entre Katie y Nate.

El autobús de la tripulación va dando saltos y las cortinillas de la ventana me rozan la cara cada vez que encontramos un bache. Intento recoger el fino tejido con una goma del pelo para poder ver el exterior. Es la primera vez que estoy en Delhi y me parece un lugar seductor. *Rickshaws,* bicicletas y vacas luchan por encontrar su espacio en la calle, ignorando los cláxones y los motores de camiones y autocares pintados con colores estridentes que juegan sin cesar a ver quién es el más valiente. El calor —el aire acondicionado es poco potente— se entremezcla con el olor acre de frutas y alcantarillas que contrasta con el potente aroma que desprenden los ambientadores de plástico blanco adheridos al salpicadero del vehículo.

Estoy emocionada. Un pasajero me ha comentado que en nuestro hotel trabaja alguien que lee el futuro y tiene muy buena reputación, y, teniendo en cuenta que es mi cumpleaños, me voy a hacer este regalo. Sobre todo porque no paro de mirar si me entra algún mensaje de Nate, por mucho que sepa que es inútil —nunca recordaría que es mi cumpleaños si no le doy una pista—, pero, como sucede con tantísimas cosas, no puedo evitarlo.

Después de dar mis datos para registrarme, le pregunto a la recepcionista si puede pedirme una cita.

—Veré qué puedo hacer —me responde.

Menos de una hora más tarde, suena el teléfono de la habitación.

—Señora, soy Reyansh. Me han dicho que quería verme.

Por un momento me quedo descolocada. Me esperaba una mujer.

Encuentro por fin la voz.

—Sí, me gustaría.

—Está usted de suerte. Dispongo de una hora libre si le viene bien bajar ahora mismo.

La cínica que hay en mí sospecha que no es que haya tenido una suerte especial, pero, igualmente, tengo curiosidad y me siento atraída a hacer esto, de manera que le digo que sí. En la planta baja, entre tiendas de alfombras y joyerías con escaparates llenos de oro, zafiros y esmeraldas, declino amablemente las diversas ofertas de té —*chai*— que me hacen los dependientes mientras sigo a un anciano bajito hacia un espacio protegido por cortinas que hay al final del pasillo. Detrás de la cortina, me ofrece una silla, que acepto, y Reyansh se sienta delante de mí, detrás de una mesa de madera.

—Por favor, ¿podría prestarme alguna joya o algún objeto que signifique mucho para usted?

Le entrego un anillo de brillantes falsos. No vale nada, pero me encanta porque es una réplica del tipo de anillo que me gustaría que Nate me regalara algún día. Reyansh dedica un buen rato a estudiarlo y a continuación empieza a hablar a tal velocidad que me cuesta quedarme con todo.

Pero, cuando me marcho —una hora después—, la esencia de lo que me ha transmitido va calándome lentamente. Llevo mucho tiempo esperando a alguien y el hombre en cuestión me ama. A una parte de mí le da igual si eso es lo que realmente ha «visto» o «sentido» el adivino, pero el caso es que me genera una fuerte sensación de esperanza y optimismo. Todo el mundo necesita un empujoncito de vez en cuando, y yo no me diferencio en eso de los demás, razón por la cual no me duelen las cinco mil rupias que le he pagado a Reyansh.

Más tarde, me reúno con el resto de la tripulación en un restaurante vegetariano y pruebo un curry de coliflor asada. Después de comer, y viendo que en el restaurante no sirven alcohol, el capitán nos invita a su habitación para tomar unas copas.

Después de varias cervezas, se inicia una discusión entre dos azafatas que, cuando comparten la foto de sus respectivos novios, se enteran de que están saliendo con el mismo hombre. Se van las dos a un rincón de la *suite* y llaman enfadadas al tipo en cuestión —Sebastian—, que se encuentra en estos momentos en Dubái y tiene el teléfono apagado.

Y me imagino que seguirá manteniéndolo apagado cuando escuche sus venenosos mensajes de voz.

La mujer que tengo sentada a mi lado esboza una mueca.

—Todos pensamos que nuestro Sebastian, Tim, Dave, Jean o como quiera que se llame, es *diferente* —dice.

La sensación desagradable que habita de manera casi permanente en mi estómago, como una bola de distintos venenos, me golpea las entrañas. Siempre supe que Nate se enfrentaba a la tentación cada vez que iba a trabajar, pero nunca permití que mi mente se arrastrase hasta allí.

—Alguno habrá decente, ¿no? —digo—. ¿Acaso no hay muchos miembros de la tripulación que están casados y con hijos?

Me mira como si no me entendiera.

—¡No me digas que te has hecho azafata para casarte con un piloto! —exclama.

Niego con la cabeza, dando a entender que esa idea jamás se me ha pasado por la cabeza.

—Alguna que otra historia de éxito hay, claro está. Pero es complicado. Sigue mi consejo e intenta salir con alguien que trabaje en tierra. Aunque eso conlleva otros problemas distintos, porque no siempre son comprensivos cuando te toca trabajar durante Navidad tres años seguidos.

Desconecto y me concentro en la noticia positiva que me ha dado antes Reyansh.

A mi alrededor, están haciendo planes para ir a visitar el Taj Mahal el día siguiente. No me apetece ir. El desplazamiento es largo y, además, solo la idea de tener que enfrentarme a un monumento cuya construcción se prolongó durante veinte años como muestra de amor me resulta insoportable. Porque eso es lo que deseo: que Nate llegara a amarme así.

El vuelo de regreso va lleno y hay mucho trabajo.

Durante el primer servicio de comida, una niña que ocupa un asiento de pasillo se atraganta. Automáticamente, corro a darle unos golpes en la espalda y, por suerte, el pedazo de pan se desatasca; el sonido de su llanto, sin embargo, puede conmigo. La madre continúa presa del pánico y después de intentar consolarla necesito alejarme de la escena. Voy a la zona de cocinas a buscar más botellas de agua y procuro aislarme del caos y el ruido de la cabina. Miro el reloj esperanzada, pero aún faltan horas para que aterricemos.

El servicio de comidas termina sin más sobresaltos. Una vez la cocina está arreglada, me dejo caer en mi asiento y me tomó un café solo.

Miro por la ventanilla la inmensidad y pienso en lo mucho que he conseguido, en lugar de lo que he perdido.

Mi sesión con Reyansh me ha servido, al menos, para recordar que debo seguir concentrada. Y mantener la fe en que todo acabará bien.

Aterrizamos. La tarde es muy calurosa.

El vuelo de Nate procedente de Lusaka tiene que aterrizar en dos horas. Lo compruebo. Noventa minutos de retraso. Mejor todavía.

Me quito el uniforme en los baños del aeropuerto, cojo el coche y pongo rumbo a Richmond. Consigo encontrar aparcamiento a solo dos calles de distancia. A pesar del calor, voy corriendo. La vestimenta de atletismo es un camuflaje ideal para el verano: me permite llevar una capucha —que siempre me puedo poner— sin tener que dar explicaciones. Me dirijo a la puerta del edificio y tropiezo con alguien. Una señora mayor que no reconozco.

—Perdón —dice.

—¡Perdóneme usted! Tengo que mirar por dónde ando —murmuro sin dejar de andar ni volver la vista atrás.

Espero que sea simplemente una visita de alguno de los vecinos de Nate.

Me siento en su sofá mientras pienso. Katie y Nate volvieron a ponerse en contacto por teléfono ayer y, por lo tanto, no tengo ni idea de qué hablaron. Una conversación de veintitrés minutos la primera vez y de diecisiete la siguiente. Luego, un mensaje de texto de ella a él, confirmándole que se quedará en su casa mañana por la noche. Lo cual probablemente significa que él ha conseguido superar los recelos de ella, razón por cual Katie necesita otro empujoncito.

He reducido mi lista de objetos a cuatro alternativas: una cinta de pelo, una vela lila con aroma a rosas, una fotografía antigua y un cepillo de dientes de color rosa. ¿Cuáles y dónde? Más de un par podría resultar sospechoso, pero tienen que ser cosas que alguien pueda haberse dejado olvidadas, en un momento dado, y en un lugar donde Katie pueda mirar.

Resulta más complicado de lo que imaginaba, pero decido dejar la vela en la repisa de la chimenea; si Nate se percata de su presencia, espero que piense que la señora de la limpieza la ha encontrado en un armario y ha decidido darle algún uso. Echo un vistazo rápido por la ventana; ni rastro de Nate. Dejo la cinta de pelo en el suelo, asomando debajo de la cama en el lado opuesto al de Nate, y luego saco el cepillo de dientes del paquete y lo escondo en el armario del botiquín.

Nate tiene algunas fotos decorando la puerta de la nevera e incorporo entre ellas una que yo misma retiré hace un montón de tiempo. En la imagen aparece Nate delante de un templo japonés, con sus brazos por encima de los hombros de las dos mujeres que lo acompañan, una a cada lado. Se le ve feliz, y por eso robé la fotografía. Cuando estábamos juntos, odiaba cualquier cosa que me recordara a sus compañeras de trabajo. En el reverso, alguien escribió: «Buenos tiempos. Besos». Y no es la caligrafía de Nate.

Compruebo el botellero. No ha tocado el vino que le regalé para su cumpleaños.

De vuelta a casa, decido correr el riesgo y subir mi petición de cambiar mi vuelo con destino a San Diego por el que va a Las Vegas. En una hora me lo han cambiado. Ahora que ya tengo confirmada la fecha del reencuentro, tengo que prepararme y ponerme a trabajar en internet. Pero, en cuanto inicio mis labores de búsqueda, empiezo a experimentar una sensación de preocupación fastidiosa. Hay búsquedas que siempre comportan un riesgo, y no quiero que nada se me pueda poner en contra más adelante. De modo que paro. A lo mejor tendría que utilizar un ordenador público, como el de la biblioteca, pero, aun así…, si compro lo que necesito a través de internet, igualmente tienen que entregármelo en algún sitio, lo que plantea todo un conjunto de problemas adicionales.

Voy pensando mientras repaso mis cuentas en las redes sociales, añadiendo varias veces un «me gusta» a distintas publicaciones sin ni siquiera mirármelas bien, hasta que me detengo en una de mi amigo de mis tiempos de extra cinematográfica, Michele Bianchi. Ya no tiene el papel de auxiliar de veterinaria en una serie de televisión, sino que ahora forma parte del coro de un musical famoso que se representa en el West End. Michele no se andaba con chiquitas en cuanto a consumir drogas recreativas o comprar productos electrónicos de origen más que dudoso. Podría serme de utilidad.

Le envío un mensaje privado, preguntándole si podríamos vernos para tomar un café.

Está conectado y responde en cuestión de segundos.

«Me escribes en el momento perfecto. Me aburro entre ensayo y ensayo. Tengo ganas de que me pongas al día. ¿Mañana? P. D.: No tengo un duro. Pista: algo barato y animado».

Le respondo con una cara sonriente, prometiéndole un pastelito con el café (invito yo).

«Ciao, bello! Besos».

Me alegro de volver a ver a Michele. Lo localizo yo antes que él a mí. Está sentado en un taburete junto a la ventana de la cafetería. Le saludo a través del cristal y él me sonríe mostrando una dentadura blanca y perfecta. Nos damos un besito de bienvenida en cada mejilla y me envuelve en un fuerte abrazo.

Es reconfortante, como un hermano protector. Resulta agradable. Nunca ha habido entre nosotros el menor indicio de aventura amorosa; con él me siento… segura.

Es tan agradable ponernos al día que espero hasta terminar nuestros respectivos cafés para hacerle mi petición.

—Así que el pastel no me va a salir gratis después de todo, ¿no? —dice cruzándose de brazos—. ¿Para qué necesitaría una mujer tan atractiva como tú esas pastillas para drogar a la gente y poder violarla luego?

—No lo llames así. Ya te lo he dicho; le fueron muy bien a mi amiga en un momento de dificultad. Para dormir. Tengo el corazón destrozado... Pensaba que Nick y yo... —Me interrumpo, como si las lágrimas amenazaran con asomar por mis ojos.

—¿Y no puedes conseguir somníferos? ¿A través del médico o no sé cómo? La verdad es que no estoy muy seguro.

—Te pagaré mucho más de lo que valen. Solo esta vez. Te lo prometo. Mi amiga me juró que eran magníficas. Y... estoy desesperada.

—¿Y cómo sé yo que no vas a cometer ninguna estupidez?

—Lo único que quiero es dormir. Este nuevo trabajo se está cobrando su peaje. De verdad te lo digo.

No me promete nada, pero quedamos en vernos en el mismo lugar dos días después.

Por la noche, mientras Katie está en casa de Nate, realizo tres llamadas perdidas a su teléfono desde un número sin identificación, empezando a medianoche.

Nate responde a las dos primeras llamadas.

Mi tercer intento va directo al buzón de voz.

El siguiente encuentro con Michele es un éxito —aparte de otro breve sermón—, y en los días siguientes parece que Kate y Nate avanzan por un camino pedregoso.

Los mensajes que le envía ella indican dependencia y falta de confianza:

¿Qué estás haciendo? Me parece que te estás divirtiendo sin mí.

Sin besitos.

Los de él, por su lado, son defensivos, se hacen esperar más, son cautelosos:

Tampoco es que saliera hasta tan tarde. Estaba con los chicos.

Y luego, silencio. Nate no es un hombre al que le importe dejar las cosas sin terminar.

La noche antes de partir hacia Las Vegas, no ha habido más contacto entre ellos.

Me atrevo a albergar la esperanza de que lo suyo se haya acabado.

Dos horas antes de la salida, entro en la sala de reuniones y cojo una copia en papel del informe de vuelo. No me he acordado de descargarlo en el teléfono.

—Hola a todos. Iremos directamente a las presentaciones y a los puestos que ocupará cada uno —dice el sobrecargo—. Algunos de vosotros ya habéis volado conmigo, pero, para que lo sepa todo el mundo, me gusta que os dirijáis a mí como Stuart, no como David, que es el nombre que aparece en el listado de tripulantes.

Intervengo para decir que yo utilizo mi segundo nombre.

—Hoy hablaremos sobre un posible caso de incendio; Juliette, si fueras la primera persona que descubre un incendio, ¿qué sería lo que harías de inmediato?

Nos interrumpe el capitán, que abre la puerta.

—Buenos días a todos. Me llamo Barry Fitzgerald. Podemos tener un tiempo algo complicado sobre el Atlántico. Recordad todos que debéis prestar más atención de la habitual cuando hagáis las comprobaciones de seguridad, puesto que la amenaza de crisis de pánico pasa de este modo de importante a grave. ¿Alguna pregunta?

Levanto la mano.

—¿Podré sentarme en la cabina de pilotos durante el aterrizaje, por favor?

El capitán mira de reojo a Stuart/David, que no muestra ningún interés; corren rumores de que va camino de la jubilación. Mueve la cabeza en sentido afirmativo, concediéndome permiso.

El capitán se marcha y nuestra reunión continúa. Estoy tan electrizada que me resulta difícil concentrarme en las preguntas médicas y de seguridad, pero me obligo a pensar y responder correctamente.

Sería un desastre que me echaran del plan de vuelo por no responder bien las preguntas rutinarias.

El avión se aleja de la terminal. El mundo exterior se encoge hasta adquirir el tamaño del interior de la aeronave. Un universo en miniatura, atrapado y aislado del exterior durante las próximas diez horas y cuarenta y cinco minutos.

Nos incorporamos a la cola para el despegue. Estoy bien sujeta al asiento de la tripulación que me corresponde, mirando por la ventana un día de verano encapotado. Empieza a chispear y las gotas salpican las ventanillas. El avión se mueve para situarse en la pista de despegue. Silencio. Un rugido de motores y una explosión de potencia. El arnés se tensa sobre mi cuerpo. Mi estómago se eleva al mismo ritmo que el avión. Nos sacudimos y temblamos mientras atravesamos la capa de nubes hasta que nos nivelamos.

Respiro hondo y adopto mi personalidad de azafata.

Mientras preparo los carritos, repaso mentalmente mi plan. Ya estamos. Estamos en el día en que mi vida vuelve a empezar. Retiro las cortinas de la cocina.

—¿Vino tinto o blanco con la comida? —pregunto sonriente.

Las primeras seis filas nos agotan el pollo asado. Varias personas afirman ser vegetarianas —cruzándose de brazos, haciendo un mohín— cuando descubren que solo queda lasaña.

No tengo ganas de pronunciar la frase «Se puede pedir con antelación un menú vegetariano». Las quejas continúan.

—¿Por qué nunca hay variedad suficiente?

—Ya me pasó en mi vuelo anterior y en el otro antes que ese.

—Eso no sucede nunca en otras compañías.

Intento explicar las limitaciones de espacio que tenemos, pero me doy cuenta de que estoy gastando saliva inútilmente. Me agacho al lado de una pareja especialmente quejosa —los típicos que probablemente han pagado la tarifa más barata y que se pasan todas las vacaciones refunfuñando— y les digo en voz baja, en tono conspirativo:

—En el vuelo de regreso, no se sienten en el medio. El servicio empieza a partir de las cuatro esquinas de clase turista, de delante hacia atrás, por eso los del medio rara vez pueden elegir.

Me sonríen de oreja.

—Gracias —replican, también en un murmullo.

El hombre acepta la lasaña sin más quejas. La mujer no se deja convencer tan fácilmente y acepta la bandeja con la condición de que le consiga un panecillo adicional y un poco de «vino decente de primera clase». Sirvo un botellín de vino tinto de clase turista —el vino que antes ha mirado con malos ojos— en una copa de clase *business* y se lo ofrezco. Lo cata y mueve afirmativamente la cabeza para dar su aprobación.

Cuando termina por fin el servicio, me dejo caer en el duro asiento de la tripulación y picoteo una ensalada de langosta que he cogido de la cocina de primera clase, pero me cuesta tragar.

Durante el servicio de té de media tarde, me siento débil y soñolienta. Estoy muy cerca. No puedo pifiarla. Lo único que nos separa en estos instantes a Nate y a mí es la puerta de acero de la cabina de pilotos.

Doy un brinco cuando su voz suena por megafonía.

«Damas y caballeros, les habla su copiloto, Nathan Goldsmith. Dentro de aproximadamente media hora tomaremos tierra en la soleada Las Vegas, donde la temperatura es de unos sofocantes treinta y ocho grados Celsius. A pesar de ello, el aterrizaje será un poco movido debido a los fuertes vientos».

Me quedo paralizada, intentando distanciarme del caos de la cocina, y cierro los ojos para saborear el recuerdo de sus brazos envolviéndome y de su sonrisa. Pero aparece de pronto un recuerdo no deseado: su enfado cuando, de entrada, me negué a marcharme de casa. Y de cuando le escondí el pasaporte para que no pudiese ir a trabajar porque necesitaba que *hablara* conmigo.

Pero eso fue entonces, y esto es ahora.

Antes yo era otra persona, su rechazo me hizo perder la cabeza. Pero he acatado sus deseos y le he concedido el espacio que me pedía. Eso, sin duda alguna, tendrá que reconocérmelo. Hubo muchos momentos felices. Le encantaba mi sentido del humor.

Empiezan los anuncios previos al aterrizaje. Compruebo la seguridad de la cabina y recuerdo una y otra vez a los pasajeros que deben abrocharse el cinturón. El avión empieza a moverse y traquetear cuando atravesamos las nubes. «Tripulación de cabina, tomen asiento para el aterrizaje».

Ha llegado la hora.

Aparece el miembro de la tripulación que se responsabilizará de mi puerta. Le doy las gracias, me dirijo hacia la parte delantera de la cabina y subo la escalerilla. El avión hace un descenso brusco. Me sujeto a la barandilla. Los motores silban. En la cabina superior, recorro lentamente el pasillo entre los pasajeros de clase *business*, nerviosos como una novia. A punto estoy de gritar cuando una anciana me agarra por el brazo al pasar junto a su asiento.

—Perdón —dice, soltándome—. ¿Sabe si las turbulencias irán a peor? No me gusta mucho volar.

—Todo irá bien —digo, y sigo andando mientras me suelto algún mechón de pelo para taparme un poco la cara.

Me planto delante de la puerta de la cabina y saludo a la cámara. Se enciende la luz verde. Empujo la puerta, entro y la cierro con firmeza a mis espaldas. Me instalo en el asiento de detrás de Nate. Está demasiado ocupado para reconocer mi presencia; estamos casi aterrizando. El capitán me indica unos auriculares. Me los pongo. Escucho las palabras del controlador aéreo mientras examino la nuca de Nate. Me fijo en el cabello que descansa sobre su piel.

En el exterior, el perfil de Las Vegas empieza a dibujarse para recibirnos. Suena una alarma por encima del torrente de palabras del personal de la torre de control. La voz automática inicia la cuenta atrás.

«Trescientos metros. Ciento cincuenta metros».

En la cabina del piloto el balanceo y el traqueteo son menos perceptibles.

«Treinta metros. Quince. Doce. Nueve. Seis. Tres».

Contacto.

Mi pecho se hincha de orgullo mirando a Nate.

Cuando aminoramos la velocidad, me retiro los auriculares y el rugido del motor amaina. Observo cómo Barry y Nate completan sus rutinas y sus listas de comprobación.

En cuanto dejamos la pista de aterrizaje, Nate se gira, sonriente.

Le devuelvo la sonrisa.

Se queda paralizado, como si hubiera visto un muerto, y se gira rápidamente hacia los controles de la nave.

Avistamos la terminal.

«Bienvenidos al aeropuerto internacional McCarran».

14

Hace poco encontré una cita que me gustó: «La gente se olvidará de lo que digas, la gente se olvidará de lo que hagas, pero la gente nunca se olvidará de cómo le has hecho sentirse». Quiero que Nate *no* se sienta amenazado mientras digiere la situación, de modo que decido retirarme.

—Gracias —digo, y me marcho, cerrando con cuidado la puerta a mis espaldas.

Después de este rato en el santuario de la cabina de pilotos, el resto del avión me parece caótico. Me abro paso entre la masa de cuerpos que retiran sus equipajes de los compartimentos superiores y se agachan para recoger sus pertenencias, y bajo a la cabina inferior.

—Perdón, perdón —voy repitiendo, avanzando entre la porquería del suelo: auriculares, tapones de los oídos, antifaces y periódicos.

Estoy aturdida. Creía que me sentiría aterrada, exultante, loca de alegría, que experimentaría alguna emoción fuerte. Pero es como si mis sentimientos se hubiesen quedado congelados; como si mis sentidos estuvieran desconectados. Los sonidos suenan amortiguados, con la excepción de la voz que habla en mi cabeza.

«Concéntrate. No puedes fallar».

Como un autómata, guardo el delantal de vuelo y los zapatos planos en la bolsa. Me encaramo a un asiento, compruebo que los compartimentos estén vacíos y examino los asientos en busca de los cinturones de seguridad de color naranja que utilizamos para los bebés. Recojo dos y los guardo en el compartimento de detrás de la última fila.

Con la mirada fija hacia el frente, desembarco con mis compañeros de clase turista. Pasamos por delante de una hilera de máquinas tragaperras situadas debajo de un bombardeo de anuncios publicitarios —hoteles, alquiler de coches, clubes, bares, restaurantes, bodas— y llegamos al control de inmigración para las tripulaciones. Las colas de los pasajeros son largas y abultadas. Un amasijo de gente desigual y resignada que avanza lentamente, ataviada de todo tipo de formas, desde vestidos de tirantes, mallas hasta media pierna, gorras de béisbol y camisetas hasta aquellos que más precavidamente llevan pantalón largo y chaquetas o jerséis doblados sobre el brazo.

Las maletas de la tripulación ya han desembarcado y están a un lado de la cinta de equipajes, formando una pulcra fila. Cojo la mía y sigo adelante para pasar la aduana, sin mirar a ningún funcionario a los ojos, como si no tuviera nada que esconder, hasta que se abren las puertas automáticas. Tiro de la maleta y salgo al vestíbulo de llegadas. Entre globos, flores, carteles y otra parafernalia, busco los rótulos que indican la salida.

Escapo de allí.

Me golpea el calor de última hora de la tarde, aunque me resulta extrañamente refrescante y mi cabeza se despeja de golpe.

Respiro hondo repetidamente. Una débil sensación de miedo me forma un vacío en el estómago.

Me acerco al autobús de la tripulación sin levantar la vista. Espero que me llegue el turno mientras el conductor va cargando las maletas en el remolque de atrás. Veo que ya están a bordo las tres bolsas de los pilotos. Permanezco clavada en mi sitio, intentando discernir cuál sería el mejor momento para subir.

En términos generales, los copilotos suelen ocupar las filas delanteras, a modo de cortesía y para dejarle libre al capitán el primer asiento. Con toda probabilidad, no podré evitar pasar por su lado. Antes de subir al autobús, espero a que los últimos miembros de la tripulación salgan de la terminal.

Cruzo de inmediato una mirada con Nate. Sonrío y digo «Hola», como si nos hubiéramos visto recientemente, y sigo caminando hacia el fondo sin esperar a comprobar si me devuelve el saludo. Me siento al lado de Alex, uno de los chicos de clase turista. Lleva gafas de lectura y está mirando el teléfono, pero igualmente entablo conversación con él. Necesito soporte social.

—¿Qué planes tienes?

Alex levanta la cabeza y, sin quitarse las gafas, se encoge de hombros.

—Aún no lo tengo claro. Gimnasio. Piscina. Reunirnos todos en el bar. Lo normal.

—Es mi primera vez aquí. ¿Alguna sugerencia?

Sonríe.

—Muchísimas. Si bajas luego a tomar unas copas, te llevaré a una discoteca increíble. Veremos si los demás se apuntan, porque hay que reservar la entrada. O podría llevarte a un espectáculo, aunque suelen ser muy caros.

—Gracias.

Vuelve a mirar el teléfono.

Saco también el mío, no sin antes lanzarle una mirada rápida a Nate. Mira hacia el frente y no está hablando con nadie.

El trayecto es corto —demasiado corto— y trago saliva cuando me apeo del autobús. Pero sigo concentrada y recojo mi bolsa con ruedas cuando los porteros cargan apresuradamente las maletas en los carros, en un intento evidente de despejar la entrada. Me quedo rezagada y me mantengo en los aledaños de la recepción, fingiendo estar al teléfono, mientras la tripulación y el sobrecargo se registran en el hotel. El vestíbulo está transitado por turistas en uniforme de vacaciones —camisetas estampadas con eslóganes de todo tipo—, junto con profesionales vestidos más formalmente y personal uniformado del hotel. Tengo la sensación de que Nate no deja de mirarme, pero no creo que sea buena idea comprobarlo.

Alex se acerca para darme su número de habitación y algunos más se congregan a nuestro alrededor mientras hacemos planes para vernos en el bar mañana a las seis.

—Tengo que reservar con antelación las entradas a la discoteca. Acabo de mirar y he visto que describen al DJ como «el próximo bombazo» —dice marcando unas comillas en el aire—, por lo que imagino que la noche estará concurrida.

—Reserva dos entradas para mí —digo—. Tengo una amiga que trabaja en el vuelo que llega mañana.

De este modo, tendré una entrada para Nate, por si logro convencerlo de que venga. Me acerco al mostrador para recoger la llave y echo un vistazo a mi alrededor. Se me encoge el estómago, decepcionada: en recepción ya no queda nadie de la tripulación.

Nate se ha pirado.

—¿Podría, por favor, retirar doscientos dólares de mi cuenta de tripulación? —le pido a la recepcionista.

He estado tan liada preparando el viaje que se me ha pasado por alto un detalle práctico y mundano, como cambiar moneda a buen precio.

—Por supuesto.

Cuenta el dinero, lo guarda en un sobre y me lo entrega con una sonrisa simpática.

Me encamino hacia los ascensores y pulso la flecha de subida, esperando casi que Nate aparezca en cualquier momento.

Segundos después de llegar a la habitación, llaman a la puerta. Abro. Un botones.

—La maleta de la señorita Price —dice, entrando en la habitación.

Con una mano, levanta y abre la banqueta para depositar la maleta y deja allí mi equipaje.

Saco la cartera del bolso y le doy un par de billetes de dólar.

—Gracias.

—De nada. Que tenga una buena estancia.

Me acerco a la ventana, separo los visillos y apoyo la frente contra el cristal. El hotel está cerca del aeropuerto y mi habitación se encuentra situada en la parte trasera. Veo abajo una masa de edificios, calles, publicidad…, una ciudad de aspecto normal. Reprimo un bostezo, aunque estoy demasiado nerviosa como para ceder al cansancio. Me siento desconectada, como en un sueño. Doy media vuelta y, con pocas ganas, me pongo a deshacer la maleta.

Está excepcionalmente llena. En circunstancias normales, viajo con una maleta vacía y vuelvo con ella llena a rebosar. Empiezo a colgar la ropa, sobre todo los vestidos. Me acerco uno de ellos al cuerpo y me miro al espejo, confiando en que todavía me guste y no me parezca distinto aquí. Sigue siendo perfecto. Es de seda cubierto con encaje, de color azul aciano, justo por encima de la rodilla. Jamás me había gastado tanto dinero en un modelito. Me encanta. Tiene escote redondo y pronunciado, que complementaré con un collar sencillo.

Decido darme una ducha para volver a ponerme en estado de alerta. En cuanto me haya refrescado, me plantearé la mejor manera de abordar a Nate. Probablemente se quedará despierto hasta tarde, puesto que sé que es muy riguroso en cuanto a lo de «seguir el horario local». Por conversaciones con gente de mi profesión, sé que muchos son del mismo parecer. Personalmente, no le encuentro el sentido. A mí me da igual estar en pie por la noche o a primera hora de la mañana. Siempre encuentro cosas con las que mantenerme ocupada.

Entro en el cuarto de baño, corro la cortina opaca y me peleo con los mandos de la ducha. Eso de descubrir cómo conseguir la temperatura adecuada en los distintos hoteles del mundo es una habilidad vital que he adquirido hace poco, puesto que el agua puede tanto quemarte como salir helada. Mientras me enjabono el pelo para retirar la sensación pegajosa de la laca y el olor a la cocina del avión, intento replantearme la no-reacción de Nate y darle un giro positivo. El sonido anticuado del teléfono del cuarto de baño me despierta de mis elucubraciones. Extiendo la mano a través del espacio que queda entre la pared y la cortina de la ducha y descuelgo el auricular. Mantengo la cabeza y el brazo lejos de la cascada de agua. Me ha entrado champú en los ojos y los cierro con fuerza.

—¿Diga?

Silencio.

—¿Diga?

Palpo los mandos de la ducha con la mano que tengo libre, cierro el agua y sigo palpando la pared hasta que localizo un estante metálico. En cuanto alcanzo la suavidad del tejido de una toalla, tiro de ella. Me seco los ojos.

—¿Elizabeth? ¿Lily?

Una oleada de felicidad.

—¿Nate?

—¿Qué tal todo? ¡Casi me da un infarto!

Sonrío. No parece enfadado.

—Lo siento. No era mi intención provocártelo. Durante la reunión previa al vuelo, le pedí al capitán si podía acercarme a la cabina para ver el aterrizaje. No supe que estabas al mando hasta que oí tu voz por megafonía. —Estoy temblando—. Espera un momento; tengo que salir de la ducha. —Salgo y me siento en el borde de la bañera. Me envuelvo con torpeza con una toalla, sin soltar el anticuado auricular. El picor en los ojos mejora—. Seguí tu consejo cuando rompimos y decidí empezar de cero. Probar algo nuevo. Pero ¿sabes qué?

—¿Qué?

—Que me rechazaron en otras compañías. ¡En tres!

—¿En serio?

—En serio. En la última me dijeron que mostraba un exceso de entusiasmo. ¿Cómo es posible que una azafata tenga demasiado entusiasmo?

Se ríe.

La sensación de alivio inunda mi cuerpo con el renacer de la esperanza. Sigo hablando.

—Pero, bromas aparte, te tenía presente. Me apetecía que lo supieras, pero, al mismo tiempo, quería también darte espacio. No quería que te sintieses en la obligación de quedar conmigo para tomar un café en la cantina o cualquier cosa por el estilo por el simple hecho de que ahora seamos compañeros de trabajo.

—Vaaale. —Habla como si estuviera procesando sus emociones a través de un filtro—. ¿Cuánto tiempo llevas con nosotros?

Sonrío. Mi respuesta es la prueba de que soy totalmente capaz de concederle su tan valioso «espacio».

—Siete meses.

—Oh... —Una pausa—. ¿Vas a bajar al bar?

—No, esta noche no. A lo mejor mañana. Y te pido otra vez perdón si te he dado un susto. Espero que en algún momento podamos ponernos al corriente de nuestras cosas. Pero ahora tengo que dejarte, mi novio me llamará de un momento a otro a través de Skype.

—Oh, sí, claro. No quiero molestarte.

En cuanto cuelgo el auricular, lanzo un puñetazo al aire. Seguro que no se esperaba eso. No..., probablemente se imaginaba que me plantaría en su puerta de rodillas, que le suplicaría una migaja de atención. Vuelvo a meterme en la ducha y me aclaro el champú.

Setenta y dos horas; ese es el tiempo que tengo.

Me envuelvo en el albornoz del hotel. Está más bien rasposo y almidonado que esponjoso, pero me sirve igual. Bajo el aire acondicionado y tomo asiento delante de la mesa de despacho. Abro la carpeta de información del hotel y saco dos hojas de papel de su interior. Empiezo a escribir.

«Elizabeth Goldsmith, Juliette Goldsmith, Elizabeth Juliette Goldsmith, Señora. E. J. Goldsmith».

«Señorita Price, Señorita Elizabeth Juliette Price».

Cuando decido llamar al spa y pedir hora para diversos tratamientos —manicura y pedicura incluidas— para mañana por la tarde, tengo el pelo casi seco. Lo remato con un golpe de secador antes de concederme el lujo de meterme en la cama.

Me adormilo sintiendo la atracción de la inconsciencia y me sumerjo en ella, relajándome.

Un sonido interrumpe mi felicidad. Es Amelia. Sus frases no tienen sentido, pero descifro alguna que otra palabra, como *responsabilidad*. Como si saliera de detrás de una nube, emerjo en otra escena. Will y yo estamos en el viejo parque infantil del pueblo, con su pequeño tobogán, dos columpios rojos y un arco para trepar desesperadamente necesitado de una nueva capa de pintura en algún color primario, como amarillo sol. Estoy empujándolo en el columpio y Will alterna sus sensaciones entre el miedo y la exigencia del «¡Más alto!».

A lo lejos, más allá de la valla que encierra el parque, contemplo las colinas que rodean las afueras del pueblo. Sé que un poco más allá está el mar. Un grito me devuelve de repente al parque. Will se ha caído. No sé cómo; pero alguna cosa me ha distraído. Tiene las rodillas rozadas. Amelia se pondrá furiosa.

Bella llega corriendo al parque vestida de enfermera y con una caja de tiritas. Me embarga una sensación de injusticia. Me dice que tendría que haberlo salvado. Veo detrás de ella un río. La empujo y un grupo de sorprendidos cisnes rodea su cuerpo flotante.

Me despierto de golpe. La habitación está a oscuras. Palpo para encontrar el teléfono y encender la linterna mientras William, Amelia y Bella se desvanecen hacia la inexistencia. Miro la hora. Las cuatro y media.

¿Las cuatro y media dónde? ¿En qué zona horaria? ¿En qué país?

Cierro los ojos. El parque me parecía real. Enciendo la luz de la mesita de noche y cojo una botella de agua. Bebo, a grandes tragos. Me gotea sobre el pijama. Me pesan las extremidades, pero me obligo a salir de la cama y resisto la tentación de sumergirme de nuevo en el parque de mis sueños donde los problemas —los problemas de verdad— todavía no existen.

Pido algo al servicio de habitaciones —una tortilla francesa y una cafetera con café fuerte— antes de decidirme a ir a nadar.

La piscina está tranquila, exceptuando una pareja mayor que hace lentamente unos largos. Me sumerjo. Percibo los productos químicos ascendiendo por la nariz mientras muevo los brazos e impulso el cuerpo. Emerjo para coger aire y vuelvo a sumergirme bajo el agua. Me fuerzo físicamente más de lo que lo he hecho en mucho tiempo, hasta que salgo y me siento a un lado. Dejo los pies colgando en el agua y cierro los ojos; me estremezco levemente al ensayar mentalmente los días que tengo por delante.

Es crucial que represente bien mi papel.

De vuelta en la habitación, me obligo a descansar —necesitaré toda mi energía—, tumbándome en la cama y dejando el televisor encendido como ruido de fondo. Me adormilo y me despierto con la sirena de coches de policía, risas y anuncios. Las palabras y los sonidos se mezclan en mi consciencia y realidad y ficción se combinan.

Cuando suena la alarma del despertador, me siento en la cama. Estoy mareada y desorientada.

Incluso después de una ducha, sigo sin estar despierta del todo, pero me fuerzo a abrir el ordenador y ponerme a trabajar. Actualizo mis planes y compruebo una vez más que no me haya olvidado nada. No quiero tentar al destino, pero está claro que algunas cosas necesitan preparación, que no todo puede ser espontáneo y orgánico.

Satisfecha cuando compruebo que no puedo hacer nada más, me refugio en el spa. Acepto el ofrecimiento de una tisana, y el calor del jengibre y la canela son un consuelo. Después del tratamiento de uñas y cara, me siento en la peluquería e intento moverme lo mínimo mientras me maquillan y me secan el pelo. Le pido a la peluquera que me ondule las puntas, tal y como le gusta a Nate.

Acerco la tarjeta a la cerradura de la puerta, entro en la habitación y mi corazón se acelera esperanzado al ver que la luz roja del teléfono de la mesa destella anunciando un mensaje. Descuelgo y pulso el siete —siguiendo las instrucciones de la voz automática— para escuchar el mensaje, pero mi excitación cae por los suelos al descubrir que no es la voz de Nate.

Es Alex. «Hola, llamo solo para decirte que quedaremos un poco más tarde de lo que habíamos dicho. Será más bien a las siete».

Lo que me da una hora adicional que llenar con algo.

Me visto. No con mi nuevo vestido favorito, sino con uno negro y sencillo. Es también por encima de la rodilla, pero no es ceñido. Es el tipo de vestido que puedes transformar, hacerlo elegante o desenfadado. Me paso por la cabeza un colgante de plata en forma de corazón y lo dejo descansar sobre el pecho. Me calzo unos zapatos de tacón destalonados de color malva. Me miro en el espejo. En la peluquería han hecho un buen trabajo. Introduzco los brazos en una chaqueta de punto de color negro y, a continuación, cojo el teléfono.

—¿Podría darme el número de habitación de Nathan Goldsmith, por favor?

—Un momento, miraré en el listado de la tripulación —responde una voz masculina—. ¿Quiere que le ponga?

—No, gracias. Solo el número de habitación, por favor.

—Siete ocho dos.

Cuelgo el teléfono y echo un último vistazo al espejo antes de coger el bolsito y salir de la habitación.

Oigo la puerta cerrarse a mis espaldas y recorro en silencio el pasillo enmoquetado. Se oye la campanilla del ascensor y se abren las puertas. Entro y pulso el botón de la séptima planta. Noto la boca seca, pero resisto el impulso de dar media vuelta.

Me detengo delante de la habitación 782 y aguzo el oído. Se oyen risas en la tele.

Respiro hondo y llamo a la puerta.

15

Escucho el sonido de un objeto al ser depositado sobre una superficie dura. Se abre la puerta y aparece Nate, vestido con vaqueros y camiseta azul marino. Me mira fijamente.

—Hola.

—Hola. ¿Puedo pasar un momento?

Se aparta para dejarme entrar.

—Sí. Sí, por supuesto.

—Aquí en el trabajo todo el mundo me conoce como Juliette —digo, pasando por delante de él—. Utilizo mi segundo nombre.

—¿Juliette?

Hace una pausa, como si estuviera reflexionándolo.

Giro de cara al interior de la habitación la silla que hay junto a la mesa de despacho y tomo asiento. Ver la cama me produce una sensación de familiaridad, de intimidad excesiva. Necesito que él se sienta seguro; que se sienta seguro al cien por cien de que ahora, que he demostrado que mis sentimientos hacia él se han evaporado, puede confiar en mí.

—Alex, el chico con el que trabajo en mi sección de la cabina, acaba de llamar para decirme que han quedado un poco más tarde, así que tenía que matar el tiempo con algo. He pensado que, viendo que hemos acabado en esta situación, podríamos aprovechar para ponernos al día de nuestras cosas.

—Una idea estupenda —dice, sentándose en la cama delante de mí—. ¿Quieres tomar algo? Por aquí hay algo de vino.

—Vale, gracias.

Lo observo mientras saca del minibar dos miniaturas de vino tinto. Me giro para coger las copas que hay en la bandeja, junto a la tetera. Retiro la funda de plástico y las pongo bocarriba. Nate sirve la bebida. Veo que le tiemblan un poco las manos.

—¡Salud! —decimos a la vez y hacemos chocar las copas.

Se sienta de nuevo delante de mí.

Bebo un poco. Me quedo en blanco.

—No esperaba encontrarte en Las Vegas.

Río.

—Lo sé. Todo esto es un poco surrealista. ¿Qué has estado haciendo últimamente?

—Lo normal. Viaje. Casa. Otra vez de viaje.

Sonrío.

—Tenías razón con lo de Reading, por cierto. Mis vecinos son estupendos, salimos mucho. De hecho, fue gracias a ti que conocí a mi nuevo chico. Vive dos pisos más abajo. No conseguía que me funcionara la wifi y me ofreció su ayuda. Estamos solo empezando… —Me interrumpo—. Lo siento, estoy diciendo tonterías. Estoy nerviosa.

Bebo otro trago de vino; me sabe amargo.

—No, no, para nada. Me alegro de verte feliz. Está muy bien.

—Gracias. —Miro el reloj—. Tendré que bajar pronto al bar. Alex conoce una discoteca que dicen que es magnífica e iremos más tarde.

—¿Tienes algún otro plan durante tu estancia aquí?

—Bueno, como es mi primera vez, supongo que habrá muchas cosas que hacer. Hoy lo he dado por perdido, estaba agotada. Ahora comprendo cómo te sentías tú. Sobre todo cuando volvías a casa después de un viaje y yo permanecía *allí*. No me extraña que me mandaras a Reading…, imagino que lo que necesitabas era paz y tranquilidad.

Cambia de posición, lo veo inquieto.

—Tampoco tanta tranquilidad.

Sonrío.

—Solo bromeaba. Bueno, pues ahora que ya nos hemos puesto al día de nuestras cosas, siempre podrás invitarme a un café si en alguna ocasión volvemos a coincidir.

—Por supuesto.

—Lo siento —digo—. Lo siento por todo. Fue demasiado, demasiado pronto. Tenías razón. Pero estábamos tan bien que perdí la cabeza.

—Sí, estuvimos bien —reconoce—. La mayor parte del tiempo.

No podía decir lo contrario. Contra la verdad es imposible discutir. Fui *yo* quien lo fastidió todo. Presioné demasiado el acelerador de la relación sin entender que de vez en cuando había que aflojarlo. Ahora lo entiendo, de verdad.

—Hiciste bien dando un paso atrás. Bueno, gracias por el vino. —Dejo la copa. Está aún casi llena, pero no puedo beber más—. Voy a ver a los demás. ¿Tenéis planes vosotros?

—Barry tiene familia por aquí, de modo que no, y el otro copiloto se levanta temprano mañana porque ha contratado una visita al Gran Cañón.

—Pues ven con nosotros, si te apetece —sugiero.

—Estaba pensando en bajar más tarde al bar.

—Pues en ese caso, igual nos vemos —digo, levantándome—. Y si no es así, ya nos veremos cuando vengan a recogernos para irnos.

—De hecho —dice—, tal vez podría bajar contigo ahora, pero tendría que cambiarme rápidamente. Sobre todo si luego salís por ahí. Vas muy arreglada.

Me encojo de hombros.

—No tanto. La verdad es que no sabía qué ponerme. Fuera hace mucho calor, pero en los interiores te hielas con el aire acondicionado.

—Llevas el pelo distinto —comenta—. Te queda bien.

Se me acelera el corazón. Ahora que parezco inalcanzable, empieza a resurgir el antiguo Nate. Se quita la camiseta y elige una más elegante de la maleta. Finjo que no miro, pero capto su imagen reflejada en el espejo.

Caminamos juntos por el pasillo. Podría muy fácilmente darle la mano o rodearlo con el brazo, pero camino mirando al frente. Cuando llega el ascensor, va casi lleno, y nos vemos obligados a separarnos para encontrar espacio entre varios turistas holandeses y una familia con tres niños pequeños. Salimos al vestíbulo de recepción y lo cruzamos para ir al bar.

Entramos y me quedo un momento pasmada ante la luz y el ruido. Es imposible escapar de las máquinas tragaperras. Entrecierro los ojos y localizo a Alex y los demás, lo cual no siempre es fácil, puesto que los hombres pueden llegar a tener un aspecto muy distinto sin uniforme. Encuentro un sitio libre a su lado y le pido a una camarera un agua con gas.

Vuelco mi atención en Alex. Soy consciente de que Nate está charlando con Joanna, la tripulante de la cabina superior. Alex y yo estamos inmersos en la conversación general del grupo, que gira en torno al impopular reajuste de la rutina de servicios a bordo, ideada por oficinistas que nunca han tenido el placer de tener que servir al público en un espacio confinado. Finjo que me sumo a la charla realizando gestos de asentimiento de vez en cuando y mostrándome de acuerdo en determinadas cosas, cuando en realidad lo que estoy haciendo es intentar oír lo que está haciendo Nate.

—¿Y esa discoteca, qué? —le digo a Alex—. Estoy cansada de hablar de trabajo.

—¿Te apetece ir a comer algo antes? En el mismo hotel donde se encuentra la discoteca hay un vietnamita donde preparan unos fideos fantásticos.

—Perfecto. Por cierto, tengo una entrada de sobra. Mi amiga no puede venir al final. Llegó tarde y la han enviado a Hong Kong.

Voy al baño mientras Alex se encarga de la logística con el resto del grupo. No quiero que, sin darme cuenta de ello, Nate pueda captar cualquier señal subconsciente de lo desesperadamente que deseo que nos acompañe, y confío en que Alex le ofrezca mi entrada «de sobra» para no tener que hacerlo yo. Cuando regreso, el grupo empieza a desfilar hacia recepción y Alex está organizando taxis con los porteros. Cruzamos las puertas giratorias y me quedo atrás cuando un grupo de cuatro sube al primer taxi, quedándome en compañía de Alex, Nate y Joanna. Llega un segundo taxi.

—¿Os importa si voy delante? —pregunta Joanna—. Me mareo mucho en el coche.

Nadie pone pegas. Nate rodea el taxi por atrás, abre la puerta posterior del lado del conductor y entra. Yo paso al medio. Alex queda a mi derecha. Estoy hecha un bocadillo entre los dos y noto el muslo de Nate pegado al mío.

Me cuesta respirar.

Nos ponemos en marcha y el volumen del tráfico, las luces de neón y los carteles publicitarios me atacan los sentidos. Pasamos por delante de las fuentes del Bellagio, que están iluminadas, y me muero de ganas de cogerle la mano a Nate. Creo que ni siquiera la rechazaría. Está mirando por la ventanilla y su postura y su expresión parecen relajadas. Pero me giro para hablar con Alex cuando el taxista adelanta a un enorme *pickup* negro que nos machaca con el claxon a modo de venganza.

—Al parecer, divertirse tiene un precio —digo señalando los carteles que anuncian abogados especialistas en daños personales y fianzas e ignorando el leve malestar que se entremezcla con mis pensamientos cuando visualizo las pastillas, cortesía de Michele Bianchi, que llevo escondidas en un frasco de vitaminas.

—Sí, supongo que sí.

Paramos delante de otro hotel, muy similar al nuestro. El resto del grupo ya ha salido de su taxi y está esperando a los pies de la escalera. Nate, Alex, Joanna y yo buscamos en la cartera billetes de dólar, pero Alex se encarga de pagar al taxista.

—Después me invitáis a una copa —dice, rechazando los billetes.

Nos indican nuestra mesa y me siento al lado de Alex. Le pido consejo sobre los platos. Nate se sienta enfrente.

Pedimos cervezas y el camarero nos enumera los platos especiales. Elegimos, para todos, unos rollitos de primavera para empezar y de plato me decido por un curry de tofu y coco. Oigo que Nate opta por una sopa de fideos picantes. Alex empieza a contar una historia sobre la última vez que estuvo aquí. Una de las chicas de la tripulación se emborrachó tanto que empezó a pedir a desconocidos si se querían casar con ella y el supervisor tuvo que acompañarla al hotel, después de que el personal de seguridad amenazara con echar a todo el grupo.

Empieza así una animada conversación sobre historias similares, a cual peor. Nadie reconoce ser el principal culpable de ninguno de esos relatos, siendo el denominador común a todos ellos el alcohol, el *jet lag* o la necesidad de desmelenarse un poco lejos de las limitaciones habituales de casa.

Una de las cosas que he empezado a comprender de este trabajo es que, a pesar de que la mayoría de los tripulantes lo adoran —para muchos de ellos era un sueño desde que eran niños— y se sienten unidos a su carácter transitorio, siempre hay una soledad subyacente. Me quedé sorprendida al enterarme de que, aunque los suicidios no son habituales, tampoco es que sean una excepción. Y que, cuando se producen, son normalmente durante los viajes, momento en el cual los problemas pueden magnificarse debido a que la tripulación está lejos de los amigos y la familia. Miro a mi alrededor; todo el mundo parece relajado: ríen, beben, comen, charlan... Para cualquier observador externo, podríamos ser un grupo de amigos que está de vacaciones. Pero aparte de Nate, claro está, no *sé* nada de esta gente. Los he conocido hace tan solo treinta y seis horas y tal vez nunca más vuelva a coincidir con ellos. Revelamos secretos y compartimos experiencias, pero la mayoría de estas tenues relaciones dejará de existir en cuanto las ruedas entren en contacto con el asfalto de Heathrow.

Existe la impresión general, que tiene su origen en los serios mensajes de correo electrónico y artículos publicados por «la oficina», de que las tripulaciones «lo tienen muy fácil». Río una semana, Sídney la siguiente. Superficialmente, parece idílico. Pero, a pesar de que mover a la tripulación de un lado a otro del mundo como piezas de ajedrez parece muy sencillo, en cada viaje escucho distintas historias tristes. Los miembros de una tripulación tienen los mismos problemas que todo el mundo, y encima está la amenaza creciente de terrorismo. He descubierto también que las mujeres presentan un importante problema de esterilidad. Y luego está el mito urbano de que los pilotos suelen engendrar niñas.

Miro a Nate.

Me sorprende mirándolo y sonríe. La sonrisa le alcanza los ojos, que se arrugan por las comisuras.

Dejo el tenedor. No puedo comer ni un bocado más. Saco el teléfono del bolso, lo miro y sonrío, como si acabara de recibir un mensaje.

—Disculpadme —digo, y salgo un momento.

A pesar del calor que hace fuera, necesito un respiro de tantas emociones. Dedico unos minutos a poner en orden mis pensamientos y mis sentimientos antes de volver a entrar.

La discoteca no es de este mundo. En un sentido casi literal. No se me ocurre otra forma de describirla. Es como si en este momento todo lo demás hubiera dejado de existir. Al prometedor DJ apenas se le ve: una sombra oscura con auriculares, elevada por encima de la muchedumbre, como si fuera un dios. Sus adoradores levantan los brazos y bailan bajo las luces led. La música palpita en mi cuerpo.

—Te invito a una copa —le grito a Alex al oído—. ¿Qué te apetece?

—Un chupito de vodka —me responde, gritando también.

Nos apiñamos al lado de la barra y quedamos rodeados por gogós que giran en sus pedestales. Sus vestidos se mueven de un lado a otro, destellos de oro, plata y negro. Invito a una ronda de chupitos de vodka, y mientras iniciamos una cuenta atrás para beberlos todos a la vez me vienen a la cabeza las palabras de Alan durante mi primer viaje a Los Ángeles, cuando me dijo que tardaría poco en acostumbrarme al alcohol. El alcohol es otro de los problemas habituales entre la tripulación.

Recuerdo de pronto una de las historias que hemos compartido antes en la mesa, la de un chico al que pillaron y despidieron por no entregar el dinero para fines benéficos que se recauda al final de los vuelos. Fue acusado de robo —había conseguido reunir una cantidad importante, cometiendo además fraude en las ventas libres de impuestos de a bordo— y al principio corrieron rumores de que bebía mucho. Pero, cuando el caso llegó a los tribunales, salió a la luz que su hijo sufría acoso escolar por tener un leve problema de autismo y quería desesperadamente poderlo matricular en un colegio privado. A pesar de que no lo conocía, aquel hombre me inspiró lástima. Lo había hecho por ayudar a su hijo. Dudo que se divirtiera en lugares como este. Estoy segura de que se quedaba en su habitación y cenaba de fiambrera allí mismo la comida que se traía de casa.

—Vamos a bailar.

Alex me coge la mano y nos mezclamos con el gentío que ocupa la pista.

Soy consciente de la demás gente —Nate incluido—, pero por primera vez en muchísimo tiempo estoy tan eufórica, tan distraída, que no controlo constantemente mi conducta y mis pensamientos con el único objetivo de causarle buena impresión a Nate.

Cuando miro la hora, me quedo sorprendida al ver que es más de la una de la mañana, lo que significa que en casa son las nueve. Me escapo a la terraza. El calor ha aminorado, solo un poco. Contemplo el horizonte iluminado y me pregunto cuánta gente estará pasándoselo en grande y cuánta estará enfrentándose a una ruptura o una desilusión. Me estremezco. El cansancio está empezando a hacer mella.

—Maravilloso, ¿verdad?

Es la voz de Nate. Aparece a mi lado.

—¿Habías estado antes aquí? —pregunto.

—No, aquí no. ¿Era tu novio el que antes te enviaba un mensaje?

Fijo la mirada en un rascacielos rodeado de luces de color rosa que hay justo delante.

—Sí, me echa de menos. —Me giro hacia él—. ¿No hay nadie especial en tu vida?

—La verdad es que no. Hasta hace poco sí hubo alguien. También es piloto, pero no funcionó.

—Lo siento. —Le cojo la mano cuando al otro lado de las puertas empieza a sonar una canción que reconozco—. Me encanta esta canción. Venga, entremos.

Bailamos todo el tema. Nate parece relajado. Y yo me siento cautelosamente feliz. Me pregunto si este será uno de *esos* momentos de mi vida. Uno de esos momentos que solo cuando considere en retrospectiva apreciaré como especial. Me gustaría que esos momentos especiales de la vida estuvieran subrayados de antemano para de este modo poder reconocerlos. Siempre que dedico tiempo a revivir mi pasado con Nate, pienso que me habría gustado disfrutarlo más y no haber prestado atención a detalles mundanos, como qué iba a cocinar esa noche o qué pasaría si su avión tenía un accidente y me dejaba como novia-viuda antes de que nos hubiese dado tiempo a casarnos. Ansiaba hasta tal punto la estabilidad que no supe relajarme.

Pero ahora conozco la respuesta, que no es otra que, si soy capaz de extraer de Nate un nivel más elevado de seguridad y confianza, nuestra relación avanzará rápidamente hacia cotas más profundas. Todo este proceso de racionalización me lleva a darme cuenta de que es el momento perfecto para marcharme.

Como Cenicienta, tengo que marcharme dejándole con ganas de mí.

—Creo que me voy a dormir —le digo al oído—. Despídete de mi parte de los demás. Matt tiene que llamarme pronto.

—Salgo contigo y nos vamos juntos en taxi.

—No, no te preocupes, gracias. Quédate aquí y diviértete —insisto.

Eso es lo que quiero. Nate piensa que no me quiere, pero está demostrando que sí. En mis manos está ayudarle a reconciliarse con sus sentimientos para que toda esta confusión de mensajes se acabe. Rechazar su ofrecimiento es una de las cosas más duras que he hecho en mi vida, pero no me queda otra elección.

Esta vez, mi apuesta es a largo plazo.

16

Solo duermo un par de horas. Estoy demasiado agitada. Permanezco tumbada en la cama reviviendo todos los instantes de la velada. Reflexiono sobre cada gesto, cada frase, cada palabra. Y llego siempre a la misma conclusión: Nate es maleable, está maduro para ser moldeado y volver a ser el hombre que conocí.

Veinte minutos después de que yo me marchara, Nate publicó varias fotos de la vista desde la terraza de la discoteca. La conexión de internet de mi habitación es tremendamente lenta, lo cual es frustrante, sobre todo porque me resulta imposible acceder a mi aplicación espía. A pesar de que los planes del grupo son reunirnos de nuevo en el bar esta noche, necesito ver a Nate antes. A solas. A falta de encontrar nada concreto, considero que el gimnasio es mi mejor opción. Hace demasiado calor para salir a correr.

A media mañana, me acerco al gimnasio. En la esquina hay una pequeña cafetería, lo que significa que puedo sentarme y observar sin tener que fingir hacer deporte durante horas. Dos cafés más tarde, sigo clavada en la silla. He leído el periódico y me he cansado de mirar si mi aplicación espía funciona, y no funciona. Me acerco a un teléfono interno y marco el número de la habitación de Nate, con la intención de colgar si me responde. Servirá, al menos, para despertarlo.

Suena. Y suena. Mierda. Ha salido.

Espero diez minutos más, por si acaso está de camino. Me pregunto si estará durmiendo tan profundamente que ni siquiera ha oído el teléfono. O —el corazón se me para solo de pensarlo— si no ha vuelto a su habitación. En este mismo momento podría estar perfectamente en la cama de otra. ¿En la de Joanna? Me levanto, y quizás lo hago con una brusquedad excesiva, puesto que el hombre que está bebiendo un batido en la mesa de al lado me lanza una mirada extraña.

Vuelvo a mi habitación y miro su página de Facebook. Nada. La aplicación espía sigue negándose a cooperar. Existe la posibilidad de que Nate haya ido a nadar. No es su pasatiempo favorito. Pero tal vez, con la resaca, se plantee que es mejor eso que no hacer ningún tipo de ejercicio.

Me pongo el bañador, sustituyo la ropa de gimnasio por un vestido, cojo una bolsa y bajo al sótano.

Inspecciono la piscina a través del cristal. Hay varias personas haciendo largos y un par de niños en la parte poco profunda, pero nadie que pudiera ser Nate. Pero justo cuando doy media vuelta para irme, lo veo. Lleva un bañador de natación negro y se dirige al *jacuzzi*, que está en el extremo opuesto de donde yo me encuentro.

Corro al vestuario y me desvisto lo más rápidamente posible. Guardo mis pertenencias de cualquier manera en una taquilla y la cierro con llave. Cuando accedo a la piscina, me agrede el olor a cloro y a productos de limpieza. Titubeo, inmóvil, al ver que el *jacuzzi* está vacío. Nate tampoco está en la piscina. Joder, debo de haberme equivocado. Por un momento, no sé qué hacer, pero entonces veo dos puertas: «Sauna» y «Baño turco».

Me acerco y abro la primera puerta.

Vacío.

La cierro y pruebo con la segunda. Me asalta un olor a mentol extra fuerte.

Veo entre el vapor a Nate, sentado en un banco de madera, inclinado, con la cabeza entre las manos. No levanta la vista.

Coloco la toalla en el banco de enfrente y me siento sin hacer ruido. El calor me impacta en las piernas y asciende por mi cuerpo. Inspiro hondo. Me inclino hacia atrás y cierro los ojos, agradecida de disponer de unos segundos adicionales para serenarme. Se abre la puerta. Abro los ojos, dispuesta a salir detrás de Nate, pero veo que entra una mujer. Nate se sienta correctamente. Adivino que sus ojos están adaptándose a la oscuridad y la neblina y entonces, cuando me ve, los abre de par en par.

—¿Lily?

—Por Dios, Nate. ¡Vaya susto me has dado!

La mujer me fulmina con la mirada.

—Lo siento —murmuro.

Sonrío a Nate y me devuelve la sonrisa. Hago un gesto, como queriéndole decir: «¿Nos vamos?», y ladeo la cabeza hacia la puerta. Nate se levanta y emergemos a un frescor relativo.

Cuelgo la toalla en una percha y me doy una ducha rápida, cambiando la temperatura de templada a fría. Nate espera pacientemente su turno. Mientras se ducha, me meto en el *jacuzzi,* que por suerte está desocupado. Cierro los ojos, porque estoy tan relajada y feliz que me da igual si viene también o no.

Viene. Se sienta a mi lado. No muy cerca, pero tampoco demasiado lejos.

—Pensaba que eras más de gimnasio —digo.

—Y lo soy. Pero me he despertado con un dolor de cabeza tan terrible, el peor en muchos años, que no he tenido valor para ir. Y he pensado que esto —señala a su alrededor— tal vez me iría bien.

—¿Y te ha ido bien?

—Un poco.

—Ya sabes lo que dicen, que para curar la resaca no hay nada como beber un poco más. Es lo único que funciona cuando la resaca es grave. Vente conmigo luego al Venetian. Tengo pensado ir a verlo.

—No tengo tan claro que ese remedio funcione. Creo que hoy me lo tomaré con tranquilidad, teniendo en cuenta que nos toca volar mañana.

—No seas aburrido. —Le doy un codazo—. Vamos. Para quedarte en la habitación sin hacer nada tienes todas las ciudades del mundo. Si no vienes, tendré que pedirle a Alex o a cualquiera de los demás que me acompañe. Pero contigo sería mucho más divertido. ¿Has estado allí alguna vez?

Hace un gesto negativo con la cabeza.

—Pues ya está. Ya he decidido por ti. Vendré a buscarte a tu habitación a las cinco. Creo que ya tengo suficiente de esto. —Me incorporo—. Nos vemos luego.

—De acuerdo.

Subo los peldaños agarrándome a la minúscula escalerilla.

—Ponte elegante —le digo por encima del hombro.

Con la toalla en el brazo —está demasiado mojada como para poder envolverme con ella—, rodeo la piscina y, sin volver la vista atrás, empujo la puerta que da acceso al vestuario de mujeres. Me ducho, otra vez, y luego me embadurno con una fina capa de loción hidratante. Es de la marca favorita de Nate y siempre me hacía algún comentario cuando la utilizaba.

Me dirijo a la recepción del spa, tomo asiento en un cómodo sillón de la sala de espera y paladeo una tisana. Tengo la sensación de que podría quedarme dormida durante horas. Me llaman por el nombre. Me lava y me seca el pelo la misma peluquera de ayer, lo cual resulta útil, puesto que así no tengo que dar explicaciones sobre cómo lo quiero. Le pido a la esteticista que me está maquillando que me dé un toque un poco más dramático a los ojos, con sombras más oscuras y con un rímel que alargue las pestañas. Cuando termina, me miro al espejo. Parezco otra. Parezco una persona feliz, segura de sí misma, que controla la situación.

El tipo de persona que podría ser la otra mitad de Nate. El yin y el yang.

Estoy tan emocionada que, después de firmar para que me lo carguen todo a la habitación, doy a las empleadas una propina muy generosa.

A las cuatro estoy de nuevo en mi habitación, lo que me deja justo una hora. Compruebo que no haya problemas para que la limusina que he encargado esté abajo a las cinco y cuarto y le envío un mensaje a Alex para decirle que esta noche no acudiré a la cita del grupo en el bar.

Me desvisto. Abro la maleta y elijo un nuevo conjunto de ropa interior de color negro, que me pongo antes de sacar del armario el vestido azul. Retiro la funda de plástico que lo protege y lo descuelgo con cuidado de la percha antes de metérmelo por la cabeza. Subir la cremallera es un poco complicado, pero lo acabo consiguiendo.

Abro el joyero y selecciono unos pendientes de plata sencillos que me regaló Babs las pasadas Navidades. En la muñeca, me pongo una pulsera de plata. Se la pedí prestada a Amy hace siglos y nunca me ha dicho que se la devuelva. Me perfumo detrás de las orejas y luego presiono el espray al aire y me paseo por debajo. Finalmente, me pruebo dos pares de zapatos distintos, uno con tacón más alto que el otro. Después de pensármelo mucho, selecciono el par que es un poquito más bajo. Son de color negro, con tira en el talón, elegantes, pero sin revelar las muchas vueltas que le he dado al asunto hasta al final decidirme por ellos.

Después de un último repaso delante del espejo, respiro hondo.

Ya estoy.

Cojo el bolso, negro y sencillo, con el pasaporte, una tarjeta de crédito, un poco de dinero en efectivo y un lápiz de labios, además de algún que otro objeto que siempre puede serme de utilidad, y me dirijo al ascensor. Mientras espero, viendo cómo la luz roja se ilumina y desaparece al ir pasando por las distintas plantas, una sensación de calma se apodera de mí.

Suena la campanilla. Entro.

Nate no está todavía preparado. Abre la puerta en albornoz y tiene el pelo mojado.

—Lo siento. Me he quedado dormido.

—¿Quieres que te elija mientras qué ponerte? —digo, arrepintiéndome de mis palabras en el mismo instante en que salen de mi boca.

—No, tranquila. No tardaré.

Desaparece hacia el cuarto de baño y cierra la puerta.

Me siento en el borde de la cama y pongo las manos bajo los muslos para no caer en la tentación de husmear entre sus pertenencias, lo cual está bien, porque Nate reaparece en cuestión de minutos. Sale vestido con la camisa azul pastel que utiliza cuando tiene que posicionarse para trabajar, es decir, viajar como pasajero.

Nate se agacha para abrir un cajón y sacar un par de calcetines negros. Yo no le veo el sentido a deshacer por completo la maleta cuando viajo por trabajo. No son precisamente unas vacaciones de una semana, y luego hay que volver a guardarlo todo —a veces solo veinticuatro horas después de llegar—, eso sin contar con la probabilidad de olvidarte siempre alguna cosa. Se sienta a mi lado; noto su peso cuando el colchón se hunde ligeramente. Después de ponerse los calcetines, se levanta, se agacha un poco delante del espejo que hay sobre la mesita de despacho, se pasa la mano por el pelo, guarda la cartera en el bolsillo trasero del pantalón y se vuelve hacia mí.

—¿Qué tal estoy?

—Bien —digo mirando el reloj—. He reservado un coche.

Me levanto y se queda mirándome, viéndome bien por primera vez.

—Caray. Estás… increíble.

—Gracias. —Señalo el pasaporte, que sigue encima de la mesa—. No te olvides esto si no quieres acabar la noche sin beber nada de nada.

Me giro hacia la puerta.

—¿Y no le importa a…? Ya sabes. No recuerdo ahora cómo se llamaba tu novio…

Me giro y me vuelvo hacia él.

—Matt. No le he mencionado aún que iba a salir un par de horas contigo. ¿Y qué tendría que decir? Estamos solo al principio, llevamos muy poco tiempo saliendo. Seguro que no le importará.

—Mientras tú lo tengas claro…

Me encojo de hombros.

—Es un gran tipo. De hecho, os llevaríais bien. No hay nada de qué preocuparse.

Confío en que no nos encontremos con nadie en el ascensor. No quiero que se apunte compañía en el último minuto. Me distraigo fingiendo que estoy mirando el teléfono. De camino hacia la puerta del hotel, actúo por impulso, aunque me parece lo correcto. Enlazo por el brazo a Nate y sigo andando como si aquello fuera lo más natural del mundo. Él no pone pegas; de hecho, se gira hacia mí y me sonríe.

Un portero nos abre la puerta y nos desea «una noche estupenda».

—Así será —respondo mientras desciendo la escalera hacia la limusina negra que nos está esperando.

—¿Y esto qué es? —dice Nate, mirándome.

—No costaba mucho más que un taxi, así que he pensado que podríamos llegar al Venetian con estilo. Tenían una oferta. Si queremos, el chófer puede llevarnos después a dar una vuelta por la ciudad. Yo no sé tú, pero a mí me apetece ver un poco mejor Las Vegas.

—Hola, mi nombre es Jackson —dice el chófer uniformado cuando nos abre la puerta.

—Gracias —replico, entrando la primera en el coche.

Tal y como he pedido, hay una botella de *champagne* y dos copas preparadas. Lo sirvo, le paso la copa a Nate y luego me sirvo otra a mí.

—No creo que el *champagne* también esté incluido —dice Nate, bebiendo un poco.

Río.

—Por supuesto que no. Pero no pude resistir la tentación cuando me lo sugirieron como opción. Pero habrá que beberlo rápido, porque me parece que el Venetian no queda muy lejos. ¡Salud!

Me recuesto en el asiento, Nate hace lo mismo y Jackson se gira para sugerirnos que nos «atemos».

Cuando arrancamos para alejarnos del hotel insulso de la tripulación para sumergirnos en el ruido y las vistas de la velada que nos espera, me deslizo sin querer hacia Nate. Me aparto. La excitación incontenible se remueve en mi pecho mientras avanzamos hacia nuestro destino: un lugar que he seleccionado concienzudamente. Figura entre los diez hoteles más románticos de Las Vegas.

Nate está a punto de vivir la noche de su vida.

17

Después de pasear cogidos del brazo por la plaza de San Marcos, Nate y yo tomamos asiento el uno frente al otro en un restaurante y estamos comiendo gambas marinadas a orillas de un canal. Pasa una góndola por nuestro lado. Cojo mi copa de vino blanco y bebo un poco. Por encima del débil olor a cloro, capto un leve aroma a ajo cuando un camarero sirve los entrantes a la mesa de detrás de nosotros. Me siento vacilantemente feliz. Con la sensación de que me separan escasos momentos de empezar por fin a vivir la vida que me merezco.

La conversación fluye con naturalidad. Él también está feliz. Así lo ha reconocido cuando hace un instante me ha confesado que se alegraba de que lo hubiera traído aquí.

Retiran los entrantes y el hielo del interior de la cubitera cruje cuando el camarero coge la botella para rellenarnos las copas.

—No quiero ni pensar a cuánto subirá la cuenta —dice Nate.

—No lo pienses. Esta noche invito yo. A modo de agradecimiento.

—¿De agradecimiento?

—Sí. Fuiste muy amable cuando nos separamos, pagando el alquiler y asegurándote de que yo estuviera bien. Te pido perdón por habérmelo tomado tan mal. Por aquel entonces, vivía sumida en la confusión. Ahora que tengo la vida encarrilada, miro hacia atrás y veo que podría haberlo gestionado todo de otra manera.

—Bueno. No tiene importancia. Es agua pasada.

Reímos, pensando en que estamos rodeados de agua.

—¿Qué te pareció la discoteca de anoche?

—Increíble —dice Nate—. Siempre que había venido a Las Vegas, lo había explorado más bien de día. Excursiones al Gran Cañón y ese tipo de cosas. He estado en algunos de sus restaurantes más famosos y he visto los sitios típicos, pero este viaje está siendo divertido.

Nos quedamos en silencio.

Pienso en que estamos aquí, ahora, aislados del mundo hasta que la realidad intente separarnos de nuevo. Por eso esta noche es tan importante. El desarrollo de esta velada tendrá un impacto enorme en mi futuro.

No, en *nuestro* futuro.

—No sé cómo vamos a poder mejorar lo de anoche. Estuvo de maravilla. He estado mirando entradas para algún espectáculo para hoy, pero todo lo que pintaba bien, o estaba agotado, o estaba por las nubes —comento.

—Con todo lo que hay aquí es suficiente. ¿No tenían artistas callejeros? Recuerdo que vi un documental sobre Michael Jackson. Venía por aquí de compras y las tiendas eran como la cueva de Aladino.

Rompo a reír.

—¿De compras? ¿Tú?

Ríe también.

—Sí. Bueno, supongo que no.

—Podríamos subir a uno de los bares y ver una buena vista de Venecia a modo de degustación. Me encantaría visitar la de verdad.

Relleno las copas de vino.

Mucho para Nate, poco para mí.

Lo distraigo señalándole un gondolero que parece mantenerse en precario equilibrio mientras se aproxima a un puente de color blanco. Por encima de nosotros, la luz del cielo se oscurece, indicando que en el exterior se aproxima la noche.

En el bar, insisto en tomar unos Kir Royal con un extra de licor de grosella, por mucho que Nate murmure, con escaso entusiasmo, que «mañana trabajamos». Estamos sentados en el centro de la sala, razón por la cual no tenemos mucha vista, pero el local en sí merece la pena por sus techos altos y su decoración opulenta en negros, dorados y plateados. Detrás de la barra principal, con un fondo de estanterías negras y acristaladas que sustentan centenares de copas de vino y *champagne* y botellas de todos los colores, los elegantes camareros preparan combinados y se mueven con experiencia en su reducido espacio.

—Tomaremos solo un cóctel más —digo con una sonrisa tranquilizadora—, donde fueres... Y ahora estamos en Las Vegas. O en Venecia. Además, no empezamos a trabajar hasta tarde, de modo que podemos relajarnos.

Cuando Nate se levanta para ir al baño, echo un rápido vistazo a mi alrededor. El bar está bastante oscuro y nadie se fija en mí. Hundo la mano en el bolso, saco una pastilla, sitúo mi copa por debajo de la altura de la mesa y la dejo caer. Con un agitador, la mezclo bien con el líquido. Cojo el Kir Royal de Nate e intercambio las copas. Cuando veo que se acerca de nuevo a la mesa, cojo aire.

—Tengo que hacerte una confesión —digo, bebiendo un sorbo y sin mirarlo a los ojos.

—Adelante.

Levanto la vista. Desde la experiencia que tuve con Katie, he investigado a fondo en el tema de las drogas y el secreto está en la dosis. El hipnótico puede tardar hasta media hora en surtir efecto, pero ahora tengo que controlar su consumo de alcohol, puesto que, si no lo hago, la cosa podría salir tremendamente mal. Me siento tan responsable como un anestesista.

—Jackson vendrá en poco rato. Le he pedido que nos lleve a hacer un tour por la ciudad. He pensado que sería divertido verlo todo cómodamente. Me lo estoy pasando tan bien que no me apetece que la velada termine. Después de esto, me tocan cuatro días en Riad, lo que significa que nada de gimnasio, nada de piscina y, probablemente, nada de socializar —con la excepción de una cafetería donde se ve que hay una zona para familias protegida con cortinas—, y, por lo visto, tendré que quedarme encerrada en la habitación con la única compañía de la programación internacional de la BBC.

—Tampoco se está tan mal allí, de verdad; tienen otros canales. —Sonríe—. Pero tienes razón con lo de esta noche. Yo también me lo estoy pasado estupendamente —dice—. Pues vamos allá.

Mientras lo veo beber, tomo su respuesta como una señal de que puedo seguir adelante. Yo no termino mi copa. Tengo que poder controlar la situación en todo momento.

—¿Podríamos hacer el recorrido más largo posible, por favor? —le pregunto a Jackson en cuando dejamos atrás los dorados y la luminosidad del Venetian.

—Por supuesto.

La botella de *champagne* es nueva. Nate no se da ni cuenta. El surrealismo de la situación es pasmoso. Incluso yo noto una sensación increíble de excitación y anticipación por lo que sucederá. Me siento más cerca de él y le señalo una torre.

—La Stratosphere Tower —dice Nate.

Nuestros muslos se rozan.

Nate vuelve la cabeza y me mira.

Dejo la copa, le retiro también a Nate la suya y la poso en el soporte lateral. Me inclino hacia él.

Nos besamos.

Es como la primera vez, con la diferencia de que es mejor e incluso más parecido a un sueño que entonces, porque hacía tanto tiempo que deseaba esto que es como si todos y cada uno de los segundos de mi sufrimiento pasado estallaran a la vez. El aroma abrumador de su loción para después del afeitado es tan embriagador que se me va la cabeza.

La limusina se detiene. Me aparto. Necesito pronunciar las palabras adecuadas, pero lo que quiero decir se arremolina en mi cabeza. Miro hacia el exterior. Me inunda una sensación de alivio. Nos hemos detenido en un semáforo, de modo que aún no estamos *allí*. El coche se pone de nuevo en marcha. Estoy desorientada, no tengo ni idea de cuánto tiempo tenemos antes de llegar a nuestro primer destino. Espero no haberme drogado sin querer. Rebobino para examinar lo que he hecho. No, he cambiado correctamente las copas.

Miro a Nate y digo:

—He tenido una idea. Es tal vez una locura, pero escúchame bien.

—Has preparado un salto tipo *puenting* desde lo alto de un rascacielos.

—No tanto.

Noto que respira fuerte, que está sonrosado. Le brillan los ojos. He visto borracho a Nate muy pocas veces y normalmente siempre después de haber salido de juerga con sus compañeros de la universidad. Me mira como si estuviera esperando escucharme. No parece él; sonríe, pero tiene la mirada un poco perdida. Se muestra agradablemente obediente. Creo que podría decirle cualquier cosa, o hacer cualquier cosa, y sospecho que no se enteraría de nada.

—La Little White Chapel forma parte del tour. Se ve que hay un «túnel del amor» por el que pasas en coche. Apostemos por una experiencia en Las Vegas completa.

—¿Casarnos?

—Bueno, sí. La gente se deja llevar, por lo que imagino que tendrán *alguna* especie de periodo de desistimiento o… —Me esfuerzo por dar con la palabra adecuada—: Salvaguarda —le espeto—. Lo que sucede en Las Vegas se queda en Las Vegas. ¿No es lo que decían muchos de tus colegas? Recuerdo que me lo mencionaste en una ocasión.

—No es más que un dicho.

Se queda callado.

Esbozo lo que espero que parezca una sonrisa comprensiva antes de inclinarme hacia delante para hablar con Jackson a través del intercomunicador.

—¿Podría ponernos un poco de música, por favor?

—Por supuesto. ¿De qué tipo?

—Usted mismo. Algo animado. Potente.

Obedece, y no solo con la música, sino deslumbrándonos además con luces de discoteca.

Estallamos los dos en carcajadas y volvemos a brindar.

—Será mejor que lo vayamos dejando —digo mientras él bebe un poco más—. Hemos bebido mucho esta noche.

Nate sonríe, como si nunca más en la vida pudiera volver a tener preocupaciones. El tráfico nocturno nos hace avanzar lentamente. La sonrisa de Nate es cada vez más empalagosa. Intenta besarme, pero su boca aterriza en mi mejilla. Luego le pide a Jackson «algo distinto». Imagino que pedirá algo romántico, pero le sugiere Guns N' Roses. Mientras finge estar interpretando *Paradise City* —sin hacer ver que toca una guitarra simulada, a Dios gracias—, intento disimular mi nerviosismo. Sé que es como si no fuera él, y de eso se trata, pero no se lo está tomando suficientemente en serio.

Nos detenemos. Jackson abre la puerta. Salgo, como si quisiera ir a decirle algo. Nate me sigue.

Nos quedamos a los pies de la escalera que da acceso a un edificio de piedra.

—Gracias por la ayuda —le digo a Jackson—. Espero no tardar mucho.

—Tomaos el tiempo que queráis —contesta él.

—¿Y esto qué es? —pregunta Nate, mirando a Jackson.

Este se queda preocupantemente perplejo.

—La oficina de tramitación de las licencias de matrimonio.

—Necesitarás el pasaporte —le digo a Nate, inclinándome para sacárselo del bolsillo del pantalón mientras intento distraerlo.

—¿Por qué?

—Necesitamos un documento de identificación para la gestión. Jackson se ocupará de todo lo demás, no te preocupes.

Enlazo con mi brazo derecho su brazo izquierdo y lo guío hacia las escaleras. Cuesta arrastrarlo y camina despacio y pensándoselo, como si cada paso que da le exigiera el máximo de concentración.

—¿Habrá música? —pregunta.

Mierda. Se supone que tendría que estar tranquilo y feliz, no tan colgado.

—Luego, supongo. —Intento pensar en el nombre de al menos uno de los miembros de Guns N' Roses para decirle que se casó aquí, pero no se me ocurre ni uno—. Todo esto es muy *rock 'n' roll*, de todos modos, con música o sin ella. —Me asusto por dentro al escuchar mis propias palabras, pero no se me ocurre otra cosa—. Vamos.

Lo agarro con más fuerza y acabo arrastrándolo para que suba los últimos peldaños.

Cuando llegamos arriba, veo que Nate duda, así que me inclino para besarlo. Justo en aquel momento sale una joven pareja. Cuando pasan por nuestro lado, el chico levanta la mano para chocar los cinco con Nate.

—Buena suerte —les digo—. ¿Lo ves? —Me giro hacia Nate—: Esto que estamos haciendo es estupendo.

Le doy la mano y lo arrastro hacia el interior del edificio, que está bien iluminado, lo cual seguramente es bueno, puesto que Nate parpadea unas cuantas veces y recupera su aspecto normal. Busco con la mirada algún cartel que indique «Vía rápida». Tenemos otra pareja delante. Me entran ganas de gritarles que se aparten. Pero sigo sin soltar a Nate y lo distraigo recordándole el día que nos pasamos horas haciendo cola para entrar en el acuario de Londres y sonó la alarma de incendio justo cuando llegábamos por fin a la taquilla.

Rezo en silencio para que nadie haga referencia al formulario que he rellenado previamente por internet. Cuando nos llaman, respiro hondo. Gracias a Dios.

—Buenas noches —digo, entregando mi número de referencia, el papeleo y el pasaporte de Nate y el mío.

—Gracias —replica la mujer con gafas que me atiende y empieza enseguida a teclear en el ordenador.

A Nate se le ve incómodo, de modo que le aprieto la mano. Intento relajarme, ofrecer un aspecto sereno, como si no me importara lo mucho o poco que se prolongue el proceso. Pero es preocupante, porque Nate parece que vaya a espabilarse en cualquier momento. Y entonces me llevo un susto cuando veo que abre la boca como si fuera a decir algo. Le sonrío y muevo la cabeza para tranquilizarlo. Me cuesta concentrarme, pero me obligo a actuar como imagino que lo haría cualquiera que se encontrara en mi lugar. Sonrío constantemente.

—Buena suerte —dice la mujer cuando nos vamos.

—Recuerda lo que te he dicho —le digo a Nate cuando vamos hacia la puerta, resistiéndome a la tentación de echar a correr—. Esta noche pago yo. Volvamos de nuevo al mundo de fantasía.

Jackson nos abre otra vez la puerta.

—Gracias —digo, entregándole los papeles.

—Gracias, Jackson. Eres un chófer estupendo —dice Nate, chocando los cinco con Jackson—. ¿Adónde vamos ahora?

—A la capilla —le informa Jackson.

Entro primera en la limusina. En cuanto Nate se sienta, le paso su copa y le beso, antes de separarme y sentarme a su lado.

Levanto mi copa.

—¡Salud! Por una noche salvaje. Es tan emocionante todo que no parece real.

Hacemos chocar las copas. Ya está casi hecho. Falta muy poco.

Nos acercamos a la capilla y el corazón me late con tanta fuerza que casi puedo oírlo. Jackson aparca al lado de un Cadillac blanco. Del camino de acceso emerge un Ford Mustang. Cuando salimos de la limusina y Jackson nos guía hacia el Cadillac, la pareja de dentro del Mustang nos saluda y nos grita: «¡Buena suerte!».

Les devuelvo el saludo. Nate cumple también con su deber y mueve levemente la mano.

En el asiento trasero del descapotable hay un ramo de rosas rojas y una flor para el ojal del mismo color.

—¿Qué es todo esto? —dice Nate, mirándolo.

Jackson está junto a la puerta del conductor, poniéndose en el ojal una flor como la de Nate.

—Forma parte del paquete —le digo en voz baja.

Nate se queda inmóvil, perplejo.

De pronto, sin previo aviso, me sacude una oleada violenta. Desearía empujar a Nate hacia el interior del coche; sus dudas acabarán echándolo todo a perder, a menos que coopere. Estoy muy cerca. Mucho. Esto es como el último obstáculo. Me muero de ganas de decirle: «Me lo *debes*». Porque es verdad.

—¿Todo listo? —pregunta Jackson, retirando el asiento del acompañante para que podamos pasar.

—Sí —digo alegremente—. Vamos —le indico a Nate.

Él entra en el coche. Desearía poder llorar de alivio.

—¿Y es normal eso de cambiar de coche en mitad del recorrido? —le pregunta Nate a Jackson.

Jackson ríe, esa risa nerviosa de la gente que no sabe si están tomándole o no el pelo.

Me inclino para colocarle a Nate la flor en el ojal y me recuesto en mi asiento. Poso la mano derecha sobre su muslo. Él no pone la mano en el mío ni hace nada que nos conecte de algún modo. Pero no importa. Tenemos el resto de la vida por delante para recrearnos en estos pequeños gestos. Dejo descansar el ramo de rosas en la falda y acaricio los pétalos con la mano que me queda libre. Pero cuando vuelvo a mirar me quedo horrorizada al ver que la exposición al calor del exterior —combinada con el alcohol y una única pastilla— ha tenido un efecto soporífero en Nate. Está cerrando los ojos. Necesita aire acondicionado.

Me inclino sobre él.

—¡Nate! ¡Cariño, ya estamos casi!

Me regala una sonrisa empalagosa y abre los ojos, pero mira al frente.

Estamos llegando al Túnel del Amor y me cuesta aguantar el suspense mucho rato más. La noche tiene que ser lo más perfecta posible.

—¿No te parece asombroso? —le digo a Nate—. Me siento como si estuviera en un plató cinematográfico, esperando que alguien diga: «Luces, cámara, ¡acción!».

Nate sonríe.

Me invade una sensación de alivio. Pero noto una debilidad inmensa.

—Esto supera lo de anoche —dice.

—Voy a disfrutar cada momento —afirmo—. Estoy segura de que nunca jamás volveré a hacer nada igual.

—Ni yo —dice Nate.

Llegamos a la entrada. Jackson acerca el coche a la ventanilla y el funcionario sale por una puerta lateral y se acerca a nosotros. Lleva unas rastas recogidas en una cola de caballo. Luce una agradable sonrisa.

—¿Todo a punto?

—Por supuesto —me oigo decir con un acento falso.

Debo de estar más nerviosa de lo que me imagino. Pero, después de todo lo que he pasado para llegar hasta aquí, tengo todo el derecho del mundo a estarlo. Todas las novias están nerviosas el día de su boda, y no sería normal si no sintiera aunque fuera un poco de ansiedad. El funcionario nos presenta a «la oficiante», que es una mujer alta con cabello largo y rizado. Tiene aspecto angelical, muy similar a las imágenes que aparecen pintadas en el techo por encima de nuestras cabezas, lleno de estrellas, lunas plateadas y angelitos.

Jackson sale del coche y se pone educadamente firme.

Empieza la ceremonia. Durará unos quince minutos, ya que he elegido la ceremonia más breve posible, pero, aun así, un cuarto de hora es un cuarto de hora.

—Bienvenidos, Elizabeth Juliette Magnolia Price y Nathan Edward Goldsmith. ¿Hay algún invitado del Reino Unido que vaya a sumarse a nosotros esta noche?

Niego con la cabeza y busco en lo más profundo de mi ser toda la confianza que tengo depositada en mí misma. Me imagino como una actriz desempeñando un papel importante, un papel que cambiará su carrera, en una representación en un escenario circular central.

—Nos hemos reunido hoy aquí…

Sonrío y le doy la mano a Nate.

Me dice en voz baja:

—¿Y no podríamos volver al bar?

Y le respondo también en voz baja, apretándole la mano:

—En un minuto volvemos.

—¿Quieres, Nathan Edward Goldsmith, tomar a Elizabeth Juliette Price como fiel y legítima esposa?

Contengo la respiración.

Me mira.

—Sí, quiero —le animo en un susurro.

—Sí, quiero —repite.

Cuando me toca a mí, mi voz suena como si no fuese la mía. Me habría gustado que William fuera mi paje, aunque, claro está, a estas alturas sería demasiado mayor para ello. Podría haber sido testigo o haberme acompañado al altar. Siento una punzada de culpabilidad por no haber invitado a Barbara.

No tenemos anillos que intercambiarnos, lo cual es una lástima, pero he pensado que sería ir demasiado lejos en cuanto a conseguir que Nate creyera que toda esta noche era un acuerdo mutuo improvisado. Intento no mirar el reloj, porque el funcionario, por muy agradable que sea, no para de hablar.

—Llevo diecisiete años casado y el mejor consejo que me gustaría daros es que nunca, repito, nunca jamás, os vayáis a dormir estando enfadados. Que empecéis cada día de cero.

No me atrevo a mirar a Nate, pues empiezo a notarlo nervioso.

Por fin escucho las palabras que estaba esperando:

—Por el poder que me otorga el estado de Nevada, yo os declaro marido y mujer.

Se ve el flash de una cámara. Me inclino para estamparle a Nate un beso en los labios. Oigo las palabras «Sonreíd» y «Felicidades». Nos rocían con confeti mientras firmamos. Apenas me doy cuenta de que doy las gracias a todos los presentes no sé cuántas veces.

Es un sueño tremendo, total, emocionante y abrumador, hecho realidad. Me tiemblan las manos.

Me encantaría poder anunciarlo en todas mis páginas de las redes sociales y esperar una efusión de felicitaciones y buenos deseos. Fantaseo pensando que todo el mundo se alegraría por nosotros, Bella incluida, y que nos desearían lo mejor.

Cuando nos alejamos del Túnel del Amor, Nate me da la mano, como si estuviéramos en un cuento de hadas y, por una vez, yo tuviera el papel protagonista.

18

nsisto en ir a mi habitación. Quiero tenerlo en mi territorio, para variar.

Estamos solos en nuestra noche de bodas; la noche con la que llevo años soñando.

Nos besamos antes de que se cierre la puerta, como si él me hubiera echado de menos tanto como yo a él. Con torpeza, guío a Nate hacia la cama mientras seguimos besándonos, abrazándonos, él caminando hacia atrás. Se derrumba sobre la cama al instante. Y antes de que me dé tiempo a acostarme a su lado, cierra los ojos.

—¡Nate! ¡Nate! —grito zarandeándolo por los hombros sin miramientos.

Tiene que despertarse. Tenemos que hacerlo bien; de lo contrario, no funcionará. Vuelvo a zarandearlo y luego le pellizco el antebrazo, pero está dormido como un tronco.

Empieza a roncar levemente.

Después de un par de intentos más, claudico y decido saborear mi logro. Llamo al servicio de habitaciones y pido *cham-*

pagne y una selección de exquisiteces. A continuación, llamo al encargado para comprobar que los de la capilla nos hayan enviado el DVD, las fotografías impresas y el USB, ya que he pagado por un servicio exprés. Adoro Las Vegas, todo es maravillosamente fácil. Atenúo la intensidad de las luces, le quito los zapatos a Nate, le saco la cartera del bolsillo del pantalón y lo tapo como puedo con la colcha. Empujarlo para que se ponga de lado es complicado, pesa como un muerto.

Espero.

Sigue inconsciente.

En el bolso sigo guardando varios somníferos y cuatro antidepresivos de Amy. No he necesitado más fármacos. Nate se ha mostrado dócil como un corderito. He conseguido someterlo al nivel adecuado de maleabilidad para extraer de él una conducta temeraria, aunque no incontrolable. Hasta el momento.

Llaman a la puerta. Abro. Un camarero empuja un carrito cargado con una cubitera con hielo y varias bandejas de plata cubiertas.

—Hola. ¿Podría dejarlo aquí mismo? —digo, impidiendo que se adentre en la habitación.

Supongo que las habrá visto de todos los colores, pero el orgullo me impide dejarle pensar que voy a atiborrarme yo sola de todo eso mientras Nate duerme. El camarero se toma su tiempo para levantar las tapas y ofrecerme una descripción innecesaria de todo el contenido, y descorcha acto seguido el *champagne*.

—No lo sirva —digo—. Ya lo haremos *nosotros*.

Me pasa el recibo para que lo firme. Saco algunos billetes de dólar de la cartera de Nate. Ya es hora de que empiece a contribuir. Cuando el camarero abre la puerta para irse, veo que acaba de llegar un botones con el paquete que contiene el material gráfico de la boda. Busco de nuevo en la cartera de Nate.

Con nuestra ceremonia representándose de fondo en mi portátil, vierto el *champagne* en el lavabo y dejo la botella vacía bocabajo en la cubitera del hielo. Parto algunos canapés de salmón y alcaparras, separo las ostras del caparazón y las aplasto en una servilleta. Me dan arcadas. Es un desperdicio enorme, lo sé. Pero cuantos más vacíos de memoria tenga Nate, más confiará en que sea yo quien se los llene. Y si tiene alguna duda de que estuvo menos del cien por cien dispuesto a participar, todas estas pruebas tangibles servirán para demostrarle que se dejó arrastrar por el momento tanto como yo.

La culpa es de los dos.

Me cepillo los dientes, pero no me desmaquillo. Intento cepillar los de Nate, pero es una complicación inútil. Le quito la ropa y la dejo esparcida por el suelo. Encima de la mesita de despacho dejo una fotografía grande de los dos y el certificado de matrimonio. Si mañana por la mañana nos levantamos temprano, podríamos ir a comprar los anillos.

Nate podría además llamar a su familia y anunciarle la buena nueva. Estoy dentro, ¡por fin estoy dentro! No puedo evitar que se me forme un nudo en el estómago cuando pienso en la reacción de Bella, pero, incluso en el caso de que tenga algo negativo que decir, será muy poco, y demasiado tarde.

Me desvisto, me meto en la cama y me quedo merecidamente dormida al lado de mi marido.

He dejado las cortinas abiertas expresamente. Quiero que entre el sol. Un sol que no nos defrauda y que señala el inicio del primer día de nuestra luna de miel.

Nate sigue durmiendo.

Me levanto. El aire acondicionado sopla con fuerza. Me estremezco y lo aflojo un poco. Me cepillo los dientes y vuelvo a la cama para revivir la noche anterior.

Nate se mueve. Casi se me escapa un grito cuando abre los ojos de repente y se queda mirándome.

Silencio.

—Buenos días, dormilón. Es primera hora de la tarde. ¿Un café?

Sigue mirándome, aunque no tiene los ojos abiertos del todo.

Le doy un beso.

—Voy a preparártelo. Tal y como a ti te gusta. Quiero empezar esta nueva vida de la mejor manera posible.

Se sienta y, a través del espejo de la pared de delante, veo que sigue mirándome. No da la impresión de captar la foto de nuestra boda ni ninguna de las otras pistas que muestran pruebas irrefutables de nuestro amor. Presiono el botón de la cafetera de filtro y observo cómo las burbujas de líquido caen en el recipiente de cristal y salpican con manchas oscuras los laterales. Levanto la cabeza y sonrío a Nate a través del espejo. Me devuelve una débil sonrisa. Lleno dos tazas, añado una buena cantidad de leche en polvo a la de Nate y me acerco a la cama. Le paso su taza. Nate se incorpora, apoyándose en la mano izquierda, y coge la taza con la derecha. Me siento a su lado y bebo un sorbito. Está delicioso; la intensidad perfecta.

—Vaya noche, ¿no? —dice por fin con voz ronca.

Río.

—Estuviste divertidísimo, cariño. Y eso es decir poco. La verdad es que me sorprendiste. No tenía ni idea de que tus sentimientos hacia mí fueran aún tan fuertes. Lo único que me preocupa ahora es cómo voy a darle la noticia a Matt. Se quedará hecho polvo.

—Me siento fatal. Te doy mi palabra de que no te causaré ningún problema. No tiene sentido hacerle daño a la gente por nada. Supongo que los dos nos pasamos con la bebida, ¿no?

Sonríe.

El muy capullo me está sonriendo. Como si su conducta fuera razonable.

Le devuelvo la sonrisa.

—¿No crees que eso sería un poco deshonesto?

Dejo la taza a un lado. Le cojo a Nate la suya, extiendo el cuerpo por encima de él y la dejo en su lado de la cama. Le acaricio el pecho y le doy un beso. A pesar de mis intentos de cepillarle anoche los dientes, sabe a alcohol rancio. Al principio duda, pero yo insisto. Lo conozco. Lo conozco demasiado bien, y mi conocimiento es su debilidad.

Se acaba en cuestión de minutos, pero me da igual. Acabo de superar el último obstáculo. Me acurruco a su lado.

Pero, transcurridos unos segundos, me retira el brazo y se impulsa para sentarse.

—Lily. Todo esto ha sido estupendo. Pero…

—¿Pero qué?

—Pero…

Fija la vista al frente.

Sé lo que piensa que va a decir. Pero no puede.

Necesitará algo de tiempo para aceptar este cambio repentino en su vida. Lo entiendo. Hace poco he desarrollado una pequeña teoría, a la que he bautizado como «la teoría del hueso de la aceituna». Siempre que muerdo una aceituna, espero encontrarme un hueso. Estoy preparada para ello. Yo no soy como Nate —o como la gente mimada como él, que espera siempre morder la aceituna y encontrársela sin hueso, blandita y perfecta—, yo anticipo los problemas y me enfrento mentalmente a ellos de antemano.

Mi marido frunce el ceño. Levanta la mano izquierda y sus ojos exploran la habitación hasta posarse en nuestra fotografía de boda. Se levanta de un brinco y mira a su alrededor.

Lo observo.

—¿Lily? ¿Pero qué demonios…?

—¿No querrás decir «señora Goldsmith»? Estamos de luna de miel, cariño. Vuelve a la cama. En pocas horas tenemos que presentarnos abajo. Tenemos que volver a casa. ¿Lo recuerdas? Me instalaré allí hasta que encontremos juntos otro apartamento.

—Lily. Te lo digo en serio. Todo es muy confuso. Solo recuerdo fragmentos. —Mira los restos de comida—. ¿Pedimos comida? ¿Después de cenar fuera?

De momento, esta información le parece a Nate menos creíble que lo de la boda. Pienso que estará aún bajo los efectos del fármaco. Tendrá que ir con cuidado y comportarse con normalidad, aunque sus niveles de alcohol estarán dentro de los límites permitidos para volar cuando llegue la hora de pasar los controles, y, por otro lado, la droga apenas permanece veinticuatro horas en el organismo, de modo que supongo que no habrá problemas.

—Ven y acuéstate. No tienes muy buena cara.

Obedece. Se tumba, refunfuña y cierra los ojos.

—¿Quieres algún analgésico?

Mueve la cabeza en sentido afirmativo. Saco dos pastillas del bolso. Abre los ojos y le ayudo a tragarlas acercándole con cuidado una botella de agua a la boca. Echa la cabeza hacia atrás y vuelve a cerrar los ojos. Respira más fuerte.

Lo dejo tranquilo durante más de una hora hasta que lo zarandeo para que se despierte.

—¡Nate! Anda, levántate y date una ducha. Te sentirás mejor. Llamaré al servicio de habitaciones para pedir que limpien un poco todo esto y nos suban algo de comer. Me parece que te iría bien comer algo que te absorba el alcohol.

De camino al baño, coge la foto de la boda y se queda mirándola. A continuación, dedica un rato más a examinar el certificado de matrimonio. Confirma que ayer, dieciocho de julio, contrajimos matrimonio.

Contengo la respiración.

Se gira y me mira.

—Lily. Tenemos que hablar.

Llamo al servicio de habitaciones.

—Hola. Me gustaría pedir… —empiezo a decir, y señalo hacia el cuarto de baño.

Nate coge su teléfono y, esquivando las cosas que hay esparcidas por el suelo, entra en el baño y cierra la puerta. Cuelgo y me pongo un camisón. Abro la puerta de la habitación y empujo el carrito hacia el pasillo. Oigo la ducha. Acciono el pomo de la puerta del cuarto de baño. ¡Ha cerrado por dentro!

El tema es que tendrá que sacar el máximo partido de la situación. No tiene sentido que siga luchando contra esto —contra *nosotros*— por más tiempo.

Se apaga la ducha. Silencio. Está al teléfono hablando con alguien. Habla en voz baja, pero su voz me llega con claridad.

—No tengo ni puta idea, colega. Pero tienes que ayudarme a salir de esta.

Llaman a la puerta. Abro y me aparto para que pueda entrar la camarera.

—¿Dónde quiere que le deje la bandeja?

—Encima de la cama, por favor.

Firmo el recibo, doy la consabida propina y cierro la puerta. Nate sigue hablando en voz baja.

Llamo a la puerta del baño.

—El desayuno, cariño.

—¡Salgo enseguida!

—Vale.

Me quito el albornoz y me sirvo un café de la cafetera y lo bebo mientras miro por la ventana. A través del cristal se percibe el calor del exterior. Hay actividad. Me imagino otras parejas, como la del Ford Mustang de anoche. Apuesto lo que sea a que son felices, a que están planificando con toda normalidad su futuro. No quiero que todo esto se convierta en una victoria vacía. Sabía que era una estrategia de alto riesgo, pero el amor puede crecer. Y yo amo de verdad a Nate, razón por la cual soy perfecta. Seré una buena esposa y él nunca podrá ser realmente feliz con ninguna otra. Lo único que necesito es que él *entienda* todo esto. Me gustaría que Nate me hubiera dado más oportunidades cuando el año pasado estuvimos juntos, porque el único que tiene la culpa de que la situación esté ahora así es él.

Se abre la puerta del baño. Sigo mirando por la ventana como si yo, también, estuviera reflexionando sobre la situación. Si ahora me muestro excesivamente necesitada, él no dará su brazo a torcer. Nate se sirve un café y se acerca. Se ha cubierto con un albornoz, lo cual me fastidia, porque transmite la sensación de que se sentiría demasiado expuesto estando solamente cubierto con una toalla alrededor de la cintura, como es su costumbre. Actúa como si fuéramos desconocidos, como si lo nuestro fuera un rollo de una noche.

—Empecemos por el principio. Cuéntame qué sucedió anoche.

Lo miro a los ojos.

—El tema es, cariño, que la de anoche tampoco es que fuera la boda de mis sueños. Pero… aprovechamos el momento. *Carpe diem* y esas cosas. Emergieron a la superficie todos los sentimientos que llevábamos dentro. Lo hecho hecho está. Y… nos amamos.

Silencio.

Nate resopla.

—Lily. No entiendo cómo anoche sucedió lo que sucedió. Supongo que nos lo estábamos pasando bien y fuimos demasiado lejos. Pero tienes que comprender que yo no te amo de *esa* manera. Nos separamos no porque no me gustaras, sino porque no estoy todavía preparado para sentar cabeza con nadie. Si acaso consigo sentarla algún día…

—¿Y entonces? ¿Lo de anoche? ¿Todo eso que dijiste sobre lo mucho que me echabas de menos y me querías eran mentiras?

—No consigo recordarlo todo, Lily. Tengo vacíos de memoria. Me siento hecho una mierda.

Se sienta en la cama. Me giro en redondo.

—Oh, vaya. ¿Así que le he sido infiel a Matt sin ningún motivo? Porque esto no es algo que una mujer haga sin que nadie la anime a ello, la verdad.

Nate se lleva una mano a la frente y se masajea con el índice y el pulgar.

—No sé cómo lo interpretaste, Lily, pero…

—Te quiero. Y eso es precisamente lo que dijiste también anoche. Nos *casamos*. ¿Cómo quieres que interprete eso? —Le imito la voz—: «Hagámoslo. Hagámoslo de verdad. Casémonos».

—Lily…

—¡Juliette! Ya te lo dije, ahora soy Juliette. ¡Va a ser imposible empezar bien si ni siquiera eres capaz de pronunciar bien mi puto nombre!

Ahora me toca a mí encerrarme en el baño. Aporrea la puerta.

—¡Lily! Lily.

Abro los grifos a tope y me tapo los oídos. Se me ha corrido el maquillaje de los ojos un poco, pero tampoco es que tenga tan mal aspecto teniendo en cuenta el estrés al que estoy siendo sometida. Examino mi imagen reflejada en el espejo en busca de cambios, ya que ahora soy una mujer casada.

¿Parezco más mayor? ¿Más sabia? ¿O, simplemente, *casada*?

Los golpes en la puerta cesan. Me retiro las manos de los oídos y cierro los grifos. Vuelve a aporrear la puerta.

—¡Déjame en paz! —digo—. ¡Necesito espacio!

Le hago esperar diez minutos más antes de aventurarme a salir. Está sentado a los pies de la cama con la cabeza entre las manos. Me encaramo a la cama por detrás de él y le doy un masaje en los hombros. Se pone rígido y endereza la espalda.

—¿Qué tal va la cabeza? —pregunto con voz de esposa preocupada.

—Mejor, pero tienes que escucharme.

Se aparta de mí.

Dejo caer las manos.

—Todo esto ha ido demasiado rápido. —Veo que suaviza un poco el tono—. Ayer, a esta misma hora, todo iba perfectamente. —Suspira—. He hecho algunas llamadas y solucionaremos el tema cuando estemos de vuelta en Londres, aquí no nos da tiempo. En cuanto aterricemos, te vienes a mi casa. Nos veremos allí con un abogado amigo mío y miraremos cómo podemos solventar la situación.

Me traslado al borde de la cama y me siento lo más cerca que puedo de él.

—¿Y yo? ¿Qué pasa con lo que yo pueda querer?

—Por favor, Lily. Tienes que entender que esto es demasiado, que es una locura.

—A mí no me lo parece.

Me lanza una mirada que no consigo interpretar, pero que definitivamente no es positiva.

—Juntos encontraremos la mejor solución. Para ambos. Dios. Qué lío. Había oído contar historias sobre Las Vegas, pero eso es lo que son, historias. Jamás pensé que…

—A la gente le pasan cosas peores que casarse con una ex hacia la cual comprendes que aún albergabas sentimientos.

—Lo siento —dice.

Siempre con el puto «Lo siento». Para mí, esa expresión ya no significa nada.

El nudo que tengo en la garganta es sincero. Me siento frágil pero decidida. Me giro hacia él para abrazarlo y Nate consigue devolverme el abrazo. Permanecemos sentados, abrazados, durante todo un minuto.

Él es quien rompe el abrazo. Por supuesto que es él.

Nuestro desayuno nupcial a base de salmón ahumado y huevos revueltos sigue donde estaba, en una bandeja encima de la cama.

—Mejor que no se lo comentemos a nadie —dice—. Tenemos que trabajar de vuelta a casa e intentar solucionarlo de la mejor forma posible.

Esto es lo que él se cree.

19

Me mantengo ocupada en la cocina de Nate —no, en nuestra cocina— mientras James Hurrington, el «amigo abogado» de Nate, está sentado en el salón de cháchara con él.

Capto solo retazos de la conversación: «Matrimonio revocable. Intoxicación alcohólica. Falta de honestidad. No consumado». La verdad es que esta última opción no podría alegarse, ha aclarado Nate.

Me presento en el salón con la bandeja del café, como la perfecta ama de casa. Un expreso para mí, capuchino para Nate y café con leche para «el abogado». Un platito con un trío de madalenas —gentileza mía— descongeladas en el microondas. A falta de servilletas, he doblado cuadraditos de papel de cocina en forma de pulcros triángulos. Me siento en el sofá al lado de Nate, delante de James Harrington. Dos contra uno.

Me agradecen los cafés.

—Pues bien, Elizabeth, Nate me ha explicado que no podemos ir por lo de la no consumación, de modo que sugiero un matrimonio revocable basándonos en que ambos estabais borrachos…

—Yo no lo estaba.

Nate me lanza una mirada furibunda.

James parece confuso.

—Yo pensaba que…

—Quiero que este matrimonio funcione. Nate puede que estuviera algo achispado, pero supongo que el *jet lag* lo exacerbó todo. —Miro a Nate—. Yo me casé contigo de buena fe. Me dijiste que me querías. Tenemos un historial de convivencia *y* ahora resulta que yo he dejado a un buen hombre por culpa de tu labia encantadora. Matt está destrozado. ¡He tenido que comunicárselo a través de un mensaje de texto! ¿Cómo crees que me siento yo?

Se produce un silencio. El arcoíris aparece y desaparece.

Resulta agradablemente familiar estar aquí con Nate, y ahora que he cruzado la puerta —con toda la legitimidad— no estoy dispuesta a rendirme sin antes luchar.

—Entendido. Pues esto complica las cosas. —Mira de reojo a Nate y luego echa un vistazo al reloj—. Tengo que hacer unas llamadas, de modo que me encerraré en el cuarto de invitados mientras vosotros intentáis solucionar el tema.

Me cruzo de brazos y me acomodo en el sofá.

—Lily…

Frunzo el ceño.

—Juliette, no Lily; esto es un lío, pero para mí eres Lily. Por favor. Sé razonable. No te quiero como a ti te gustaría que te quisiera. *Lo sabes.* No puedes querer esto. Te mereces algo mejor.

Su tono suplicante me fastidia.

—Pues, mira, mala suerte. Tengo fe suficiente en nosotros como para conseguir que esto funcione.

Nate se levanta.

—Estamos ante un problema muy grave. Siento mucho que quieras más de lo que yo puedo darte. Pasara lo que pasase la otra noche, y lo único que tengo es tu palabra sobre lo que pasó, no fue real. Fue *demasiado*.

—¿Estás llamándome mentirosa?

—No. Pero estoy seguro de que no necesitaste grandes dotes de persuasión para arrastrarme hacia ese pasillo.

—No hubo ningún pasillo, estábamos en un Cadillac. Eso lo sabes perfectamente. Y nadie te arrastró por ningún lado. ¡Llama a esa puta capilla y pregúntales si fuiste tan obligado!

—Lo siento. Sé que tengo gran parte de culpa. ¡Pero esto no es un juego! Se trata de nuestra vida.

—Sí. De la tuya y de la mía.

Nos giramos los dos a la vez al escuchar un carraspeo casi teatral.

—Podemos hablar un momento, por favor, Nate —dice James.

Nate lo sigue hacia el cuarto. Nate tenía que tener un amigo abogado… Tiene un amigo médico, otro banquero, otro asesor financiero…, la lista es interminable. Estoy cabreada. Si James nos dejara tranquilos, si pudiéramos hablar en privado, conseguiría encontrarle alguna salida.

Espero. No se oyen voces.

Pasan varios minutos y finalmente aparece James, con Nate pisándole los talones.

—Pues muy bien, hasta luego, Elizabeth. Os dejo solos a los dos.

—De acuerdo, gracias, te llamaré —dice Nate.

James levanta la mano para hacer un breve saludo y se marcha.

Se cierra la puerta y reina el silencio. Nate parece más contento, pero no me mira a los ojos.

—¿Vamos a algún lado a tomar un café y así poder charlar? —sugiere.

—No, estoy bien aquí, gracias, pero estoy agotada. En las literas no he podido dormir. Necesito descansar, y entonces ya hablaremos todo lo que tú quieras.

—¿Descansar dónde? ¿Aquí?

Me encojo de hombros, como queriendo decir: «¿Dónde si no?».

—No. No puedes quedarte aquí. Tienes que irte. Te acompañaré en coche a tu casa y así podremos hablar por el camino.

—En este momento soy incapaz de pensar. Después de tenerme entretenida socializando con tu amigo, no podrás negarme un poco de descanso. ¿No te parece? No puede ser siempre todo como tú digas.

—¿Todo como yo diga? Esto es una locura. Todo está… mal. Aún estoy esperando despertarme y no sentir otra cosa que el alivio de pensar que esto no ha pasado. Tendría que habérmelo esperado. Tendría que haber sabido que llevarías las cosas demasiado lejos. Por esto jamás podrán funcionar las cosas entre nosotros. Eres de o todo o nada. Nunca sabes cuándo hay que parar. ¡Es como si no tuvieras un interruptor para desconectar!

—Dejaré que te calmes —digo empleando el mismo tono de voz que él utilizó conmigo en su día, cuando quería que fuese «razonable» con respecto a nuestra ruptura.

Nate sigue en el salón mientras yo arrastro mi bolsa con ruedas y mi maleta hacia nuestro dormitorio. Saco el neceser y me ducho en el cuarto de baño de la habitación. A pesar de que me recojo el pelo para que no se me moje, dejo mi champú al lado del suyo. Después, dejo mi cepillo de dientes también al lado del suyo. Deshago la maleta y guardo mi ropa limpia en los cajones, en su antiguo hogar. Nate ha llenado uno de ellos con cosas varias que parecen regalos no deseados: una caja con unos gemelos, dos corbatas y un paquete por abrir de calzoncillos de unos grandes almacenes. Lo retiro todo y lo guardo en «sus» cajones.

No le he comentado a Nate que ahora tengo coche, de modo que hemos ido juntos a casa en su Jaguar negro, el uno al lado del otro, como una pareja normal. Todo me parece ideal. De hecho, me parece tan ideal que no alcanzo a comprender por qué Nate sigue luchando contra la evidencia. Alberga sentimientos hacia mí, lo sé seguro.

—He puesto el despertador para dentro de una hora —le digo—. Podríamos pedir algo para comer.

Lo lleva claro si cree que, con esa actitud, voy a ponerme ahora a cocinar.

Nate no dice nada.

Estoy cansada, la verdad. Me he pasado la totalidad de las diez horas y media del vuelo hirviendo con una mezcla de adrenalina y aprensión.

Aún hay luz. Debo de haberme quedado adormilada solo unos minutos.

Tengo la boca seca. Miro a mi izquierda. Ni rastro de Nate. Me derrumbo de nuevo en la cama. Me duele todo.

Noto que el sueño quiere apoderarse otra vez de mí. Pero la realidad y la conciencia pueden con él. Escucho sonidos que me resultan familiares: los crujidos de la mañana y el gemido de la ducha. He estado ya toda una noche en casa. Me obligo a levantarme, me pongo un pijama de Nate y salgo al salón.

Hace un día fantástico. Mi cabeza se llena de planes. Podría preparar un pícnic y salir a disfrutarlo a orillas del río. Oigo que la ducha se detiene. Se me forma en la boca del estómago una sensación de vacío a la espera de la reacción de Nate.

Entro en la cocina y enchufo la cafetera. Abro la nevera y examino el interior, aunque me doy cuenta de que no me apetece nada. Preparo dos cafés. Aparece Nate, vestido con ropa de deporte.

—¡Buenos días! Te he preparado café —digo con una sonrisa.

—Gracias.

Lo acepta y se encamina al sofá. Me siento a su lado. Pasamos unos segundos en silencio, bebiendo el café.

—¿Por qué no has venido a la cama?

—¿Tú qué crees?

No respondo.

—He dormido en el cuarto de invitados.

—Oh.

—Voy a pedir la anulación basándome en que estaba borracho.

—Ya.

—Me gustaría que estuvieses de acuerdo para poder realizar la demanda conjuntamente. No quiero que esto acabe poniéndose desagradable. Si trabajamos como un equipo, todo será más fácil. Me gustaría de verdad que quedásemos como amigos.

—Eso es mentira. Es lo que me dijiste cuando me dejaste tirada. Incluso me borraste como amiga en Facebook. No hiciste ni el más mínimo intento de mantener una «amistad».

—Por el amor de Dios, tampoco lo hiciste tú, que yo recuerde. Te dije que podíamos seguir en contacto, que no tenía por qué ser una ruptura tajante. Pero no lo aceptaste. Tiene que ser siempre a tu manera o nada.

Fue porque no me quedó otro remedio.

No soy imbécil. Si Nate no quería que viviésemos juntos, colocó sus sentimientos en el lugar que no les correspondía. He tenido que jugar a largo plazo. Si hubiera seguido con él, pero aceptando migajas de su supuesta amistad y, con toda probabilidad, sesiones de sexo esporádico en el caso de que Nate hubiera permanecido soltero el tiempo suficiente, habría tenido cero probabilidades de reconducir nuestra relación. Cero. Nadie respeta a aquel que se conforma con menos de lo que se merece. Y esa es justo la razón por la que Bella pensaba que podía tratarme como me trataba. He tenido que sacrificar casi un año entero de mi vida para asegurarme de que volviera a aceptarme en el futuro.

Y ahora, el futuro ha llegado.

—Démonos una oportunidad, Nate. Concédeme una semana, aquí, juntos, y si sigues pensando igual haré lo que tú decidas que hagamos.

—¿Y qué sentido tiene eso que propones? En serio, ¿qué sentido tiene? La situación es la que es y no cambiaré de idea.

Lo miro furibunda.

—Es lo mejor.

No aguanto más. Me siento débil. Esto no es lo que tenía que pasar. Siempre creí que, si le echaba el lazo, si Nate pasaba un tiempo de calidad unido legalmente a mí, acabaría aceptándolo. Y sus sentimientos hacia mí reaparecerían. Y así ha sido. Bien que se ha mostrado celoso de «Matt», que esa relación le ha herido el orgullo. Pero también sé cómo es. La última vez que monté un escándalo cuando rompimos, lo único que conseguí fue que se mostrara más terco si cabe.

—Lily. Lo siento. Tal vez lo mejor sea una ruptura total. ¿Por qué no miras en otras compañías aéreas? Puedes volver a presentarte, se puede probar cada año. Tienes todo un mundo por delante.

—¿Tienes la menor idea de lo paternalista que suena lo que acabas de decirme? ¿Por qué no eres *tú* el que se larga a otra aerolínea?

Haciendo caso omiso a mi comentario, sigue agarrándose a su clavo ardiendo.

—O... podrías incluso arreglar las cosas con Matt. Echarme a mí la culpa de todo.

Suena el timbre.

—Es la señora de la limpieza —dice y se levanta.

Respiro hondo, me levanto y voy al dormitorio.

—Sí, te echo la culpa de todo —digo hablando por encima del hombro.

—Algún día pensarás en todo esto y me darás las gracias —dice él antes de abrir la puerta.

Sin cerrar del todo la puerta del dormitorio, miro a través de la rendija que queda entreabierta. Después de un breve saludo a la señora de la limpieza, coge el teléfono y empieza a hablar con James. Su tono engreído cuando le anuncia que ya está «todo solucionado» me hace sentir como un producto desechable.

Me encierro en el baño y contengo la necesidad urgente de hacer añicos el espejo.

Respiro hondo.

Después de varios minutos de reflexión, me doy cuenta de que la situación no es tan mala. Porque en este momento hay una cosa que me revuelve el corazón y la cabeza.

Odio a Nathan Goldsmith.

20

Estoy en el limbo.

En primer lugar, atrapada en un trabajo que no hace otra cosa que fastidiar mi reloj orgánico. No me importa cuando viajo a lugares civilizados donde funciona la wifi, hay gimnasios decentes y el clima no es extremo, pero sí cuando me despierto en plena noche, mareada por culpa del *jet lag*, y tengo que arrastrarme a otro continente. Sin embargo, no veo por qué tendría que dimitir de mi puesto por el simple hecho de hacerle la vida más cómoda a Nate. En segundo lugar, resulta que tengo un semimarido.

Han pasado seis semanas desde la boda y seguimos aún legalmente casados. Por suerte para mí, las cosas no son tan rápidas como Nate decía, pero entre James y él están trabajando duro para deshacerse de mí. Recibo regularmente mensajes de correo electrónico de James Herrington con términos como «mutuo acuerdo», «no capacitado para dar su consentimiento», «sin estar en sus plenas facultades mentales» —no haciendo referencia a mí, sino a Nate, por lo visto, en el transcurso de nuestra ceremonia de boda—, «acuerdo de que el acto no estuvo consumado». ¿Qué? ¿Pretende que *mienta*? Le envío un mensaje de texto a Nate preguntándome si espera que yo mienta con respecto a un documento legal, pero no me contesta.

Si viajáramos juntos a Nevada, podríamos conseguir la anulación del matrimonio en tres semanas y en el Reino Unido es cuestión de un año. Evidentemente, preferiría en el Reino Unido. Los correos van y vienen. Me siento como una niña atrapada en la discusión por mi custodia en un acuerdo de divorcio.

Mi vida se convierte en un ciclo repetitivo: ir a trabajar, volver a casa e ignorar los mensajes de Nate siempre que me es posible.

Aterrizo procedente de Washington una mañana brumosa después de un retraso de cuarenta minutos. Hemos tenido que sobrevolar Heathrow en círculos a la espera de que se levantara un poco la niebla.

Esta época del año siempre será para mí sinónimo de la amenaza del nuevo curso escolar. El inequívoco descenso de las temperaturas —el final del verano fusionándose con el frescor del otoño— me golpea en la cara cuando mis tacones resuenan sobre los peldaños metálicos de la escalerilla del avión estacionado en medio de la pista de Heathrow e inhalo el potente olor a combustible. La tripulación se congrega en el asfalto, delante de los motores del lado izquierdo, a la espera de la llegada del autobús.

Los aviones que despegan rugen por encima de nuestras cabezas cuando abandonan la pista. Dispongo de dos horas antes de la reunión que tengo con mi supervisora para comentar mi nuevo rol como embajadora de seguridad. Podría haberla tenido mañana, pero habría significado volver al aeropuerto especialmente para eso. Pronto tendré que volar solo la mitad de mi tiempo, puesto que mi nuevo papel se desarrollará parcialmente en los despachos. Estoy trabajando además en un Plan de Acción completamente nuevo. Pero, como está aún en pañales, no tengo suficientes tareas que me absorban todo mi tiempo libre. La mejor noticia es que la compra del piso va viento en popa y tengo enormes probabilidades de estar instalada en mi nuevo hogar dentro de pocas semanas.

Después de pasar el control de inmigración, de cobrar el dinero que me corresponde por las ventas libres de impuestos a bordo y de superar la aduana sin que me inspeccionen, me dirijo a la cantina para esperar a Amy. Me llamó ayer, después de semanas de contacto cero. Tiene un nuevo novio, de modo que es evidente que es de esas que piensa que no necesita amistades cuando está con un hombre. Ya aprenderá.

—Hola —digo con una sonrisa cuando la veo llegar.

Le doy un beso en cada mejilla y me alegro sinceramente de volverla a ver. Estoy sufriendo la depresión posmatrimonial.

—Hola —replica ella—. ¿Vas a comer algo?

Muevo la cabeza en sentido negativo. Mientras ella se dirige al mostrador para pedir un *panino,* se me detiene el corazón al ver pasar a un piloto rubio. Pero no es Nate. No podría ser, porque lo he comprobado: está en Antigua. Miro a mi alrededor, inquieta. Estoy desquiciada. Me concentro en el avión rojo y azul de Air France estacionado al otro lado de la cristalera que va del suelo al techo de la cantina.

Respiro. Algo no va bien; a pesar de que Amy me ha saludado con total normalidad, la noto tensa. Nerviosa, incluso. Algo no va bien, seguro.

—Y bien, cuéntame cosas de este nuevo hombre misterioso —le digo en cuanto toma asiento delante de mí.

—No hay mucho que contar. Lo conocí en un viaje a Lagos.

Le da un mordisco al *panino*.

—¿Así que es miembro de la tripulación?

Se queda mirándome.

—Piloto.

—¿Cómo se llama?

—Rupert. Rupert Palmer.

—Oh. —Trago saliva—. ¿Y qué tal es?

—Ya me lo contarás tú cómo es.

—No sé a qué te refieres.

—Sí que lo sabes. Conoces a uno de sus mejores amigos. Y muy bien.

Maldito Nate y su cuadrilla de amigos.

—¿Ah, sí?

—Nos llevaste un día al piso de su amigo. Imagínate cuál sería mi sorpresa cuando estuvimos la otra noche y caí en la cuenta de que ya había estado allí. Contigo.

Me quedo paralizada.

—No dije nada, si eso es lo que te preocupa —dice, como si tuviera que estarle agradecida por eso.

Como dudo, no digo nada. Miro a Amy.

—De modo que supongo que Nate es «Nick». ¿Por qué me mentiste?

—No te mentí, en realidad. Es complicado.

—Seguro que lo es. Así que cuéntame.

—Es una larga historia y, la verdad, es un asunto que me incumbe solo a mí.

—Mira, me gusta Rupert. Me gusta de verdad. Y no quiero tener secretos con él. Si existe un buen motivo por el que nos llevaras a casa de Nate aquella noche, no pasa nada. Pero estuviste buscando algo en su cuarto de invitados.

La miro fijamente. Estúpida moralizante. Ya verá cuando Rupert la deje plantada y se encuentre en mi situación.

—Tenías las llaves, Juliette.

—Ya no las tengo. Estuvimos juntos de nuevo hace poco, hace muy poco, por si quieres saberlo. Nate es un hombre complicado.

—Vaya. ¿Complicado en qué sentido?

Extiendo el brazo por encima de la mesa y le cojo la mano.

—Por favor, no digas nada de lo de esa noche. No hay necesidad de mencionar nada. Nate y yo hemos terminado para siempre y prefiero que siga así. Si alguna vez vuelves a su casa, no me menciones, por favor —digo como si estuviera a punto de romper a llorar.

—Entendido. Lo siento. Simplemente te lo digo porque me resultó raro estar en un piso donde ya había estado antes e intuir que tenía que mantenerlo en secreto. Le pregunté a Nate si había que darles de comer a esos peces que tiene cuando no estaba y me dijo que no, que se apañan muy bien solos.

—Gracias. Te agradezco mucho tu apoyo.

Sonrío débilmente. Pero… no me fío de ella. Una amiga de verdad me habría enviado un mensaje desde el piso y se habría puesto de mi lado, habría estado dispuesta a escuchar mi parte de la historia.

Amy no es mi amiga.

—Tengo que irme —digo—. Tengo una reunión muy importante con mi supervisora.

Nos despedimos y salgo hacia el pasillo.

Me siento delante del despacho de Lorraine. Reboso rabia y odio. Bella. Nate. Amy. El mundo está lleno de traidores, todos van a lo suyo. La lealtad no existe. No le intereso a nadie a no ser que sea para llenar algún vacío temporal en su vida. Amy es una Judas, igual que Bella.

Odio sentarme en la puerta de los despachos, esperando. Me trae recuerdos de cuando me tocó esperar delante del despacho de la directora, dos días después de la fiesta.

Fue una pesadilla.

Como si sentirme ignorada después de la primera vez que mantenía relaciones sexuales no hubiera sido suficiente, durante la pausa de la tarde siguiente me acerqué a la farmacia del pueblo para comprar la píldora del día después. Intenté convencerme —al principio— de que todo iría bien. Pero, a medida que pasaron las horas, la idea de tener un bebé creciendo dentro de mí me aterró de tal manera que comprendí que debía hacer algo. No podía correr el riesgo de acudir a la enfermera del colegio; no podía enfrentarme a sus preguntas, al interrogatorio, a la vergüenza. Pero cometí un error. Un error estúpido de verdad. Supongo que estaba tan perturbada, tan herida, que no podía ni pensar correctamente y que fue por eso por lo que tiré sin querer la caja en la papelera del dormitorio comunitario. Por supuesto, alguien la encontró, e, inevitablemente, fue Bella. Enseguida, eliminó a todas las «sospechosas» y su objetivo se centró en mí.

Lo negué todo delante de la directora, se lo negué todo a todo el mundo. Pero no funcionó. Y entonces, por mucho que creyera que la situación no podía ir a peor, comprendí rápidamente que me equivocaba. Las malas noticias viajan a toda velocidad. Y los chismorreos crueles aún más. Intenté hacer caso omiso, ignorarlo. Las cosas que llegaron a llamarme, las risillas disimuladas, las notas crueles que me dejaban en la mesa, las fotografías de revistas de mujeres estigmatizadas por su cuerpo con mi cara pegada en ellas... Me recordaba constantemente todo lo que ya había soportado, cómo había conseguido gestionar la soledad durante años, que ya faltaba poco para salir de allí. Pero fue duro. Un día me derrumbé y les pedí a gritos que me dejaran de una vez por todas en paz.

En aquel momento, me sentí orgullosa de defenderme por mí misma. Pero eso duró poco, puesto que era imposible salir ganando contra alguien como Bella. Las chicas como ella tomaban decisiones sobre chicas como yo. Sobre quién era mi amiga y quién no, sobre quién hablaba conmigo y quién no, e incluso sobre cómo me veían los profesores. Y yo cada vez estaba más harta de la situación. Pero más duro si cabe era reconocer que, todavía, pasase lo que pasase, con que Bella pronunciara una palabra, yo me sentiría patéticamente agradecida por ello.

Le habría perdonado lo que fuera a Bella con tal de formar parte de su mundo. Lo que fuera.

Mis opciones eran limitadas. Quería hablar con la directora sobre el tema, pero, cuando me plantaba delante de su puerta, no conseguía reunir el coraje necesario para llamar. Temía que se pusiera del lado de Bella o que rechazase mis preocupaciones con la frase que utilizaba habitualmente como respuesta para todo: «Que duermas bien. Seguro que mañana verás las cosas de otra manera».

Por eso empecé a pensar en cosas que demostrasen que las demás se equivocaban y que le hicieran pagar a Bella por todo lo que me hacía.

—¿Juliette? —Lorraine está en la puerta del despacho. Me indica con un gesto que pase—. Gracias por venir —dice entre mordisco y mordisco de un bocadillo—. Disculpa, no he tenido ni tiempo para comer.

—No te preocupes por mí —digo, ya que nadie se preocupa.

—Vamos a repasar el calendario del programa de formación. —Teclea en el ordenador con el dedo índice de la mano que tiene libre—. Aunque... —Veo que duda—. Últimamente ha habido algún que otro comentario sobre tu conducta a bordo. «Impaciente». «Carente de entusiasmo». ¿Ha pasado algo en tu vida personal que esté influyendo en tu trabajo?

Lorraine deja el bocadillo en la mesa y se queda mirándome.

—Mi novio me pidió que nos casáramos. Entonces, cuando las cosas llegaron a la fase crucial, todo salió mal. Le entró miedo.

—Vaya, lo siento. Gracias por ser tan sincera conmigo. En este caso, estoy dispuesta a pasar por alto los comentarios, siempre y cuando no se reciban más...

La voz de Lorraine pasa a ser un ruido de fondo: «Periodo de prueba»… «Responsabilidad»… «Confidencialidad»…

Mi nuevo papel ha llegado en el momento oportuno. En cuanto acceda a este puesto de confianza, tendré mayor acceso a toda la información.

Y el conocimiento conlleva poder.

Quince días más tarde, Amy y yo estamos de nuevo en el centro de formación. Amy está haciendo un curso para conocer su nuevo avión, puesto que ha pedido el cambio a rutas cortas y domésticas. Sospecho que tendrá algo que ver con la idea de compartir flota con Rupert.

Cuando coincidimos en la pausa, nos reunimos en la cantina y charlamos, pero Amy está siempre un poco forzada. Se contiene. Lo sé por su forma de dudar antes de responder a cualquiera de mis preguntas.

El tercer día, mi sesión de la mañana acaba temprano. Voy a la cantina, aunque no tengo hambre. Pero estoy atrapada; el centro de formación está en medio de la nada, pegado a una autovía con mediana. Veo de lejos a Amy, pero no está sola. Está con Rupert. Él tiene la mano sobre la rodilla de ella.

Los observo de lejos mientras pago el café y me acerco adonde están sentados.

Amy se levanta de un brinco cuando me ve llegar.

—¡Hola! ¡Juliette! —exclama, ruborizándose.

—Hola —dice Rupert—. Tengo entendido que ahora eres Juliette, no Lily.

Me siento delante de ellos.

—Me apetecía un cambio. Hay mucha gente en la tripulación que utiliza nombres distintos.

—Sí, pero normalmente porque tienen nombres impronunciables y se hartan de que se dirijan a ellos con nombres raros —dice Amy.

La ignoro y sonrío a Rupert.

—¿Qué haces por aquí?

—Simulador —responde. Formación rutinaria de los pilotos. Rupert mira el teléfono—. Bueno, tendría que ir volviendo al curro. Encantado de verte de nuevo…, Juliette.

—Igualmente —replico con una sonrisa.

No aparto la vista cuando Rupert besa en la mejilla a Amy, que se queda viéndolo marchar y luego se gira hacia mí. Noto que le cuesta mirarme a los ojos. Bruja. Le ha contado a Rupert demasiadas cosas sobre mí. No sé por qué alguna vez la quise como amiga. Tiene los ojos excesivamente separados y una sonrisa engreída. Me pregunto cómo he podido juzgarla tan equivocadamente, cómo pude elegir a otra Bella como amiga.

—¿A qué hora terminas hoy? —le pregunto.

—A las cinco. Pero hoy solo nos queda la parte de la formación de cierre y apertura de puertas, de modo que espero que acabemos antes.

—Oh, vaya lástima. Yo no acabo hasta las seis. Podríamos haber ido a tomar algo.

—Sí, una lástima —dice, mintiendo y sin ni tan siquiera tomarse la molestia de disimular.

Mira el reloj. Abro el bolso y saco el teléfono. Se ha quedado atascado con la cremallera interior del bolsillo donde guardo las llaves, los analgésicos y el pasaporte. Tiro de él y, al hacerlo, cae un objeto sobre la mesa. Un destello amarillo. Amarillo como la piel de Homer Simpson. Mierda. Lo tapo rápidamente con la mano, pero Amy se queda mirándome.

—¿Son mías? —pregunta.

—¿Estas? —digo, mostrando el objeto sobre la palma de mi mano—. No creo. Aunque yo tampoco las reconozco.

—*Son* mías. El juego adicional que tenía desapareció. Hannah pensó que había sido yo y viceversa.

—Cógelas y compruébalo, si es eso lo que piensas. Y de no ser así, devuélvemelas, puesto que supongo que deben de ser de algo que ya no recuerdo.

—Son mías.

—Vale. Si tú lo dices…

—¿Qué hacían en tu bolso?

La miro a los ojos.

—Ni idea.

—Fuiste tú —dice en voz baja—. Estuviste en nuestro piso. En mi ausencia.

—Venga, no seas ridícula —digo—. ¡No es más que un juego de llaves!

—Sí, te gusta llevarte las llaves de los demás, ¿verdad? Ir a las casas de la gente sin tener permiso.

—No me gusta este tono que estás empleando.

—Podría ir a la policía.

No entiendo por qué la gente siempre piensa que puede «ir a la policía» para que cualquier situación se resuelva por arte de magia a su favor.

—¿A decirle qué? ¿Que yo tenía las llaves de la casa de mi marido y tenía, supuestamente, en mi bolso un juego de llaves de tu casa? Somos *amigas,* Amy. Amigas.

—¿Tu marido?

—Sí, Nate es legalmente mi marido. Has estado tan ocupada pensando en ti y en Rupert, tanto, que has olvidado a tus amistades. Anda, ve, vete corriendo a la policía. —Me levanto—. Y queda como una imbécil. Hace unos meses, Nate me pidió que me casase con él, y así lo hice. Ahora estoy intentando solventar el error que cometí. Cásate con prisas y te arrepentirás. Como te dije, Nate es un hombre complicado. No tienes ni idea de nada.

No sé quién se cree que es.

Estoy que trino durante todo el camino de vuelta a casa. Conducir bien conlleva un esfuerzo, porque de lo que tengo ganas es de presionar el pedal con el pie y salir disparada. Me tocan el claxon dos veces y me veo obligada a frenar en seco cuando se me olvida bajar la velocidad al acercarme a una rotonda.

En cuanto llego a casa, saco mis listas. Es una lástima no haber comprado más muñecos de vudú cuando tuve la oportunidad de hacerlo, aunque pienso que tal vez podría adquirirlos a través de internet.

Actualizo los planes para mis tres enemigos y me mantengo ocupada con ello hasta las tantas.

Me fuerzo a regresar al centro de formación por la mañana, puesto que aún me queda un día para completar el curso. A Amy le quedan dos. Me juro que procuraré evitarla, pero mi rabia emerge de nuevo cuando veo que finge no percatarse de mi presencia en la cantina.

Odio de verdad que me ignoren. ¿Se piensa que le tiraré de la coleta? Es patética.

Estudio la lista de cursos que hay expuesta en recepción. Amy termina una hora más tarde que yo. Me dirijo a la zona de prácticas y rezo para que el código que he visto introducir innumerables veces a Brian y a Dawn siga funcionando.

¡Funciona! Miro a mi alrededor.

Entro como si tuviera todo el derecho del mundo a hacerlo y paso por el lado del avión de corto recorrido. Oigo los gritos del grupo de Amy, que está trabajando en la evacuación de emergencia.

Asomo la cabeza por la puerta trasera de acceso a un Boeing 777. Está abierta y sujeta mediante una calza. Los asientos de clase turista están vacíos con la excepción de alguna que otra pertenencia. Todo el mundo estará apiñado junto a las puertas principales. Entro, conteniendo la respiración. Se dispara la alarma de evacuación de emergencia, se detiene y oigo el sonido de apertura de la puerta principal y a los miembros de la tripulación dando instrucciones a gritos.

Busco el bolso de Amy; es el quinto que inspecciono. Encuentro el teléfono y lo apago.

Cruzo la puerta de acceso y me escondo al lado de un armario con equipamiento de formación, entre cunas, botellas de oxígeno, chalecos salvavidas y equipos de emergencia.

Espero.

Veinte minutos más tarde, sale el grupo de Amy, encabezado por dos instructores, después de terminar su simulacro. Amy aparece por fin. Abre el bolso, remueve su interior y se queda quieta. Estoy segura de que se muere por ver cuántos mensajes le ha enviado su maravilloso Rupert. Vuelve al punto donde han realizado el simulacro.

Cuento hasta treinta. Me encamino a la puerta de acceso y miro a mi alrededor. Retiro la calza, la empujo para cerrarla y me alejo en cuanto escucho el clic de la cerradura. Fuera de la vista de cualquier cámara, tiro el teléfono de Amy en el recorrido entre la cantina y la recepción. Cruzo seguridad y luego la carretera para dirigirme al aparcamiento.

Mientras conduzco, intento pensar en Amy sola en la oscuridad, si es que todas las salidas del avión han quedado cerradas. Por mucho tiempo que transcurra hasta que los chicos de seguridad consigan localizarla —después de que se den cuenta de que no está con el grupo—, nunca será suficiente por lo que a mí se refiere. Pero confío en que, mientras permanece sentada en el fantasmagórico cementerio de clase turista, atrapada en el interior del cascarón de un avión con la información de seguridad de los pasajeros como único pasatiempo, tenga también tiempo para pensar en lo erróneo de su conducta.

Consigo encontrar aparcamiento justo enfrente de la caja de zapatos.

Tengo dos llamadas perdidas. Una de la inmobiliaria y otra de mi abogado.

Buenas noticias. Por Halloween, seré vecina de Nate.

21

El día de uno de los muchos encuentros previos a la boda que Bella celebra con su camarilla —hoy se trata de una experiencia en un spa de lujo—, me planto en coche en Bournemouth. Aparco, vuelvo a perfumarme —un aroma fuerte y almizcleño que me compré en la tienda libre de impuestos— y desciendo por una cuesta hasta llegar al centro y localizar la dirección. Doy mi nombre a la recepcionista y me instalo en un mullido asiento de la sala de espera. Las paredes de color crema están decoradas con fotografías de yates, mansiones y playas exóticas. Las alfombras huelen a nuevo.

—¿Señorita Price? —dice un hombre que aparece en una puerta que queda a mi izquierda.

Me levanto, sonrío y nos estrechamos la mano. Contengo su mano en la mía una pizca más de lo necesario. Es fácilmente reconocible por las fotos que he visto de él: de aspecto normal, más bajo que Nate, cabello castaño. Pero, en pocos años, ese cabello le caerá hacia un costado y la tripa se le hinchará. Miles debe de tener unos diez años más que Bella y que yo. Tiene una mirada amable, y se le forman patas de gallo cuando sonríe. Lleva las uñas muy cuidadas.

—Pase, por favor, y tome asiento —dice—. Siento haberla hecho esperar.

—No pasa nada —contesto—. Me imagino que estará muy solicitado.

Muevo expresamente la mano izquierda cuando busco la carpeta en el bolso para asegurarme de que vea mi anillo de prometida. Es un diamante solitario engarzado en oro, comprado en Abu Dabi, libre de impuestos.

Me he puesto varias veces en contacto con Miles para pedirle «asesoramiento» y luego —lentamente, con cuidado— he ido tirando del sedal para pescarlo. Conozco a Bella. Conozco su actitud hacia el sexo masculino: un desdén que no se preocupa por esconder en exceso bajo la superficie. Una doncella de hielo que ha cultivado todas las cualidades esenciales para convertirse en la esposa ideal para un determinado tipo de hombre. Pero Miles no parece un tipo al que le guste correr riesgos. Si cree que estoy soltera, será más complicado cazarlo. No se arriesgaría a acabar víctima de una amante despechada y vengativa.

—Pues bien, señorita Price…

—Llámeme Juliette, por favor.

—Por supuesto. Y usted llámeme Miles. —Duda un instante y sonríe.

Le devuelvo la sonrisa.

—Miles.

Tose para aclararse la garganta y gira hacia mí la pantalla del ordenador, dispuesto a refrescar en mi memoria las conversaciones que hemos mantenido por teléfono y correo electrónico.

Me inclino hacia delante y escucho con atención.

—Gracias por explicármelo todo tan bien.

—Como le he dicho, hay gente que piensa que gestionar dinero es complicado, cuando no lo es. Me gusta aclarar el misterio para mis clientes.

—Sí, ya lo veo.

Suena mi teléfono. Es una llamada falsa que he preparado con anterioridad. Sonrío, disculpándome, cuando la rechazo, aunque sí escucho un mensaje de voz inexistente.

—Voy a tener que acabar pronto nuestra reunión —digo—. Pero ahora que nos hemos conocido sé que es el hombre perfecto para este trabajo. Me gustaría disponer de un poco de tiempo para leer todo lo que me ha pasado, si me lo permite.

—Naturalmente.

Finjo que me quedo pensando.

—Estaré disponible más o menos a esta misma hora la semana que viene. No sé si estará usted también libre para responder a mis preguntas.

Consulta la agenda.

—Ningún problema, señorita Pr... —Se interrumpe y sonríe—. Juliette.

Sonrío.

Le estrecho de nuevo la mano antes de marcharme, confiando en dejarle impreso mi nuevo perfume para que lo recuerde bien.

Empiezo a preparar la mudanza en la caja de zapatos. Dos horas después, el espacio es una miniciudad de cajas de cartón.

Suena el teléfono. Nate. Pulso la tecla para ignorar la llamada, como suele ser mi costumbre últimamente. Estoy harta de la voz arrogante que pone cuanto intenta «discutir razonablemente nuestra complicada situación». Querrá que firme cualquier cosa o que acceda a algo que no me beneficia.

Necesito distraerme, de modo que entro en Facebook. Amy está de baja por estrés. ¡Estrés! La palabra en sí resulta irritante. Ha publicado interminables y aburridas diatribas sobre la «dura experiencia» de quedarse atrapada en el centro de formación. Se sintió «traumatizada» y «angustiada». Traumatizada y angustiada, sí. La gente que consigue huir de una guerra sí que se siente traumatizada y angustiada. Yo he vivido historias de trauma y angustia. Amy no. Es una afortunada, ya que resulta que Rupert se la ha llevado de vacaciones a las islas Mauricio. Amy dispone de una red de seguridad en forma de Rupert, amigos y familiares, todos ellos dispuestos a ayudarla cuando tiene problemas. Tendría que probar ser yo por un día, entonces sabría lo que de verdad es el «estrés».

Nate vuelve a llamarme. Cojo de mala gana el teléfono.

—¿Qué quieres ahora? —le espeto.

Eso de que la línea que separa el amor del odio es muy fina es verdad, y yo he traspasado esa línea. Estaré unida a Nate por venganza, no por amor.

—Necesito comentar una cosa importante contigo, por favor.

—Pues mira tú qué bien. Lo siento, pero estoy ocupada.

—Una lástima —dice Nate—. Porque tengo la sensación de que estás dándome largas, y no te funcionará.

El simple tono de su voz me da tanta rabia que no me fío ni de lo que pueda replicarle. Agarro con fuerza el teléfono y resisto la tentación de arrojarlo contra la pared. Es como un perro típico con un hueso: machaca, machaca, machaca.

—¿Lily? ¿Estás ahí?

—¿Sabes qué, Nate? Pasaré por tu casa cuando vuelva de mi próximo viaje. Tengo pruebas que te harán ver las cosas bajo un prisma distinto.

Suspira exageradamente.

—¿Y no podrías venir ahora?

—No, me temo que no. Tengo que prepararlo todo para salir para Yeda mañana temprano.

Silencio.

Me lo imagino haciendo acúmulo de toda su paciencia.

—Lily. Hubo un tiempo en que significamos algo el uno para el otro. No tenemos por qué estar así. Siento no poder acceder a todo lo que te gustaría que accediese, pero, por favor, intenta ponerte en mi lugar.

—Lo intentaré —digo, mintiendo—. Y estaría muy bien que tú hicieses lo mismo.

Responde en voz baja.

—Lo hago. Y como ya te he dicho muchas, muchísimas, veces, lo siento.

Le digo adiós y sigo preparando la maleta.

El vuelo a Yeda es tranquilo. Va solo medio lleno y no llevamos alcohol, razón por la cual tampoco hay que preparar papeleo para la aduana. Cuando nos aproximamos al aeropuerto, diviso el inmenso tejado blanco en forma de tienda de campaña de la terminal de Hajj.

Después del aterrizaje, el personal de tierra recibe el avión y ofrece a la tripulación femenina la posibilidad de utilizar abayas prestadas, vestimentas negras que cubren el cuerpo en su totalidad. Por suerte, estoy mejor preparada que en mi primer viaje a Arabia Saudí, el que realicé el mes pasado con destino a Riad, y me he comprado mi propio pañuelo, por mucho que el código de vestimenta aquí sea al parecer más relajado que en Riad. Cuando nos escoltan hasta el minibús, notó sobre mí las miradas de la multitud congregada en el vestíbulo de llegadas. En el exterior, y pese a ser casi medianoche, la temperatura es de treinta y tres grados.

Circulamos por una zona llana, moderna y bien iluminada. Percibo, aun sin ver signos tangibles, que el desierto no queda muy lejos. La mayoría de los edificios, cuando no son blancos, son de color rosa pálido o arena. Las señales verdes de las calles están escritas en inglés debajo del árabe, de modo que puedo seguir las indicaciones hacia el centro de la ciudad. El tráfico es muy denso por ser altas horas de la noche y hay colas interminables de taxis blancos en las calles flanqueadas por palmeras. Por todos lados se ven obras: andamios, focos potentes y grúas.

Nos detenemos enfrente del edificio de un hotel de una cadena internacional, con el nombre escrito en letras doradas. Cuando me apeo, noto el frescor que desprende el agua de una pequeña fuente. La sensación es de estar en un lugar de vacaciones exótico. Descargan rápidamente nuestras maletas y el portero nos guía hacia la recepción.

Se respira más libertad de la que me había dado a entender Cocinas FM —el nombre por el que todos conocemos los chismorreos entre la tripulación—, y una recepcionista nos reúne alrededor de una pequeña mesa de centro para presentarnos una lista de visitas turísticas. Mientras escuchamos, nos ofrecen mango y zumo de naranja.

A la mañana siguiente, varios miembros de la tripulación nos citamos al final de un embarcadero, en un club privado a orillas del mar Rojo, a la espera de que nos entreguen juegos de aletas y gafas de buceo. Me desperezo, disfrutando de la sensación del calor en la piel, aun siendo solo las diez de la mañana.

Después de que el instructor me haya hecho entrega del equipo y me lo haya ajustado debidamente, desciendo con torpeza con mis aletas por una escalerilla y me sumerjo en el templado mar azul turquesa. Cuando abro los ojos bajo la superficie, me resulta imposible no sentirme cautivada por la explosión de color. Arcoíris se perdería rápidamente si nadara por aquí. Los peces cebra serpentean entre el coral mientras un pez de mayor tamaño, de color amarillo chillón y con ojos azules, no para de mirarme. Medusas transparentes y de color morado neón, con cuerpos hinchados como globos, flotan tranquilamente a lo lejos. Y pececillos de aspecto metálico viajan en bancos que parecen regimientos.

A la hora de comer, mientras disfruto de un *biryani* de cordero y un refresco de lima en el restaurante del club —un respiro de frescor lejos del calor abrasador del mediodía—, echo de menos a Nate, a pesar de la rabia que me inspira. La nostalgia se apodera de mí y subraya la soledad de estar en un entorno maravilloso sin nadie con quien compartirlo. Me encantaría poder enviarle alguna de las fotografías que he hecho en la playa esta mañana.

Por la tarde, de vuelta a la temperatura agradable de la habitación del hotel, redacto un correo para Miles. Le pregunto si podríamos quedar para comer la semana que viene, en vez de vernos en su despacho. Me responde en pocos minutos, accediendo entusiasmado a mi propuesta. Le he contado a Miles que, a pesar de la fortuna que he heredado, trabajo para una agencia de viajes porque «me encanta». No he sido nada concreta con respecto a los detalles de mi puesto de trabajo, excepto con el hecho de que tengo que viajar mucho.

Durante el tranquilo vuelo de seis horas y media de vuelta a casa, aprovecho los ratos de descanso para trabajar en un par de guiones: uno para mi inminente visita a casa de Nate y el otro para mi encuentro con Miles.

Cuando aterrizamos en Heathrow está lloviendo a cántaros. Me encanta meterme en la cama por la mañana cuando hace tan mal tiempo y pensar en la gente «normal» que está saliendo de casa para ir al trabajo.

Quedamos en un gastropub recientemente renovado y elijo una mesa situada en un rincón y con un sofá. Me instalo y aliso mi vestido nuevo.

Miles es puntual.

Me levanto y sonrío.

—¡Miles! Es usted un encanto por acceder a reunirse conmigo aquí. Espero que no le importe... —digo señalando la botella de *prosecco* que he pedido.

—¿Por qué no? Gracias.

Hago espacio en el sofá para que se siente a mi lado. Duda, solo una milésima de segundo, antes de sentarse a mi lado. Le formulo una pregunta sobre planes de pensiones y se lanza con una respuesta detalladísima. No me queda tanto dinero como le he hecho creer, pero, en una fase futura, le informaré, disculpándome, de que mi controlador prometido ha insistido en que utilice los servicios de un amigo suyo que es gestor de fondos.

Pide un sándwich de carne y yo lo mismo. Cuesta comerlo con elegancia, pero corto la carne en pequeños trocitos y persevero.

—Y ahora que ya nos hemos sacado de encima los temas de negocios —digo cuando ya terminamos—, me gustaría saber un poco más sobre el hombre al que he confiado mi futuro. Mi prometido, Nick, no tiene cabeza para los negocios. Hacemos buena pareja en muchos sentidos y sabemos que un matrimonio entre nosotros sentará muy bien a nuestras respectivas familias, que mantienen lazos de amistad desde hace generaciones. Ambos cumplimos con nuestro deber de forma sensata y de buen grado. Pero le he dejado claro que la responsable de los asuntos económicos seré yo.

—Una decisión muy sabia —dice Miles—. ¿A qué se dedica Nick?

—Está también en el sector de los viajes, pero más especializado en la parte empresarial que en la turística. Salud —digo—. Por el principio de nuestra relación.

Brindamos.

Se abre un poco sobre su vida personal. Me cuenta que nunca tuvo intención de trabajar como asesor financiero, sino que acabó casualmente metido en ello. Aunque no le importa, insiste.

—¿Y su esposa? ¿Trabaja en algo similar? —pregunto.

—No, no estoy casado. Como usted, estoy prometido.

—¿Y cómo se conocieron?

Duda, como si no supiese muy bien qué responder.

—Lo siento. No es asunto mío —digo rápidamente—. Cuando estoy un poco nerviosa siempre digo tonterías. —Me esfuerzo para parecer turbada y cambio de tema—. ¿Le gusta el golf?

Ya sé que le gusta. Le concedo quince minutos más de completa atención y entonces miro el reloj.

—¡Oh! Tengo que irme corriendo. Es una pena. La verdad es que me ha encantado la charla.

Se levanta al mismo tiempo que yo.

—Lo mismo digo.

—Seguimos en contacto —digo.

Le estrecho la mano y me marcho, sin volver la vista atrás.

No me basta con que parezca que está a punto de caramelo para serle infiel a Bella. Quiero que se enamore de mí. Quiero que Bella experimente el desamor y la humillación. Quiero deshacerme en atenciones con Miles y convertirlo todo en un asunto interno. Algo del estilo a «Mantén cerca a tus amigos, pero aún más cerca a tus enemigos».

Y, hablando de enemigos, llamo a Nate pare decirle que voy de camino a su piso con mis «pruebas».

Nos sentamos en el sofá de Nate, con la distancia de un cojín entero entre nosotros.

Cuando se ha acabado, Nate se levanta para darle de comer a los peces. Arcoíris engulle con avaricia. Me levanto también, saco el DVD del reproductor y lo guardo en su estuche.

—¿Quieres que te consiga una copia? —digo—. A lo mejor, James Harrington y tú podríais tomar unas cervezas y verlo juntos esta noche.

Nate me ignora.

Contengo una sonrisa.

En el DVD, Nate aparece perfectamente normal. Feliz. Sonríe y no pronuncia las palabras arrastrándolas como un borracho. Intercambiamos nuestros votos como una pareja normal y corriente y enamorada. Y a pesar de que la he visto un montón de veces, la filmación sigue dejándome pasmada.

—Intenta no cometer adulterio —digo—. O te saldrá caro a la hora del divorcio…, que, por cierto, no podremos solicitar hasta que haya transcurrido como mínimo un año desde la fecha de la boda. —Recojo el bolso—. Ah, y además vas a tener que verme muy a menudo. Hace ya meses me galardonaron por mi papel durante una evacuación de emergencia y voy a salir en la portada de la revista interna.

Cierro de un portazo.

Me reservo para otra ocasión la noticia de que pronto seremos vecinos.

Entre los viajes a Atenas, Singapur y Vancouver, el contacto entre Miles y yo se hace más frecuente.

Dedico horas a redactar con esmero mis correos y mis mensajes, intentando transmitir la imagen de alguien que intenta desesperadamente esconder la atracción que siente hacia él pero quién sabe si acabará fallando.

Los mensajes se vuelven menos moderados, menos formales y más íntimos. Hasta que me queda claro que la próxi-

281

ma vez que nos veamos solo habrá un tema principal en la agenda.

A la semana siguiente, un deprimente miércoles a la hora de comer, estaciono el coche en un aparcamiento desconocido en Poole. No queda a muchos kilómetros de Bournemouth, pero sí a la distancia suficiente como para tener discreción. Recorro el embarcadero hasta el restaurante del hotel, donde me espera el prometido de Bella. Las gaviotas se lanzan en picado sobre los restos de comida de las papeleras. Los carteles se zarandean y el olor a pescado camufla el del mar. Un viento gélido me pellizca las mejillas.

Miles me está esperando en una mesa de un rincón. Se levanta, me besa al estilo continental y me retira una silla para que tome asiento. Va bien vestido, con una chaqueta hecha a medida y una camisa de color salmón que le sientan bien. Intuyo la mano de Bella en su aspecto. Si una cosa he aprendido acerca del amor, es que nunca, jamás, hay que facilitarle a tu hombre un cambio de imagen. Les proporciona una sensación de confianza que no se canaliza hacia ti y siempre es otra la que sale beneficiada.

Estamos ambos sentados y coge la carta de vinos.

—¿Pedimos una botella de Pouilly-Fumé?

—Perfecto. —Sonrío—. Estoy un poco nerviosa.

—Yo también.

—¿Te lo has pensado mejor?

—No. ¿Y tú?

—No. No he podido dejar de pensar en ti desde que nos conocimos. Me preocupaba haber interpretado mal las señales. Como una tonta.

—Lo mismo digo. Sabía que tenía que correr el riesgo. De lo contrario, me moriría preguntándome qué habría pasado. Me dio la impresión de que enseguida establecimos una conexión especial.

Pedimos. Le dejo que elija por mí. Le doy un poco de ese control que sospecho que no tiene con una prometida tan cara de mantener como Bella. Con la botella de vino vacía y el plato principal retirado, abordo el tema.

—Tengo la sensación de que tendríamos que hablar de ese tema tabú —digo—. Está ahí y creo que está muy claro.

Asiente.

—No queremos hacerles daño ni a Bella ni a Nick. Nuestro sentido del deber nos mantiene unidos a ellos. Seremos discretos. Esto…, lo nuestro, solo podrá ser fresco y maravilloso porque ambos sabemos que nunca llegará a nada. ¿Estamos de acuerdo?

Estira el brazo por encima de la mesa y me coge la mano.

—Ni yo mismo podría haberlo expresado mejor. —Se inclina hacia delante—. Me he tomado la libertad de reservar una habitación.

Se me revuelve el estómago con el contacto. Miles no está mal, pero no es Nate. Aunque tengo que hacerlo. No es culpa mía haberme visto forzada a quebrantar mis votos de fidelidad. De poder elegir, sería mujer de un solo hombre. Pero me he visto presionada y tengo que pasar a la acción.

Sonrío.

—Qué presuntuoso. Pero me gustan los hombres que toman el mando. ¿Pasamos del postre y el café?

Más tarde, Nate me llama mientras tengo a Miles acostado a mi lado.

Respondo.

—Hola, cariño.

Miro a Miles con cara pesarosa. Articula: «Tranquila, no pasa nada». Y se marcha al cuarto de baño.

Nate va al grano.

—Veamos, Lily. ¿Qué quieres? ¿Qué necesitas para ser razonable?

La moderación que pudiera haber sentido hasta ahora desaparece al instante.

—Ya te lo diré, *cariño* —respondo—. En este momento estoy ocupada.

Me desperezo y bostezo. Me alegro de que Nate haya entrado por fin en razón. Confiaba en que acabara haciéndolo. Porque he pensado en la forma de que acabe compensándomelo todo.

22

Quedo con Nate delante de su casa al día siguiente.

—Estás llena de sorpresas —dice cuando se instala en el asiento del acompañante de mi coche—. ¿Cuándo has aprendido a conducir?

—Hace poco.

—¿Vamos de visita misteriosa o estás de humor para darme alguna pista?

—Es demasiado complicado para explicarlo. Tendrás que confiar en mí.

Nate se cruza de brazos como un niño enfurruñado y mira por la ventanilla.

Sigo las indicaciones hacia la M-3 y pongo rumbo al sur. Cualquier intento de entablar conversación con él se ve recompensado con un gruñido o un gesto de indiferencia, de modo que pongo Guns N' Roses, empezando con el tema que sonó en la limusina cuando fuimos a casarnos.

Pasamos el área de servicio y seguimos una hora y media, cruzando el New Forest, hasta llegar a mi pueblo. Paso por delante del pequeño parterre donde sigue en pie la vieja cabina telefónica roja. Aparco al otro lado del camino, justo enfrente de Sweet Pea Cottage. Las ventanas no tienen cortinas y la ausencia de hiedra lo hace todo más evidente. La han quitado por completo y la casa parece desnuda. Han recortado también los setos, nunca los había visto tan bajos. Es evidente que los nuevos propietarios no tienen nada que esconder y que probablemente están ansiosos por implicarse en la vida del pueblo. Que tengan suerte.

Señalo la casa.

—Aquí vivía yo.

Echa una rápida mirada y se vuelve hacia mí.

—No me digas, por favor, que me has traído hasta aquí para hacer un viaje por tus recuerdos. Ni se te ocurra pensar que si te conozco mejor conseguirás hacerme cambiar de idea. Solo he accedido a quedar hoy contigo porque me prometiste que cooperarías si escuchaba lo que tuvieras que decirme.

—Quiero enseñarte una cosa. Ven conmigo.

Abro la puerta del coche, salgo y estiro las piernas. Nate sale por el otro lado y se queda mirando en dirección a la casita. Me pregunto qué estará pensando y si está intentando imaginarme viviendo aquí. Me envuelvo el cuello con una bufanda y me abrocho los botones de la chaqueta en un vano intento de protegerme de la brisa.

—Ven por aquí —digo, cruzando la calle.

Nate me sigue y lo guío por el camino que rodea la casita y se dirige a la parte de atrás. Se levanta el viento y las hojas secas y quebradizas, las ramitas y la basura —el envoltorio de una chocolatina y un folleto de un establecimiento de comida para llevar— nos persiguen los tobillos. Veo retazos del jardín a través de los espacios que se abren entre los listones de la valla de madera. Veo también que han limpiado partes de la selva; la zona central del jardín parece haber sufrido un ataque por parte de topos gigantes.

La antigua propiedad que había detrás de Sweat Pea Cottage ya no existe. En cuanto la vendieron, dividieron el terreno en tres parcelas y construyeron nuevas edificaciones alrededor de una pequeña plazoleta sin salida. Los jardines dan directamente a la calle; no hay valla ni nada que señale los límites. Me paro delante de la casa del medio. En el camino de acceso hay un coche de tres puertas con una pegatina amarilla con la expresión «Bebé a bordo» en la ventanilla trasera, pero no se ve a nadie.

—Tenía un hermano.

Nate me mira y luego sigue mirando al frente.

—¿Y tiene esta casa algo que ver con él?

—Nada. Por aquel entonces no estaba construida. Pero aquí fue donde sufrió el accidente. Había una vieja granja abandonada, que pertenecía a una pareja. Soñaban con convertir esto en casitas de vacaciones, pero se quedaron sin dinero a medio proyecto. Lucharon unos años por sacarlo adelante, pero el terreno debía de ser caro de mantener y nunca acabaron de terminar la piscina. Era un cascarón de hormigón, pero para nosotros, como niños que éramos, actuaba como un imán, por mucho que en la parte más profunda se acumulara el agua de lluvia y estuviera sucia y enfangada, con musgo adherido a los laterales. —Sonrío ante la aparición repentina de un recuerdo—. Nos inventábamos historias sobre un «universo del estanque», con ranas y libélulas.

—¿Se ahogó?

Muevo la cabeza afirmativamente.

—¿Cuántos años tenía?

—Fue poco después de su cuarto cumpleaños.

—Lo siento mucho. ¿Qué pasó?

Me estremezco.

—Hace frío. Pero el día que pasó no estaba el tiempo así. Era verano…

Debo de haberme quedado colgada en *aquella época* más tiempo de lo que imagino, puesto que de pronto oigo que Nate insiste en que continúe.

—¿Y?

—Mi madre tenía sus cambios de humor. Y cuando caía en un mal momento, me tocaba a mí ocuparme de William, cuyo nombre era por una flor, el clavel del poeta…, por Shakespeare, ya sabes. Me lo llevaba. Hasta que se le pasara. Hasta que pudiera cuidar de nuevo de nosotros.

—Tú no debías de ser muy mayor.

—Diez años.

—Entonces, lo que pasó no fue por tu culpa.

Fue por *mi* culpa.

Pero en vez de reconocerlo, digo:

—Tenía una sonrisa que hacía que, a veces, me apeteciera cuidar de él. William era capaz de hacerme feliz, incluso cuando me fastidiaba tener que ocuparme de él. William Florian Jasmin. —Sonrío—. Pero era un niño mimado. Mi madre se lo consentía todo para compensar que era incapaz de educarlo correctamente. Cuando quería salirse con la suya, empezaba a gritar… y, a veces, se ponía imposible.

—Parece que a tu madre le iban los nombres de flores. —Hace una pausa—. Es una historia muy triste. Qué tragedia para todos vosotros.

—En una ocasión me contó que su primer recuerdo era de un día que estaba recogiendo flores con su madre. Al parecer, también ella tenía un carácter caprichoso.

Me estremezco de nuevo.

—¿Por qué me dijiste que eras hija única?

—¿Qué querías que te dijera? —Hago una pausa—. Ya he tenido bastante de esto. Quiero irme.

Mientras volvemos al coche, termino la triste historia con la versión abreviada, la que cuento a todo el mundo.

—Resbaló y se cayó. Todo sucedió muy rápido. No tuve tiempo de hacer nada.

Nate me presiona la mano mientras me pongo el cinturón. Mi instinto de traerlo hasta aquí está dando sus frutos.

Elijo los caminos más estrechos para ir al cementerio, a unos diez kilómetros de la casa. Aspiro el olor inequívoco del estiércol al pasar junto a las granjas. Durante varios minutos, quedamos atrapados detrás de un tractor cargado con balas de heno que va soltando briznas en cuanto se encuentra con un bache. Cada vez que intento adelantarlo, me embarga la frustración, porque veo aparecer un coche en dirección contraria.

Nate recupera su modo silencioso durante todo el trayecto.

El cementerio está rodeado por un muro alto de piedra. Cuando cruzamos las verjas de hierro forjado, dudo un instante. Tal vez, al final, no ha sido buena idea, porque es la primera vez que lo visito desde el funeral. Aparco, pero no me muevo hasta que Nate abre su puerta. El sonido que hace me devuelve a este momento y este lugar.

No recuerdo el lugar exacto. He pasado muchos años expulsando estos recuerdos de mi memoria. Recorremos senderos entre lápidas ladeadas, árboles y una mezcla de flores frescas y podridas hasta que, con insistencia, acabamos localizándola. Está casi al final del terreno, junto a una hilera de tejos.

«William Florian Jasmin, 1996-2000». Nos quedamos delante de la lápida, en silencio.

«Te amo hasta el infinito y más allá».

Fui yo quien eligió esas palabras.

El viento serpentea entre las ramas de los árboles y arremolina maleza entre mis botas. Oigo susurros. Si creyera en fantasmas, saludaría a Will.

—¿Por qué no me lo contaste?

—No estuvimos juntos el tiempo suficiente.

Ninguno de los dos dice gran cosa cuando nos alejamos del pueblo y volvemos a Londres por carreteras principales.

Nate mira a través de la ventanilla, perdido en sus pensamientos.

—¿Piensas alguna vez en tus tiempos en el colegio? —pregunto.

—¿En qué sentido?

—¿Te gustaba?

—En general, sí.

—A mí no.

—Habían pasado muchas cosas en tu vida. Es comprensible, supongo.

—¿Fumabas a escondidas? ¿O bebías cosas prohibidas? ¿Celebrabais fiestas?

Se queda mirándome.

—Solo los actos organizados por el colegio: bailes al final de cada trimestre, cosas de ese tipo. Luego el baile de verano y el de invierno, claro. Todo el mundo fumó y bebió en un momento dado. ¿Por qué lo dices?

—Me lo preguntaba, simplemente eso. —Hago una pausa—. Siempre que vuelvo por aquí, se me despiertan recuerdos. ¿Tuviste muchas novias?

—No tantas.

Le miro —para ver si piensa añadir algo más—, pero vuelve la cabeza hacia la ventanilla y se sumerge de nuevo en sus pensamientos.

Y yo me sumerjo en los míos.

Me paro en un área de servicio de la autopista para comer.

Hacemos cola y entre tanto voy mirando el mostrador con bocadillos, madalenas y pasteles decorados con calabazas de color naranja, arañas y brujas. No quiero ni pensar en comida, pero cojo un paquete de patatas fritas para acompañar el café. El local está tan abarrotado que tenemos que compartir mesa con una pareja de ancianos.

Cuando la pareja termina el café y se marcha, Nate espera a haber acabado su bocadillo de jamón con mostaza para intentar iniciar una conversación.

—Debió de ser terrible para tu familia y para ti.

—*Fue* duro. —Me detengo a pensar en las palabras más adecuadas—. Devastador.

Extiende el brazo por encima de la mesa y posa la mano sobre la mía.

—¿Fue por eso por lo que se separaron tus padres?

—Supongo que habría pasado igualmente, mi padre siempre estaba fuera de casa; pero es posible que el dolor por lo sucedido también se sumara. Mi madre siempre tuvo afición por la bebida, incluso antes de todo aquello. —Hago una pausa y pienso que eso podría hacerme menos atractiva—. No es hereditario —añado, aunque sirva de poco—. He leído un montón sobre el tema.

Aparto la mano. Extrañamente, su intento de compasión me resulta perturbador. Sé que Nate tiene «problemas» con sus padres. Que su madre puede ser algo fría y que su padre es un hombre impaciente; siempre les decía a Nate y a Bella que «ser el segundo no es una opción». Sin embargo, Nate estará comparando en estos momentos su situación con la mía y se dará cuenta de que sus «problemas» no son nada.

Nada de nada.

—Siento mucho todo esto que te pasó. ¿Te ofrecieron ayuda? ¿Terapia de algún tipo? ¿Cosas de esas?

Niego con la cabeza.

—El caso es que sigo sin comprender qué tiene que ver todo esto con nuestra situación —dice, suavizando el tono.

Allá vamos. Su siguiente fase viene a demostrar mis temores.

—Saber lo de tu hermano... —Hace una pausa antes de continuar, sin duda para hacer acúmulo de todo su tacto— no cambia lo que tenemos que hacer.

—Estábamos bien juntos. ¿Por qué estuviste conmigo en Las Vegas si no soportabas estar cerca de mí?

—Me *gustas*, Lily. Eres atractiva y puedes ser muy divertida. Pero existe una diferencia enorme entre salir con alguien y aceptar un compromiso para toda la vida. Y por eso lo que ha sucedido entre nosotros no es lo correcto.

Deja de hablar, como si estuviera decidiendo cómo expresar lo que quiere decir a continuación. Pero lo interrumpo.

—Ya sé lo que vas a decirme, ¿pero *por qué* no quieres que nos demos otra oportunidad?

Abre la boca dispuesto a hablar, pero lo silencio levantando una mano.

—No he terminado. He comprado un piso bastante cerca del tuyo y voy a mudarme pronto. Lo único que te pido es que me des seis semanas. Seis semanas para socializar, como amigos, si quieres. Para tomarnos las cosas con calma. Si después de esto sigues sintiendo lo mismo, te doy mi palabra de que te dejaré correr para siempre y ni siquiera te enterarás de que somos vecinos.

No responde.

—¿Y bien?

—Lo dirás en broma, ¿no?

—No.

—¿Por qué cerca de donde yo vivo? Podrías haberte ido a cualquier otro sitio. A *cualquiera.* ¿Qué me dices de Niza, Barcelona, Ámsterdam, Dublín? Lo hace mucha gente de la tripulación. Podrías aprovechar que tienes un trabajo que te permite hacer eso.

—¿Y por qué no vives *tú* en el extranjero?

—Porque elegí vivir en Richmond. Yo. Solo. Una decisión que no tuvo que ver con nadie. Y de todos los lugares del mundo, elegiste precisamente mi barrio.

—Seis semanas, es lo único que te pido.

—¿Y entonces qué? ¿Levantarás el campamento y ya está?

—Eso no lo sé, podría perder mucho dinero. Ya veremos. Pero te prometo que te dejaré en paz.

—¿Puedes ponérmelo por escrito? —dice en un tono que da a entender que habla muy en serio.

—Si no confías en mí…
Como si yo fuera a hacerlo.

Nate me ayuda con el traslado a mi nuevo piso. A pesar de que tengo la sensación de que lo hace porque quiere controlarme y ver mi nueva casa —lo cual es un curioso intercambio de roles—, me aprovecho de ello. Al fin y al cabo, también se brindó a ayudarme en su día a mudarme a Reading.

Después de limpiar la caja de zapatos y de repasar el inventario con la agencia inmobiliaria, entrego las llaves con una sonrisa sincera. Cargamos los dos coches y no vuelvo la vista atrás cuando me alejo del lugar donde nunca quise vivir.

Nate me sigue hasta mi nueva casa. Está a menos de un minuto andando de su apartamento, en diagonal a la izquierda. Aparco el coche justo delante y pongo los intermitentes de emergencia mientras Nate descarga mis pertenencias del pequeño maletero y el asiento posterior. A pesar de que hay dos tramos de escalera hasta el ático, trabaja sin quejarse y, en general, se muestra útil.

En menos de dos horas hemos acabado. A lo mejor no lo odio tanto como pensaba.

Aunque el piso es pequeño, tengo que comprar algunos muebles. Una cama —de momento, tengo un colchón hecho polvo—, una mesa, algunas sillas y un sofá. Necesitaré también diversos utensilios de cocina. El piso, de todos modos, está ya enmoquetado en un elegante tono beis subido y la cocina está bien equipada, con lavadora y lavavajillas.

Pedimos sushi, nos sentamos en el suelo y comemos directamente de las cajas con palillos. Es como si entre nosotros no hubiera pasado nada malo. Es tan natural estar juntos que me siento más optimista de lo que lo he hecho en mucho tiempo. Pero, aun así, tengo que abordar un tema. Y quiero ser la primera en dar su versión.

—Tu amigo Rupert está saliendo con una chica que conocí en mi periodo de formación. Por lo visto, estuvo en tu casa hace poco.

—¿Cómo se llama?

—Amy.

—Sí, ya la recuerdo.

—Es un poco inestable. Se comportó de forma muy rara cuando te mencioné. Dijo que le había parecido extraño que nunca hubiera hablado de ti. Pero no estábamos juntos, así que ¿por qué tendría que haberlo hecho?

Nate se encoge de hombros.

—A mí me pareció normal.

—Imagino. ¿Quién reconoce que es una fantasiosa? Nadie, que yo sepa. Bueno, confío en que Rupert descubra cómo es en realidad.

—Estoy seguro de que Rupert es capaz de cuidarse solito.

Añado una pequeña cantidad de wasabi a la salsa de soja y mezclo antes de sumergir una pieza de salmón con arroz.

Se hace el silencio.

Nate parece un poco más tenso que antes, como si simplemente se dejara llevar por las circunstancias.

Lo pongo a prueba.

—¿Le has dicho a tu familia que te has casado?

Me mira como si estuviera loca.

—No. A mi madre le daría algo.

—¿Y si me conociera?

—No.

Lo he dejado caer.

Cuando Nate muestra indicios de que va a marcharse, no me quejo ni le pido nada más de cara al futuro. Le doy las gracias, me despido alegremente de él y lo dejo irse. Sé que está ganando tiempo hasta que pueda soltarme su discursillo de «Lo siento mucho, Lily, lo he intentado pero no», de modo que voy a probar con una estrategia totalmente novedosa.

Sé que el padre de Nate se jubiló anticipadamente de un puesto de alto ejecutivo en la banca y que le interesa el golf, y que su madre es una mariposa social, a la que le van el tenis y la natación y tiene muchos *hobbies.* Es también miembro de la junta directiva de una organización benéfica de carácter artístico y cultural. Hago una búsqueda en internet. Tienen fotógrafos que ofrecen gratuitamente sus servicios. Indago un poco más. Parece que la madre de Nate y de Bella —Margaret— también hace sus pinitos en el mundo de la fotografía. Tiene un pequeño estudio cerca de la casa a la que se mudaron hace diez años, en Canford Cliffs, una zona muy exclusiva de Poole. Abre los lunes y martes por las mañanas.

Busco su casa en Google Earth. Es magnífica y debe de tener unas vistas impresionantes sobre la bahía. Hago zoom y veo la terraza con una gran mesa de jardín. Me imagino que, con buen tiempo, las reuniones familiares se celebrarán allí. Visualizo a Nate allí sentado, disfrutando de la vista y contando historias sobre sus viajes más recientes.

Le envío un mensaje de texto a Miles:

Me muero de ganas de volver a verte. Besos

Me responde en cinco minutos:

¿El jueves que viene? ¿En el mismo lugar?

Como estaré por la misma zona, puedo perfectamente matar dos pájaros de un tiro, así que aprovecharé para ir a ver también lo que hace Margaret. Viendo que estoy en plan de organizar cosas, hago un pedido de mobiliario: una cama, un pequeño sofá y varias colchas y cojines.

Pienso instalarme aquí como es debido, echar raíces por primera vez en mi vida.

A la mañana siguiente, me levanto temprano y me visto meticulosamente con el uniforme. Hoy es mi primer día en mi nuevo papel a tiempo parcial. Me fotografiarán para la revista interna y tengo que estar estupenda. Confío en que la foto le recuerde permanentemente a Nate mi existencia cada vez que vaya a trabajar.

Llego puntualmente y busco al director responsable del equipo de promociones, un hombre serio —tripulante de cabina como yo—, pero con hambre de poder. Ha elaborado una lista de todas sus ridículamente altas expectativas en orden de importancia y exuda desesperación por dejar de volar y abrirse camino en puestos en tierra aparentemente mejores y de más relevancia.

Además de mí —la embajadora de seguridad—, hay tres personas más que han sido galardonadas con los premios del bienestar, la salud y el trabajo en equipo, respectivamente.

La jornada no es divertida; es peor que estar en la escuela de formación. Vestida con un chaleco y gafas de seguridad, nos envían al fotógrafo y a mí a la parte del aeropuerto reservada al personal y, a bordo de un autobús, nos llevan hasta un hangar. Tengo que superar una de esas escalerillas metálicas tambaleantes que utilizan los mecánicos para subir al avión, y conseguir que no salgan los técnicos en las imágenes supone un esfuerzo constante. El fotógrafo me ordena que pose junto a los distintos peligros potenciales que se encuentran en el interior del avión: alfombrillas con los extremos levantados, una señal de «Prohibido cristal» que hay al lado del destructor de basura. Y tengo que sujetarme «correctamente» a la barandilla de la escalera que conduce a la cabina superior.

De regreso al Centro de Informes, nos hacen una foto de equipo; sonreímos todos. Por lo que sé, el principal beneficio de este puesto es que tendremos una oficina —compartida— para nuestro propio uso. Lo cual se traduce en acceso a información potencialmente confidencial sobre los demás, ya que mi nueva contraseña me proporciona un acceso más amplio a los sistemas de la compañía. Además de celebrar reuniones con regularidad, nuestra responsabilidad consistirá en proporcionar de forma continua noticias positivas para la revista, animar a nuestros compañeros a ser más conscientes sobre los asuntos de seguridad, más responsables en cuestiones sanitarias y a mostrar mayor preocupación por los demás.

Nuestro aplicado jefe nos informa de que la foto de equipo aparecerá en portada y que la peor —de todas las que me han hecho— saldrá en la tercera página. Es horrible. En la imagen, aparezco en la cabina de mando, a un lado del pedestal central, con una taza vacía y cara de preocupación. Me colocarán junto a una advertencia sobre los cuidados que hay que tener al servir bebidas a la tripulación. El artículo incluirá estadísticas de ingeniería, un rollo aburrido sobre defectos y nuevos componentes, o algo así.

Volver a mi nueva casa es un alivio. En cuanto entro, me quito los tacones, pongo la radio, busco una emisora donde emitan música sin publicidad y retiro temporalmente mis tablones de su escondite en un armario de la cocina. Y en su escondite seguirán mientras Nate me visite de vez en cuando. Aunque no lo hace con la regularidad que me gustaría, al menos sí lo hace voluntariamente y con gusto, debo reconocerlo.

Tengo otra caja que también debo mantener escondida; la que contiene mis posesiones más íntimas. Compartiré algunas de ellas con Nate cuando decida que está en el estado de ánimo adecuado.

Vibra el teléfono. Miles:

¿Podemos dejarlo para más adelante? Trabajo. :(Tengo que ir a Tokio a visitar a un cliente, estaré fuera toda una semana.

Es frustrante. No es mala compañía y disfruto del rato que paso con él. Aunque Bella no esté todavía al corriente, es agradable. En tres días vuelo a Singapur. Consultaré la lista de cambios. Veo que hay dos Tokios con posibles cambios dentro de mi categoría laboral, pero una de las personas quiere cambiarlo solo por un viaje a los Estados Unidos. Le enviaré un mensaje a la otra.

Mientras espero una respuesta, le respondo a Miles con un mensaje:

¡No me digas! ¡Vaya casualidad! Hoy acaban de decirme que es posible que también tenga que ir a Tokio. Hay que visitar un hotel nuevo. Te diré algo si al final sale la cosa. :) Debe de ser el destino.

Me entra un mensaje de correo accediendo al cambio de destino al mismo tiempo que recibo una respuesta amable por parte de Miles. Como le he dicho, es el destino. Tengo ganas de pasar más tiempo con él; para intentar sonsacarle de forma inocente las vulnerabilidades y los miedos de Bella.

Todo llega para quien espera.

23

Espero a Miles en la planta veintiocho de un rascacielos que alberga un hotel famoso por su vista sobre el Rainbow Bridge. El bar está tenuemente iluminado. Sobre las mesitas de color gris pizarra, el parpadeo de las pequeñas velas se entremezcla con las luces de la ciudad visibles al otro lado de los gigantescos paneles de cristal que se extienden desde el suelo hasta el techo. Rojo, blanco y azul iluminan el puente y se reflejan en el agua. El tintineo de un piano ofrece un discreto telón de fondo a las diversas conversaciones que mantiene la clientela local, vestida de diseño, salpicada por algún que otro grupito de occidentales.

Me aburro.

El resto de la tripulación ha ido a un karaoke, un plan que sonaba divertido, y había una chica, además, que parecía de lo más graciosa. De haber tenido tiempo, me habría gustado salir a dar una vuelta con ella. Después de haberme distanciado de Amy, necesito una nueva amiga que la sustituya.

—Lo siento muchísimo —dice Miles, apareciendo de repente a mi lado—. La reunión se ha alargado.

Se produce un momento incómodo durante el cual no parece saber muy bien cómo saludarme. A pesar de que estamos lejos de casa, Miles se muestra atípicamente consciente de que nos encontramos en un lugar público. Nos besamos en las dos mejillas y se sienta a mi lado.

—¿Qué te apetece beber? —pregunta.

Cojo la carta de cócteles y leo los nombres en inglés que por suerte están escritos junto a los símbolos japoneses. Elijo un Green Destiny: un combinado de vodka, pepino, kiwi y zumo de manzana. Miles se decanta por una margarita.

—Mi hotel queda bastante lejos de aquí —digo—. Espero que no te importe, pero me he tomado la libertad de traerme una pequeña bolsa para la noche.

Cambia de postura en su asiento con cierto nerviosismo.

—Supongo que tiene sentido. ¿Crees que Nick se pondrá en contacto contigo?

—Lo dudo. —Le cojo la mano—. No te preocupes, si te llama Bella, me esfumaré. Me encerraré en el cuarto de baño y me taparé los oídos.

Ríe.

—No creo que llame.

—¿Se mantiene ocupada cuando no estás?

—Bella siempre está ocupada.

Guardo silencio, a la espera de que se explique un poco más, pero no muerde el anzuelo.

Miles se afloja el nudo de la corbata y se relaja en su asiento.

Después de la segunda copa, me invita a subir a la habitación. En el instante en que se cierra la puerta, nos lanzamos el uno a por el otro.

Disfruto de todos y cada uno de los instantes en que se lo robo a Bella.

Miles se ha quedado dormido.

La habitación huele a humo, lo cual es extraño, ya que fumar está actualmente prohibido en la mayoría de los hoteles del mundo. Me obligo a esperar más de veinte minutos antes de ponerme a husmear. Tanto la tableta como el teléfono están protegidos con contraseña. Hago algunos intentos —el cumpleaños de Bella y la fecha de nacimiento de Miles, que descubro hojeando el pasaporte—, pero nada. Tiene el maletín abierto. Miro los documentos de los clientes, pero son aburridos. La cartera no contiene nada de gran interés, aparte de una fotografía de *ella* doblada por la mitad.

Su sonrisa siempre ha sido la misma. Cada vez que la veo, me recuerda la sonrisa de un asesino.

Encuentro también una lista, escrita con la inconfundible caligrafía de Bella, y solo de verla me entran náuseas. Gira y regira las mayúsculas de un modo exageradamente ornamental. Entre las peticiones (o exigencias) de Bella —por ejemplo, Miles tendrá que encargarse de organizar la luna de miel—, aparecen también los nombres de varios lugares donde poder celebrar la boda. Su favorito en estos momentos es una mansión de estilo veneciano con jardines privados cerca de casa de sus padres, y apunta asimismo diversos hoteles en orden de preferencia.

Cojo el teléfono y hago fotos de todo lo que he descubierto, como recordatorio, y luego me siento en el borde de la cama y miro la pared. No puedo desconectar. Si Bella estuviera aquí, seguramente estaría durmiendo, sin ninguna preocupación, excepto sus estúpidos planes de boda. Me pregunto qué podría hacer para fastidiárselos. No se merece ser feliz y comer perdices. Eso del karma es un mito, evidentemente: un ser tan indigno como Bella consigue su felicidad sin tener que luchar en absoluto por ella mientras que gente como yo vamos avanzando a trompicones.

A veces pienso qué pasará cuando Bella y yo volvamos a vernos. Me imagino lo que ella dice, lo que yo digo. Y, a pesar de que las situaciones varían, siempre soy yo la que acaba saliendo victoriosa. Soy yo la que finalmente se hace oír. He aprendido a esquiar, a jugar al tenis, a montar a caballo... He visitado los lugares donde ella va, me he asegurado de conocer a la mayoría de la gente con quien se relaciona, si no en persona, sí al menos a través de las redes sociales. Estoy completamente preparada para integrarme en su mundo, para que sea *ella* quien quiera ser *mi* amiga, no al revés.

Miles se gira hacia el otro lado y sigue durmiendo. Tendría que dejar alguna cosa en su maleta para que ella lo encontrara, un pequeño recuerdo que le lleve a preocuparse por los viajes de trabajo de su prometido. Algo que la convierta en una neurótica, menos segura de sí misma y con un poco más de humildad. Alguien a quien Miles no respete. Tiene que ser algo sutil, para que Miles no sospeche de mi implicación. Rocío con mi perfume el forro de la maleta y cierro la tapa con la esperanza de que se infiltre en su contenido. Sería ideal que Bella le deshiciese la maleta, aunque dudo que lo haga.

Voy al baño. Echo un vistazo al neceser de piel. No hay gran cosa: desodorante, bálsamo labial, champú y un cortaúñas. Me siento en el borde de la bañera y estudio el panel de control del inodoro japonés, intentando averiguar el significado de los dibujitos que acompañan a los diferentes botones. Después de estar pensando un rato más, regreso sigilosamente a la habitación y abro el armario. Palpo los bolsillos de la chaqueta. Vacíos. Busco en mi bolso, pero no hay nada que pueda dejar sin que Miles sospeche que he sido yo. El perfume tendría que ser suficiente.

Por el momento.

Pero hago una fotografía de Miles. Me quedo inmóvil al ver que se dispara el flash, pero Miles no se mueve.

Me meto en la cama, en un extremo, y observo cómo van cambiando los números rojos del despertador de la mesita de noche.

Fantaseo con que Nate cambiará de actitud, lo que, a su vez, permitirá que mis sentimientos hacia él vuelvan a ser de amor. Podríamos volver a empezar, hacer bien las cosas: salir, enamorarnos, empezar totalmente de cero. Mis pensamientos se desarrollan, se vuelven cada vez más sofisticados, hasta que noto que me voy durmiendo.

El sonido de una alarma me devuelve a la consciencia. Me inclino y miro el teléfono que guardo en el bolso. Las siete de la mañana, hora de Tokio.

Miles se sienta, se despereza y entra en el cuarto de baño. Cuando oigo el sonido de la ducha, entro y me meto con él. No pone pegas. Nate podría aprender un par de cosas de él en lo que a entusiasmo se refiere.

En cuanto nos vestimos y nos arreglamos, recorremos el pasillo para ir a desayunar.

Miles se pasa casi todo el rato escribiendo en el teléfono.

—¿Qué haremos hoy? —digo, pinchando con el tenedor un trozo de melón.

—¿A qué te refieres?

—Bueno, he pensado que podríamos ir a visitar el Palacio Imperial o…

—Estoy trabajando —replica Miles—. Y me parece que tú también.

—Sí, por supuesto, pero me permiten algo de tiempo libre. ¿Qué opinas?

Me mira.

—No estoy aquí para hacer turismo, y, además, ya he estado aquí con…

Se interrumpe.

—No pasa nada. Puedes pronunciar su nombre —digo.

—Mira, Juliette, lo siento, pero necesito paz y tranquilidad. Tengo un día cargadísimo.

—De acuerdo. ¿Y esta noche, para cenar?

—Me temo que no puedo. Ceno con mi cliente.

—¿Y no podría apuntarme? ¿Como compañera de trabajo?

—Creo que no es muy buena idea.

—Vuelvo a casa al día siguiente.

—Pues tendremos que vernos, en casa, en otro momento. Elige el momento y el lugar y absolutamente nada me lo impedirá.

Sonríe, pero forzado.

—Pues entonces será mejor que me vaya.

Mira de nuevo el teléfono.

Me levanto, sintiéndome despechada.

—Lo siento, Juliette. Hay un asunto que tengo que solucionar ahora mismo.

—Por supuesto. Lo entiendo.

Se levanta y me da un beso en la mejilla.

Miro hacia atrás cuando me voy, pero no está mirándome. Vuelve a estar concentrado en el teléfono.

Durante el interminable vuelo de doce horas de vuelta a casa, estoy que echo humo.

Me tumbo en una litera de las de abajo y me escondo de todo el mundo.

A la luz de la linterna, hago una lista con todas las similitudes que veo entre Nate y Miles.

Abro la puerta de la calle del edificio, superando la débil resistencia que oponen el correo, los folletos de pizzas y las peticiones de donaciones benéficas. Me agacho para recoger los papeles. Mis vecinos de abajo deben de haber pasado la noche fuera, puesto que normalmente apilan en el peldaño inferior de la escalera cualquier cosa que vaya dirigida a mí. Arrastro las maletas hasta casa, pero no puedo descansar porque tengo que esperar a que me traigan la cama.

Llega por fin a última hora de la mañana, y los transportistas me ayudan también a montar el somier de matrimonio. Cuando se marchan, me peleo con la funda nórdica de color verde botella que hace poco me llevé de casa de Nate —no es su favorita— y pongo también los dos cojines de conjunto, dándoles una buena sacudida antes de colocarlos en mi nueva cama.

Lentamente, mi casa empieza a parecer más mía. Las paredes vacías necesitarán alguna cosa, así que elijo las fotos favoritas de Nate que pretendo enmarcar.

El día siguiente es martes, uno de los días que la madre de Nate tiene el estudio abierto.

Localizarlo es sencillo. Aparco en una calle flanqueada por árboles y me encamino hacia la puerta de cristal de la entrada.

Está dentro, sola, sentada detrás de una mesa. Parece más mayor que en las fotografías, pero posee la misma elegancia y esa postura distante que recuerdo de sus visitas al colegio. Está sentada en un pequeño taburete, con la espalda erguida, leyendo una revista. Las gafas hacen conjunto con su camiseta azul marino. Durante un instante pienso que no se parece mucho a su hija —mucho más a su hijo—, pero entonces abre la boca. Aunque hubiera tenido los ojos cerrados, habría sabido que son familia.

El corazón se me acelera un poco.

—Buenos días —dice levantando la vista de la revista, que veo entonces que es un folleto de arte—. Cualquier cosa que necesites, pregunta.

—Gracias —digo con una sonrisa—. He pasado varias veces en coche por aquí delante y siempre me ha llamado la atención el escaparate. Siempre he querido entrar. Y hoy por fin he encontrado un poco de tiempo para hacerlo.

Miro. No sé mucho sobre arte ni sobre fotografía, pero antes de salir de casa he buscado algún consejo. Por lo que se ve, está muy bien elogiar al fotógrafo por el trabajo que conlleva la creación de la imagen y apreciar el resultado de la escena en sí.

Expreso mi interés por uno de los marcos más caros: una fotografía en blanco y negro de una regata.

—Me encanta esta. Me han llamado la atención los triángulos blancos y dispersos de las velas. ¿Desde dónde está tomada?

Me mira, radiante.

—Es en la bahía, el año pasado. La vista es desde la ventana del salón de mi casa.

Me lo imaginaba.

—Voy a comprarla para darle una sorpresa a mi marido.

—Espero que a él también le guste. ¿Navega? —me pregunta mientras envuelve el cuadro.

—No mucho. Es que no tiene tiempo. Llevamos pocos meses casados. Tenía muchas ganas y no quería esperar, así que nos casamos en Las Vegas.

—Qué emocionante.

—Fue el mejor día de mi vida. El único problema es que no sabe cómo darle la noticia a su familia.

Se queda mirándome, como si no estuviera acostumbrada a que una desconocida le hiciera tantas confidencias.

Podría decírselo. Podría decirle ahora mismo quién soy. Con una sola frase podría obligar a Nate a reconocer lo que soy. Podría explicarle la brutalidad con que su hijo ha tratado mis sentimientos y enseñarle una prueba de que no me he dejado engañar; de que su hijo se casó conmigo y luego, cruelmente, cambió de idea. Podría decirle que me ha contado cosas sobre ella, como, por ejemplo, que eligió su nombre porque le gustaba a ella, por mucho que su esposo quisiera que Nate se llamase Julian.

—Una situación complicada para ti —dice Margaret—. ¿Y tus padres?

—Ya no están aquí.

—Oh —dice, entregándome el paquete.

Sin duda, se siente engreídamente satisfecha de que su vida esté divorciada de problemas tan escabrosos como estos.

—La verdad es que debería comunicárselo —añade cuando me marcho—. ¡Buena suerte!

Tiene razón; debería.

Fuera de la tienda, le envío a Nate un mensaje:

Creo que tu madre estaría encantada de enterarse de lo nuestro. Acabo de conocerla. Es encantadora. Me he sentido culpable escondiéndole la verdad y sin poder decirle que soy su nuera.

El teléfono suena de inmediato. Es asombroso lo rápido que Nate puede llegar a responderme un mensaje cuando le interesa.

Desconecto el teléfono.

24

Me dirijo a continuación al lugar favorito de Bella para celebrar su boda, que está solo a poco más de un kilómetro del estudio.

Pago para poder acceder a los jardines y, sirviéndome del plano que me proporcionan, voy directamente hacia la parte italiana. No se ve a nadie. Tomo asiento en un banco notando cómo el frío se filtra a través del tejido del pantalón. Contemplo un estanque grande rodeado por arbustos. Detrás de los nenúfares, veo los reflejos de las carpas que nadan alrededor de una fuente de piedra esculpida que compone el motivo central. Miro a mi alrededor e intento imaginarme el jardín en verano, cuando seguramente se encuentre rebosante de color. Más allá de una zona despejada de césped, al fondo, se alinean los rododendros. Conecto el teléfono y hago algunas fotos para poder refrescar la memoria más adelante.

Tengo siete llamadas perdidas de Nate y una de James. Parece acoso.

Rodeo el estanque, paso junto a una estatua de Baco y llego a unas escaleras de piedra que suben a la mansión. Levanto la vista y veo una balconada, el lugar ideal para que Bella pueda posar. Me imagino perfectamente cómo se desarrollará la escena: el saludo como si fuera un miembro de la realeza, los «Oh» y los «Ah» de los invitados situados junto a los tejos pulcramente recortados, haciendo fotos de la novia y posando para *selfies* en distintos puntos de tan elegante entorno.

Suena el teléfono e interrumpe las imágenes de película que pasan por mi cabeza.

Es Nate. Otra vez. No se molesta ni en decir hola.

—¿Qué quiere decir eso de que has conocido a mi madre?

—Cálmate. Estaba con una amiga a la que le interesa la fotografía y acabamos en un estudio cerca de Poole. Nos pusimos a charlar con la propietaria y resultó que es tu madre. No caí en la cuenta hasta que mencionó que su hijo era piloto y lo cuadré con el apellido.

—Por favor, mantén a mi familia apartada de nuestro fiasco privado.

—Nuestro *matrimonio*, Nate. Soy tu *esposa*, no un fiasco.

Cuando pulso la tecla para dar por terminada la llamada, me tiembla la mano. Vuelvo a desconectar el teléfono y camino a grandes zancadas por un sinuoso sendero, cruzo un jardín plantado con brezo, un puentecito y distintas decoraciones con agua, pero por mi mente solo pasan pensamientos asesinos.

Cuando me marcho, una hora después, sigo sin haber recuperado la calma. Siendo realista, no me queda más remedio que corregir parte de mi Plan de Acción.

Por la tarde, ya en casa, llamo a Nate.

—Ven. He estado pensando. Podemos hablar todo lo que quieras.

Llega en un cuarto de hora y pulsa el timbre más rato del necesario.

Abro la puerta y entra.

—¿Quieres tomar algo?

No espero su respuesta y le sirvo un vino tinto. Le paso la copa.

Se niega a aceptarla.

—No, gracias.

Saca un bloc con espiral y un bolígrafo, como si intentara convencerme de que esto es una *reunión de trabajo.*

—¿Qué piensas hacer? ¿Escribir una lista con los pros y los contras?

—Esto no es ninguna broma. Quiero recuperar mi vida.

—Yo no te he *robado* la vida.

—Quiero que acabes de una vez por todas con esto. Este plan tuyo, eso de vernos como si fuéramos amigos, eso de irte a visitar a mi madre, no *cambiará* nada. Accede, por favor, a la anulación y así no tendré que molestarte nunca más. Si cooperas, todo será sencillo y existe la posibilidad de que ni tengamos que ir a los tribunales. De lo contrario, todo será mucho más complicado. Y peor, tanto para ti como para mí. Tendré que demostrar que no consentí al matrimonio porque estaba borracho.

Hay que aplicar un cambio de táctica.

—De acuerdo.

—¿De acuerdo qué?

—De acuerdo en que cooperaré. Te quiero y si esto es lo que necesitas para ser feliz pues lo haré.

—Gracias. Llegará un día en que...

—No digas, por favor, que algún día te lo agradeceré. Porque no va a ser así.

Da media vuelta, dispuesto a marcharse.

—Vale, pero, por favor, empieza a responder los correos que te manda James.

Relleno todos los formularios necesarios —debo reconocer que lo hago sin ninguna prisa, ya que no tengo la más mínima intención de permitir que esto llegue a su fase final— e iniciamos el proceso para poner fin a nuestro matrimonio.

Si todo sale como él espera, Nate dejará de ser mi esposo en primavera. Sin embargo, después de haberlo camelado con una sensación de falsa de seguridad, tengo que elucubrar otro plan, libre de errores, para poder conservarlo. Tendré que ser muy rápida. Me ha pedido que no me ponga en contacto con él a menos que sea necesario.

Devastada —consciente de que lo quiero tanto como siempre—, vuelco mi atención en Miles. Para nuestra siguiente cita, quedamos en que lo recogeré en la esquina, para que nadie pueda vernos desde sus oficinas.

—He reservado un lugar distinto para darte una sorpresa —digo cuando se instala en el asiento del acompañante.

—¿Queda muy lejos? —pregunta—. Tengo que estar de vuelta a las cinco.

—Ya estaremos de vuelta. Mira —digo señalando una bolsa que hay en el suelo—, te he comprado un regalo.

Lo saca; es un libro —*Quinientos lugares que hay que visitar antes de morir*—, el mismo que le regalé a Nate. He compuesto un poema y lo he escondido en la parte dedicada a Japón. Sé que no se lo llevará a casa y que seguramente lo dejará escondido en su despacho, pero me apetecía comprarle *algo*, para que sepa que lo aprecio.

—Gracias, Juliette. Un detalle por tu parte.

La bolsa cruje cuando vuelve a guardar el libro.

Cuando estacionamos en el aparcamiento del hotel, veo que Miles se pone visiblemente rígido.

—¿Aquí?

—Sí. La estancia en Tokio me ha servido para darme cuenta de que no tenemos por qué andar metidos en tugurios cuando tengamos posibilidad de vernos. De ahí también lo del regalo que he elegido. He pensado que en el futuro podríamos hacer más viajes juntos.

—Juliette, me parece una idea magnífica, pero no me siento cómodo aquí, en este lugar. Es…

Se interrumpe, incapaz de decirme la verdad.

Es uno de los hoteles que aparece en la lista de Bella.

Me esfuerzo por mostrarme herida y decepcionada.

—La verdad es que tenía muchísimas ganas de verte.

—Yo también. Pero no aquí.

Me indica por dónde ir y llegamos a un aparcamiento medio escondido a orillas del mar. Mi vida va cuesta abajo mientras la de Bella sigue subiendo como la espuma.

Necesito ponerme las pilas.

Inquieta, a la mañana siguiente voy a Kingston y me paseo por un centro comercial. Los establecimientos están llenos de luz y color y hay carteles por todas partes anunciando las fiestas. Faltan solo seis semanas para Navidad. Los Papás Noel sonríen, los renos brincan, los muñecos de nieve miran fijamente y los duendes acaparan regalos. Un grupo musical canta villancicos junto a un árbol cargado de decoración.

Me siento incluso más baja de ánimos que la Navidad pasada. En esta época del año, aunque con el corazón roto, todavía albergaba esperanzas. Ahora, sin ninguna esperanza clara de que las cosas mejoren pronto, lucho por salir adelante.

Me siento en una cafetería y me tomo dos cafés, uno detrás de otro. Tecleo el código wifi e intento buscar regalos de Navidad para Barbara a fin de ir directamente a una sola tienda sin tener que soportar las que están más concurridas. Pero no puedo evitar distraerme.

Nate está en Miami, pero James y él se han intercambiado mensajes dos veces. Para ellos, soy un chiste —me llaman «la plasta que no se larga»— y James se refiere también a mí como «mendaz». Me torturo leyendo más detalles: Nate quiere «librarse» de mí de la forma más rápida y fácilmente posible. Quiere «seguir adelante» sin la «amenaza» de tenerme pululando sobre su vida como un «nubarrón». James tiene incluso el valor de sugerirle a Nate que ponga su casa en venta: «Haz lo que sea con tal de poner distancia con ella». Y, además, según James el Sabelotodo, Barnes (donde casualmente vive él) es «otra buena opción» para él, que no está «atado ni a colegios ni a tener que ir cada día al trabajo».

Cuando agoto todas las cosas negativas que Nate y James tienen que decir sobre mí, entro en el blog de Bella, que sigue siendo un aburrimiento, con su relato de las pruebas del vestido de novia y explicando que Miles y ella asistirán esta noche a la inauguración de un nuevo restaurante. Leo un comentario en Facebook en respuesta a uno de una amiga de Amy que le pregunta qué planes tiene por Navidad: Rupert y ella piensan pasarla en París.

Todo el mundo es feliz menos yo.

Me levanto y, con la intención de volver directamente a casa, me pongo el abrigo, pero entonces veo un escaparate lleno de lencería roja y negra. Me da una idea. Entro.

Cuando salgo con mis compras, me siento más animada; por fin tengo algo en lo que concentrarme.

De camino a casa, paro también un momento en una tienda de bricolaje. Ahora que soy propietaria, considero que es una muy sabia inversión tener algunas herramientas básicas.

Entro en casa de Nate cuando anochece. A pesar de que me encantaría hacer alguna cosa maliciosa y vengativa, sigo fiel a lo que he venido a hacer.

Mientras estoy ocupada, las palabras se repiten en mi cabeza.

«Mendaz». «La plasta que no se larga».

Se me está escapando, y pronto no podré hacer nada por remediarlo. Legalmente, por ahora, sigue siendo mío. Tengo todavía una posibilidad, aunque empiezo a temer que, con mi cambio de táctica, podría acabar saliéndome el tiro por la culata si no me esfuerzo mucho más.

Vuelvo andando a casa, trazando un recorrido más largo del necesario, rodeando el Green en dirección contraria.

Cuando llego al piso, me siento en la cama y miro todas mis fotos. Las saco de los álbumes y les voy dando la vuelta, hasta quedar rodeada de recuerdos.

Necesito algo que me distraiga.

A lo mejor sería buena idea ir a visitar a Miles en esa inauguración que ha mencionado Bella en su blog. Estará aburrido, todo el rato a su sombra. Estoy segura de que podré persuadirlo fácilmente de que salga, de que estará encantado de poder escapar un rato de allí.

Sin concederme tiempo para cambiar de idea, cojo el bolso y el abrigo y bajo corriendo a buscar el coche. Tecleo el código postal del restaurante de cocina fusión asiática. No le envío a Miles ningún mensaje previo avisándolo de mi llegada. Quiero que mi espontaneidad sea una sorpresa encantadora.

En cuanto me incorporo a la autopista, piso a fondo el acelerador y supero el límite de velocidad. La sensación, a pesar de que mi cabeza sigue pensando sin parar, resulta terapéutica.

Gracias a Dios que disfruto de la atención a tiempo parcial de Miles. Sin él como distracción, no sé cómo me lo montaría para seguir llevándolo tan bien.

25

Miro por la ventana del restaurante. Al principio no distingo ni a Bella ni a Miles entre el gentío, pero no tardo mucho en descubrir a Bella rodeada por una corte de mujeres. Miles está algo más atrás, hablando con un hombre alto.

Me gustaría entrar, colocarme a su lado y, como si fuera de mi propiedad, enlazarlo por el brazo o flirtear abiertamente con él. Pero decido enviarle un mensaje:

Estoy por tu zona, ¿te apetece escaparte un ratito? Besos

Veo que saca el teléfono, lo mira y lo guarda de nuevo en el bolsillo. Sigue con su conversación. Me siento en un banco helado, enfrente.

Cinco minutos más tarde, le mando otro mensaje:

?? Besos

Reacciona exactamente de la misma manera. Lo llamo. Saca el teléfono y cuelga de inmediato.

Experimento una oleada de rabia. Abro la puerta del restaurante y me recibe un cálido aroma a especias mezcladas con incienso. Me detengo y me apoyo contra una pared, justo en la línea de visión de Miles. Me mira fijamente un segundo hasta que me reconoce, pero ni me sonríe ni se acerca a saludarme.

Busco los lavabos y lo llamo. No hay respuesta. Cuando estoy a punto de pulsar otra vez su número, me entra un mensaje:

¿Qué haces aquí? ¡Estoy con Bella!

Le respondo con otro:

¿Y qué? Lo único que tienes que hacer es hablarme como una persona normal, hay un montón de gente. Yo podría ser cualquiera. Como mínimo, sé educado y responde.

Envío el mensaje, se abre la puerta y entra Bella.

Guardo el teléfono en el bolso y me lavo rápidamente mis manos temblorosas, sin levantar la vista. Bella entra en el cubículo del medio. Me encamino hacia la salida, pero me paro en seco y cambio de idea. Yo estaba aquí primero. Me planto delante del espejo y saco un lápiz de labios que guardo en el compartimento con cremallera del bolso. Vibra el teléfono. Miles. Ahora le toca saber a él lo que es sentirse ignorado. Respiro hondo para calmar la agitación que me corroe por dentro.

Cuando la puerta del cubículo se abre y aparece Bella, doy un brinco. Se sitúa a mi lado para lavarse las manos. La miro a través del espejo mientras me pinto lentamente los labios. Levanta la vista. Su expresión da a entender que me reconoce. Aspiro un aroma a vainilla almizclada. Sigue oliendo a caro.

—¿Elizabeth? ¿Del colegio?

Me flaquean las piernas. En una de mis muchas versiones de fantasía de nuestro reencuentro, Bella se disculpa efusivamente y me suplica que sea su amiga.

Pero el simple tono de su voz me recuerda que mis deseos han sido inútiles.

—Hola, Bella —digo con voz serena.

—Hola, ¿qué haces aquí?

Coge una toalla.

—Lo mismo que tú, imagino.

—Sí, supongo. ¿Vives por aquí?

—Un buen amigo vive por la zona.

Tapo el carmín y presiono los labios. Echo un último vistazo a mi imagen reflejada en el espejo, me giro hacia la puerta y Bella me sigue. Miles, con el ceño fruncido, pulula por las cercanías. Me detengo y me giro en redondo hacia Bella.

—Adiós —digo lo más fuerte posible, sin que suene demasiado evidente que las últimas palabras que dirijo a Bella son para que Miles se entere, y sigo andando hacia la salida, dejándolos a ambos atrás.

El frío me abofetea la cara. Camino hacia el coche y espero. El teléfono suena al cabo de tres minutos.

—Me apuesto lo que quieras a que estás llamándome desde los baños —digo.

—¿Qué demonios acaba de pasar? —dice—. ¿Qué estás haciendo aquí?

—Estaba por la zona. He intentado ponerte sobre aviso, pero me has ignorado.

—Esa con la que estabas en los lavabos es Bella.

—Lo sé. Fui al colegio con ella.

—¿La *conoces*? ¿Pero qué…? —Se oye un sonido amortiguado, como si alguien más hubiera entrado en los baños. Miles cambia de inmediato el tono de voz—. En estos momentos estoy en una fiesta. Ya te llamaré.

—Sal ahora y reúnete conmigo. Estoy en el aparcamiento de enfrente.

—En este momento no es posible.

—Miles, todo es posible si se intenta. Si no sales tú, entraré yo. Te doy cinco minutos.

Cuelgo. Me hace dos llamadas más, que ignoro. Luego un mensaje, que elimino sin leer.

Menos de dos minutos más tarde, Miles está junto a la puerta del lado del acompañante. Entra y se sienta a mi lado.

—¿Pero qué pasa? —dice—. No puedo quedarme mucho tiempo. ¿Qué quiere decir eso de que fuiste al colegio con Bella?

—La he reconocido. Cuando ha entrado en los baños detrás de mí.

—¿Y no sabías que era *mi* Bella?

—¿Cómo quieres que lo supiera? No éramos amigas. Me sorprende que estés con alguien como ella. En el colegio era una acosadora asquerosa.

Me lanza una mirada extraña.

—Bella no le haría daño ni a una mosca. Lo único que quiere en la vida es hacer el bien.

Suelto una carcajada. No puedo evitarlo. Y, por algún motivo que desconozco, no puedo parar de reír.

Miles se queda mirándome.

—¿Quieres que llame a alguien? ¿A algún amigo?

—Bella supuestamente era mi amiga.

—Eso complica mucho las cosas. Lo cambia todo. No tenía ni idea. Y, por supuesto, no es necesario que te diga que...

—¿Y si vamos a dar una vuelta? No da la impresión de que seáis de esas parejas que se controlan mucho el uno al otro. Estoy segura de que Bella no te echará de menos por media hora.

Cuando me inclino hacia él, y antes incluso de que mi mano roce su muslo, Miles abre la puerta del lado del acompañante. Una oleada de aire frío y el coche se inunda de luz.

—Tengo que volver. Lo siento, todo esto ha sido un error. Adiós, Juliette.

Pongo el coche en marcha y doy marcha atrás sin mirar por el retrovisor, pero, cuando cambio la marcha, Miles salta del coche y cierra de un portazo. Echa a correr, a correr de verdad, hacia el restaurante.

Para alejarse de mí.

Me quedo años sentada allí, apagando y encendiendo el motor. La llave emite un sonido metálico cada vez que se acciona el contacto. Paso por delante del restaurante varias veces, pero soy incapaz de volverlos a ver.

Me rindo. Resulta, sin embargo, que la salida no ha sido una total pérdida de tiempo. Porque el trayecto de vuelta a casa me concede espacio mental suficiente para perfilar los detalles de mi próximo plan.

Lo primero que hago al levantarme dos días después es comprobar qué tal va el vuelo de Nate. El aterrizaje está programado para las tres y media; llegará puntual.

A partir de hoy, dispone de un descanso de diez días, durante los cuales pretende «relajarse», según un mensaje que le envió a James Harrington. Esta noche han quedado en un pub, donde sin duda se lo pasarán en grande comentando lo pronto que Nate podrá librarse por fin de su «mendaz» esposa.

Dedico el día a preparar todo lo que necesito para enfrentarme a Nate.

Por la noche, cuando vuelvo a casa, me arrodillo en el suelo del salón y guardo en una mochila todos los elementos.

Espero.

Me tumbo en el sofá con la tele de fondo, pero me resulta imposible concentrarme. Sé que me adormilo de vez en cuando, que la conciencia y la realidad aparecen y desaparecen.

La alarma suena a las cinco. Me visto, me cuelgo la mochila a la espalda y salgo a la calle. En el Green reina la calma y el ambiente está siniestramente silencioso. Enciendo la linterna y veo por qué: es como si a través del armario hubiera entrado en el mundo maravilloso e invernal de Narnia. Las briznas de hierba y las ramitas asoman entre la nieve. Alguna que otra casa tiene las ventanas iluminadas y apago rápidamente la linterna porque me siento expuesta, como si gente escondida estuviera observándome en secreto. El piso de Nate está oscuro.

Me quedo unos instantes inhalando el aire gélido. Mi respiración se hace visible y acto seguido desaparece. Visible, y desaparece.

Entro en el edificio de Nate y subo por la escalera. Me detengo delante de su puerta. No se oye nada. Entro.

Me quito los guantes, enciendo la linterna, desconecto la wifi y me dirijo al dormitorio para intentar localizar el teléfono de Nate. Está en su lugar habitual, encima de la mesita de noche. Nate no ronca, pero el olor a alcohol inunda la habitación. Cojo el teléfono, lo desconecto y me lo guardo en el bolsillo de la chaqueta. Entro sin hacer ruido en el cuarto de baño y saco las cosas que voy a necesitar. Empujo la puerta hasta que queda casi cerrada y dejo caer la mochila al suelo. El golpe sordo no es lo bastante potente. Miro a través de la rendija de la puerta. Como sospechaba, Nate ni siquiera se ha movido. Lo intento de nuevo, dando una patada en la puerta del baño con todas mis fuerzas.

—¿Qué pasa? —La voz de Nate suena ronca—. ¿Qué pasa? —repite con más claridad.

Me tumbo en el suelo, bocabajo, con una mano extendida sujetando un paquete vacío de paracetamol. La moqueta huele a humedad y giro la cabeza hacia un lado. Cierro los ojos en cuanto oigo los pasos de Nate. El baño se llena de luz.

—¿Pero qué...? Dios mío, Lily, ¿y ahora qué has hecho?

Lo oigo agacharse a mi lado e intenta ponerme bocarriba. Me siento de pronto y le echo una toalla por la cabeza. Automáticamente, intenta quitársela. Me abalanzo sobre él, le agarro la muñeca derecha, le pongo una esposa y ato la otra parte en el toallero metálico. Me aparto a toda velocidad de su alcance.

Con la mano que le queda libre, se quita la toalla y se queda mirándome. Tiene el pelo de punta.

—¿Lily? ¿Qué es esto? ¡Suéltame! Llamaré a la policía.

Intenta palparse los bolsillos con la mano izquierda, como si se hubiera olvidado de que va en pijama.

Apago la linterna y las luces. Nos quedamos a oscuras. El ventilador del cuarto de baño sigue zumbando. Nate tira del toallero y se oyen sonidos metálicos.

—Esto no tiene ninguna gracia. ¿Cómo demonios has entrado?

—Es una larga historia. —Me callo cuando oigo de nuevo el sonido metálico—. Quiero que me escuches, por una vez...

Me interrumpe.

—¿Puedes encender la luz?

—Por favor.

—Por favor.

Enciendo la luz. Nate parpadea. Tomo asiento en el borde de la bañera. Nate se abalanza para intentar cogerme, pero grita cuando las esposas lo retienen en su sitio.

—¡Suéltame!

—No hasta que te diga todo lo que quiero que oigas.

Tira de nuevo de la mano que tiene esposada y maldice repetidamente. Aporrea la pared de la bañera con los pies descalzos. Nate vive en un piso antiguo y sólido, con muros gruesos y suelo enmoquetado; tendrá que ser muy insistente si pretende que alguien lo oiga. De todos modos, creo que será más seguro si intento calmarlo.

—Si no paras de hacer ruido, tendré que dejarte aquí encerrado. Ten por seguro que la situación la controlas tú, lo creas o no. Pórtate bien y te liberaré enseguida. De lo contrario...

Salgo y lo dejo unos minutos solo. Deja de dar golpes y gritar. Vuelvo y cargo entonces con la mochila. Enciendo la luz del dormitorio y tiro la mochila en la cama. Nate me observa desde el cuarto de baño. Me siento a los pies de la cama.

—¿Estás ya dispuesto a hablar? —pregunto.

—Soy un espectador cautivo.

—No hay ninguna necesidad de tener esta actitud. Voy en serio.

—De eso no me cabe la menor duda.

—No quiero que nos separemos.

—Ya estamos separados.

—Exactamente. Por eso quiero que des una última oportunidad a nuestro matrimonio.

—Por Dios, Lily. Quítame esto. No puedes entrar en mi casa en plena noche, esposarme y luego pretender que acceda a seguir casado contigo. ¡Vamos! ¡No irás a pensar en serio que vas a salirte con la tuya haciendo esto!

—Este proceso puede ser largo o corto. Depende de ti.

—¿Qué me estás proponiendo?

Abro la mochila y extraigo dos álbumes de fotos. Me acerco a Nate y se los paso.

—Mira esto.

He impreso todas las fotos que he hecho de él o de nosotros, de lugares que hemos visitado, de cosas que hemos hecho. Quiero que recuerde los buenos tiempos.

Miro mientras va girando páginas.

—No tengas prisa. Míralas bien.

Obedece, y las mira con una lentitud exagerada.

—No tenía ni idea de que habías hecho tantas —dice—. No lo recuerdo.

Esa no es la única cosa que no recuerda. Pero no importa. Pronto se dará cuenta de ello. Mientras está ocupado, saco de la mochila un vestido de novia. Lo compré hace años, cuando comprendí que Nate era el hombre con quien estaba destinada a casarme. Tiro de la percha y dejo que el vestido se despliegue. Es de estilo clásico, en blanco y plata, con el corpiño adornado con cristalitos y perlas. Entro en el dormitorio y lo cuelgo en el armario. Aliso las arrugas.

—¿Para qué es eso? —grita desde el baño, con un leve temblor en la voz.

—Pienso que merecemos obtener la bendición eclesiástica —respondo, gritando también—. Como te he explicado ya muchas veces, nuestra boda en Las Vegas no fue tampoco la ceremonia de mis sueños, por mucho que tú te emperres en decir que sí. Te he comprado un traje, pero por desgracia aún no lo he recibido. Y nos queda comprar los anillos.

Entro otra vez en el cuarto de baño. Nate se está aporreando la cabeza contra la palma de la mano que tiene libre. Para y levanta la vista.

—¿Piensas quitarme las esposas cuando termine de mirar esto?

Ignoro la pregunta y sigo sacando mis pertenencias. Junto a *mi* lado de la cama, dejo varias revistas especializadas en bodas, un tubo de crema de manos y dos libros. Me siento a los pies de la cama y observo a Nate a través de la puerta abierta. Levanta la vista, pero rápidamente vuelve a mirar las fotos. Cuando llega a la última, su mirada se queda clavada en ella unos segundos antes de mirarme. Lo que reflejan sus ojos es horror, no amor.

La última fotografía que debe de haber visto es una foto familiar. Nate y yo tomando el pícnic a orillas del Támesis el verano anterior a este, y sentados también en la manta, a ambos lados de la cesta, fotografías superpuestas de un niño y una niña. Las imágenes son recortes de un catálogo de ropa infantil, de niños con facciones similares a como imagino que serían los nuestros.

Y encima de la fotografía he escrito un título muy sencillo: «Nuestro futuro».

26

Dios mío —dice Nate, mirando otra vez la foto.

—Así es como tendríamos que acabar. No puedes ir por la vida tratando tan mal a la gente. No está bien. Incluso tu madre está de acuerdo con eso.

—Accediste a mantener a mi familia fuera de todo esto.

—Te he comprado un regalo de su estudio.

Saco el marco que contiene la foto de la regata y se la enseño; la coloco como si fuera a colgarla para exhibirla, para que la contemple a su gusto. Luego me agacho y me apoyo contra la pared.

—¿Qué le dijiste?

—Le dije la verdad, que es que me casé en Las Vegas con el hombre que amo pero que instantes después él se echó atrás y renegó de lo que había hecho. Y no solo eso, sino que además no se lo ha contado a su familia. Tu madre piensa que deberías hacerlo.

—Lily. Lo siento. Lo entiendo de verdad. Te hice daño. Pensabas que nos casaríamos y tendríamos hijos.

Quítame estas esposas. Hablaremos. Debidamente. Te lo prometo.

La rabia me sacude la cabeza y el cuerpo. Si algo he odiado siempre de Nate es su forma de hablar tan engreída, como si él fuera siempre la persona perfectamente racional y razonable y yo una loca con delirios. Me cabrea, me cabrea de verdad. Me esfuerzo por mantener la calma.

—No tienes lo que se dice precisamente un buen historial en cuanto a ser fiel a tus promesas.

—Necesito ir al baño y estoy seguro de que a los dos nos iría bien un café. Te lo prometo, Lily, si me sueltas no te pasará nada malo.

Pero la cuestión es que no puedo. Me echará de patitas a la calle, y eso sería en el mejor de los casos. No quiero ni pensar qué haría en el peor de ellos.

—En este momento no puedo desatarte, pero no te preocupes, por favor. Tengo un plan.

La tensión de los músculos de su cara me da a entender que está extremadamente enfadado, pero sabe disimularlo bien a la vez que, sin la menor duda, está pensando en cómo manipularme. Me tratará como antaño se trataba a los secuestradores de aviones: apaciguándome y fingiendo que me entiende y me apoya.

Saco un destornillador y mi iPad. Presiono «Play» para iniciar el vídeo que he descargado y apoyo la pantalla contra la pared antes de ponerme a trabajar con el pomo de la puerta del baño. En cuestión de minutos, desatornillo el pomo dorado y lo saco.

—¿Y ahora qué haces? —pregunta Nate con un tono de voz contenido.

—Algo para que puedas quitarte esas esposas.

—¿Qué? ¿Piensas encerrarme aquí dentro? No te fíes de la información que puedan darte esos *youtubers* jovencitos. ¡Podría acabar atrapado aquí dentro!

Le interrumpo.

—No será así. Pero necesito tu cooperación. Tendrás que ganarte la libertad.

—¡Esto es ridículo, Lily! ¡Humillante!

Me giro hacia él y sonrío.

—Lo es. ¡Absurdo! ¡Irritante! ¿Quieres libertad para poder moverte por aquí o no?

No responde.

—Eso me imaginaba. No me interrumpas mientras estoy trabajando. Ahora tengo que poner otra vez el vídeo desde el inicio.

Le da un puntapié a la bañera. Lo miro, furiosa.

Cambiar el pomo hacia el otro lado, para que quede el pestillo de seguridad hacia fuera, no es tan sencillo como parece, pero lo consigo después de dos intentos. La última parte consiste en fijar el mecanismo. Introduzco un granito de comida para peces. Fin del trabajo. Pruebo a ver si funciona. ¡Sí! Ahora puedo encerrarlo dentro.

Nate sigue tirando del toallero como si, tirando con la fuerza suficiente, pudiera romper el metal.

La ventana del cuarto de baño da al lateral, no al Green. La cierro bien y me guardo la llave. En el poco probable caso de que consiguiera llamar la atención de alguien a través del cristal opaco, no sería culpa mía que hubiera tenido problemas con la cerradura. Y las esposas las he comprado en un sex shop. Que la gente utilice la imaginación como le venga en gana.

Voy a la cocina y luego vuelvo al baño para dejarle algo de comida. No es su favorita; en estos momentos no se merece ninguna muestra de cariño. Mientras abro con generosidad un paquete de galletas de queso y preparo unas cuantas manzanas, Nate me pilla por sorpresa y se abalanza sobre mí extendiendo la mano que tiene libre. Me agarra por la pierna, haciéndome caer. Me sujeto en la bañera, jadeando, mientras él tira con fuerza de mi pantorrilla izquierda. Cuando levanto la pierna, la presión se incrementa. Le pego una patada con la pierna derecha con todas mis fuerzas. Pero no me suelta, así que repito la acción. Esta vez sí me suelta y, respirando con dificultad, se deja caer hacia atrás.

Intento poner orden en mis pensamientos y respiro hondo. Manteniéndome lo más alejada que puedo de él, me agacho y le entrego una tableta barata que he comprado recientemente. Contiene un mensaje profundamente personal para él. He pasado horas grabando y editando una pequeña película a la que he puesto un título de lo más adecuado: *El principio.*

—Aquí tienes algo que me gustaría que vieras, por favor.

—¿Qué es? —pregunta, bajando la vista hacia la pantalla.

—Algo muy importante. Soy yo. Hablándote directamente. Desde el corazón.

Se mantiene inexpresivo. Y esa es precisamente la conducta que me ha llevado a tomar estas medidas: su absoluta falta de reacción cuando intento expresarme. Por lo tanto, pienso que esta idea que he tenido podría funcionar. No soy del tipo de personas que cree que por el simple hecho de *comprar* un libro sobre dietas vas a comer menos y a hacer más deporte, pero sí creo en que hay que tener una mentalidad abierta y buscar constantemente nuevas soluciones.

Dejémoslo claro: hasta el momento nada ha funcionado. Y el problema abrumador que tengo es que Nate *piensa* que no me quiere. En cuanto se dé cuenta de que no es así, todo se ubicará de forma natural en su lugar. Por ejemplo, ya no necesitaré mantener a Miles en mi vida. Podré devolvérselo, como si de un producto defectuoso se tratara, a Bella.

—Cariño, me he visto obligada a hacer esto. Lo entiendes, ¿verdad?

Me mira fijamente.

—¿Verdad?

Mueve la cabeza en sentido afirmativo.

—Pues entonces, dale al «Play».

Duda.

—¿Piensas quedarte mirándome? ¿Cuánto dura?

Me siento en el borde de la bañera y me sujeto al mismo.

—Bastante. Me quedaré esperando hasta que me asegure de que estás escuchándolo con atención. Es la única manera. Lo he intentado muchísimas veces, pero *no* escuchas.

Presiona el «Play» y mi voz inunda el cuarto de baño. Suena mucho más fuerte aquí que en mi casa. Nate baja un poco el volumen, pero sigo escuchándome. Apago las luces del baño para crear un ambiente más parecido al de las salas de cine. Sé que cuando digo «Hola, Nate», la voz me tiembla un poco. Estuve a punto de editar esa parte para eliminarla, pero después, reflexionándolo bien, pensé que me hacía sonar más amigable. No quería empezar echándole la bronca, poniéndolo a la defensiva al instante. Desde el momento en que puse en marcha este plan, tuve la intención de empezar lentamente e ir creciendo en tono hasta llegar a lo que realmente tiene que oír. Paso dos minutos y cuarenta y siete segundos explicando mis actos. Me dejo capturar por mis propias palabras, mostrándome de acuerdo con mis sentimientos. Me fijo en cómo se le hincha a Nate una vena del cuello. Y entonces se produce una pausa antes de que empiece a relatar mi historia.

«Érase una vez una chica de tan solo quince años que estaba sola».

Nate pulsa «Pausa».

—No me digas, por favor, que ahora me toca ver un cuento de hadas de adolescentes. ¡Déjame en paz de una puta vez! —Tira de la esposa—. Dime qué se te pasa por la cabeza y así podremos salir de esta sin tanto teatro. Estoy muy cabreado, te lo digo en serio.

Me levanto.

—Tú mismo.

Cuando ve que voy a coger la tableta, vuelve a pulsar el «Play». Es evidente que piensa que la wifi funciona y que encontrará el momento oportuno de enviar un mensaje de SOS a alguien.

«Muy sola. No tenía amigos, pero no era por su culpa. Era por culpa de otra chica. Una chica mala y mimada que disfrutaba con la desgracia de los demás. La chica solitaria se pasaba horas a solas con sus propios pensamientos, soñando con otra vida. Una vida donde algo —no estaba segura de qué, porque sus ideas en aquel momento eran aún intangibles e indefinidas—, un hecho trascendental, sucedería algún día y haría que su vida cambiase a partir de aquel momento, por supuesto, para mejor. Y entonces, un día, sucedió un hecho trascendental. Un hecho que le cambió la vida, pero no para mejor. Y la lección que la chica aprendió de forma muy repentina fue que las cosas pueden acabar siendo muy distintas a lo que esperabas».

Nate suspira teatralmente.

—¿Cuánto falta?

—Falta lo que tenga que faltar. Y escucha con atención, o rebobinaré.

«Un día, conoció a su príncipe encantador. No exactamente en el tipo de lugar que ella habría imaginado, como podría ser en el transcurso de unas vacaciones exóticas o en un acto glamuroso en un hotel de lujo. Sino en un baile de poca categoría. Y la chica llevaba un vestido: el más bonito que había tenido en su vida. Era la primera vez que se sentía guapa. Aquel vestido le hacía sentirse capaz de brillar. Pero la emoción de lucir aquel vestido se esfumó pronto, porque se vio ignorada. Ignorada por los chicos que asistían al baile. Ignorada por las chicas malvadas. ¿Quieres saber de qué color era el vestido?».

Hay una pausa deliberada de dos minutos, porque ahí le brinda la oportunidad de recordar. Es su oportunidad de redimirse. No totalmente —porque, claro está, eso es imposible—, pero al menos podría ser un paso minúsculo en esa dirección.

Me veo obligada a romper el silencio.

—Responde a la pregunta —digo.

—¿Amarillo? ¿Rosa? ¿Lila? ¿Cómo cojones quieres que lo sepa o me importe?

—Pues tendría que importante —digo en voz baja—. Aunque estaba oscuro; eso lo reconozco.

Lo miro a los ojos y lo animo a recordarlo todo. A reconocer lo que hizo.

No es algo que haga por vez primera. Lo miraba a los ojos de vez en cuando mientras estábamos en la cama, deseando poder penetrar su alma y hacerle recordar. En silencio intenté infiltrar el recuerdo en su memoria. Pero sus ojos, igual que sucede ahora, no demostraron nunca ni una pizca de reconocimiento. Jamás.

Su expresión vacía me indica que me ha decepcionado. Otra vez.

«El vestido era rojo. Nunca jamás ha vuelto a vestir de rojo».

Nate abre los ojos de par en par y sujeta con más fuerza la pequeña pantalla. A lo mejor empieza a sonarle algo.

«La chica se escabulló de la fiesta y se refugió en su lugar favorito. A orillas del riachuelo. Era el lugar secreto donde las chicas modernas iban a fumar un pitillo, pero solía estar desierto. Sabía que allí estaría a salvo, porque todas las demás estaban demasiado ocupadas con su mariposeo social. Y allí siguió, incluso cuando empezó a caer la noche. Porque, a pesar de que la luna aún no estaba llena del todo, había luz suficiente para verse. Era la primera vez que probaba el alcohol y se sentía un poco como si flotara, desconectada de todo. Y entonces apareció alguien. El chico no conocía el colegio, de modo que seguramente alguna de las chicas de "dentro" le dijo dónde podía ir. Su hermana, lo más probable. El chico encendió un pitillo y la llama bañó por un instante su cara con un resplandor ambarino. Era guapo. Aunque ella lo había visto ya en fotografías, en persona era incluso mucho más atractivo. El chico se quitó los zapatos y los calcetines y sumergió los pies en el agua. Le ofreció un cigarrillo a la chica y ella, que no quería decirle que no había probado aquello en su vida, dio una pequeña calada en un intento infantil de parecer sofisticada. Hoy en día, resulta extrañísimo imaginárselo fumando, porque se declara con-

trario al tabaco; de ese tipo de personas que mueve exageradamente la mano para ahuyentar el humo si alguien fuma
cerca de él».

Cuando Nate levanta la vista y me mira fijamente, me
doy cuenta de que estoy conteniendo la respiración. Su expresión es de shock.

Por fin.

Mi voz sigue hablando. La mirada de Nate regresa a la
pantalla.

«Hablaron un poco y, a pesar de que ella estaba nerviosa, pensó que tal vez al final resultaba que no era ni tan gorda ni tan fea. El chico besó a la chica, o a lo mejor fue que
ambos iniciaron simultáneamente el beso. Para ella era el
primer beso. Pensó que aquello serviría para darle la reentrada inmediata al círculo interno. Las demás chicas compartían historias sobre las fiestas que celebraban los fines de
semana, sobre los chicos que las besaban y más cosas. Pero
entonces él la besó con más pasión y todo se desarrolló a
gran velocidad. La chica no quería que él parara, porque
era muy agradable no sentirse sola. Y entonces llegó un punto en que no se vio con ánimos de decir que no, y tampoco
quería decir que no. No sabía, sin embargo, cómo ralentizar
un poco las cosas, o no tenía en sí misma la confianza necesaria para hacerlo. Llevaba aún el vestido, lo cual le resultaba algo confuso —incluso cuando él la ayudó a levantárselo
y, acto seguido, su mano descendió hacia su muslo derecho y le retiró con cuidado las bragas—, porque ella, por
alguna razón, siempre había dado por sentado que para hacerlo había que estar desnudo. La chica vio que el chico se
bajaba el pantalón y que se tumbaba encima de ella. No le hizo mucho daño. Pero tampoco le pareció adecuado, porque

no era en absoluto romántico, tal y como lo contaban en películas y libros. Era más bien como si hubieran aprendido a hacerlo en clase de biología».

Nate detiene la película.

—Mierda, Lily. ¿Por qué no me lo dijiste nunca? Esto es de locos.

No respondo. Nate tiene todas las respuestas delante de él y yo he dedicado horas y horas de esfuerzo a conducirnos hasta *allí*, hasta los sentimientos y los pensamientos que tenía en aquel momento. Señalo la pantalla. Nate baja la vista y vuelve a ponerla en marcha. La tableta brilla en la penumbra. Estiro las piernas por delante de mí. Empieza a dolerme la espalda y, a pesar de que se trata de mis palabras, a pesar de que lo he editado y lo he vuelto a editar, sigue resultándome incómodo. La mezcla de emociones es turbadora, porque, por un lado, recuerdo la esperanza ingenua que sentí y, por el otro, es justo lo contrario. Y lo que viene a continuación es doloroso.

«La chica entregó su corazón al chico, allí, en aquel mismo instante. Era un hecho consumado. Sus destinos estaban unidos para siempre. Él formaba parte de ella, y viceversa. El chico se había quedado sin tabaco. Le preguntó a ella si tenía algún pitillo. Le respondió que no, aunque deseaba desesperadamente haber tenido alguno. Y sigue deseándolo, porque, de haber sido así, él se habría quedado más rato con ella. Habrían hablado y todo habría sido distinto. Habrían seguido en contacto y él se habría dado cuenta de que también la amaba. Pero no sucedió así, ¿verdad, Nate?».

He incluido expresamente una pausa a modo de «tiempo de discusión».

—¿Qué? —digo.

—Lily. Esto es un asunto muy serio. Vale. Lo entiendo. Tus tácticas de shock han funcionado. Quieres una disculpa como Dios manda y la tendrás. Lo siento. Lo siento muchísimo, de verdad. Quítame estas esposas y te prometo, tienes mi palabra, lo juro, que podremos hablar y podrás contarme o compartir conmigo todo lo que quieras.

Da la impresión de que está a punto de romper a llorar.

—Sigues sin comprenderlo. No se trata solo de una simple disculpa. Quiero que lo *entiendas*. Necesito que comprendas lo que hiciste.

—Lo entiendo. Lo comprendo. Éramos jóvenes. Pensaba que…, bueno, la verdad es que no sé qué pensaba, pero es evidente que no pensaba muy a largo plazo. —Hace una pausa—. No planifiqué nada de lo que pasó. Sabes perfectamente bien que sucedió, eso es todo. Eras atractiva y…

—¿Lo era? ¿Cómo lo sabes? Estaba oscuro.

—Yo no sabía quién eras.

—¿Y eso sirve para arreglarlo todo?

—Bueno, no, pero, por el amor de Dios, estás interpretando demasiadas cosas y convirtiéndolo en algo mucho más grande de lo que es.

—¿Más grande de lo que es? —Me sorprende lo fría y calmada que suena mi voz, porque por dentro estoy a punto de explotar. Me sujeto con más fuerza al borde de la bañera—. ¿Más grande que esto?

Mi propia voz nos sobresalta a los dos.

«Como he dicho, eso no fue lo que pasó, ¿verdad? Te largaste corriendo. Me dejaste allí, sola, en la oscuridad. Fui a buscarte, pero estabas tan ocupado que ni siquiera te percataste de mi presencia. Me dejaste allí tirada y te importó una mierda. Y me dolió. Todavía me duele. Porque te dio igual. Piensas que puedes utilizar a las personas e ignorarlas cuando te convenga. Como si yo no fuera nada. Como si yo no significara nada. Como si nosotros no significáramos nada. Y hoy en día sigues comportándote igual. Incluso después de casarnos, pensaste que podías acudir corriendo a tu amigo James para librarte de mí. Otra vez».

Nate pulsa de mala gana «Stop» y deja caer la tableta al suelo.

—No puedo seguir escuchándolo. ¿Por qué no me comentaste nada de todo esto mientras estuvimos juntos el año pasado?

No quiero reconocer que pronto me di cuenta de que él no había atado cabos.

—Pensaba que era un tema…, bueno, no es que fuera tabú, sino simplemente incómodo. Di por sentado que tu silencio significaba que te avergonzabas de tu conducta y que pensabas compensarlo siendo el mejor novio posible, y luego el mejor marido del mundo.

—Mira, Lily, lo *entiendo*.

—No, Nate. No lo entiendes. Te digo en serio que no lo entiendes. No todo gira en torno de ti, pero ha llegado el momento de que aprendas una lección. Cuando el año pasado entraste en el hotel donde yo trabajaba, cuando nos reencontramos, fue como si todo estuviera destinado a que fuera así. Fue el destino. Yo…, no, nosotros así lo dijimos entonces. ¿Es que no lo recuerdas?

Niega con la cabeza.

Claro que le había comentado a Nate que el destino nos había unido, pero silencié el hecho de que yo le había dado al destino un gran empujón para que avanzara en la dirección correcta.

Organizar nuestro «encuentro casual» mientras Nate estaba ocupado y distraído para hacer realidad la profesión de sus sueños, mientras estaba estudiando para ser piloto, no tenía ningún sentido. Lo dejé tranquilo. Tuvo tiempo entonces para salir con mujeres que no le convenían. Y yo sabía que no sentaría cabeza hasta que rondara los treinta, como muy temprano. Es lo que hacen los hombres como Nate. Les gusta ir de flor en flor.

Tendría que haber sido más cauto con sus publicaciones en las redes sociales. Mientras se dedicaba a fanfarronear felizmente —compartiendo fotos de su asquerosa vida perfecta—, estaba proporcionándome información vital de todo tipo.

Cuando una tripulación se ve obligada a pasar un periodo breve en Londres, se aloja en un hotel del aeropuerto. Por lo tanto, me bastaba con solicitar allí un puesto de trabajo, esperar y presentarme voluntaria a un montón de turnos. Las condiciones laborales eran nefastas, pero mereció la pena, porque, a pesar de que me llevó ocho meses conseguirlo, el plan acabó dando sus frutos.

Nuestros mundos se cruzaron y nos enamoramos. Razón por la cual me fastidia tanto que, habiendo llegado tan lejos, todo se fuera al traste. Es como tener que superar larguísimas serpientes antes de llegar a la casilla final cuando juegas a Serpientes y Escaleras.

Me propuse conseguir que me adorara.

Cuando cayera en la cuenta de quién era yo, sabría que se había arrepentido de sus actos. Sabía que desharía lo que tan mal había hecho. Que me explicaría que todo había sido un error, que algún hecho inevitable le había impedido ponerse en contacto conmigo. Por eso le conté la verdad acerca del colegio donde había estudiado, a pesar del riesgo de lo de Bella.

—Pues bien, cariño —le digo a Nate con una sonrisa—. Lo que tienes que hacer ahora es muy sencillo: ver esta película al menos tres veces.

Necesita comprender bien y valorar como es debido lo que sucedió después. Y escuchar que le envié un mensaje por correo electrónico que nunca me respondió. La mañana después de tomarme la pastilla. La preocupación sobre las enfermedades de transmisión sexual que sentí cuando reuní el coraje suficiente para ir a visitar a un médico durante las vacaciones de verano. Sola. Y el gran daño que me hizo.

—Ya me he hecho una idea de lo esencial. Pero, si accedo a tus demandas, ¿me soltarás?

—A lo mejor. Si obedeces totalmente. Pero si montas un escándalo o insistes en hacer ruido, todo se alargará. Depende de ti.

—No quiero un «a lo mejor». Mira, solucionemos ya esto. Yo... Estamos en plena noche.

Le hago caso omiso, igual que él ha hecho tantísimas veces.

—Me gustaría también que mirases otra vez las fotos y dedicaras un tiempo a estudiarlas con atención una a una, a recordar lo felices que fuimos. Luego, te formularé preguntas para ver si lo has hecho bien.

—Acabo de decirte que estoy dispuesto a solucionar esto.

Sonrío.

—¿Qué se siente, cariño, cuando ignoran lo que dices?

Se calla.

—¿A que no es agradable? —digo.

No responde.

—¿Eh?

—No, no es agradable —dice, obligado a reconocerlo—. Lo miraré, lo miraré todo, así que, ¿podrías, por favor, quitarme estas esposas?

Cojo la mochila y extraigo de su interior un último objeto —una fotografía enmarcada de nuestra boda— y la coloco en el alféizar de la ventana. Me cargo la mochila al hombro y doy media vuelta, dispuesta a irme. Cuando llego al umbral de la puerta, saco las llaves de las esposas.

—Recuérdalo bien, Nate. Lo que suceda depende de ti. Podrás salir de aquí pronto… o tarde.

Sacudo las llaves por encima de él y cierro la puerta. Limpio mis huellas dactilares con una toallita con una solución antibacteriana.

Dos minutos más tarde, está aporreando la puerta. Retumba. Contengo la respiración. Da unas cuantas patadas y, al final, para.

—Nate, si sigues intentando echar la puerta abajo, las consecuencias serán mucho peores. A partir de este momento, por cada intento que hagas, sumaré una hora más al tiempo que vas a pasar ahí encerrado. Y cuando hayas acabado con la película, busca una página en favoritos que te he marcado para que te leas. Habla sobre las graves consecuencias de acostarse con una chica que no ha alcanzado aún la edad de consentimiento sexual. Sobre todo cuando la otra persona implicada tiene más de dieciocho años. Si informo de lo sucedido a la policía, te será imposible conseguir tu próximo certificado de penales. De modo que, a menos que estés pensando en una carrera profesional distinta, en la que no le importe a nadie que constes en el registro de delincuentes sexuales, te sugiero que te mantengas calladito y hagas eso tan sencillo que te he pedido que hagas.

Silencio. Con eso he conseguido callarlo.

Confío en que después de su deslucida acogida se ponga las pilas y se tome las cosas un poco más en serio. Me instalo en el sofá con un cojín a modo de almohada y me preparo para descansar un poco. A pesar de que me adormilo, mis sueños son inquietantes y acabo despertándome por completo. Cuando la luz empieza a filtrarse en la estancia, me levanto, porque ha empezado a dolerme la espalda. Me preparo un café. Cojo la taza con ambas manos, y dejo que el calor se filtre entre mis dedos y el vapor me acaricie la cara. Bostezo. Me acerco a pegar la oreja a la puerta del cuarto de baño.

Bendito silencio.

Hoy tengo un vuelo de ida y vuelta a Roma como tripulante adicional con el objetivo de comprobar si en las cocinas se siguen a pies juntillas los nuevos estándares de seguridad. Iba a llamar para decir que estaba enferma, pero, pensándolo bien, puede que vaya. Estaré de vuelta a última hora de la tarde, lo que le concederá a Nate tiempo de sobra para reflexionar. Ser carcelero es muy aburrido, no tiene mucha gracia, la verdad.

Llamo a la puerta.

—¿Qué tal va todo? —pregunto, alzando la voz.

—Ya casi estoy —responde, gritando también.

—¡Mentiroso! La película dura casi dos horas. Recuerda que has de verla tres veces. De lo contrario, estarás dilapidando tu tiempo, porque no superarás el examen.

Murmura algo indescifrable.

Decido no mencionarle que salgo; preocuparlo con eso no tiene sentido. Limpio una vez más las huellas dactilares del pomo de la puerta, por precaución, y dejo su teléfono, desconectado, en la mesita de centro de la sala de estar.

Vuelvo andando a casa, sintiéndome sorprendentemente despierta. La nevada no ha sido muy intensa; solo queda alguna que otra zona cubierta de blanco. Me visto con el uniforme y me cargo las primeras medias que me pongo, de modo que saco otras de su paquete. Gasto una fortuna en medias. Me coloco la placa de identificación en la chaqueta, debajo de la del nombre, y guardo los zapatos planos en la bolsa con ruedecillas.

Antes de arrancar el coche, miro hacia casa de Nate. Desde el exterior, no hay ninguna señal que indique lo que está pasando dentro.

27

En el despacho que tengo como embajadora de seguridad, finjo estar preparando todo lo necesario para pasar el día mientras, por simple curiosidad, miro la agenda de Amy. ¡Está en tierra por embarazo! Lo compruebo una segunda vez, pero no me he equivocado. Le han dado un puesto de oficinas en el departamento de viajes. Entro en su página de Facebook. Nada. Debe de estar en los primeros meses.

Dispongo de veinte minutos antes de salir a pista, de modo que cojo el ascensor para subir al departamento de viajes. Amy está detrás de una mesa, tecleando frente a una pantalla. Cuando me acerco, levanta la vista con una sonrisa dibujada en la cara, que se esfuma en el mismo instante en que me ve llegar.

—Hola —digo—. Cuánto tiempo sin verte. ¿Qué haces aquí?

Veo que en la mano izquierda luce un fino anillo de compromiso, de oro con un diamante solitario. Se da cuenta de que estoy mirándolo.

—Felicidades. Rupert, imagino.

Se ruboriza.

—Sí.

—¿Y cuándo es el día del feliz acontecimiento?

—Oh, todavía no tenemos fecha.

—No, me refiero a la fecha del parto. Supongo que será por eso por lo que no vuelas.

Se mueve incómoda en el asiento.

—Estoy en el principio. Aún no se lo hemos comunicado a mucha gente. ¿Y tú qué tal?

—Bien. Tengo un vuelo de ida y vuelta a Roma en mi papel de embajadora de seguridad.

—¡Diviértete! —dice, mirando por encima de mi hombro a alguien que hay detrás de mí, claramente agradecida de disponer de una excusa para despedirme.

Recorro la terminal fijándome en la gente. Familias, turistas e incluso hombres de negocios parecen satisfechos con su vida. En los anuncios publicitarios de arriba se ve gente sonriente, feliz, exitosa. Noto un nudo y un vacío en el estómago. Confío sinceramente en que el vídeo toque la fibra sensible de Nate; no soporto vivir tan alejada de su mundo por mucho más tiempo.

El vuelo con destino a Roma lleva un retraso de veinte minutos por culpa de las fuertes ráfagas de viento. Experimento unos momentos de pánico cuando pienso en Nate, solo y abandonado, pero en cuanto despegamos cierro los ojos y me lo imagino ablandándose poco a poco a medida que va absorbiendo mis palabras.

En cuanto superamos el manto de nubes, me desabrocho el cinturón. No tengo ganas de tomarme la molestia de controlar a la tripulación y comprobar si sus miembros se inclinan correctamente con la bandeja cuando sirven el tentempié. Redactaré un buen informe. De todos modos, doy algunas vueltas por el avión con la tableta que utilizo para el trabajo, de manera oficiosa e intentando parecer una persona eficiente e importante.

Durante el tiempo libre entre vuelos, desembarco y doy una vuelta por Fiumicino. Compro regalos para mis hombres: las versiones masculinas de mi perfume favorito. Cuando paso por delante de la tienda de un diseñador de ropa para hombre, soy incapaz de resistir la tentación de comprar a Nate y Miles dos corbatas iguales de color verde claro con un motivo de zigzag en gris. Echo un vistazo al monitor de salidas. «Embarque Puerta 10», destella el anuncio, alternando entre inglés e italiano. Corro y la bolsa me golpea el muslo mientras me dirijo a toda prisa a la pasarela de embarque.

Los pasajeros ya están embarcando. Hay alguno que mira con desaprobación mis bolsas de las tiendas libres de impuestos, como si me tuviera que estar prohibida esa prebenda por haber llegado tarde. Me abro paso entre la oleada de actividad de la puerta. Un padre se pelea con un cochecito mientras la madre, con una niña pequeña en brazos, le da instrucciones. Una mujer elegantemente vestida sigue hablando por teléfono para hacer las últimas contribuciones a su jornada laboral. Otros esperan con paciencia, como si aceptaran el caos reinante como parte de la experiencia del viaje, sujetando en la mano la tarjeta de embarque o el teléfono a punto de desconectar.

Despegaremos con retraso por culpa del mal tiempo reinante en Londres. Intento no mirar el reloj con excesiva frecuencia. Por el momento, Nate lleva siete horas y media solo en casa. Me obligo a tener pensamientos positivos, porque, si dejo que mi cabeza desvaríe, empiezo a sentir náuseas por lo que podría pasar. Mis mantras no me ayudan a distraerme. Me niegan cualquier consuelo. Las únicas frases que consigo juntar son «En la salud y en la enfermedad» y «Hasta que la muerte os separe», palabras que conjuran imágenes de Nate, solo y frágil en el cuarto de baño de su casa. O cayéndose al intentar escapar a través de un tubo de desagüe exterior convenientemente colocado y encontrando su final en el jardín de su edificio, convirtiéndome de este modo en una jovencísima viuda.

El piloto da un nuevo anuncio.

«Señoras y señores, buenas noticias. Hemos recibido confirmación para ponernos en marcha en menos de quince minutos. Una vez más, les pedimos disculpas por el retraso».

Gracias a Dios. Inspiro. Espiro.

Pero no es, ni mucho menos, la última vez que hay que pedir disculpas. Cuando llevamos dos horas de vuelo, recibo más malas noticias.

«Les habla de nuevo el capitán, Rob Jones. El viento es más fuerte de lo previsto en Heathrow, razón por la cual los retrasos se han ido acumulando. Están empezando ya a aterrizar aviones, pero el tráfico actual nos obliga a desviarnos hacia Stansted. Les pedimos disculpas por los inconvenientes que ello pueda causarles. Me han garantizado que el personal de tierra está trabajando duro para garantizar el transporte por vía terrestre y gestionar las conexiones de todos los pasajeros que...».

Dejo de escuchar su discurso. ¡Cabrón! Confío en que el suministro de comida haya sido suficiente para Nate; lleva ya diez horas solo. Cuando consiga llegar a casa desde Stansted —suponiendo que hayan preparado algún tipo de transporte especial para la tripulación, puesto que el transporte público irá abarrotado—, serán ya las diez de la noche.

—¿Perdón? —Se dirige a mí una mujer con un bebé montado en su cadera izquierda—. Tenemos un vuelo a Dubái dos horas después de aterrizar y *tenemos* que cogerlo sin falta.

—El personal de tierra dispone de toda la información necesaria en cuanto a las conexiones y el transporte y los ubicarán en el próximo vuelo que haya disponible. Intente no preocuparse, por favor —digo—. Son cosas que suelen pasar, y son muy eficientes.

No tengo ni idea de si el personal de tierra es eficiente o no, aunque estoy segura de que tiene que serlo.

Pero hay pasajeros que no son tan fáciles de apaciguar. Un hombre en concreto entra y se planta en la cocina, pegado casi a mí. El aliento le huele a cerveza y vocifera diciendo que piensa cancelar su tarjeta de fidelidad porque nunca llegamos puntuales a ningún lado y que por culpa de nosotros se perderá la comida de cumpleaños de su hija. Le suelto mis disculpas habituales, pero el hombre no se larga.

—¿Y? —dice, por fin—. ¿Qué piensa hacer al respecto?

Buena pregunta. ¿Qué pienso hacer yo?

—¿Le apetece tomar algo? —digo.

Le ofrezco una cestita con caramelos.

Me mira con desdén y sus facciones se contorsionan hasta volverse horrorosas.

—Lo siento, cariño, pero los paquetitos de Smarties dejaron de excitarme cuando cumplí seis años.

Dejo la cestita a un lado.

—¿Y qué le parece una copa?

Sin responder, estira el brazo, abre la puerta del mueble bar, como si tuviera todo el derecho del mundo a hacerlo, y empieza a remover su contenido. Es algo que odio, que la gente dé por hecho que puede servirse lo que quiere de la zona de cocinas. Es extraordinario la de veces que he dejado mi comida o un bocadillo allí para ir a solucionar algún problema y he vuelto y alguien me lo había robado. La presión —el estrés de la jornada— puede de repente conmigo y este hombre, este hombre espantoso, colorado y gritón, resulta ya demasiado. Estiro el brazo por encima de él, tiro de un recipiente metálico con todas mis fuerzas y lo dejo caer sobre su cabeza.

El hombre grita y cae al suelo. Se lleva la mano derecha a la cabeza y se queda mirándome tan perplejo que es incapaz de iniciar otra rabieta. Tiene suerte de que haya cogido un recipiente de servilletas y vasos de plástico, porque he estado muy tentada de coger uno lleno de latas de bebida.

—Lo siento —digo, intentando parecer sincera.

Cojo un trapo, vuelco un montón de hielo en la zona central, lo envuelvo y se lo paso. El hombre se lo aplica obedientemente en la cabeza. Quiero que se largue de la cocina, que se aleje de mi vista antes de que sucumba al impulso de arrearle una patada.

Llega la sobrecargo y observa la escena.

—¿Se encuentra usted bien, señor? —dice.

—No —responde el hombre, y empieza de nuevo con su pataleta.

Me largo. ¿Por qué tiene la gente que meterse donde no la llaman? La interferencia innecesaria de la sobrecargo se traduce en que ahora, encima del resto de papeleo, tendré que cumplimentar un informe sobre el incidente.

No sé cuánto rato más podré aguantar.

Cuando iniciamos el descenso, aseguramos la cabina y tomamos asiento enseguida, puesto que los pilotos predicen fuertes turbulencias. Y no se equivocan. El avión traquetea y se balancea de un lado a otro mientras los motores emiten un gemido agudo. En el exterior está oscuro. Cuando los pasajeros están asustados siempre reina el silencio, lo que suma a la escena un efecto escalofriante.

Entramos en contacto con el asfalto y el agradable rugido que emite el avión al perder velocidad es uno de los mejores sonidos que he oído en todo el día. Tengo la sensación de haber estado una semana lejos de casa.

El desembarque nos lleva una hora. El aeropuerto está aceptando muchos vuelos desviados hacia allí y nos vemos obligados a esperar a que lleguen escalerillas y autobuses. A los miembros de la tripulación nos ofrecen taxis para volver a Heathrow, pero la cola es, como cabía esperar, larguísima. Y después de la gélida espera, la salida se retrasa aún más por culpa de los típicos miembros de la tripulación que parecen no tener cabeza y cargan con una maletita o una bolsa enorme para un simple viaje de un día.

Como resultado de ello, los dos primeros taxis se marchan con solo un par de pasajeros cada uno.

En cuanto nos ponemos en marcha y dejamos atrás las intensas luces del aeropuerto, me inunda una insoportable sensación de miedo. Nate lleva solo más de trece horas.

Por un impulso, marco su número, por mucho que sepa que el teléfono está desconectado y en la mesita de centro.

No es buena idea, puesto que recibo uno de los sustos más grandes de mi vida. Da señal de llamada.

En cuanto el taxi me deja en el aparcamiento de la tripulación de Heathrow, echo a correr, literalmente, hacia el coche. Cruzo las barreras, con la lluvia aporreando el parabrisas a pesar de que los limpias funcionan a doble velocidad, y me cuesta concentrarme. No quiero volver a casa de Nate —ni a mi casa—, porque sospecho que la policía estará esperándome. Pero no me queda otra elección. La verdad es que no.

Lo mejor que puedo hacer en el caso de que me encuentre con el peor escenario posible es convencerlos de que Nate miente y pretende desacreditarme. Nuestro pasado demostrará, sea cual sea la situación que se produzca, que ha sido simplemente una pelea doméstica estrafalaria.

Me paro en una calle secundaria antes de llegar a Richmond e intento llamar de nuevo al teléfono de Nate. Antes, después de varios tonos de llamada, ha saltado el contestador. Esta vez no suena y sale directamente la voz de Nate.

«Hola, soy Nate. Deja un mensaje, por favor».

Cuelgo. A lo mejor antes me he imaginado que daba señal. Intento acceder a la información de Nate a través de mi aplicación espía, pero no me deja entrar. Está colgada. Me sacude un escalofrío al imaginarme que, además de todo lo que ya le he hecho, Nate pueda haber descubierto la presencia de ese software en su teléfono. Me obligo a respirar hondo y a pensar las cosas con claridad, a centrarme. Borro el historial de mi tableta donde aparece el vídeo en el que se me ve manipulando la cerradura de la puerta. Intento convencerme de que no ha pasado nada malo. Me imagino a Nate, calmado y arrepentido, patéticamente agradecido de poder por fin verme.

Aparco lejos de casa, en el otro extremo de la calle, y apago el motor. Inspecciono la zona en busca de coches de policía, pero no veo ninguno, a menos que se trate de una patrulla en coche de incógnito. Me cuelgo el bolso al hombro y reparto el contenido de las bolsas de las tiendas libres de impuestos para que quede equitativamente dividido. Las cosas para Miles pueden quedarse de momento en el coche.

Ha dejado de llover. Camino por el Green y mis tacones se hunden ligeramente en la tierra a cada par de pasos que doy. No quiero levantar la vista hacia el piso de Nate, pero tengo que hacerlo. Se me acelera el corazón al ver que las luces de la cocina están encendidas.

¿Las he dejado así? Estoy segura de que no.

La habitación de Nate está a oscuras. ¿Es bueno? ¿Malo?

Mierda. Ojalá me hubiera quedado allí y no me hubiera embarcado en ese viaje estúpido.

Entro. La puerta de la calle se cierra de un portazo a mis espaldas. Me quedo inmóvil. Podría ir a casa, darme una ducha, esconderme bajo el edredón y gestionar todo esto por la mañana. A lo mejor a Nate le iría bien un poco más de tiempo de reflexión. Pero entonces me lo imagino, solo, y el deseo supera todos mis miedos. Me quito los tacones y subo la escalera descalza.

Me paro al llegar a la puerta y escucho.

Silencio.

Introduzco la llave en la cerradura y abro muy despacio la puerta. La luz de la cocina ilumina levemente la oscuridad, pero no lo suficiente. Dejo las bolsas en el suelo sin hacer ruido y cierro la puerta. Arcoíris está quieto. El teléfono de Nate está desconectado, en la mesita de centro, donde yo lo he dejado. El silencio me empieza a asustar. Me dirijo a la habitación de Nate. La puerta está cerrada. Tal y como la he dejado. No hay indicios de que se haya escapado, pero me sube la bilis a la garganta. Tengo frío; noto que estoy tiritando. Con cuidado, abro la puerta. Está oscuro.

Enciendo la luz. El terror me deja paralizada.

28

La puerta del cuarto de baño está destrozada. Hay un agujero en un lado y se ve la madera astillada. Pero no parece lo bastante grande para que un hombre pueda pasar por él sin sufrir heridas graves.

Mientras mi cabeza procesa las posibles implicaciones, alguien tira de mi brazo derecho, lo dobla detrás de mi espalda y me empuja al suelo. Grito hasta que una mano me tapa la boca. Aspiro el olor a Nate. Me arrastra por la muñeca y me quedo por un momento sin aire al verme aplastada contra la cama. Intento levantarme, pero él me lo impide empujándome por los hombros.

—Ahora te toca escuchar a ti —dice.

Me levanto para correr hacia la puerta, pero vuelve a empujarme.

Parece que se haya vuelto loco.

Miro a mi alrededor. Mis pertenencias están pulcramente apiladas en el suelo. La foto de la boda, mi revista, las esposas, mi vestido... todo. Es insultante, como si quisiera librarse de cualquier cosa que pudiera recordarle a mí. Lo miro fijamente.

Me mira y ve que voy de uniforme.

—¿Has ido a trabajar? ¡Serás puta! Podría haber pasado cualquier cosa. De haberse producido un incendio, habría muerto. Cuando vi que no intentabas impedir que rompiera la puerta, supuse que habías vuelto un rato a tu casa. Pero jamás me imaginé…

—¿Y qué probabilidades hay de que se produzca un incendio? ¿De verdad has pensado eso? ¿Cuánto tiempo llevas viviendo aquí? ¿Tres, cuatro años? Imagino que a estas alturas es razonable asumir que tus vecinos son gente responsable. Bueno, mira, te he comprado una corbata y una loción para después del afeitado. Está todo en una bolsa junto a la puerta. Iría a buscarlo, pero no me apetecería que me saltaras de nuevo encima.

Me froto mi dolorida muñeca.

—Si crees que con eso vas a compensarme por haberme encarcelado es que necesitas más ayuda de la que me temía.

Me cruzo de brazos.

Nate continúa con un discurso que parece ensayado.

—Ahora comprendo eso que decías siempre de que yo era tu primer amor. Que fue tu primera vez y que yo me porté como un cabrón. Era joven, arrogante, cruel sin la intención de serlo y también inconsciente. Lo siento de verdad.

Se sienta a mi lado y me coge la mano.

En mi cabeza empieza a iluminarse un pequeño rayo de esperanza. Lo miro. ¿Habrá funcionado mi idea? Ahora me doy cuenta del punto débil de mi plan, y es que nunca lo sabré. Nunca seré capaz de confiar plenamente en él. Estoy agotada, tanto por la falta de sueño como por la tensión del día, y ahora, además, tengo que lidiar con esta incertidumbre.

—Hoy he tenido mucho tiempo para pensar. Debió de ser espantoso para ti después de lo de tu hermano. Creo que has unido a mi persona un sentimiento de fantasía romántica y que...

Lo interrumpo.

—¿Cómo has salido?

Me mira, sorprendido al ver que su discurso compasivo no me ha dejado fascinada.

—He tenido *todo el día* para romperla.

—¿Con qué? He sacado cualquier cosa que pudiera utilizarse como herramienta.

—Bueno, a lo mejor resulta que no eres tan lista como pensabas.

—¡Dímelo, porque me estoy volviendo loca!

—Los paneles de la parte central de la puerta son más finos que la sección principal. He concentrado todas mis fuerzas en uno de ellos y luego me ha bastado con pasar la mano por el orificio y girar el pomo.

Me enseña la mano derecha. Está llena de arañazos.

No sé qué más decir. Poco a poco, el latido de mi corazón recupera la normalidad. Pero no le encuentro muy bien el sentido a la situación, ni a qué puede salir de todo esto.

—De modo que a partir de ahora pasará lo siguiente —prosigue Nate—. Continuaremos con el proceso de anular este matrimonio lo más rápidamente posible. No pondrás más trabas (y con eso me refiero también a mantenerte alejada de mí, de mi familia y de mi casa), y en el trabajo solicitaré no compartir vuelos contigo. Pienso, además, que tendrías que buscar ayuda, ayuda profesional, para superar todo esto. Estoy dispuesto a ayudarte a buscar a un especialista que tenga buenas recomendaciones, si así lo quieres. Mientras estés de acuerdo con todo esto, no pienso ir a la policía. Si me ves por la calle, cruza a la otra acera. Pero si quebrantas cualquiera de estas condiciones, pediré una orden de alejamiento contra ti.

—¿Te olvidas de que yo también puedo denunciarte por haber mantenido relaciones sexuales con una chica menor de edad? ¿Siempre que quiera? Te enfrentarías a una amonestación de dos años y a despedirte del trabajo de tus sueños.

Me mira, pero no tengo ni idea de qué siente ni qué piensa. Me inunda una leve sensación de malestar, pero no me queda otro remedio que protegerme. Ahora que todo ha salido a la luz, creo que se abre ante nosotros la oportunidad de reconectar siendo totalmente sinceros.

—Me parece que los dos tenemos de qué quejarnos. Si nos ponemos de acuerdo en que esto no funciona y nos mantenemos alejados el uno del otro, evitaremos un espectáculo. No ganaremos nada intentando destrozarnos mutuamente, porque el resultado final siempre será el mismo: no soy tu hombre. He tenido tiempo de sobra para pensar en ello y lo he entendido. Sabía que en algún momento te verías obligada a volver y que podríamos discutir este tema con educación y llegar a un acuerdo, sobre todo después de que me llamaras por teléfono.

No digo nada.

—Lily. Déjame en paz. No quiero parecer condescendiente, de verdad que no, pero sería lo mejor que podrías hacer por ti. Sé que en estos momentos no lo ves así, pero si alguna vez signifiqué algo para ti, como tanto dices, intenta, por favor, creerme. Por duro que te resulte.

—Lo intento, Nate, de verdad que lo intento, pero no entiendo qué beneficio sacaría yo de esto. Estamos casados. ¿Quién va a creerse tu versión de los hechos? En serio te lo digo. No soy un simple rollo de una noche que quiere más. Yo ya tengo más.

Sale en tromba de la habitación y vuelve con el teléfono pegado al oído.

—Ahora no finjas que estás llamando a la policía —digo.

—No llamo a la policía —me espeta, pero ese tono algo roto que percibo en su voz me da a entender que está más espantado por lo que le he dicho que puede pasarle de lo que está dispuesto a reconocer—. Voy a pedirle a James que venga aquí y ejerza de testigo de lo que has hecho.

Dios, otra vez James, no. No soporto la idea de tenerlo a él juzgándome, juzgándome una vez más antes de interpretarlo todo a su manera.

Cojo mi teléfono.

—De acuerdo. Voy a denunciarte a la policía por tu crimen.

Pero Nate es rápido. Me arranca el teléfono de la mano, lo desconecta y lo mete en mi bolso.

—¡Vete! —grita—. ¡Lárgate de aquí antes de que pierda los nervios! Ya he tenido suficiente. Tendrías que darme las gracias por no hacer que te arresten o te internen en un manicomio. Estoy dándote una oportunidad. Una oportunidad que no te mereces. ¡Y en cualquier momento puedo cambiar de idea!

El cansancio puede conmigo. No sé cómo explicarle mejor que siempre le daré todo lo que tengo. Que nunca se arrepentirá de haberme elegido, que consagraré mi vida a hacerle feliz. Estoy desconsolada, he fallado tanto ante él como ante mí. Mis palabras se han agotado. Me levanto, recojo rápidamente mis pertenencias y las guardo en la bolsa. Ya pensaré en alguna cosa para solucionarlo. Si insisto, es imposible que Nate siga ignorando nuestro pasado.

—Mis llaves, por favor.

Nate extiende la mano derecha, con la palma hacia arriba.

Se las entrego. Da igual; tengo otro juego.

Abre la puerta y se hace a un lado como un vigilante de seguridad, mirándome.

—¿Lo has *entendido*, Lily? ¿Que hemos llegado a un acuerdo que nos beneficia a los dos?

—Sí, lo he entendido. Adiós, Nate.

—Adiós.

Mientras espero el ascensor, dice algo así como «Y no vuelvas nunca» antes de cerrar la puerta.

Doy una patada al ascensor.

Lo primero que hago por la mañana es enviarle un mensaje a Miles para decirle que estoy libre para comer con él, pero su respuesta es breve, informándome de que está atareado y trabajando desde casa. Espío a Bella, pero no hay nada que me revele qué se trae hoy entre manos.

Conozco su dirección, de modo que subo al coche y me dirijo hacia allí. Veo que aparcado en el camino de acceso hay un único coche, el de Miles, pero esto no significa que el de Bella no esté guardado en el garaje. Llamo por teléfono a Miles. Responde al primer timbrazo, con un seco «Hola».

—Ya te he dicho que estoy hasta arriba de trabajo.

—¿Está Bella en casa?

—No.

—Estupendo. Abre la puerta. Estoy fuera.

No le queda otra elección.

Accedo a un vestíbulo oscuro. No se parece en nada a como me he imaginado que sería la casa de Bella. A la derecha, una escalera con una barandilla de madera oscura da acceso a la planta superior y la pared lateral está cubierta con paneles de madera del mismo tono. La moqueta es de un tono granate que intensifica el efecto oscuro del ambiente. Delante de mí hay una mesa redonda con un jarrón de color verde oliva que contiene un ramo de rosas rojas. Los cuadros de la pared tienen marcos dorados y exhiben escenas violentas: batallas, cacerías, sangre y miserias.

Le entrego a Miles la bolsa de la tienda libre de impuestos.

—¿Has vuelto a estar fuera por trabajo? Gracias, pero no puedo aceptarlo. Juliette, esto no funciona. No funciona en absoluto. *No puedes* presentarte en mi casa sin previo aviso. No es lo que acordamos.

Me devuelve la bolsa. La meto en el bolso. Por ahora.

—Lo sé. Pero tenemos que hablar. Tomaré un café rápido y te dejaré tranquilo.

—Bella no tiene que venir hasta después de comer, pero podría llegar antes.

—Mándale un mensaje. Pregúntale qué tal le va el día y así estarás más tranquilo.

Echo a andar por el pasillo que va a parar a la cocina. Miles me sigue, ignorando mi sugerencia. Este espacio se parece mucho más a como me había imaginado la casa de Bella. Contemporáneo y luminoso. El acero inoxidable brilla por todos lados y las superficies están desnudas; todo muy minimalista. Hay un frutero metálico lleno de plátanos, naranjas y kiwis. Una cafetera de diseño entre cuadros con frases motivacionales. Me sorprende; siempre di por sentado que Bella tenía suficiente seguridad en sí misma como para no necesitar la ayuda de frases positivas.

«Cree que en el mundo existe bondad».

«Aprópiate de tu talento».

«Haz eso que nunca pensaste que serías capaz de hacer».

Dejo el bolso en el suelo y recorro con el dedo la encimera mientras Miles se ocupa de las tazas y las cápsulas de café. Descanso la mano sobre una carpeta de plástico decorada con margaritas, debajo de la cual hay un pequeño montón de correo. Aparto las cartas, cojo la carpeta y saco el contenido. En el interior hay un mensaje de correo impreso, remitido por su madre, donde describe los detalles del viaje anual familiar a Whistler, en febrero. Como es habitual, se alojarán en el chalet de su tía.

Y no es lo único. Hay también un boceto de una invitación de boda remitida por una imprenta local. Miles y Bella han adelantado su boda a mediados de enero, antes de que Nate y yo dejemos de estar casados. Miles me mira y pone mala cara cuando ve lo que estoy leyendo. Sigo haciéndolo, de todos modos. No han elegido al final la mansión italiana, sino un hotel de cinco estrellas. Examino la lista de invitados; son centenares.

—¡Juliette! ¡Esto es privado!

Se acerca a grandes zancadas y me arranca la carpeta de las manos. Guarda de nuevo el contenido en su interior y vuelca otra vez la atención en la cafetera.

—¿Está embarazada Bella?

—No. Y tampoco sería asunto tuyo si lo estuviera.

—¿Por qué habéis adelantado entonces la boda? —pregunto, mirándolo a los ojos.

Se ruboriza.

Me siento en un taburete alto. Es duro e incómodo. Miles toma asiento delante de mí y desliza la taza de café por la encimera de granito.

—Hemos pensado..., he pensado que era mejor casarnos más pronto que tarde. Al verte la otra noche, al entender que la conocías, me llevé una sorpresa. Me he comportado mal y no quiero perderla.

—¿Y yo qué?

—Tenemos un *trato*. Desde el principio llegamos al acuerdo de que esto nunca amenazaría nuestras respectivas relaciones.

—Sí, pero no entiendo por qué lo nuestro tendría que acabar porque tú lo digas.

—*Conoces* a Bella.

—La *conocía*.

—Me contó que en el colegio no siempre fue muy amable pero que tú le dabas miedo.

Río.

—¿Yo? ¿Que yo le daba miedo? ¿Sabes qué era lo mejor de mi época en aquel colegio? —Miles niega con la cabeza y continúo—: La parte más soportable era que, una vez por semana, podía abandonar el colegio durante un par de horas. Porque me apunté al programa de los Premios del duque de Edimburgo. Era el único grupo al que ella jamás se apuntó. Durante dos horas a la semana era libre, a pesar de tener que caminar por aquellos campos enfangados hiciera el tiempo que hiciese.

—Seguro que no era tan mala como dices. En mi colegio había gente de todo tipo.

—Lo que tú digas. —Dejo la taza de café. Esto no está saliendo como esperaba. Me levanto—. ¿Me permites ir al baño, por favor?

Señala el pasillo.

—A la derecha.

Cojo el bolso y voy hacia allí. Abro y cierro la puerta del cuarto de baño y, a continuación, me quito los botines, los cojo con una mano y subo corriendo a la planta superior. Todas las puertas están abiertas y la segunda habitación que miro es sin lugar a dudas el dormitorio principal. Me tumbo en la cama y saco el teléfono del bolsillo.

Me hago un *selfie*. Me siento y examino la estancia. La mesita de noche del lado de Bella está llena de cosas: libros, lacas de uñas, algodones y tres tipos distintos de cremas faciales caras. Cojo uno de sus pintalabios, dejo la loción para después del afeitado de Miles entre los perfumes de ella y una de las corbatas sobre una silla. Hago varias fotografías más de la habitación y otro *selfie* delante de su tocador. Quiero capturar imágenes del mundo de Bella.

Bajo corriendo, vuelvo a calzarme los botines y entro en la cocina justo en el momento en que sale Miles, como si hubiera decidido venir a buscarme. Casi chocamos. Me pongo de puntillas para darle un beso.

Se aparta.

—No podemos seguir con esto. Se ha acabado, me temo, Juliette. Eres una mujer maravillosa y tu prometido, un hombre afortunado. Pero no puedo seguir corriendo este riesgo, por muy triste que resulte. De hecho, es una suerte que no hayamos acabado también manteniendo una relación profesional. Así será mucho más sencillo mantenernos alejados el uno del otro.

—Mi prometido y yo hemos rotos.

—Oh. Oh, vale. Lo siento mucho.

Me planto delante de él, con los brazos en los costados, y no digo nada. Su expresión me da a entender que se ha dado cuenta de que no voy a dejarme eliminar tan fácilmente. Parece que me tenga miedo, lo cual reafirma la fuerte sensación que tengo de que quien controla la situación soy yo. Pienso aprovechar al máximo mi poder. Aunque de momento aún no sé cómo. Paso por su lado y me acerco a una ventana que domina el jardín. Es de ese tipo de espacio que los agentes inmobiliarios describen como un jardín maduro y asentado, con fresnos y hayas delimitando la parcela e inmaculados parterres con flores. Estoy segura de que Bella se lo imagina de aquí a unos años con columpios, un tobogán y algún que otro juego de exterior.

—Tienes una casa encantadora —digo.

—Gracias.

A pesar de que seguimos en silencio, puedo escuchar casi sus pensamientos: tiene ganas de que me marche, de que no le complique la vida.

—Te dejo tranquilo —digo, sin mirarlo.

—Gracias —contesta él, sin intentar disimular la sensación de alivio que transmite su voz.

—Pero —me giro—, si alguna vez vuelvo a ponerme en contacto contigo, por el motivo que sea, te ruego, por favor, que no me ignores.

—No veo por qué no podemos ser simplemente adultos y acordar que esto es una despedida educada con buenos recuerdos…

Interrumpo su discurso porque, gracias a Nate, conozco bien el guion. Ahora empezará a divagar diciéndome que tengo que ser «razonable».

—Adiós, Miles. Por el momento —añado, para que no baje la guardia.

Doy media vuelta, cojo el bolso y me dirijo hacia la puerta.

Estoy demasiado nerviosa para hacer algo útil, así que decido aparcar cerca del mar y caminar por el paseo.

Los sentimientos que llevo enterrando desde la noche pasada —el enfado, la rabia, la humillación— me queman por dentro. No solo Nate ha decidido, una vez más, tratarme como a él le viene en gana, sino que además Miles se ha puesto ahora también en mi contra.

El viento sopla con fuerza y el mar está agitado. La negrura del agua me llama y lucho contra la tentación de echar a correr y sumergirme bajo su superficie, de ahogar mi dolor. Pero odio la idea de que mi cuerpo regrese arrastrado hasta la orilla junto con toda la demás porquería. Sería excesivamente revelador.

Acelero el paso, deseando en silencio que alguna persona enojada intente asaltarme o atacarme para así poder plantarle cara y descargar toda esa rabia volcánica que se revuelve en mi interior.

Inspiro hondo el aire marino. Necesito canalizar mi enfado de forma constructiva.

Llamo al hotel donde Bella y Miles celebrarán su banquete de bodas y pregunto si buscan gente para trabajar como camareros en eventos grandes. Me dan el nombre de una agencia de empleo local para que pueda ir a verlos y apuntarme.

De regreso a mi casa, miro las fotos de la habitación de Bella y estudio todas sus pertenencias. Tomo nota de las marcas de los numerosos frascos de crema y perfume.

Miro a ver qué hace Nate. No está, ha ido a Leeds a visitar a un viejo amigo de la universidad. Mi rabia reaparece al imaginármelo por ahí, disfrutando de la vida y sin la más mínima preocupación.

No puedo seguir aquí sentada sin hacer nada.

Empiezo a remover cosas por la cocina.

Cruzo corriendo el Green y abro la puerta del edificio. Mientras subo por la escalera, saco del bolso un bote de insecticida para matar hormigas —he leído que es nocivo para los peces— y lo dejo en el suelo mientras introduzco la llave en la cerradura.

Se queda atascada. No funciona.

Acceso denegado.

Giro la llave a derecha e izquierda y sigo intentándolo, incluso mucho después de comprender que Nate está realmente decidido a mantenerme alejada de todas las áreas de su vida.

29

Cuatro días antes de Navidad, recibo una carta del bufete de James Harrington redactada con un lenguaje muy formal. El proceso de anulación está en marcha. Nate y yo —conocidos ahora como «el solicitante» y «la demandada»— dejaremos pronto de ser lo que somos.

Paso horas sentada en la cama mirando fijamente toda esa jerga legal que intenta hacer que parezca algo directo y sencillo, como si el proceso no conllevara emociones. Cuando consigo memorizar tan dolorosas palabras, voy a la cocina, saco un encendedor y, por encima del fregadero, prendo fuego a los papeles. Los restos crujientes ondean, caen y aterrizan, ricitos negros sobre la cerámica blanca.

A lo lejos, los cantantes de villancicos entonan *Noche de paz*.

Babs me acompaña en mi viaje de Navidad a San Francisco, aprovechando el billete que me regalan para amigos o familiares. Llevarla a conocer la ciudad es una distracción que agradezco: Alcatraz, el Golden Gate, un paseo en tranvía, el Fisherman's Wharf...; el paquete turístico entero.

Nuestra comida de Navidad no es la tradicional, puesto que nos reunimos en una marisquería con veinte desconocidos: mi tripulación y sus acompañantes. Novios, madres y amigos. Como mejillones al vino blanco y lo que puedo de un cangrejo después de sacarle los trocitos de cascara. Los del restaurante se esfuerzan —hay sorpresas navideñas y villancicos—, pero todo este intento de felicidad, toda esta *diversión,* me está matando por dentro.

Cuando Babs se queda dormida en mi habitación, en su lado de una cama de matrimonio gigantesca, me torturo leyendo los alegres mensajes de Nate, que van de un lado a otro como pelotas de tenis repartidas por el mundo. Está en casa con su maravillosa y cariñosa familia.

Una mujer —Tara— le envía un mensaje deseándole «unas Navidades maravillosas». Tiene ganas de volver a verlo pronto. Igual que él a ella, según le responde.

Bella, Nate, Miles. Me los imagino sentados a la mesa, trinchando el pavo, bebiendo vino caliente y abriendo regalos caros. Felices, viviendo la vida que creen merecerse.

Enciendo la tele y elijo una película, una comedia romántica, para sentirme aún peor.

Durante el vuelo de regreso, no tengo paciencia, ni una pizca. Después del embarque, una mujer de algo más de treinta años, que me repite tres veces que es gerente de una gran compañía de la que nunca he oído hablar, se niega a dejar su maleta en el compartimento antes del despegue.

—¿Y por qué no la deja usted?

Tenso la mandíbula.

—Me temo que no nos está permitido levantar equipajes. Y si no la guarda usted volveré en unos minutos y me la llevaré a la bodega.

A mitad del vuelo, la sobrecargo me informa de que la mujer se ha quejado de mi actitud. Intento mostrarme contrita. Estoy demasiado agotada para poder descansar y decido sentarme en la zona de cocinas y escuchar a mi compañera, Natalie, que no para de hablar sobre las obras que hará en la cocina de su casa el mes próximo. Trabaja a tiempo parcial y no tiene que volver a trabajar hasta febrero.

—Los montadores han dicho que intentarán que el caos sea mínimo.

Hay gente que se cree cualquier cosa. De hecho, Natalie no me cae mal, y si viviera un poco más cerca —viene desde Glasgow, que está demasiado lejos para poder verla con regularidad— entablaría amistad con ella. Me he dado cuenta de que estar tan sola no me hace ningún bien.

Después de aterrizar, y antes de iniciar la despedida a los pasajeros y darles la bienvenida a Heathrow, siento una pequeña e inesperada punzada de optimismo. Está a punto de dar comienzo un nuevo año, lo cual siempre es un buen momento para empezar de cero.

Abro el compartimento superior, el que queda justo encima del asiento de la supuesta gerente de una gran empresa, y me ofrezco a bajarle la maleta. Y antes de que le dé tiempo a responderme, la saco y la dejo caer sobre sus pies.

Su cara se contorsiona de dolor.

—¡Ay! Piense un poco más en lo que hace.

—Lo siento mucho —digo—. Personalmente, siempre me ha parecido más seguro viajar ligero de equipaje.

Que se queje todo lo que le venga en gana; no tiene pruebas de que no haya sido un accidente.

Tres semanas después hago una reserva en un hotel próximo al lugar donde Miles acabará de arruinar su vida uniéndose a Bella y pido una habitación con vistas a la iglesia.

A primera hora de la tarde, los invitados empiezan a llegar con sus mejores galas y hace, naturalmente, un día de invierno perfectamente soleado. Miro por la ventana y busco a Nate. Cuando lo veo, de pie junto a su madre y una mujer —Tara, sin duda, una chica menuda de cabello oscuro—, se me forma un nudo enorme en la garganta y soy incapaz de impedir que me broten las lágrimas.

Parece salido de un anuncio, con su traje gris a medida y una rosa de color rosa en el ojal. Nate ayuda a su madre a colocarse bien su pamela de color beis mientras «Tara» lo mira con admiración.

Llega Bella, con diez minutos de retraso, a bordo de un carruaje tirado por caballos y, desde el lugar desde el cual contemplo la escena, me parece una auténtica princesa de cuento de hadas. Lleva en la mano un ramo de rosas blancas y rosas. Su vestido de encaje resplandece por todos lados. Me llaman la atención los destellos dorados que emite cuando acepta el brazo de su padre y se dirige hacia la entrada de la iglesia. Está experimentando todo lo que yo siempre deseé y nunca logré conseguir del todo.

Me seco los ojos con un pañuelo de papel; tengo que ir a trabajar.

Antes de empezar, estudio la disposición de las mesas y pido trabajar en uno de los extremos del salón, lejos de la mesa principal de la boda. Me he puesto una peluca de color castaño y las lentillas azules, además de gafas, para sentirme aún más segura. Me han pedido que me recoja el pelo, así que me he peinado con una cola de caballo, aunque con unos mechones sueltos enmarcándome la cara. Me siento bastante segura, puesto que nadie andará buscándome por aquí, menos aún con la preciosa Bella como la reina del baile.

Formo parte del personal invisible.

Nadie podrá recordarme en caso de tener que hacerlo. He oído decir que los relatos de los testigos oculares suelen ser de poco fiar.

La gente recordará educadamente haberme dado las gracias cuando les haya servido los minúsculos cuencos de macarrones con queso gratinado y los vasitos con sopa de tomate, seguidos por *filet mignon* con acompañamiento de patatas nuevas. Lleno copas de vino y vasos de agua y rodeo la mesa con una cesta con pan, por si alguien quiere más.

Es como estar en el trabajo, pero en suelo algo más firme.

Antes del postre, servimos copas de *champagne* para los discursos.

Me quedo al fondo, con una botella de *champagne* en la mano, mientras Miles recita su larga lista de agradecimientos y la repugnante dedicatoria que ha escrito para Bella. Él es un hombre «afortunado» y ella «una entre un millón».

Me dirijo discretamente a una sala lateral y me sirvo una copa de *champagne*. Escuchar tanta basura y tanta falsedad se hace muy duro. Veo que la cocina, en la otra punta del pasillo, está tranquila. Todo el mundo aprovecha este rato para descansar o para acabar de limpiar. Observo el salón en el que me encuentro. Además de regalos y una sobrepoblación de abrigos, veo la tarta, que, sorprendentemente, es muy tradicional: blanca y con unas sencillas figuritas del novio y la novia coronándola. Sin embargo, es enorme, de cinco pisos, y descansa encima de un carrito, razón por la cual entiendo que hará una entrada teatral, por derecho propio.

No me lo pienso dos veces y la tumbo. Cae con un ruido sordo sobre la moqueta. Resisto la tentación de clavarle un cuchillo o de destrozarla aún más aplastándola con el zapato. La novia y el novio han quedado enterrados bajo un asqueroso mejunje de glaseado y bizcocho de vainilla.

Vuelvo al salón principal. El discurso del padrino está en pleno auge, con las anécdotas habituales sobre bromas universitarias desmadradas. Tendría que haber intentado localizarlo y haber incorporado un poco más de chispa a sus historietas. Veo que la supervisora del *catering,* con cara muy seria, llama a la responsable de la organización del evento.

Minutos más tarde, ambas llaman a Bella y veo cómo se lleva la mano a la boca. Su expresión es de patente decepción. Tiene suerte; de haber tenido posibilidad de acercarme más a ella, le habría caído la tarta en el vestido o en la cara.

Cuando sirvo el siguiente plato, descrito en el menú como un «postre de triple elección» —tarta de queso al limón, Baileys con helado de pepitas de chocolate, y un minibizcocho de chocolate—, decido que ya he tenido suficiente. El ácido del *champagne* empieza a reaccionar en mi estómago vacío y todo comienza a parecerme surrealista y confuso. Ignoro la petición de un colega que me avisa de que se ha convocado una reunión del personal, una pequeña investigación sobre la caída de la tarta.

—Probablemente habrán sido los niños jugando —digo, haciéndome la ocupada con una petición especial de uno de los invitados.

En el momento en que me dispongo a abandonar mi trabajo temporal fingiendo que me encuentro mal, empieza a instalarse un DJ junto a la pista. Esperaré hasta el primer baile y luego me largaré.

Me escaqueo y me trago otra copa de *champagne*. Necesito algo que me ayude a superar la parte final de la jornada, y tampoco es que vaya a convertirme en mi madre por tomar dos copas. Noto el alcohol corriendo por mi sangre. Me ayuda a amortiguar el dolor y la sensación de soledad.

A lo mejor resulta que al final Amelia no era tan tonta.

Dentro, han bajado la intensidad de las luces y Bella y Miles se han colocado en el centro de la pista para iniciar su primer baile, *The Wedding Song*, de David Bowie. Me arde la garganta cuando la canción termina y Nate, posando la mano en la espalda de Tara para guiarla con delicadeza, se suma a la multitud que empieza a arremolinarse alrededor de Miles y de Bella. Del señor y la señora Yorke. A Bella no le queda tan bien como Goldsmith; no tiene pinta de Bella Yorke.

Me cuesta respirar, de modo que retiro una silla de una mesa que ha quedado vacía y la coloco junto a las cortinas. Veo la chaqueta de Miles colgando del respaldo de una silla que me queda próxima. Sumerjo discretamente las manos en su interior y palpo. La cartera. El teléfono. Cojo la cartera y me la guardo en el bolso. Sigo observando.

Recuerdo la noche de la fiesta del colegio, cuando me enamoré de Nate. Respiro hondo; no quiero pensar ahora en eso. No es el momento. Pero ver a Bella y a Nate tan felices, junto con toda la escena de familia feliz, me está asfixiando.

El día que murió Will, solo buscaba un momento de paz. Pero desde entonces he tenido de todo menos eso.

Apenas oí cómo salpicaba el agua.

Fue el jardinero quien intentó ayudarme a salvar a Will. El hombre nunca se lo contó a nadie porque intentó protegerme. Me dejó fingir delante de mi madre que yo había visto caer a Will al agua y que había reaccionado de inmediato. Que había gritado para pedir ayuda, pero que todo había sido cruelmente rápido. Cualquier mentira acaba transformándose en verdad con el tiempo. El jardinero no me calificó nunca de perezosa o negligente, ni comentó que probablemente me había quedado adormilada.

Antes incluso de mirar hacia el interior de la piscina, intuí lo que había pasado. Eché a correr, bajé. La pendiente hacia la parte profunda estaba terriblemente resbaladiza. Vi a mis pies un palo. Y sus zapatos y aquellos calcetines estrafalarios, que siempre se sacaba antes de acercarse al agua. Tardé unos segundos vitales en localizarle en el agua sucia. Lo agarré, pero se escapó de mis manos.

Apareció el jardinero. Me había visto bajar corriendo, se había imaginado lo que había sucedido y había echado también a correr. Fue él quien consiguió sacar a Will, no yo. Yo me quedé mirando cómo intentaba reanimar aquel bulto descalzo de ropa empapada. El agua resbalaba por debajo del cuerpo y descendía por la pendiente, sumándose de nuevo a la porquería. Mientras el hombre intentaba salvar a mi hermano, yo gritaba. Yo era la responsable. El eco de aquel sonido era mucho peor que cualquier cosa que hubiera salido nunca de su boquita inocente.

El resto del día son simples fragmentos de recuerdos, con la excepción de la mirada de mi madre cuando me vio. Al principio pensé que iba a abrazarme, pero sus brazos permanecieron pegados a sus costados.

Se derrumbó en el suelo y rompió a llorar.

Una cosa que he descubierto sobre el sentimiento de culpa es que hay días en que puedes vivir con él. Otros te golpea sin previo aviso, como el dolor, y te quema con una sensación ácida que te consume por entero. Y lo peor de todo es que no puedes hacer nada para aplacarlo.

Un error es algo que no puede cambiarse. Jamás. Es algo que serpentea dentro de ti, que se convierte en un objeto que llevas incrustado, una parte de ti mala, podrida y asfixiante.

En todos mis sueños y pesadillas, lo único que he deseado siempre es tener una máquina del tiempo que me lleve hasta donde pueda rectificar el pasado. Cuando conocí a Bella, creí que se abría ante mí la oportunidad de seguir un camino distinto, que un día podría curarme y hacer el intento de llevar una vida normal aprovechándome de sus éxitos. Lo deseaba tanto que dolía incluso.

Cuando ella me negó esa posibilidad, el destino me ofreció una segunda oportunidad entregándome a Nate. Él me proporcionó un objetivo, la posibilidad de ser algo distinto a lo que tanto temía ser: una versión hueca de mí misma. Una robot vista desde el exterior.

En mi interior vive una sensación de miedo que nunca me ha abandonado del todo. Y si no se produce un cambio importante —algo maravilloso en lo que poder concentrarme—, me temo que nunca me abandonará.

Porque, sin amor y aceptación, lo único que queda es algo oscuro y odioso.

Me levanto y me encamino hacia la pista de baile. Me detengo. Estoy muy cerca. Tan cerca de la vida que podría ser mía que, con solo extender la mano, podría abrazar a Nate. Está bailando ahora con Bella. Me quedo a un lado, observando. Me esfuerzo por respirar.

Concéntrate.

Me obligo a marcharme. Que se queden ahí todos con su cuento de hadas.

Salgo y me recibe el frío.

—¿Te encuentras bien, chica? —me pregunta un anciano que ha salido a fumar.

—No —le respondo—. Tuve un romance con el novio. Me dijo que me amaba, pero…

Me encojo de hombros.

—¿Qué? —dice, abriendo los ojos de par en par—. ¿Con Miles? Es mi sobrino. No, estoy seguro de que Miles…

Me encojo otra vez de hombros.

—Perdón. De haberlo sabido… Me hizo mucho daño. Mucho.

Me marcho, dejando atrás la vida que se me ha negado.

De camino hacia el hotel, paso por delante de una vagabunda sentada en el umbral de una zapatería. Saco todo el dinero que encuentro en la cartera de Miles y se lo doy.

Debe de haber más de doscientas libras; al menos, de algo tan malo habrá salido algo bueno. Tiro la cartera en una papelera.

Cuando amanece, recojo todas mis pertenencias y me marcho del hotel después de una noche de insomnio.

En vez de volver a casa, pongo rumbo hacia Dorset. Primero, aparco en el centro de Dorchester. Después de enviarle un mensaje a Babs alertándole de mi visita inminente, entro en una floristería. Espero con impaciencia mientras una chica prepara cuatro ramos, atándolos con cordel. A uno le incorpora un globo en forma de osito, atado a un palo, y los coloca junto a un montón de claveles blancos.

Cuando llamo al timbre de casa de Babs, ya está preparada y con el abrigo puesto.

—Son para ti —le digo entregándole las flores más caras, una combinación de rosas de color melocotón y amarillo.

Insiste en ponerlas en un jarrón antes de marcharnos hacia el cementerio.

Empezamos con William Florian Jasmin. Babs reza una oración mientras yo le digo en silencio que lo siento.

«Tendría que haberte vigilado. Tendría que haber sido una mejor hermana mayor».

A continuación, visitamos a mi madre. No sé qué decir ni qué hacer, de modo que le describo las flores que he dejado junto a su lápida.

—¿Cuál era su flor favorita? —le pregunto a Babs, después de caer de repente en la cuenta de que no lo sé.

—Le gustaban todas —responde Babs, tiritando.

—Vuelve al coche —le digo, dándole las llaves—. Pon la calefacción. No tardaré mucho.

No discute mi sugerencia.

Se marcha hacia el aparcamiento. Busco entonces la tumba del jardinero que intentó salvar a Will y que me protegió. Junto a su tumba no hay nada, incluso los receptáculos para flores están vacíos. Dejo mi último ramo en el suelo.

«Michael John Simpson, 1946-2004».

Murió de cáncer de pulmón mientras yo estaba en el internado. Amelia lo mencionó por encima durante mi estancia en casa, a mitad de trimestre. Lloré.

—Gracias por haberlo intentado —digo en voz alta.

Cuando dejo a Babs en su casa, rechazo su oferta de quedarme a pasar allí la noche.

Necesito volver a casa y trabajar en mis planes, por mucho que mi aplicación espía haya dejado de funcionar. Nate debe de haber cambiado de teléfono sin haber transferido todos los datos. O se habrá borrado, de algún modo.

Ha cambiado además todas sus contraseñas. Tiene que haber algo que aún no se me ha ocurrido. Tiene que haberlo.

Se me ocurre de madrugada. Es tan *tremendamente obvio* que me siento en la cama: Nate me debe aún una luna de miel.

Pero tendré que trabajar dentro de los únicos límites que me quedan, por el momento. Pronto viajará a Whistler; recuerdo las fechas exactas por lo que encontré en la carpeta de casa de Miles. Tecleo notas en mi teléfono mientras perfilo pensamientos e ideas. Necesito revisar de nuevo la táctica, puesto que un hecho vale más que mil palabras.

Pero una cosa es segura. La anulación está en marcha. Me viene a la cabeza un nuevo mantra.

«Si amas a alguien, dale libertad».

Si vuelve, es que es tuyo. Si no, hazlo tuyo.

30

Me recojo el cabello en un moño con horquillas antes de volver a aplicarme el lápiz de labios que me llevé del tocador de Bella. Respiro hondo, sonrío a mi imagen reflejada en el espejo, abro la puerta del baño y entro en la cocina de primera clase. Me he servido de mi puesto como embajadora de seguridad para asegurarme de ser seleccionada para este puesto de trabajo, después de defender que es imposible representar todos los puntos de vista si no tengo nunca una oportunidad de trabajar en todo tipo de cabinas. Una vez he comprobado que el *catering* es correcto según lo que se especifica en el menú, firmo para confirmar que lo he hecho.

—Adiós, que vaya bien el vuelo —dice uno de los siempre alegres chicos del *catering* cuando se marcha hacia otra cocina para realizar la siguiente ronda de comprobación.

Cuento las mantas, los chándales y las bolsas de regalo, para asegurarme de que haya uno de cada por pasajero, y coloco claveles rosas en el jarrón de plata que hay fijado en la cabina. Finalizados los preparativos, me entretengo leyendo el registro de pasajeros. A pesar de la ya conocida puñalada de celos puros, envidiosos, amargos y espantosos que siento, mantengo la calma. Me recuerdo a mí misma que, a pesar de que mis circunstancias no son las ideales —nadie tendría que tener que enfrentarse con otra mujer en un momento tan temprano del matrimonio—, todo está saliendo según el plan.

Aún me quedan algunos obstáculos que superar, y lo haré metódicamente, paso a paso. «Tripulación de cabina, preparen las puertas para el despegue».

La voz de la sobrecargo suena por megafonía, lo cual significa que las puertas que nos unen a la terminal están cerradas, que el papeleo está completo y que la puerta de pasajeros se ha cerrado. Armo mi puerta, aseguro los toboganes de emergencia en la posición adecuada y realizo la doble comprobación con el tripulante de cabina del lado contrario al mío. Empezamos a movernos. Veo por la ventanilla que la pasarela se está retirando. Una vez más, llegados a este punto, el mundo se encoge hasta alcanzar el tamaño del interior del avión. Estamos atrapados, a merced de los pilotos, los elementos, la tecnología y la fe colectiva en que la seguridad y la ingeniería funcionarán.

Nos dirigimos lentamente hacia la pista de despegue y nos incorporamos a la cola, esperamos, un avión detrás de otro. El avión gira hacia la derecha y traza un semicírculo. Una pausa antes de que el rugido aumente, un aluvión de fuerza y movimiento cuando las ruedas empiezan a girar y el avión gana velocidad. Nos elevamos por los aires. Cierro los ojos y me imagino los detalles del vuelo desapareciendo —¡pop!— como una burbuja de los paneles de salidas de la terminal, cientos de metros bajo nosotros.

Nos vamos.

Me entretengo con los preparativos de la comida. Mis dos compañeros, Martin y Nicky —responsables del servicio de cabina—, ofrecen bebidas y toman nota de los pedidos de comida, que yo me encargo luego de calentar, emplatar y aderezar. Limón y perejil para el salmón, menta fresca para el cordero. Nos topamos con turbulencias cuando estamos sirviendo el té y el café, de lo más típico. Terminado el servicio y después de recogerlo todo —copas, platos y comidas—, Martin y Nicky bajan las cortinillas y atenúan las luces.

Permanezco atrás, en la entrada de la cabina, observando. Todo está silencioso y solo el parpadeo de las pantallas rompe la oscuridad. Hay varios pasajeros durmiendo, bultos bajo sus mantas, y algún que otro bebedor aferrado a su copa de whisky u oporto. El aire acondicionado zumba por encima del ruido de los motores. Alguien ronca. Huele a comida fría, pies sudados y aire, todo ello combinado con el olor a ambientador y el aroma a «Eau de Boeing», como todo el mundo denomina al inequívoco olor del interior de los aviones. Reina la calma.

Mis colegas se disponen a iniciar su descanso. Me quedo sola.

Responsable. Controlando.

Espero un momento.

Veo un lado de la cabeza de Tara. Tiene el cabello oscuro y liso, fino y brillante como una chica de anuncio de la tele. Cierro los ojos, aspiro hondo varias veces y repaso mis planes, aunque en mis pensamientos se entremezclan palabras desagradables, frases de las cartas oficiales que me ha hecho llegar el bufete de James Harrington. Hojas de papel, de aspecto inocuo aunque poderosas, que anuncian con claridad el principio del fin. De aquí a pocos meses los vínculos entre Nate y yo habrán desaparecido por completo. La punzada de ese recordatorio me da nuevas fuerzas. No tengo nada que perder.

Entro en la cabina; la moqueta amortigua mis pasos. Me dirijo al armario que hay en la parte delantera y lo abro, como si estuviera buscando alguna cosa. A mi izquierda tengo el asiento 1A, uno de los asientos favoritos de personajes VIP y famosos. Y hoy no es ninguna excepción: un actor canadiense de televisión ocupa ese espacio; está viendo una película mientras picotea lo que le queda de su queso y sus galletas. El pasajero que queda a mi derecha, una versión en mayor de Nate, está leyendo el *Financial Times.* En el asiento justo detrás de él, Margaret, la madre de Bella y Nate, duerme plácidamente. El año que viene seré yo quien ocupe uno de estos asientos, quien beberá *champagne* o un *gin-tonic.* Cierro sin hacer ruido la puerta del armario y me giro. Bella tiene el respaldo del asiento recto y está hurgando en el interior de su bolso. Miles lo ha reclinado; está viendo una película y los auriculares ahogan cualquier sonido. Tiene en la mesita una copa de oporto, sin tocar. Se apodera de mí un regocijo odioso.

Me planto a su lado, lo saludo discretamente con la mano y le sonrío.

Hace un ademán para rechazar educadamente mis servicios, pues me toma por una azafata atenta preocupada por su bienestar, pero su expresión cambia rápidamente hacia la de confusión. Se endereza en su asiento y se quita los auriculares. Sus ojos se clavan en la placa con mi nombre.

—¡Miles! ¡Miles Yorke! —exclamo, con una sonrisa radiante.

Bella mira qué pasa.

—Normalmente no pides oporto —digo subiendo la voz algo más de lo necesario.

Se queda mirándome, pero no dice palabra.

Bella también me mira.

No puedo resistirme a presionar un poco más.

—Permíteme que te la rellene. Me encanta cuidar a nuestros clientes *especiales*.

Cojo entre los dedos el pie de la copa de oporto y, sujetándola por la base, la inclino. El líquido rojo salpica el pantalón de Miles.

—Oh, cuánto lo siento. —Me tapo la boca con la mano que tengo libre—. Acompáñame a las cocinas y te daré algo para limpiarte esta mancha.

Recorro la cabina, pasando junto al asiento de Nate. No levanta la vista. Miles me sigue de cerca. A pesar de que lo único que hago al alcanzar la privacidad de las cocinas es saludarlo con un besito en la mejilla, aparta la cara.

—Mi esposa, Bella, está a bordo. ¿Qué demonios es todo esto? Dijiste que trabajabas para una compañía de viajes.

No me molesto en indicarle que las compañías aéreas desempeñen un papel importante en el sector de los viajes.

—Tienes suerte de que aún te preste atención. Me trataste injustamente. Nate y tú tenéis más cosas en común de lo que te imaginas.

Se queda mirándome.

—¿Nate?

—Sí. Nate.

—¿No era Nick? Dios mío. —Se para a pensar—. Me engañaste. Desde el principio. ¿Por qué?

Bella aparece por detrás de mí.

—¿Miles? ¿Te han estropeado el pantalón?

Se gira en redondo al oír su voz.

—Casi.

Pongo una servilleta bajo el grifo, la escurro y se la paso a Miles. Se frota el muslo con mucha más energía de la necesaria.

—Te conozco, ¿verdad? Del colegio. —Bella me mira—. Eres Elizabeth Price. Estabas en aquella fiesta. En Bornemouth.

Miles sigue concentrado en la tarea innecesaria de eliminar la mancha. El pantalón es gris oscuro y la mancha de oporto apenas se ve.

—Y Stephanie me mencionó que fuiste a visitarla al gimnasio.

—¿Os apetece que os sirva otra copa? —digo—. De no ser así, tendréis que disculparme, porque tengo cosas que hacer.

—¿Qué querías decir con eso de que Miles no bebe normalmente oporto? —Se gira hacia Miles—. No viajas con mucha frecuencia en avión.

Decido salir en ayuda de Miles. Por el momento.

—Soy una clienta.

—¿Tú? ¿Clienta de Miles?

Su tono de incredulidad resulta irritante.

—Lo era —le aclara Miles—. De hecho, no, ni tan siquiera eso. No acabamos de materializar nada después de una primera reunión. Todo esto es muy confuso. Creía que te llamabas Juliette.

—Y así me llamo ahora.

—¿Por qué elegiste la empresa de Miles? Son demasiadas coincidencias. Ya lo hacías en el colegio. Siempre siguiéndome por todas partes, copiándome, robándome la ropa, el maquillaje. Haciendo la pelota a mis amigas.

Miles parece que va a vomitar.

—Miles, cariño, ¿te formuló preguntas personales cuando vino a verte al despacho? ¿Te hizo sospechar de alguna cosa?

—No. ¿Por qué?

—Porque tengo malas vibraciones con respecto a todo esto.

Noto que las manos se me cierran en puños. No es la conversación que me imaginaba. Esperaba de ella que diese muestras de vergüenza o de miedo. De alguna cosa. Porque es evidente que ni siquiera Bella puede esperar salir airosa e inmune de esta conversación. Miro en dirección a la unidad inferior de almacenaje, que contiene una palanca. Oficialmente es para utilizarse en caso de incendio, para forzar paneles y poder abrirlos. Es de metal, muy pesada, y rematada con un gancho de aspecto desagradable.

—Si me disculpan…

Los tres miramos hacia nuestra derecha. Vemos un pasajero, el actor canadiense.

Recupero mi personalidad profesional.

—¿Puedo ayudarle en algo?

—Sí, por favor. Mi pantalla se ha quedado colgada.

—Vamos a mirarlo —digo, y salgo con él hacia la cabina. Finjo interesarme por la situación y pulso algunas teclas del mando—. Pediré que le reinicien el sistema —añado.

El hombre sonríe.

—Gracias. Es usted muy amable.

De camino hacia la parte posterior de la cabina, me agacho al lado del asiento de Tara.

—Hola —digo moviendo tan solo los labios.

Pone en pausa su película —la ultimísima comedia romántica— y se quita los auriculares.

—Hola —dice, dubitativa.

Adivino que está intentando desesperadamente que no se note que está mirando mi plaquita identificativa.

—Soy Juliette. ¿Me recuerdas? El mes pasado hicimos juntas un Atenas. ¿O fue El Cairo? Bueno, da igual. ¿Qué tal todo?

—Bien, gracias.

Sigue todavía confusa. Y tiene todo el derecho; jamás hemos volado juntas. Mientras intenta recordar un recuerdo inexistente, señalo a Nate. Él me mira.

—¿Es tu nuevo chico?

Sonríe.

—Sí.

Pongo cara seria.

—Oh. Pues buena suerte. Yo que tú vigilaría.

Nate se quita los auriculares y pone recto el respaldo del asiento sin dejar de mirarme. La verdad es que hasta este momento nunca le había dado muchas vueltas a eso que dicen de «una expresión tormentosa». Pero ahora entiendo exactamente qué significa, porque la mueca que esboza le arruga la cara entera. Me incorporo antes de que ella pueda replicarme y me dirijo a las cocinas. Nate me alcanza enseguida. Me agarra por el brazo.

Bella y Miles, que sin duda alguna han estado enfrascados en una discusión, se callan y se quedan mirándonos.

—¿Qué te piensas que estás haciendo? —pregunta Nate—. ¿Por qué le hablas a mi novia?

Me lo quito de encima.

—Estoy trabajando. Me ha parecido que me pedía algo de beber.

—Has roto nuestro acuerdo.

—¿Qué? No puedo evitar que hayas decidido viajar como pasajero en este vuelo. Pásate a clase turista, si tanto te molesta. En la parte de atrás hay todos los asientos vacíos que quieras.

—Esto no es casualidad, y es exasperante.

Me encojo de hombros.

—Piensa lo que te venga en gana. Es evidente que el destino tiene grandes planes para nosotros.

—¿Así que tú también conoces a esta mujer? —le pregunta Bella a Nate.

Respondo por él.

—Oh, Nate y yo nos conocemos la mar de bien.

Tara elige precisamente este momento para sumarse a nosotros. Por detrás, aparece también el actor.

—Lo siento —digo antes de que pueda pedir alguna cosa—. La pantalla tardará un poco en funcionar de nuevo. Volveré a comprobarlo en cinco minutos.

Me mira como si quisiera mencionar algo más, pero decide no hacerlo y se dirige al baño. Nos quedamos en silencio hasta que escuchamos el cierre. Me acerco al interfono que hay encima del asiento destinado a la tripulación, llamo al sobrecargo y le pido que reinicie la pantalla. Vuelvo con el creciente grupo de gente que se ha congregado en la cocina.

Tara se ha colgado del brazo de Nate.

—Te he dicho que todo esto me daba malas vibraciones —le dice Bella a Miles—. ¿Verdad?

Miles asiente, evitando mirarme a los ojos.

—¿Qué pasa? —pregunta Tara.

—Simplemente que le gustan las chicas mucho más jóvenes, ¿a que sí, Nate?

Nate levanta la mano como si fuera a abofetearme. Bella le coge del brazo y lo obliga a bajarlo.

—Me darás la razón, ¿no, Bella? ¿No te acuerdas de lo que decías en el colegio? —Le imito la voz—: «A palabras necias oídos sordos, Elizabeth. Tienes que estar por encima de eso. Oídos sordos».

—Tenía entendido que no conocías a Bella tan bien en el colegio —dice Nate.

—Lo que te dije fue que «todo el mundo conocía a Bella».

Tara vuelve a intentarlo.

—Sigo sin entender de qué va todo esto.

—Pregúntaselo a *ella* —digo y señalo a Bella.

—Oh, bromeamos un poco con ella porque se acostó en el colegio con un chico cuando solo tenía quince años. El resto de las chicas fingíamos que también lo hacíamos, para fanfarronear o hacernos las mayores, pero ella lo hizo de verdad. Esa es Elizabeth. Siempre tenía que llevar las cosas más lejos.

Ahora es Nate el que parece que está a punto de vomitar.

—Bromeabais un poco... —digo—. Me encontraba con dibujos espantosos en la mesa. Me llamabais constantemente de todo. Zorra. Perdedora. Furcia. Lily la que no tiene pareja. Y eso no era ni siquiera lo peor. Tú presumías de tus novios y de lo mucho que te divertías. Y en parte fue gracias *a ti* por lo que creí que estaba haciendo algo de persona adulta. Algo que te llevaría a respetarme. Pero fue justo lo contrario.

—Dios, ahora no intentes colgarme ese muerto —espeta Bella—. Eres una persona independiente, ¿no? Nadie te obligó a hacer nada.

—Me dijiste que el chico siempre me consideraría un ser despreciable. Que los hombres no se casaban con las mujeres fáciles. Pero te equivocabas. Porque se casó. Aquello fue amor para toda la vida, tal y como te dije hace tantos años. Cuéntaselo, Nate. Cuéntales lo de nuestra boda.

Se produce un silencio. Todo el mundo se queda mirándolo. Nate no habla, simplemente me mira, como si pensara que, de quedarnos aquí inmóviles el tiempo suficiente, este encuentro surrealista tocaría a su fin y se despertaría en un hotel de cinco estrellas sin mayor preocupación que empezar el día yendo a correr o pensar qué hay para desayunar.

—¿Boda? —dice Bella—. ¿Así que aquella noche…? Dios mío. —Se tapa la boca y mueve la cabeza de un lado a otro, como si fueran demasiadas cosas que asimilar de repente—. ¿Nathan?

Tara encuentra también por fin su voz.

—¿*Casado*? —dice—. ¿Con *ella*?

Me doy cuenta de que le ha soltado el brazo a Nate.

—No. Sí. No exactamente. Por eso nunca lo he mencionado. Fue cosa de Las Vegas. Estamos en proceso de anulación.

—Pero esto no altera el hecho de que sucediera —señalo.

Se abre la puerta del baño. Todos guardamos silencio cuando sale el actor.

—Su pantalla ya debería estar funcionando, señor —digo, intentando recordar cómo se llama—. ¿Desea que le sirva una copa?

El hombre inspecciona la escena que se desarrolla delante de él y niega con la cabeza.

—No, estoy bien, gracias.

Y se marcha.

—Veamos —dice Tara—. A ver si lo he entendido bien…

Interviene Miles.

—Me parece que Nathan y Juliette tienen muchos temas pendientes por discutir. ¿Y si los dejáramos hablar un rato en privado?

Bella se muestra de acuerdo. Por supuesto que sí. Ahora que se ha dado cuenta de que estuvo acosándome por actos cometidos por su propio hermano, se muere de ganas de marcharse para emparejar de nuevo sus recuerdos con lo que acaba de descubrir. Tara, sin embargo, no se muestra tan ansiosa. Hace un gesto negativo cuando Bella intenta llevársela de la cocina. Se planta aquí y se alisa el cabello un par de veces.

Nate se acerca a la barra y coge una botellita de coñac. No se toma la molestia de utilizar una copa y vacía el contenido directamente en su boca. Tara y yo observamos cómo traga. Suelta el aire, deja la botellita y se pasa las manos por el pelo.

—¿Es esta la exnovia de la que me hablaste? —le pregunta Tara a Nate—. ¿La que no te dejaba en paz?

—Nada de exnovia, sino su actual esposa —digo, corrigiéndola.

Se queda mirándome, como si todo esto fuera culpa mía. Nate se acerca a ella y le susurra algo al oído. Tara me lanza una mirada de desdén antes de entrar en el baño más próximo. Cierra la puerta y se ilumina la señal de «Ocupado». Nate y yo nos quedamos a solas. Me acerco a la ventanilla de la derecha y subo la cortina. Por encima de las nubes oscuras, el horizonte está iluminado con una luz naranja y azulada. Me coge por los hombros, me obliga a girarme y acerca su cara a la mía. El aliento le huele a coñac.

—¿Pero qué mierda es todo esto? —dice—. Ya no va solo sobre mí, ¿verdad? Ahora has metido también a Bella. ¿Cómo te atreves a insinuar que me gustan las jovencitas? Tú también fuiste culpable.

—Tú sigue repitiéndote esto. Y suéltame.

Me suelta.

Suspiro y vuelvo a intentarlo.

—Te casaste conmigo, Nate. Tu hermana convirtió mi vida en un infierno por tu culpa. Estás en deuda conmigo. Tu hermana está en deuda conmigo. Quiero un final feliz y vas a dármelo.

—Un solo error. Un solo error estúpido que cometí hace muchísimos años. —A pesar de que habla en voz alta, es como si hablara para él—. Un momento de imprudencia.

—Para ser justos, el único error que cometiste es pensar que yo me rendiría.

Abre el carrito del bar y coge otra botellita. Resisto la tentación de cerrarlo de un portazo y pillarle la mano.

Continúo.

—La aceptación es la clave de la situación. No pienso irme. Acéptalo y todo irá bien. Sigue luchando conmigo y acabarás pagándolo. El amor duele. Vete acostumbrándote. Yo he tenido que hacerlo.

—Creía que si jugaba limpio acabarías entrando en razón. No tengo nada más que añadir.

—De acuerdo. Iré a la policía. Les diré que me violaste. Y todo eso de ser menor de edad se sumará a tus problemas.

—¡Qué idea más ridícula! ¿Por qué querrías casarte conmigo si te violé?

—Porque dijiste que lo sentías mucho y que querías compensarme por lo ocurrido. Porque, a pesar de todos tus fallos —y son muchos, créeme—, te amo.

—Me rindo, Juliette —dice—. Cada vez caes más bajo. Las peticiones claras y sencillas no funcionan. Las amenazas no funcionan. Razonar tampoco funciona.

El simple hecho de que me llame Juliette me alerta de que está intentando engatusarme y transmitirme una falsa sensación de seguridad.

Pero sigo mostrándome paciente.

—Y nada funcionará —digo, con tranquilidad.

De pronto, parece romperse. Como si se hubiera rendido. Suspira con exageración y da media vuelta para marcharse. Y alguna cosa hay en su manera de darme la espalda, de ver que nuestro matrimonio se precipita hacia un final frío y brutal a menos que yo lo impida, ahora mismo, que enciende algo en mi interior. Miro a mi alrededor, libero un extintor de su sujeción y me dispongo a golpearlo con él. Debe de intuirlo, porque se gira de repente y me lo arranca de las manos. Lo hace con tanta violencia que caigo al suelo. El dolor que siento en el brazo derecho me deja conmocionada unos instantes. Me ataca el aire frío que sale de las neveras y me fijo en la porquería que hay debajo de los carritos —una cucharilla, una aceituna y un corcho— antes de levantar la vista y ver la expresión horrorizada de Tara.

Hay también otro pasajero, un señor mayor, que parece confuso. Nate intenta ayudarme a incorporarme, pero ignoro su ofrecimiento y me levanto sola. Me froto el brazo.

—¿Se encuentra usted bien? —pregunta el anciano.

Asiento.

—Creo que sí.

—Iré a buscar a alguno de sus compañeros —dice.

—Tranquilo, estoy bien —digo—. Pero gracias, de todos modos. Ya buscaré a alguien si es necesario.

A pesar de no estar del todo seguro, el pasajero se acerca al revistero y dedica un rato a hojear los ejemplares, volviendo de vez en cuando la cabeza hacia nosotros.

Miro a Tara.

—Necesitamos un poco de privacidad, por favor.

No sabe muy bien qué hacer, pero Nate le hace un gesto dándome la razón. Nos lanza una mirada de perplejidad, antes de regresar lentamente a su asiento.

—Rompe con ella —digo, mientras recoloco el extintor—. Voy a ponerme firme, que es lo que tendría que haber hecho hace ya mucho tiempo. Si de una cosa me arrepiento, es de no haber luchado lo suficiente por ti. Sucumbí con excesiva rapidez a la presión a la que me sometisteis James y tú. Pues ya no más. Dile que se ha acabado. Dile que coja el primer vuelo con destino a Londres. Dile a tu familia que me sumaré a vosotros en Whistler y que será una especie de pequeña luna de miel para conocer a la familia.

—Rotundamente no.

—De acuerdo. —Enumero mis armas, una por cada dedo—. Sexo con una menor de edad, forzado o no (tu propia hermana podría ser testigo de ello); además de adulterio y agresión, de la que acaban de ser testigos tu propia novia y otra persona completamente objetiva. Y eso sin olvidar que puedo mostrar a todo el mundo fotos *recientes* de nosotros casándonos *felices*. Podría elaborar una historia genial con todo esto, te lo digo de verdad. —Pongo cara triste y continúo con voz patética—. Le perdoné lo que hizo en el pasado porque se mostró muy arrepentido. Pero no debería haberle permitido que me convenciera para contraer aquel matrimonio rápido, porque significaba que él podría seguir jugando con mis sentimientos. Nunca supe dónde me metía. Ha sido espantoso. —Recupero mi voz normal—. ¿A quién crees tú que van a creer?

—No te amo.

—Pues nos esforzaremos más.

La verdad es que me estoy hartando de andar todo el día rogando, suplicando y de ser tan patéticamente paciente. No le queda otro remedio. Lo único que quiero es solventar de una vez por todas el tema y poder seguir con nuestra vida.

—Ve a hablar con ella —digo con calma—. Se te está acabando el tiempo.

—Soltarle todo esto en pleno vuelo no me parece justo. Hablaré con ella cuando podamos estar a solas y le explicaré debidamente la situación. Tampoco es justo para mi familia.

—Lo que te he pedido es innegociable. Y punto. No me presiones más de lo que ya lo has hecho.

—Necesito tiempo para pensar. —Hace una pausa antes de añadir «Por favor», como si, pensándoselo mejor, hubiera visto que era imprescindible decirlo—. Mira, lo capto. Lo entiendo. Pero no vendrás a Whistler con nosotros. Quiero tiempo para poder hablarlo con mi familia. A solas. Concédeme al menos esto. —Otra pausa—. De todos modos, tu descanso es solo de treinta horas, como mucho, ¿no? Por lo que no imagino que te pase nada por eso.

Pensándolo bien, tal vez sea mejor que Nate desconozca, por el momento, cuáles son mis planes inmediatos. Le iré revelando las cosas a medida que necesite saberlas. Porque, pensándolo bien, ser presentada oficialmente a sus padres junto a la cinta de recogida de las maletas o en un vestíbulo de llegadas atiborrado de gente tiene poco glamur. A partir de ahora, las cosas se harán como es debido y con estilo. Pretendo hacer una entrada grandiosa en Whistler y convertirlo en una celebración memorable.

—Tú quítate de encima a Tara —digo—. Y ya te mantendré al corriente sobre nuestros planes de futuro.

Nate regresa lentamente al asiento de Tara, vuelve la cabeza hacia atrás, ve que estoy mirándolo y toma asiento al lado de ella. Se inclina hacia delante. Vuelvo a la cocina, pero lo observo desde el otro lado. Nate parece estar haciendo esfuerzos para apaciguarla.

La cosa pinta bien.

Martin y Nicky vuelven de su descanso, pero yo no pienso tomarme el mío. Tengo demasiadas cosas que controlar. Finjo estar leyendo un periódico y de vez en cuando echo un vistazo a la cabina. Hay mucho intercambio de asientos, como si estuvieran jugando al juego de las sillas, y una conversación intensa entre todos ellos.

Le pido a Nicky que le entregue discretamente a Miles una nota, «… porque me ha pedido asesoramiento para un regalo para su esposa». En realidad, es una nota que dice: «Tengo que verte».

Momentos después de que se la haya entregado, Miles se reúne conmigo en las cocinas de la cabina de clase *business*.

—¿Eres capaz de guardar un secreto? —le digo—. Sí, ambos sabemos que puedes, por supuesto. Qué tonta soy.

—No dispongo de mucho tiempo —dice—. Bella vendrá a buscarme.

—Voy a ir con todos vosotros a Whistler. Pero no quiero que nadie más lo sepa. Lo único que tienes que hacer es ayudarme a que pueda integrarme. Ser una cara amable. Cuanto más intentes ponerte en mi contra, menos probable es que salgas airoso.

—Por favor, no… —empieza a decir.

—Hice fotos. Del interior de tu casa. Y de ti, durmiendo en Tokio. Razón por la cual doy por sentado que tenemos un trato, ¿no?

—No puedo. Por favor. Entiendo que tuvieras un pasado complicado, pero Bella lo siente mucho. No se merece esto.

Dios, no tiene carácter. Me encojo de hombros y echo a andar por el pasillo hacia la parte delantera del avión.

—¡Espera! —grita.

Varios pasajeros se quedan mirándonos.

—De acuerdo —dice—. No me gusta nada, pero de acuerdo.

Me aproximo a la cocina y noto el aroma de café recién hecho. Martin y Nicky ya están ocupados con el servicio. Todo el mundo quiere comida caliente y hay pedidos de última hora de la tienda libre de impuestos.

Asomo la cabeza hacia la cabina varias veces, pero veo que los seis están pegados a sus pantallas, como si concentrándose en otro mundo pudieran ignorar aquel en el que viven.

Pero la realidad, tal y como yo sé muy bien, siempre acaba encontrando la manera de volver a aparecer.

Cuando iniciamos el descenso, Bella viene a buscarme.

—¿Podemos hablar un momento?

—Tendrías que estar con el cinturón abrochado —digo, señalándole el rótulo iluminado.

—Veamos —dice, haciendo caso omiso a mi orden—. Todo esto parece un poco complicado. Y por lo visto yo también he tenido algo que ver en el asunto. Siento mucho lo que sucedió en el colegio…, con respecto a Nathan, me refiero. Creo que podríamos estar de acuerdo en que todos éramos jóvenes e inmaduros.

No digo nada.

Mi falta de reacción parece darle alas, así que respira hondo y continúa.

—El tema es que Tara es una chica agradable. Ella y yo somos muy buenas amigas. ¿Por qué no dejas que puedan seguir haciendo su vida? Es imposible que quieras a Nathan después de la conducta que tuvo. Te mereces algo mejor.

—Eso no es lo que decías en el colegio.

—Mira, como acabo de decirte, lo siento mucho. Todo fue una tontería.

Martin nos interrumpe.

—Señora, tendría que ir a ponerse el cinturón.

Bella me lanza una mirada —como queriendo decir «Ya lo hemos arreglado todo»— y le obedece.

Durante la aproximación a Vancouver, siento calor y frío a la vez. Pero me digo, una y otra vez, que Nate lo ha captado. Que por fin lo entiende. El punto débil, sin embargo, es que, teniendo en cuenta su tendencia a cambiar de idea, no puedo fiarme del todo de él. Esta es la prueba definitiva: si me falla, tendré que tomar medidas más serias.

Y en lo que se refiere al patético intento de disculpa de Bella, se ha comportado como si simplemente estuviera aclarando un malentendido. Siento hacia ella más rabia que nunca.

Miro por la ventanilla, pero no se ve nada excepto luces diseminadas en la oscuridad. Por lo que sé de otros viajes que he hecho de día, estamos sobrevolando una gran extensión de agua y más allá, a lo lejos, se vislumbran majestuosas montañas cubiertas de nieve.

Cuando las ruedas entran en contacto con el asfalto y el avión pierde velocidad, la excitación y el anhelo casi me consumen.

Falta poco. Falta muy poco.

Creo que por fin he conseguido poner a Nate allá donde quiero que esté. Mi tenacidad y mi ingenio están a punto de dar sus frutos.

El avión se detiene. Me coloco en mi puesto en la puerta con una sonrisa sincera en la cara.

Tara es la primera en salir. No me mira.

Los padres de Nate salen a continuación, seguidos por Miles y Bella.

Y, finalmente, Nate.

Lo cojo por el brazo.

—Todo solucionado, ¿no?

—Sí.

—¿Y te veo en casa en una semana? ¿Se acabó Tara?

—Tengo que irme.

Se marcha. Desaparece por la pasarela.

Parece que pasa un siglo hasta que desembarca el último pasajero. Salgo a continuación.

Siguiendo las indicaciones escritas en francés, inglés y chino, paso el control de inmigración con el resto de la tripulación antes de dirigirme a la zona de recogida de equipajes, pero dudo de pronto porque veo a Tara ponerse de puntillas para darle a Nate un beso en los labios. Contengo la respiración a la espera de ver qué sucede a continuación. Y suelto el aire al ver que Tara da media vuelta y sale por la aduana. Observo a los cinco integrantes que quedan del grupo, que esperan con sus carritos de equipaje. Nate y Miles van recogiendo maletas, una a una, a medida que aparecen por la cinta circular.

Los ignoro, me dirijo al lugar donde están ya dispuestas las maletas de la tripulación y busco la mía. Levanto la vista. Miles me ve y lo saludo alegremente antes de echar a andar en dirección a la aduana.

—Bienvenida a Canadá. Deseamos que disfrute de su estancia.

—Eso espero. Muchas gracias.

Salgo, con la cabeza bien alta. Las puertas automáticas se cierran a mis espaldas.

Vislumbro a Tara de inmediato, sentada en una silla y simulando que lee un libro. Levanta la cabeza, pero vuelve a bajar rápidamente la vista. Le irían bien unas cuantas clases de arte dramático. Me dirijo al autocar de la tripulación, pero, cuando el chófer carga mi equipaje, hago como si me hubiese dejado alguna cosa. Ignoro las quejas de mis compañeros —«No tardes», «Estoy agotado»— y vuelvo a cruzar la calle para acceder de nuevo al vestíbulo de llegadas.

Y veo cómo, uno a uno, van subiendo a un minibús. Los padres primero —qué educados y respetuosos—, seguidos por los otros cuatro, incluida, claro está, Tara.

Deben de tomarme por tonta. Y es posible que lo sea.

Porque me he atrevido a confiar en que, esta vez, Nate por fin lo habría entendido.

Meneo la cabeza. A estas alturas, Nate tendría ya que conocerme mejor. El minibús se aleja de la terminal.

A buen seguro que piensan que no les pasará nada. Pues que se lo piensen mejor, porque Nate acaba de suspender el examen.

Y hasta aquí hemos llegado. De verdad.

31

Los dígitos rojos iluminan la negrura. La 1.38 de la mañana.

Me encuentro atrapada en una pequeña habitación de un hotel en el centro de Vancouver porque el primer autobús hacia Whistler no sale hasta primera hora de la mañana. Permanezco tumbada, rodeada de oscuridad, reviviendo el pasado. Tal y como lo veo ahora, comprendo que he consagrado diez años de mi vida a llegar hasta aquí. Suponiendo que viviera hasta los setenta, significaría que habría desperdiciado una séptima parte de mi vida. ¿Y para qué? ¿Para intentar conocer a un hombre inferior? ¿Para vivir una vida mediocre? Por favor.

Incapaz de dormir, enciendo la luz de la mesita, introduzco una capsula de café en la máquina y me siento en la cama con las piernas cruzadas. Repaso una vez más mis planes, las revisiones de los mismos y las fotos. Compruebo de nuevo que tengo la llave del chalet de vacaciones de Whistler, uno de los muchos objetos que me llevé o copié cuando vivía con Nate, puesto que la experiencia me ha enseñado a estar preparada para cualquier eventualidad. Bebo despacio el café, cuento el dinero local que tengo, me levanto, me ducho y pido un sándwich club al servicio de habitaciones.

Hago la maleta y me mantengo ocupada hasta que llega la hora de irme. Lo último que hago es dejar el ordenador portátil, el teléfono, el pasaporte y el carnet de identidad en la caja fuerte. Hay que viajar ligero de equipaje.

La puerta de la habitación se cierra a mis espaldas. Voy perfectamente vestida para temperaturas gélidas: gorro de lana y una aparatosa braga de cuello. Entre la mochila y la bolsa de viaje, llevo todo el equipo de esquí: pantalón en un discreto tono gris con franjas laterales finas en azul marino, anorak del mismo color, gafas de sol y botas de esquí.

El autobús llega puntual.

Me instalo hacia la parte del fondo, detrás de una pareja joven australiana que no demuestra el más mínimo interés hacia mi persona. Oculto la cara lo máximo posible, sin llamar innecesariamente la atención, y finjo que me duermo, lo cual es correcto, pues veo que no soy la única entre los pasajeros que echa una cabezadita.

Está oscuro y las ventanas están empañadas. Froto un poco para poder ver el exterior. Los rayos de sol empiezan a destacar la nieve y el hielo que rodean la autopista Sea to Sky. De vez en cuando, el chófer anuncia detalles del paisaje que pasan desapercibidos: parques, cascadas, bosques…

Cuando, casi dos horas más tarde, nos aproximamos a las afueras de la estación invernal, la luz de primera hora de la mañana revela el perfil de unas montañas nevadas que parecen salidas de una postal, salpicadas con árboles y las áreas rectangulares que conforman las pistas de esquí.

Al bajar, siento una punzada de nervios. Me quedo a un lado mientras los demás se apiñan para recoger del remolque sus equipos de esquí. Inspiro hondo el gélido aire, cruzo la carretera y subo a la acera. Echo a andar en dirección al chalet de vacaciones que he memorizado lo mejor posible a partir de las imágenes de Google Maps. Podría ir en autobús, pero es un paseo de solo diez minutos. Corro un pequeño riesgo al dar por sentado que todos se habrán levantado temprano, teniendo en cuenta el desfase horario, y que estarán preparados cuando abran los remontes. Necesito tiempo para orientarme sin tropezarme con nadie.

El principio es fácil. Han limpiado y echado sal al pavimento y la nieve se acumula en montones en los bordes. Cruzo un puente, debajo del cual corre alegremente un río. Pero las imágenes que estudié estaban tomadas en verano, razón por la cual el camino se parece muy poco a lo que tenía visualizado. Después de subir por la calle equivocada, doy marcha atrás hasta que reconozco una curva en el camino. Y en cuanto diviso el gigantesco chalet, estoy segura de que es ese, y el número me lo confirma. Está algo apartado de la calle y se accede a través de un camino de acceso, que también han limpiado y sobre el que han echado sal.

Rodeo la propiedad hasta llegar a la parte de atrás, siguiendo un sendero que sube por una cuesta y desemboca en una zona boscosa. Camino con cuidado porque el suelo está helado. Cuando voy por la mitad del recorrido, me paro, dejo la bolsa a mis pies, me apoyo en un abeto, saco una botella de agua y bebo. La casa es más magnífica incluso de lo que se veía en las fotografías. Las paredes de madera hacen que el edificio se mezcle con el entorno. A través de los cristales se ven un espacioso salón y la zona de comedor. De las contraventanas de madera cuelgan témpanos de hielo. Por encima de estas estancias, veo dos terrazas orientadas hacia mí, una de ellas con un *jacuzzi*. Abajo, hay una zona cubierta con bancos, leña y estantes para el material de montaña: esquíes, palos y botas. Miro a mi alrededor y, arriba a mi izquierda, veo uno de los remontes y, a lo lejos, las montañas nevadas. A mi derecha, más casas de diseño similar.

No se ve a nadie.

A pesar de que llevo unos guantes muy gruesos, tengo las manos y los pies helados. Pero decido esperar un poco más, prestando atención al murmullo de la brisa que corre entre los árboles, antes de decidir que es seguro empezar a bajar de nuevo. Escondo la bolsa entre la leña y veo una puerta trasera. Confío en que la llave de Nate funcione, pero la cerradura de esa puerta es totalmente distinta. Tendré que ir a por la alternativa más descarada: rodear la casa y subir la escalera que da acceso a la puerta principal.

Llamo, preparada para echar a correr, pero no responde nadie.

Introduzco la llave en la cerradura sintiendo una punzada de miedo; mis movimientos son torpes con los guantes, pero, gracias a Dios, funciona. Estoy dentro.

Silencio. La luz se filtra por los ventanales.

Miro a mi alrededor, asimilando el espacio: el techo alto con vigas de madera, las resplandecientes superficies de mármol y de cristal, la acogedora sala de estar con sofás en tonos rojos y anaranjados y grandes cojines.

Experimento una oleada de rabia, porque me imagino encajando perfectamente bien en este lugar.

Impulsada por un renovado sentimiento de indignación, me arriesgo a seguir explorando y subo a la planta de arriba. Abro y cierro las puertas de todas las habitaciones hasta que doy con la de Nate. No me atrevo a pensar en esa habitación como la de Nate y Tara. Me entran náuseas. Por mucho que me considerara mentalmente preparada, ver tantas pruebas físicas sigue siendo un golpe en el estómago. Tara ni siquiera se ha tomado la molestia de deshacer por completo el equipaje; veo que su maleta aún contiene ropa, mientras que toda la de Nate está colgada pulcramente en el armario.

Siento un deseo abrumador de destruir todas sus pertenencias. Así que, para distraerme, abro la puerta de acceso a la terraza y aspiro varias veces el aire frío. Dejo de lado el *jacuzzi* cubierto con una lona y me apoyo en la barandilla de madera. Examino con la mirada la maravillosa zona boscosa y localizo el punto exacto donde acabo de estar. Sigue sin haber nadie. Miro hacia abajo. Está mucho más alto de lo que parecía desde fuera, lo cual hace imposible utilizar la terraza como vía de escape en caso de que volvieran a casa inesperadamente. El pensamiento me pone en acción y regreso al calor del interior.

Inspecciono la maleta de Tara hasta que encuentro algo de utilidad: el recibo de unas clases de esquí contratadas con antelación. Información útil, porque iré a buscarla para decirle que tiene que largarse. Tiene que saber que lo suyo jamás funcionará. No puedo resistir la tentación de, antes de irme, dar un rápido repaso a las pertenencias de Nate. He echado mucho de menos poder acceder a su mundo. Y resulta embriagador, como volver a probar una droga.

Bajo y salgo por la puerta de atrás. La dejo sin cerrar. Saco la bolsa de su escondite y me pongo mi equipo de esquí por encima de la ropa que llevo. Veo que hay esquíes y palos de sobra, lo que me ahorrará tener que alquilarlos. Selecciono un juego que parece que me irá bien e introduzco los pies en las botas de esquí. Me las ajusto debidamente.

Deshago el camino hacia el pueblo de Whistler y me incorporo a una larga cola.

—¿Dónde están las escuelas de esquí? —le pregunto a la mujer de la taquilla después de entregarle el importe de un *forfait* de un día—. ¿Hay pistas para aprendices?

La mujer me da un mapa y me señala la estación olímpica, en Whistler Mountain.

Me pongo a esperar en otra cola, la de los esquiadores que van solos —la historia de mi vida—, antes de sumarme a un grupo en una de las telecabinas; me bajo en la primera estación. Hay muchísima actividad. Los colores intensos llenan la zona. Localizar a Tara es complicado. Pero me impongo perseverar, porque mi plan consiste en abordarla a solas. Inspecciono los distintos grupos, pero el sol se refleja en la nieve con fuerza y todo el mundo lleva gafas de sol, además de gorras y cascos.

Al mediodía, me rindo. Me arden las mejillas y tengo los labios resecos. En la parte superior de la pista, tengo un momento de duda antes de empujarme cuesta abajo con los palos. Había olvidado ese miedo inicial, la impresión y los nervios que se experimentan antes de dejarse ir. Pero la euforia toma el poder y cojo enseguida el ritmo. Observo mi sombra, negro sobre blanco, sin apenas ser consciente de la presencia de otros esquiadores.

La sensación es surrealista, pero estoy aquí. Esta noche, sin embargo, estaré volando de nuevo hacia Londres.

Y Tara se habrá llevado una desilusión y estará destrozada.

Después de un bocadillo y un café, regreso a la casa.

Veo unos cuantos pares de esquíes más apoyados contra la pared de atrás, razón por la cual no me parece muy inteligente ascender la cuesta y observar el interior desde fuera; sería exponerme demasiado. Despacio, sin hacer ruido, pruebo la puerta posterior. Se abre. Se abre fácilmente y me permite acceder. En los estantes para zapatos hay varios pares de botas, junto con una montaña de guantes, cascos y gafas de sol. El corazón me late con fuerza cuando me acerco a los pies de la escalera y aguzo el oído. Están todos arriba, Tara incluida. Entre los sonidos de los cubiertos y los platos, me llegan retazos de conversación.

«Una mañana espléndida».

«¿A alguien le apetece volver a subir a pistas esta tarde?».

«No podíamos pedir un tiempo mejor».

Rezo en silencio para que Tara anuncie que está cansada, que se quedará en casa a echar la siesta, pero no estoy de suerte. Cuando oigo sonidos que indican que se están preparando para irse de nuevo, salgo y me escondo en el bosque, detrás de un tronco voluminoso, a la izquierda de la casa. Creo haber entendido que, para ir a esquiar, saldrán en dirección opuesta. Bella y Miles son los primeros en salir, seguidos por sus padres. Nate y Tara siguen dentro. Esforzándome por contener la rabia y los celos, me obligo a retirarme mentalmente hacia un lugar seguro, pues noto que empiezo a descontrolarme. Sé que si no me sereno irrumpiré en la casa. Y que si los veo juntos me derrumbaré.

Tardan media hora en salir. Y a cada doloroso minuto que pasa mi odio hacia Tara no hace más que aumentar.

Los sigo. Y me resulta fácil porque caminan el uno pegado al otro. Ella va vestida con un anorak de color naranja y un gorro a juego. Nate, muy caballeroso, carga con los esquíes de ella y los suyos. Se incorporan a la cola del telecabina. Los sigo, subiendo a la telecabina de detrás de la de ellos, y bajo en el mismo lugar que antes. Nate acompaña a la que pronto será su ex hasta el lugar donde dan las clases. Llega tarde. En cuanto Tara se incorpora al desigual grupo de viejos y jóvenes, hombres y mujeres, Nate se pone las gafas, se ajusta los esquíes y, después de despedirse de ella agitando en el aire uno de sus palos, se marcha.

La observo. El instructor está enseñando a sus alumnos diversas posiciones. Tara está intentando patéticamente encajar con Nate y su familia. Intentando satisfacerlos a todos. Me encantaría esquiar hasta allí para decirle que no es necesario que se tome la molestia, que está perdiendo el tiempo. A mí me ha llevado diez años de duro trabajo. Unos cuantos días en las pistas de principiantes son una insignificancia en comparación. Y es una mierda de tía: rebosa miedo a raudales. Rebosa cautela.

Me acerco a un esquiador que va vestido con el mismo equipo azul que el instructor de Tara.

—Disculpa, ¿sabes a qué hora terminan las clases? —le pregunto, señalando el grupo de Tara.

—Normalmente una hora antes de que cierren las pistas.

—Gracias —replico, mirando el reloj.

Le queda una hora y media. El autobús hacia Vancouver sale en menos de tres horas. Si no consigo cogerlo, no llegaré a la hora para mi vuelo, lo cual sería nefasto.

Para mantenerme en calor, bajo un par de veces la pista más próxima mientras me preparo mentalmente para lo que tengo que decirle. Cuando veo que el grupo se disgrega, subo a la telecabina justo delante de la de Tara y la espero a la llegada.

Baja, retira los esquíes de la sujeción y carga con ellos con torpeza. La sigo. Hablaré con ella cuando haya menos gente. Camina despacio, como si le doliera todo, hacia las afueras del pueblo. Se incorpora a la cola del autobús, lo que me desanima por un momento. Dudo antes de decidir ir andando para pillarla por sorpresa cuando esté más cerca de la casa.

No han pasado ni un par de minutos desde que me he puesto en marcha cuando veo pasar el autobús. Mierda. Acelero todo lo que puedo y hago caso omiso al roce de las botas contra mis tobillos. Pero no veo ni rastro de ella en la calle que conduce hasta el chalet. Me aproximo a la casa desde atrás. La sensación de miedo se incrementa, porque Tara tiene que estar allí y se me está acabando el tiempo para hablar con ella. Nate y los demás volverán en cuanto cierren las pistas, si no antes.

Mientras me quito los esquíes, veo un montón de nieve deslizarse por otro esquí y caer al suelo. Un par. Tienen que ser los de Tara. Me cambio las botas, me quito los guantes de esquí y los cambio por otros más finos. Asciendo la cuesta para comprobar que sea ella y que esté sola. Echo un vistazo. En el salón no hay nadie, y entonces… ¡euforia! Está sola. En la terraza. La observo. Se quita el albornoz y se mete en el *jacuzzi*. Se recuesta en él. Temerosa de perder la oportunidad, bajo la cuesta casi corriendo.

La puerta de atrás está cerrada con llave; es evidente que es una mujer prudente. Así que me veo obligada a entrar otra vez por delante.

En el interior reina el silencio. Subo y abro la puerta de la habitación de Nate. A través del cristal, le veo la nuca. Tiene junto a ella una copa de vino blanco, el teléfono y un par de auriculares pequeños. Deslizo la puerta corredera de cristal. El sonido de una emisora de radio supera con creces el del agua burbujeante del *jacuzzi*. Me acerco. Está traspuesta, con los ojos cerrados. Podría empujarle la cabeza hacia el agua y mantenerla allí, pero no pienso hacerlo. Permanezco inmóvil. El bañador de color cereza resplandece bajo las burbujas blancas. Le cojo el teléfono. Apago la música. Abre los ojos de golpe y gira la cabeza. Me siento en el borde del *jacuzzi* azul celeste, lejos de su alcance.

—Hola, Tara.

Se queda mirándome.

—¿Qué haces aquí?

La saludo con la mano como si fuera una amiga.

—¿Qué tal va todo? Entiendo que hayas tenido que meterte aquí, seguro que te duele todo. Recuerdo perfectamente cuando aprendí a esquiar. Pero es una pérdida de tiempo, te lo digo para que lo sepas. Tanto trabajo y esfuerzo.

Mira el teléfono.

Lo levanto en el aire.

—¿Qué te parece si entretanto me encargo de cuidarte esto?

Sale del *jacuzzi* y coge una toalla.

—¡Devuélvemelo!

—Todavía no. Tenemos que hablar sobre Nate. Él no tiene agallas suficientes para decírtelo, de modo que tendré que hacerlo yo. Seguimos juntos. Tú no eres más que la otra.

Se seca apresuradamente.

—Pues no es precisamente lo que me dice.

—Soy su *esposa*. Lo sabes. Y sabes también algo más: viste cómo me atacó en el avión. Estaba furioso porque quiere que me mantenga callada con respecto a lo nuestro, porque no quiere contártelo. Nate, como siempre, quiere que las cosas se hagan a su manera, según él decida. Ese es el Nate de verdad. Y tú estás permitiéndole que se salga con la suya.

Tara se pelea con las mangas mientras intenta ponerse el albornoz blanco. Cuando lo consigue, parece ganar confianza.

—Mientes. Y sé que mientes porque piensa ponerte una orden de alejamiento.

No le doy la satisfacción de que pueda ver en mí algún tipo de reacción, por mucho que la noticia resulte dolorosa. Sin soltar su teléfono, me descuelgo la mochila de los hombros y saco una fotografía de Las Vegas. Se la muestro, para que pueda ver lo relajado y normal que estaba Nate.

Le echa un vistazo rápido y me mira a los ojos.

—Eso no significa nada. Dice que lo tergiversaste todo. ¿Por qué no te vas a pasar un fin de semana a un spa para relajarte un poco o te apuntas a una página web de citas, como cualquier persona normal? Vamos, devuélveme el teléfono. Volverán en cualquier momento. De modo que yo, en tu lugar, me marcharía pitando.

Guardo la foto y sostengo el teléfono por encima del agua.

—¡No! ¡No tengo hecha ninguna copia de seguridad de mis fotos!

Veo que se acerca a mí, así que me levanto y doy un paso hacia la barandilla.

—Mira, Juliette… —Se interrumpe—. Con esto no vas a conseguir nada.

No le hago ni caso.

—Necesito que hagas la maleta y vengas conmigo.

—¿Para qué?

—Es la única manera. Te dejo que le escribas a Nate una nota de despedida y luego nos iremos. Te devolveré el teléfono en cuanto estemos a bordo y de camino a casa. Tú no perteneces a este entorno.

Tara mira hacia atrás, hacia la habitación, se gira de nuevo hacia mí y mira abajo, como si deseara desesperadamente que Nate apareciera como el resplandeciente caballero que acude en su rescate.

Lo cual me recuerda que estoy perdiendo un tiempo precioso.

Lo intento una última vez.

—No puedes estar con Nate, porque no es tuyo. Así de simple.

—Dame mi teléfono. Llamaremos a Nate y nos sentaremos, los tres, a hablar como es debido.

Sonrío.

—No.

Pasan unos instantes donde ninguna de las dos habla, hasta que me veo obligada a romper el silencio.

—Nunca nadie lo amará como yo lo amo.

Me mira fijamente. Creo que se da cuenta de que hablo en serio, de que no voy a irme a ningún lado. Y yo me doy cuenta también de la realidad, de que Tara jamás entrará en razón.

Se acerca hacia mí. Las gotas de agua del pelo mojado resbalan por su cara. Intenta agarrarme la muñeca derecha para hacerse con el teléfono, pero soy más alta que ella y levanto el brazo. Me apoyo en la barandilla de madera. Intenta alcanzarlo. Y…

Lo hago. Es lo único que me queda por hacer. La empujo.

Creo que siempre he sabido que esto tendría que acabar más o menos así.

Se queda pasmada por un instante, con los ojos abiertos de par en par. Me coge el brazo, pero me deshago de sus garras. Grita, patalea e intenta volver a cogerme. Pero, con dos empujones fuertes, se va. El ruido que se oye es tremendo, como una superficie de hielo cuando se resquebraja.

Miro hacia abajo, respirando hondo y con dificultad. Esta inmóvil. Serena. Blanca como la nieve.

El pelo mojado se abre como un abanico sobre el terreno blanco y helado, la pierna izquierda ha quedado doblada en una posición estrambótica. La cabeza está girada hacia mí y creo que le sangra la nariz. No consigo verle bien los ojos; parecen entreabiertos. Me inclino —no al máximo, sino el máximo que pienso que ella podría inclinarse— y hago con su teléfono algunas fotos del paisaje nevado. Las copas y las ramas de los árboles están cubiertos de nieve, reinan la paz y la tranquilidad. Dejo caer el teléfono. Aterriza cerca del cuerpo.

A lo mejor ahora, cuando Nate se dé cuenta de que está destinado a ser desafortunado en el amor, valorará que dejó correr lo nuestro con excesiva rapidez. Que soy una persona de fiar y coherente. Que, a diferencia de las demás, yo siempre estaré ahí.

Miro a mi alrededor. Lo dejo todo tal y como está y bajo corriendo para salir por atrás.

A toda velocidad, recojo la bolsa y enfilo el sendero, para poder mirar hacia abajo y verla. Pronto anochecerá y me pregunto cuánto tardarán en encontrarla.

Miro el reloj. El autobús hacia Vancouver sale en cuarenta y dos minutos. Oscurece con rapidez y pronto empiezo a ver los haces de las linternas de los cascos cuando la familia vuelve a casa y se apiña en la parte trasera para dejar botas y esquíes, ajenos a la presencia de Tara, que está a escasos metros de ellos. Observo.

Se encienden las luces de dentro. Pasados unos minutos, se sientan alrededor de la barra del desayuno para disfrutar de una copa de vino. Nate coge el teléfono. Oigo que suena el de Tara y lo veo brillar en la oscuridad, hasta que la pantalla se apaga. Sigo, traspuesta, observando a Nate y su familia, como si fuera un programa de telerrealidad. Hay un asiento vacío. Me imagino que lo han guardado especialmente para mí.

Me encantaría poder sumarme a ellos. Deseo desesperadamente poder alterar la escena que se desarrolla delante de mí, sumarme a ellos y rematarla con la frase «Y fueron felices y comieron perdices».

Pero me marcho y bajo hacia la calle principal, con la capucha cubriéndome la cabeza y bien envuelta con la bufanda.

Mientras espero el autobús, tengo la sensación de que han pasado años desde que lo cogí para llegar hasta aquí. Empieza a nevar.

Pasados veinte minutos, justo cuando el pánico se está apoderando de mí, veo los faros delanteros del autobús. No tengo tiempo para retrasos.

Una vez dentro, cierro los ojos, pienso en el cuerpo sin vida de Tara y me recuerdo que ella se lo buscó. Se apodera de mí otro pensamiento: Nate. Vuelve a ser única y exclusivamente mío; estará mal, por supuesto que lo estará, pero lo superará. Tara no era ni mucho menos el amor de su vida. Y a lo mejor esto le sirve para pensar. Porque, si hubiera dejado a Tara —tal y como dijo que haría—, ella seguiría aún con vida. De haber cogido Tara un vuelo de vuelta con destino a Londres, no habría encontrado su fin en un accidente estúpido provocado por querer hacer una foto.

La culpa es de él, no mía.

El autobús llega a Vancouver y dispongo de menos de una hora.

Paro un taxi y mantengo el mínimo de conversación posible. Le pido al taxista que me deje a una manzana de distancia de mi destino. Tiro las botas en dos contenedores de basura distintos y entro en el vestíbulo del hotel.

Me dirijo a mi habitación y rezo para no tropezarme con nadie por el camino. Saco mis pertenencias de la caja fuerte, me ducho y contesto a un mensaje de Babs que me pregunta qué tal me está yendo el viaje:

Una porquería. Me he pasado el día en la cama con un resfriado terrible. Me encuentro fatal. Besos

Cargada de adrenalina, bajo en el ascensor y me reúno con el resto de la tripulación en el vestíbulo.

Momentos antes de alejarnos de la terminal, el capitán anuncia un retraso mientras esperamos a que retiren el hielo del avión. Pero al cabo de una hora, cuando despegamos, me invade una sensación de alivio —de alivio puro, una bendición— por haber tenido las agallas necesarias para actuar con resolución. El futuro, por su propia naturaleza, es intangible. Sin embargo, cuando luchas por tener cierto control, cualquier cosa es posible. Y yo acabo de demostrarlo.

A doce mil metros de altura, cobijada por las nubes y alejada del mundo real, la distancia que voy poniendo con Nate me ayuda a concentrarme en lo que tengo que hacer a continuación.

Se abre la puerta del avión y casi espero encontrarme a la policía esperándome.

Pero no pasa nada.

Y cuando saco las llaves del bolso y entro en mi casa, estoy segura de que nada pasará.

Durante mis tres días libres, me mantengo ocupada.

Llamo a Babs y le cuento que he vuelto con el amor de mi vida. Cuando Nate regrese, estará hecho polvo por el shock. Pero lo superaremos juntos. Lanzo un mensaje de correo electrónico para James Harrington, explicándole que Nate y yo vamos a apostar de nuevo por nuestra relación cuando él vuelva de esquiar.

Pienso mucho en Will. Aunque ahora, después de haber visto la expresión de paz y tranquilidad de Tara, me siento un poco más reconfortada.

Para que no haya posibilidad alguna de error, le envío un mensaje a Nate diciéndole que espero verlo el miércoles.

No responde.

Evito internet, para no caer en la tentación y realizar búsquedas sobre Tara.

El día antes de la fecha de regreso de Nate, suponiendo que puedan volver tal y como lo tenían previsto —me pregunto si el cuerpo de Tara viajará en la bodega—, me acerco al Centro de Informes para echar un vistazo a las necrológicas.

El fallecimiento de Tara se anuncia como un trágico accidente durante las vacaciones, lo cual es más o menos cierto. Se celebrará un funeral; cualquiera que la conociera está invitado a asistir para recordarla.

No iré, pero enviaré unas flores.

Lirios*, por supuesto.

Nate no vuelve a casa en el avión del miércoles.

Pido la baja por enfermedad para no trabajar en el siguiente viaje que tengo programado y espero en casa todo el día. Inquieta, no paro de dar vueltas de un lado a otro. Arreglo los cojines, dispongo de otra manera las manzanas del frutero, lo mismo con la comida que almaceno en mis siempre perfectamente provistos nevera y armarios. Las minimadalenas de chocolate quedan pulcramente apiladas a un lado. Cepillo todas las prendas de mi guardarropa, y muy en especial mi vestido favorito. Bebo café con las tazas que Nate me regaló y acaricio los imanes de la nevera que teníamos en nuestra casa. Una fotografía enmarcada de nuestra boda, impresa en tamaño grande, luce orgullosa junto a los objetos decorativos y los jarrones.

El secreto está en los detalles.

---

* En inglés, lirio es *lily*. *[N. de la T.]*.

El jueves, después de pasarme horas viendo cómo Arcoíris da vueltas por su pecera, oigo voces —la de Nate y la del conserje— antes de escuchar cómo la llave gira en la cerradura. Me levanto, me aliso el vestido y dibujo una sonrisa en mi cara, dispuesta a convertirme en el hombro sobre el que podrá llorar. Dispuesta a ser su pilar. Su compañera en la vida.

—Hola, cariño —digo—. ¿Por qué no respondiste al mensaje? Estaba preocupada por ti.

Deja caer la bolsa. Está blanco.

—Siento mucho lo de Tara. Me enteré de la noticia en el trabajo…, tendrías que habérmelo dicho. Se te ve agotado. Pasa y ponte cómodo. He hecho algunos cambios, por cierto; he movido unas cuantas cosas, pero estoy segura de que coincidirás conmigo en que queda mucho mejor.

—¿Las llaves? —dice.

Le sostengo la mirada.

—Te las cogí del bolsillo de la chaqueta durante el vuelo. Tenía sentido.

Nunca podrá demostrar que se las cogí en Whistler. Porque yo no estuve allí. Me ordenó que no fuera.

Me mira fijamente. No acaba de entenderlo, lo cual es correcto, porque a partir de ahora las cosas se harán a la fuerza. O de la manera más simple. Depende de él. Y es mucho mejor que, de momento, no esté seguro de nada. La gente, cuando tiene miedo, se muestra más obediente. Como sucederá con Miles, cuando los invite a Bella y a él a casa a cenar. Miles tendrá que convencerla de que venga, de que me tolere. Y a lo mejor Bella incluso se acaba mostrando agradable y elogia mi cocina, o algo de ese estilo.

—De ninguna manera. Esto no puede estar pasando.

—Es lo que acordamos —digo, manteniendo la calma, pero con firmeza.

Y así es. Porque, como le expliqué a Nate en mi videodiario, la chica entregó su corazón al chico y su destino quedó unido para siempre. Tendría que haber prestado más atención, en serio, puesto que nadie puede luchar contra el destino.

Nadie.

Nate se convirtió en mi proyecto desde el instante en que vi su fotografía en el colegio, en la mesita de noche de Bella. Y el hecho de que él me buscara inconscientemente en el río viene a demostrarlo. Nate me salvó de mí misma, de la oscuridad y del sentimiento de culpa que tenía atrapados en mi interior. Pero, aun así, las sombras de aquella noche siguen acechando; espirales invisibles de gris y de negro que me envuelven continuamente.

Aquella noche, muchos años atrás, Nate contrajo conmigo una deuda de amor y respeto, una deuda que sigue teniendo conmigo. Y que siempre tendrá.

Veo que Nate permanece inmóvil, de modo que me acerco y cierro la puerta. Estamos solos. Solos los dos.

El sueño es real. Lo he arreglado todo para poder volver a estar juntos.

Mi perseverancia, mi decisión de no rebajarme a aceptar menos, fue el camino correcto que seguir. Ahora tenemos que empezar de cero, a partir de un acuerdo completamente nuevo.

Para que sea como siempre tuvo que ser.

Agradecimientos

Escribir mis agradecimientos ha sido complicado, porque hay tantísima gente a la que quiero dar las gracias que no sé ni por dónde empezar. Después de mucha deliberación (he escrito muchas listas, preocupada por la posibilidad de omitir algún nombre), he decidido lanzarme a por ello e intentar expresar mi más sincero agradecimiento de la mejor manera posible.

Quiero dar las gracias a Sophie Lambert, mi increíble agente, inteligente, bondadosa y una de las personas más entregadas y trabajadoras que he conocido en mi vida. Gracias por tus fantásticos comentarios, por tu paciencia, por tus brillantes consejos y por hacer mi sueño realidad. Mi agradecimiento también a Alexander Cochran, Emma Finn, Alexandra McNicoll, Jake Smith-Bosanquet y, por supuesto, a todo el equipo de C+W Agency.

Mil gracias también al maravilloso trío editorial de Wildfire, Kate Stephenson, Alex Clarke y Ella Gordon, un equipo asombroso, con una energía y un entusiasmo infinitos, que además se mostró siempre increíblemente perspicaz. Fue un auténtico placer trabajar con todos ellos y me siento agradecida por formar parte de la familia. Mi agradecimiento es extensible a todo el equipo de Headline: Viviane Basset, Becky Hunter, Frances Doyle, Ellie Wood, Becky Bader, Siobhan Hooper y Sarah Badhan, y a Shan Morley Jones y Rhian McKay, por su experiencia y por su entusiasta mirada.

Mi decisión y mi viaje hasta «convertirme en escritora» me llevaron varios años. Empecé a sumergirme en el mundo literario poco a poco. Asistí a festivales literarios, cursos, actos con autores…, razón por la cual me parece un buen momento para mencionar a Jenny Ashcroft, que ha sido una fuente inmensa de apoyo y generosidad, además de un oído fantásticamente dispuesto a escucharme. Gracias asimismo a Emily Barr y Craig Green por vuestro apoyo. Muchísimas gracias.

Quiero mencionar también y dar las gracias a mi tutora creativa, Nicky Morris, que me animó a expandir mis habilidades escritas y que me aportó la confianza necesaria para ser capaz de leer mi trabajo en voz alta. Recuerdo con cariño nuestros intercambios, las tardes de los martes. Y quiero dar las gracias también a los demás compañeros escritores de mi ciudad y al grupo que gestiona la fantástica Hampshire Writers' Society, a cuyas diversas actividades merece la pena asistir.

En 2014, después de abandonar mi carrera profesional en el sector de la aviación, me apunté a un curso de la Faber Academy que llevaba por título «Escribir una novela». Allí, bajo la habilidosa guía del director del curso, Richard Skinner (muchísimas gracias por animarme a «seguir adelante» y por darme la seguridad necesaria para confiar en mi instinto con este libro), no solo aprendí cosas de gran valor, sino que además tuve la suerte de incorporarme a un grupo increíble integrado por diversos autores que rebosan talento y generosidad. Seguimos reuniéndonos con regularidad para compartir éxitos y darnos ánimos durante los inevitables malos momentos… ¡y disfrutar a menudo de un buen vino! Gracias, y gracias una vez más, a Laura, Fiona, Mia, Joe, Rose, Rohan, Antonia, Jess, Roger, Maggie, Phil y Helen. Por todo.

Mi agradecimiento para mis primeros lectores: Geraldine (que se leyó el libro entero varias veces), mi grupo de Faber (una vez más) y, por su ayuda y sus consejos, muchas gracias también a Amanda, Ian, Lindsay, Roy y Walter. Gracias por ser tan generosos con vuestro tiempo y vuestros sabios y valiosos consejos.

Mi marido no cuestionó ni una sola vez mi deseo de convertirme en escritora. Jamás. Y debió de estar tentado muchas, muchísimas, veces. Gracias por tu fe inquebrantable, por tu apoyo y por tu amor. Y gracias a mis tres hijos, que me han hecho darme cuenta de que el tiempo vuela de verdad y que hay que llenarlo con las personas y las cosas que realmente nos importan.

Gracias al resto de mi familia, a mi madre, a mi padre y a mi hermana, con mucho amor. Gracias por hacerme creer siempre que podía conseguir lo que me propusiera. Y a mis suegros, por su apoyo incuestionable. Mi enorme agradecimiento a ambos lados de la familia por haber cuidado de los niños, porque, sin el trabajo en equipo, no habría podido asistir a los cursos y los actos que han desembocado en esto. Vuestra fe colectiva ha dado sus frutos.

Y casi por último, aunque, por supuesto, nunca menos importante, gracias a mis maravillosos, comprensivos, bondadosos, divertidos, leales y generosos amigos, algunos de los cuales están repartidos por el mundo, pero a los que siempre llevo en el corazón. Sin vosotros, la vida no sería tan divertida; vosotros me obligáis a salir de mi cascarón. Hice una lista (¡otra!), pero era tan larga que lo único que puedo hacer es escribir un enorme gracias por todo, por las experiencias compartidas, por estar ahí. Siempre. Sabéis todos perfectamente quiénes sois. Gracias, además, por creer que era capaz de escribir este libro. Y a todos mis amigos del mundo de la aviación, pasados y presentes, decirles que siempre habrá una gran parte de mí que echará de menos los aviones, la camaradería y el espíritu de equipo.

Al no tratarse de una lista de agradecimientos exhaustiva, podría seguir y seguir. Y seguir. Pero, como en algún momento tengo que parar, mi último agradecimiento va dirigido a los lectores: mil gracias por haber elegido leer este libro.

Este libro se publicó
en el mes de abril de 2019

megustaleer

Esperamos que
hayas disfrutado de
la lectura de este libro
y nos gustaría poder
sugerirte nuevas lecturas
de nuestro catálogo.

Si quieres formar parte de nuestra
comunidad, regístrate en
www.megustaleer.club y recibirás
recomendaciones de lecturas
personalizadas.

Te esperamos.